文庫

サンダカン八番娼館

山崎朋子

文藝春秋

目次

サンダカンの墓

サンダカン八番娼館

底辺女性史へのプロローグ

〈からゆきさん〉と呼ばれた一群の海外売春婦について書こうとして、いま、こうして机に向かってみると、わたしの瞼《まぶた》には、四年前の秋のある日、天草は下島《しもじま》の南部にある崎津町の天主堂で見たひとつの光景が、強く浮かびあがってきて消え去らない。——そのときわたしは、からゆきさんを求めて出た二度めの旅の途中で、この旅が無駄な旅に終わるかもしれないという不安をいだいており、その不安をいくらかでも鎮めようと考えるともなく考えて、バスから降りるとすぐ、ひらべったい民家の屋根の上にひときわ高くそびえる暗灰色の尖塔を目あてに、その天主堂の前に立ったのであった。

　暮れやすい秋の日が、西の山の稜線に近かった印象の残っているところからすれば、時刻は午後の三時頃であったろうか。人が家のなかに閉じこもってしまう時間ではないのに、天主堂のあたりには、おとなはもちろんのこと子どもの遊ぶ姿さえなく、崎津の町は死に絶えてでもしまったかのように静かだった。天主堂のうしろはすぐに海で、外海から深く湾入しているためかまるで鏡のような水面に、十字架をいただく尖塔が影を映していた。

　美しい、あまりにも美しいこの風景に、単なる観光客としてやって来たのであるならば、わたしはどれほど感激し、どれほど心をのびのびとさせたかしれないと思う。しかし、遠く海外に流浪してわれとわが身を売らなければならなかった天草の同性たち——

その彼女らの真の姿と声とをこの手につかもうとしてはるばると訪ねて来たわたしには、この美しくてしかも静かなながめは、なぜか言いようもなく悲しく感じられたのであった。

そしてその悲しい気持は、時の経過とともにいよいよ深くなって行くのだったが、そんなときであった——わたしが、あの、ひたすらに祈る年老いた農婦の姿に接したのは！

まるで人気《ひとけ》がないままに、開けひろげの扉から天主堂のなかに入り、外の光線になれた目で内部を見渡して、祭壇の前にうずくまるひとりの人間を認めたとき、わたしは、祈りの姿勢に彫った等身大の石像が置かれているのだと信じて疑わなかった。畳の上に正座し、ロザリオを掛けた両手を合わせたその老女が、いつまで経《た》っても声ひとつ出しもしなければ、身じろぎもしなかったからである。けれども、暗い天主堂内部に目がなれてきて、正面のキリスト磔刑《たっけい》像からマリアの像、祭壇の燭台のひとつびとつ、そして両側の窓を彩《いろど》るステンドグラスに至るまではっきりと見て取れるようになると、わたしは、その石像と見たものがじつは生身《なまみ》の老農婦であることに気づき、自分の迂闊《うかつ》さに驚くとともに、そんなにも長く、そんなにも深く、そんなにも一心に祈らないではいられない老いた農婦の存在に、はげしく心を打たれたのであった。

その農婦の年齢は七十歳から七十五歳までのあいだとわたしは見たが、天草両島や島原半島にひっそりと生き残っているはずの〈からゆきさん〉たちは、現在、いずれもそれくらいの年になるはずである。この石像のように祈る老農婦が、かつて海外売春婦であったかもしれない——などと想像することは、むろんこの上なく乱暴であるが、しかし彼女は、いったい何をみずからの神に祈念していたのであろうか。

　四年余の歳月をへだてた今でも眼前に在るように感じられる彼女の顔には、幾筋もの太い皺《しわ》が刻まれ、手の指は短くて節くれ立ち、そして働き着の肘《ひじ》や膝のあたりには柄ちがいの継ぎ布が当てられていた。その服装は彼女の暮らしの貧しさを示し、顔の皺はこれまでの人生航路の多難であったことを示すとすれば、彼女の深い祈りの真意は、人間の原罪の消滅とかいったような観念的な希求にはなくて、窮極するところ、その貧苦の人生より救われたいという切ない願いにあったと書いても、決して言いすぎではないだろう。

　周知のとおり〈からゆきさん〉とは、「唐人行《からひとゆき》」または「唐《から》ん国行《くにゆき》」という言葉のつづまったもので、幕末から明治期を経て第一次大戦の終わる大正中期までのあいだ、祖国をあとに、北はシベリアや中国大陸から南は東南アジア諸国をはじめ、インド・アフリカ方面にまで出かけて行って、外国人に肉体を鬻《ひさ》いだ海外売春婦を意味している。その出身地は、日本全国に及んだが、特に九州の天草島や島原半島が多かったといわれている。〈彼女たち〉が、天草や島原から殊更に多く生まれたのは、後章に述べるように、根本的には天草や島原の自然的・社会的な貧困のためであるが、そうであれば、〈からゆきさん〉と天草・島原の貧しい農民女性とは、疑いもなく同じ幹から分かれ出た二本の枝だということになる。崎津の天主堂の祭壇に石像のごとく正座して動かない老農婦が、その人生の苦しさ耐えがたさを訴える声なき声は、本質的に〈からゆきさん〉の内心の声と同じであるはずだ。

　夕日が山の肩にかかったからかしだいに暗くなっていく天主堂のなかで、わたしは、新たな思いで心に誓った――この年老いた天草の農婦の声なき祈りを聞き分けること、それが女性史研究を志すわたしの〈仕事〉なのだ、と。そして、ようやく祈りを終え、ロザリオを納めて立ち上がったくだんの農婦が、闖入者《ちんにゆうしや》のわたしを咎めもせず、あるかなしかの会釈をして天主堂から去って行っても、なおわたしは、その場を動くことができなかったのであった――

忘れ得ぬままに思わず個人的な回想を書きつらねてしまったが、読者のなかには、女性に関する問題は他にもたくさんあるというのに、どうしてわたしが、すでに遠い過去の淡い記憶となってしまった〈からゆきさん〉にそんなに執心するのかと、疑問をいだかれる方があるかもしれない。それに答えるのはなかなかむずかしいことだけれども、端的に言えば、かつて天草や島原の村々から売られて行った海外売春婦たちが、階級と性という二重の桎梏《しつこく》のもとに長く虐《しいた》げられてきた日本女性の苦しみの集中的表現であり、言葉を換えれば、彼女らが日本における女性存在の〈原点〉をなしている――と信ずるからである。

すこしばかり飛躍するが、これまで日本の歴史書は、奈良時代の『日本書紀』から今日の多くの歴史全集に至るまで、その大半が、支配する性としての男性によって書かれてきた。マルクス主義の思想と方法が導入された昭和初年代以降になって、労働者・農民の利益に立った歴史書がこころみられるようになったけれども、それらとても、男性の立場に固執している点では変わりがなかった。そして昭和二十年、第二次世界大戦における敗戦によって日本帝国主義が崩壊し、女性にも政治的・社会的な諸権利が保障されるようになってはじめて、〈女性史〉というものが成立するようになるのだが、しかしわたしに言わせれば、それらの女性史は、ごく少数の例外のほかは、いずれも一部のエリート女性の歴史であって、決してそれ以外のものではないのである。たとえばそれらの女性史は、多くの場合、近代の開幕は明治五年の津田梅子らのアメリカ留学をもって記し、つづいて自由民権運動のたたかい手としての岸田湘煙や福田英《ひで》子《こ》の活躍や、自我のめざめを感覚の次元において声高らかにうたい上げた与謝野晶子の仕事などについて述べ、さらに日本のブルー・ストッキング運動である平塚雷鳥らの「青鞜《せいとう》」に言及していくという定石を踏んでいる。いわば、ブルジョアジーあるいは中間層から出たひと握りのエリート女性たちの思想と活動を、頂点と頂点とを結んでつくる折線グラフのようにつなぎ辿ったものである。こうした女性史から、労働者や農民として生き死にした無数の女性の生活と鬱屈の思いを読み取ることは、およそ不可能だと言わなくてはならないだろう。

わたしは、エリート女性史を、かならずしもすべて否定しようとするものではない。なぜなら、専門的な学問や技術を身につけた近代エリート女性には、時代を進展させて行く上において彼女らでなくては担《にな》えない仕事があるはずだ——というふうに考えるから。けれども、極地に浮かぶ氷山にたとえるならば、いわゆるエリート女性は氷山の海上に突出した部分にすぎず、海中にはその数十倍にもおよぶ巨大な氷塊——労働者・農民階級の女性たちが、重く深くその身を沈めているのである。そして、そういう底辺の女性たちの実態に迫り、その悲しみや喜びの核心をつかんだ史書でなければ、本当の女性史と評価することはできないのだ。

従来の女性史にたいするこのような批判をもっとも具体的・効果的におこなうために

は、女性通史を書かなければならないのだが、現在のわたしには到底それだけの力はない。そこでわたしは、せめて、エリート女性と対蹠的《たいしょてき》な生き方をした底辺女性のひとりについてだけでも書き綴っておきたいと思ったのだが、しかし、それでは、どのような存在がエリート女性史への強力なアンチテーゼとなり得るのか。そう考えたときわたしの脳裡に浮かび上がってきた女性像こそ、ほかならぬ〈からゆきさん〉だったのである。

あらためて述べるまでもなく近代日本の社会は、製糸・紡績などの軽工業に多く依存して築き上げられたものであり、そこに働く女性たちの犠牲の上になりたっていた。全国いたるところの農村から、いわゆる口減らしのため東京・大阪・長野などの機業地に年季奉公に出た娘たちが、どれほど苛酷な労働生活を強《し》いられたかは、古く明治三十年代の調査『職工事情』や大正末期に細井和喜蔵《わきぞう》の書いた『女工哀史』、近くは山本茂実《しげみ》の『あゝ野麦峠』などであきらかにされている。また、米をつくりながらその米を食べることもできずに炎天下の泥田を這いまわらなければならなかった農婦や、選炭作業は言うにおよばず、カンテラひとつを頼りに数千メートルの地底に降り、熱気に蒸されつつ炭層に挑んだ炭鉱婦たちも、近代日本の繁栄を告発する資格を十分に持っている存在である。なお、これに加えて、年少労働としての子守奉公や、あらゆる仲間や知人から切り離されて他家の家事労働に従わねばならなかった女中なども、同じ底辺に呻吟《しんぎん》して生きた女性たちと見なしてよいだろうと思う。

しかし彼女たちは、長時間労働・低賃金・最低生活を強いられていたとは言うものの、恋をする自由はあったし、結婚しようと思えばできなくはなかった。恋愛という感情が人間の内面の〈自由〉の領域に属するものだとするならば、彼女たちは少なくとも、その領域が自分のものであるという誇りを持つことだけはできたはずだ。つまり彼女たちは、労働力は売ったけれども、それ以外のものを売りはしなかったのである。

ところが売春婦は、もともと人間の〈内面の自由〉に属しているはずのセックスを、金銭で売らなければならなかった存在である。労働力をひどい低賃金で売って生きる生活と、セックスまでも売らざるを得ない生活と、どちらがいっそう悲惨であるか！

むろん、ひとくちに売春婦とは言うものの、その在りようや境遇は、かならずしも同一ではない。公娼が無くなった第二次世界大戦後の日本では、売春婦といえばとりもなおさず、街頭で行きずりの男の袖を引く私娼を意味するが、それより前の時代にあっては、売春婦という言葉の内容は複雑であった。俗謡や踊りなどの芸を売物に酒席にはべる芸者を上として、下には東京の吉原・洲崎・新宿などの遊廓に働く公娼や場末の街の私娼があり、さらにその下には、日本の国土をあとにして海外に連れ出され、そこで異国人を客としなければならなかった〈からゆきさん〉という存在もあったからだ。そして、これら幾種類かの売春婦たちのどれがもっとも悲惨であったかと問うことは、あまり意味をなさないことかもしれないが、それでもあえて問うならば、おそらく誰もが、それは海外売春婦であると答えるのではなかろうか。

芸者・公娼・私娼など国内の売春婦は、同じ言葉を話し、同じ生活感覚をもっている日本人が客であった。むろん、なかには明治初期の開港地における〈らしゃめん〉や、敗戦後の〈パンパン・ガール〉などのような例外もあるが、しかし彼女らが相手とした外国人はおおむねヨーロッパ人かアメリカ人であって、後進国として西欧追随の道を歩みつつあった日本であってみれば、それらの国の男たちを客とすることは、彼女らの現実の意識においてはそれほど屈辱的なことではなかったと言えよう。けれども〈からゆきさん〉たちが売られて行った外国は、ヨーロッパやアメリカではなくて、日本よりももっと文明が遅れ、それ故に西欧諸国の植民地とされてしまった東南アジアの国ぐにであり、そこでの客は、主として中国人やさまざまな種族の原住民であった。彼女らに限って当時の日本人一般をひたしていた民族的偏見から解放されていたということはないから、言葉は通ぜず、肌の色は黒く、立居振舞の洗練されていない原住民の男たちを客に迎えることにたいしては、おそらく非常な屈辱感を味わったにちがいない。そしてこの観方が誤っていないとすれば、近代日本におけるあらゆる売春婦のうち、からゆきさんが、その現実生活において悲惨だったばかりでなく、その心情においてもまた苛酷を極めた存在であった――と言わなくてはならないのである。

近代日本百年の歴史において、資本と男性の従属物として虐げられていたものが民衆女性であり、その民衆女性のなかでももっとも苛酷な境涯に置かれていたものが売春婦であり、そして売春婦のうちでも特に救いのない存在がからゆきさんであるとなれば、ある意味で、彼女らを日本女性の〈原点〉と見ることも許されるのではなかろうか。従来のエリート女性史に対するアンチテーゼの序章とするのに、わたしが、製糸・紡績女工でもなければ農婦でもなく、炭鉱婦でもなければ女中でもなく、殊更にからゆきさん――東南アジアへの出稼ぎ売春婦を選んだ由縁である。

わたしがなぜからゆきさんを取り上げたかということは、以上で理解してもらえたと思うけれども、仔細に見ていけば、これまでにも海外売春婦についての研究が無かったわけではない。たとえば、森克己の『人身売買』は、天草島の歴史と人口問題に密着しつつ出稼ぎとしてのからゆきさんの全貌に迫ろうとした貴重な研究であり、宮岡謙二の『娼婦――海外流浪記』は、数千冊の旅行記にもとづいて、いつどこにどのような日本人海外売春婦がいたかということを復元して見せてくれた立派な文献である。また、宮本常一らが編んだ『日本残酷物語』や折口民俗学派の人びとが書いた『日本人物語』、谷川健一・村上一郎・鶴見俊輔編の『ドキュメント日本人』や谷川健一の『女性残酷物語』などには、海外売春婦の概説や聞書《ききがき》が収められており、それぞれ編者の慧眼《けいがん》のあかしとなっている。

これらの海外売春婦研究の深度やその限界についてはのちに触れるが、なお、ここにいまひとつ、どうしても書きもらすことのできない文献に、『村岡伊平治自伝』の一冊がある。昭和三十五年に南方社から出版されたA５判二百四十頁ほどのこの本は、村岡伊平治というひとりの海外売春婦誘拐業者が、明治時代の中期から昭和十年代の初めまでシンガポールやマニラなどで遊廓経営をした体験を、あからさまに述べたといわれる自叙伝である。海外売春に携《たずさ》わった当事者の書き残した資料が他に皆無という事情もあり、またその内容がいかにも面白いので、この書物は、上述したすべての海外売春婦研究において最も重要な資料とされている。いや、より精確に言うならば、『村岡伊平治自伝』に依拠することによって、前記の海外売春婦研究が始まったのだ――ということになるかもしれぬ。

しかしながら、わたしが現在までの調査その他によって得たデータでは、『村岡伊平治自伝』の内容は事実の誤りがきわめて多く、歴史資料としてはあまり信用することができない。とすれば、その論理的必然として、この特異なアウトロウの自伝に全幅の信頼を置いて成り立っている森克己以下のいくつかの海外売春婦研究は、根底から揺らがざるを得ないという結論になっていくのである。

わたしが『村岡伊平治自伝』の信憑性《しんぴょうせい》を疑うのは、ほぼふたつの理由にもとづいている。その第一は、東南アジア開発関係の文献は多く、またかつて彼の地で活躍した人びとも少なからず現存するというのに、自伝で述べているような伊平治を認知する証言が皆無であること、その第二は、自伝本文の記述がしばしば客観的資料の示す事実と合致しないことである。

まず、第一の点から触れていくなら、東南アジア開発についての文献には、明治・大正期に外務省や農商務省が官庁資料としてまとめたさまざまな調査文書のほか、民間団体が出版した開拓史や個人が書いた回想記・旅行記などがあって、その量は決して少ないとは言えない。狭い日本列島に一億の人が住む今日の日本社会の常識でみれば、これらの文献のなかにその名を発見できないからと言って伊平治の存在を疑うのは、行き過ぎのそしりをまぬがれぬだろう。けれども、明治期から大正期にかけての東南アジアでは、日本人は、〈平面〉を占めることはもちろん、〈線〉をなして住むにも至らず、シンガポールとかマニラとかダバオとかいったところに、わずかに〈点〉として生活しているにすぎなかった。したがって、東南アジアは広いにもかかわらず、そこにおける日本人社会は極めて狭く、善事にせよ悪事にせよ少しでも目立つ仕事や事件に関与したならば、その人物の名はすべての日本人に知られ、かならずやどれかの文献に残る公算が強いのである。後章に詳述する木下クニをはじめとして、仁木多賀次郎とか渋谷銀治とかいったいわゆる女郎屋の親分たちの名が、入江寅次の『邦人海外発展史』など信頼するに足る史書に幾人も記載されているのはそのためだ。

こうしたことがらを念頭に置いて考えるとき、村岡伊平治の名がどのような文献にも全く見当らぬということは、何を意味しているのだろうか。わたしは読者が、『村岡伊平治自伝』をすでに読了しているという前提のもとに話を進めすぎたようだが、未読の人のために言うならば伊平治は、その自称するところによるなら、明治二十二年から二十八年までのシンガポール時代には、前科者収容所を設立して婦女誘拐業の元締となり、明治二十九年から三十三年に至るセレベス島時代には、スラバヤの「名誉領事」に任命され、そして明治三十四年から昭和十八年におよぶフィリッピン時代には、「親分」とも「南洋の金さん」とも呼ばれて、「いたるところで、日本人はもとより、外国人でも拙者を知らぬ人はないようになった」という男である。これだけの活躍をした人物が、東南アジア開発関係のいかなる記録にもその名を留めていないということは、伊平治の存在それ自体は疑わぬまでも、わたしたちをして、少なくともその三面《めん》六臂《ぴ》の活躍を何ほどか割引いて考えさせずにはおかないのである。

こうした事実に加えて、村岡伊平治とほぼ同時代に東南アジア各地でさまざまな仕事をした人物の現存者に、伊平治を知る者のほとんど無かったということがある。わたしは、後章で述べる天草下島への旅において、シンガポールやマニラやレガスピーにいたという八、九十歳の老からゆきさんを十数人訪ねてみたのだが、彼女らの記憶のなかには、〈村岡伊平治〉という名前も、〈南洋の金さん〉という俗称も共に無かった。そしてわたしが、『村岡伊平治自伝』から得た知識によって、伊平治の前科者や売春婦たちに対する一種の温情主義を披瀝《ひれき》すると、彼女らは、「女郎屋の親方ちゅうもんはどいつもこいつも女のひもで、わしらの生血を吸うことば考えちょったけん、そげな人情ある親方があれば知らんこつはなか。やりもせんことをほら吹くようなそげな男は、南洋には腐るほどおった」と、わたしを嘲笑するような口調で答えたのであった。

またわたしは、からゆきさん以外の東南アジア在留者をも可能なかぎり訪ねてみたのだが、そこでも同じ失望を味わったのである。たとえば、そのなかには、シンガポール在留邦人の草分けとして多くの書物にその名が見られる笠《りゅう》直次郎の長女笠アサカさんもあり、シンガポールで生まれ育った彼女は、父親から、女郎屋の親方を含めて主だった在留邦人の名を耳にたこができるほど聞かされていたというのに、村岡伊平治の名は初耳だとのことであった。唯一の例外は、かつて「ダバオ日々新聞」の副社長であり、現在福島県の郡山に住んでいる星篤比古氏で、彼の証言によれば、数年前に亡くなった妻の旧姓西岡シゲさんが伊平治を知っていたということだが、しかしその彼女も伊平治を、「あんなうそつきの男――」と評していたという話である。

このような次第で、文献からも人間からも証言を得ることができぬとすれば、次に考えられるのは、ほかならぬ『村岡伊平治自伝』の本文批判によって、その内容の真偽を確かめるという方法であろう。けれども、この方法を試みてみると、こんどは、さきにわたしが『村岡伊平治自伝』の信憑性を疑った第二の理由――伊平治の記述と客観資料の示す事実とのたびたびの食い違いが、大きく問題となってきてしまうのだ。

いくつかの例を挙げると、伊平治は明治二十年六月から十一月まで、のちに陸軍元帥になった上原勇作中尉の従者となってシベリア奥地を旅行し、そこで多くの日本人海外売春婦を見たことが彼の海外売春業の動機になったと言っているのだが、『元帥上原勇作伝』（伝記刊行会編著）によれば、上原はその時期には対馬方面に出張している事実が明示されていて、伊平治の言葉とは全く合わない。

また伊平治は、明治二十三年十二月にはシンガポールで板垣退助に会い、翌年の十月末には伊藤博文と会見したと言い、その会談の模様を会話体で記しているが、当時の新聞記事によるなら、板垣や伊藤はそれぞれ国内の政治活動に奔走した跡が歴然としており、南方へ赴いた様子は無い。なお、南洋及日本人社が昭和十二年に刊行した大著『南洋の五十年（シンガポールを中心に同胞活躍）』には、明治二十二年から大正十年までの「新嘉坡《シンガポール》総領事館日記抄」が収められ、シンガポール訪問者の名は商社員に至るまで洩れなく記載されているというのに、板垣退助・伊藤博文の名はどこにも見ることができないのである。

もう、これで十分なような気がするが、いまひとつだけ例を挙げておくと——伊平治は、明治二十三年の十月に率先してシンガポール日本人会を設立、その会計兼顧問役に就任し、翌年の二月には、からゆきさんたちのための日本人墓地を開設したと手柄顔に語っている。ところが、前記の『南洋の五十年』や、シンガポールに四十年近く開業医として在留した西村竹四郎の『在南三十五年』によると、彼の地の日本人会や日本人墓地の設立功労者は、女郎屋の親方と雑貨店主とを兼ねていた仁木多賀次郎で、村岡伊平治の名は日本人会の役員名簿にも墓地寄金者の名簿にも載っていない。仁木多賀次郎という男は、明治期のシンガポールにおける日本人売春界の最大のボスであったようで、みずからの所有地四英反を投げ出して日本人墓地をつくったほか、さまざまな面で在留邦人の利益のために働き、日清・日露の両戦争の折には、売春業者やからゆきさんたちから寄付金を集めて日本政府に献納もしている。『村岡伊平治自伝』にも、日清・日露戦争にあたって、伊平治がからゆきさんたちから多額の寄付金を集めたことが書かれているわけだけれども、日本人会や墓地の件とあわせて考えれば、あるいは伊平治は、この仁木多賀次郎の業績を自分に習合させて自伝を書いたのではなかろうか――という推測も、成り立たなくはないのである。

わたしたち人間は、自分の過去を直接に知らない人の前では、昔のできごとを美化したり誇張したりして語るという心理的傾向を持っている。そして、美化したり誇張したりしたみずからの過去を人前で繰り返し繰り返し話していると、ついには自分でも、その美化し誇張した過去を、事実として容認するようになって行くものだ。ことに、過ぎし昔を語る当人の現在が不遇な状態であればあるほど、心理的置換反応によって、過去を潤色する度合いが強いのである。『村岡伊平治自伝』は、その「あとがき」に見るかぎり、晩年、長男に先立たれ仕事も思うようでなくなった伊平治が、たまたま知り合った旅行者のすすめで書いたものの由であるが、そうだとすればこの自伝に、事実の美化や誇張がなされているということは十分にあり得ることだ。

わたしは、『村岡伊平治自伝』にかかずらわり過ぎたかもしれない。しかし、海外売春婦研究における最大の資料と目されているこの書物にして、その内容の信憑性かくのごとしであるとすれば、わたしがさきに列挙したいくつかの海外売春婦研究は、一体どれだけ信頼してよいと言えるのだろうか。それらの研究が、『村岡伊平治自伝』に大幅に依拠して成り立っているかぎり、それらの書物にたいするわたしの信頼度は、『村岡伊平治自伝』におけるそれと同じにしかならないのである。

むろん、さきに挙げたいくつかの海外売春婦研究は、歴史的事実を報告するというだけでなく、からゆきさんという存在をとおして、日本のナショナリズムそのほかの思想的剔抉《てっけつ》をおこなおうとしたものであり、そうした研究は、事実の真偽や誤差から致命的影響を受けることはないだろう。しかし、もしそうであったとしても、わたしは、それで海外売春婦研究が十分であるとは思わない。

そしてその理由として挙げておきたいのは、前記の海外売春婦研究が、『ドキュメント日本人』におさめられた森崎和江の聞書「あるからゆきさんの生涯」を唯一の例外として、すべて男性の手で書かれているという事実である。わたしは、女性史は女性のみに書くべき資格がある——などという偏見を持っている者ではもとよりなく、むしろ女性史の研究者や読者に男性が積極的に参加することを望んでいるのだが、しかし、売春婦および海外売春婦の研究だけは、女性の手によらなければあきらかにできないところがきわめて大きいと考えるのだ。

明治時代の初期から大正時代にかけて東南アジアへ流れ出て行った海外売春婦は、おそらくその九十パーセントが平仮名も書けない文盲であり、当然ながら、彼女らがみずからペンを執ってその生活の実情と苦悩とを訴えるということはできない。かりに彼女らに文章が綴れるとしても、たぶん彼女らは、沈黙を守って一行も書かなかっただろう。売春生活の機微にわたって書くことに、女性としての抵抗感がつきまとうということもあるが、売春生活を告白することが家または一族の恥になるという思念が、何よりも大きな障壁となったからである。

とすれば、海外売春婦の本当の姿をつかむには、研究者が、生き残りのからゆきさんから、その生活と思想のすべてを抽《ひ》き出すことから始める以外に、方法が立たないということになる。そしてそのような方法によって研究を進める場合、彼女らのセックスの買い手側に属した男性研究者と、彼女らと同じ性に属する女性研究者と、いずれが彼女らの固く閉ざした心の扉を開かせて、掛け値なしの話を聞き取ることができるであろうか。その答えは、男性研究者の手によってなされたこれまでの海外売春婦研究が、いずれも婦女の誘拐方法や経済組織について詳しいのに反して、彼女らの性交実態や心理構造などについてはほとんど言及するところが無く、売春婦研究としては極めて不完全なものでしかないという事実が、何よりも雄弁に物語っていると言える。

民俗学者の柳田国男は、かつて、『木綿以前の事』におさめた「女性史学」という文章のなかで、女性の知恵と力は、男性のなさんとしてついに及ばぬ領域に発揮されるべきであり、それが真の女性の学問だ――という意味のことを言ったが、以上の事情を勘案するとき、女性が海外売春婦の調査・研究にたずさわることは、まさしく、その〈女性史学〉の名にあたいすると言ってよいのではないだろうか。わたしが、売春婦および海外売春婦の研究は女性がおこなうべきだと、さきに主張したのはそのためである。

とすれば、海外売春婦の研究を志すわたしは、東京から九州の地に赴いて、老からゆきさんを見つけ出し、その話を聞き取る仕事から始めなくてはならぬわけだ。だが、同性とはいえ行きずりの旅人にしかすぎぬ人間に、みずからの過去を忘れようと努力して生きている彼女らが、かつての娼婦生活を語ってくれるはずがない。とすれば、わたしに考えられるのは、からゆきさんの生き残る村あるいは家に相当期間住み込んでしまい、彼女らと同じ生活をし、彼女らと哀楽を共にし、そのことによって彼女らの固く閉ざされた心の解きほぐれるのを待つよりほかはないだろう——ということだけである。

しかし、そのように考えてはみたものの、わたしは、彼女らの生き残っている九州の島原や天草の地に、藁《わら》ひとすじの伝手《つて》も持ってはいないのである。ただわたしは、福岡県中間《なかま》市に住み、「あるからゆきさんの生涯」を書いた詩人の森崎和江さんや、天草出身の農民小説家の島一春《かずはる》氏を友人に持っているから、頼めば旧知のからゆきさんを紹介してくれるであろう。

しかしわたしは、敢えて、そのふたつの伝手《つて》にすがろうとはしなかった。すでに誰かが取材したからゆきさんを訪ねるのは、何だか気が引き立たなかったし、またこれまでにその聞書が取られているからゆきさんは、現在、割合いに豊かな暮らしをしており、からゆきさんのなかでは出世頭に属する人たちが多かったからである。

わたしは、そういうからゆきさんではなくて、まだ研究者もジャーナリストも誰ひとり訪ねたことがなく、しかも文字どおり地を這うようにして生きて来た海外売春婦に逢いたかった。そのためには、然るべき人からの紹介などというのではなく、何の威光も特典も持たぬひとりの女として、島原なり天草なりの村に入って行くのでなくてはならない。そしてわたしは、四年前の夏、さしあたり瀬踏みのつもりで、天草下島へ出かけたのだが、しかし、この第一回めの天草行きにおいて、はからずも、わたしが逢いたいと願っていたまさにそのとおりの老からゆきさんと邂逅《かいこう》することができたのであった。

からゆきさんと呼ばれる海外売春婦についての研究とも紀行ともつかないこの書物は、わたしが、この老からゆきさんと三週間あまりひとつ家に生活した記録であり、ふたりの偶然のめぐり逢いが決定的な契機となっている。とすればわたしは、どうしても、その邂逅をもたらした第一回めの天草行きから、語りはじめなければならないのである

――

偶然の邂逅

―天草への最初の旅―

天草で出会ったおサキさん

——わたしが天草への第一回めの旅に出たのは、さきにも記したとおり昭和四十三年の八月上旬、真夏の太陽が赫々《かくかく》と燃えている頃であった。父の仕事の関係からわたしは長崎で生まれ幼女のときまでそこに暮らしたことがあるというのだが、しかしその記憶もすでに忘却の淵に沈んでしまっており、わたしにとって九州は、はじめて足を踏み入れる土地同然と言わなくてはならなかった。

からゆきさん取材に関しては、どのような伝手《つて》にも頼らぬと思ってはいるものの、未見の土地へのひとり旅に何となく心が臆して、まずわたしは、福岡県中間市に森崎和江さんの家を訪ねた。わたしのその旅が天草観光を兼ねた瀬踏みの旅であると知ると、彼女は、わたしの過度の緊張を解きほぐすことが取材を円滑にする道だと考えたのか、ある大学の図書館につとめるかたわら油絵を描いている豊原怜子さんを紹介し、スケッチ旅行という名目で、わたしと同行するようにはからってくれたのである。

森崎家に一夜を明かすと、わたしと豊原さんは、福岡から鹿児島行きの列車に乗り、熊本県の南端に位置する水俣《みなまた》へ向かった。昭和四十一年にいわゆる天草五橋が架けられてからは、天草へ行くのには、熊本市から宇土《うと》半島をつらぬくドライブウェーによって南下するのがもっとも便利なのだが、わたしたちは、その道を通ろうとしなかった。

「離島の苦しみをなめつづけてきた天草への旅なら、坦々とした陸路を行くのでなく、せめて、海から入って行くべきね。それに、海からのほうが風景も美しいのだし——」

と言う森崎さんの言葉に従ったのである。

水俣から中型の乗合連絡船に乗り、その季節になると夜ごとに不知火《しらぬい》が燃えるという不知火の海を、およそ二時間ばかり揺られると、天草の南の玄関ともいうべき牛深《うしぶか》に着く。その船の乗客には、あきらかに天草の人と思われる中老年の男女——水俣へ魚貝の行商に出かけた帰りかと推察される人びとが多く、そのなかにわたしたちをも含めて幾人か、その服装や表情からしてひと目で観光客と見える若い男女が乗っていた。そしてそれが、天草びとの淳朴《じゅんぼく》さにもとづくものか、あるいは旅の空で軽くなった若者たちの心ばえによるものか、出港して一時間もたった頃には、両者のあいだに、「東京から来なされたのか」とか、「天草ではどこを観たらよいのか」といった類の会話が交わされるようになっていたのである。

わたしたちもいつか、そうしたとりとめない会話の仲間に入っていたわけだが、そのうちに豊原さんは——おそらくわたしの天草旅行の目的を思い出し、少しでもそのきっかけがつかめるならという思いやりからであろう——あちらの老婦人、こちらの漁師らしい中年の男に向かって、「むかし、からゆきさんだった女の人を知りませんか？」と訊いてくれはじめたのである。わたしは、そのようないわば正攻法の問いかけから、からゆきさんの住所が突き止められる率は少ないし、よしんば突き止められたにしたところで話を聞かせてもらうことは至難だろうとは思っていたのだが、しかし豊原さんから訊ねられたときの天草びとの反応は、想像をはるかに越えたものであった。というのは、豊原さんの口からひと言〈からゆきさん〉という言葉が洩れるや否や、それまで人なつこく四方山《よもやま》の話に打ち興じていた人びとが、にわかに警戒の色をおもてに浮かべ、石のように押し黙ってしまうか、「そげなことは、聞いたことも無か——」とぶっきらぼうに答えるか、ふたつにひとつでしかなかったからである。

天草に生まれ、天草に育ち、今も天草に暮らしているこれらの人びとが、からゆきさんという存在を知らぬはずは絶対にない。それなのに、からゆきさんという言葉を口にしただけで取り付く島もない拒絶がはね返って来るというのは、それが、天草びとのわが郷土にたいする愛情であり、他郷の者にわがうぶすなの村の恥辱を知らすまいとする共同体的な自衛意識なのだろうか。そしてこんどはわたしが、こころみに同じことを、連絡船の上ばかりでなく、牛深から亀浦へ向かうバスのなかでも、さらにその亀浦から崎津へ渡るおもちゃのような蒸気船のなかでも訊いてみたのだが、乗り合わせた人びとの反応がほぼ同じであったというところからみれば、天草の人びとの身につけた鎧《よろい》は固く、尋常一様のことではとても破れぬと実感させられたのであった。

このようにわたしは、はじめて天草へ渡る船のうちで早くもからゆきさん探索のむずかしさを思い知らされ、正午過ぎに崎津の港へ着いたときには、海も山も真夏の光に輝いているというのに、気分は鉛の玉を飲みこんだように重たくなっていた。だが、そんな気分になずんでいては、せっかくここまでやって来た甲斐がないし、第一このような困難は、はじめから予想されたことではなかったか。その朝コーヒー一杯飲んだきりだったわたしは、この気力喪失の原因は空腹にもあると考え、豊原さんを誘って昼食を摂《と》ることにしたのである。

町とはいうものの、ものの百メートルも歩けば家並みが尽きてしまう崎津の港には、食堂らしいものも見えなかったが、それでも一軒「氷水」と染めぬいたのれんの下がっている店があったので、わたしたちはともかくもその店にとびこんだ。ふた坪あるかなしかの狭い店内には、小柄な老婆の先客がひとりあったが、わたしたちが店のおばさんに向かって、「おばさん、何か食べるものはない？　おなかが空いて死にそうだわ――」と冗談めかして言うと、その老婆が、「ねえさん方、焼飯がいいよ。これだと、日暮れまで腹が保《も》つよ」と言葉をかけてきた。

店のおばさんに訊ねると、氷水のほかには焼飯と長崎ちゃんぽんしかできないというので、老婆のすすめに従って焼飯を頼み、それからわたしたちは、ようやく日蔭に慣れてきた眼で、斜め横のテーブルに就いているその老婆を見たのである。

すでに焼飯を食べ終って、小楊子を使いながらお茶を飲んでいる老婆は、半ば白くなった髪をきちっとうしろにまとめ上げ、色の黒い顔は皺でうずまり、いくつとも年をはかりかねたが、わたしの姑《しゅうとめ》にくらべて推定するところ、およそ七十歳少し過ぎくらいに思われた。からだは至って小柄で、身長は一メートル三、四十センチくらい、全体に痩せて細く、足と腕はまるで鳥の脚のように骨ばっており、身に着けているものといっては、紺色の褪《さ》めかかった粗末なスカートに洗いざらしのシャツ、履きものは裏の磨《す》り減ったゴム草履《ぞうり》。そしてテーブルの上に古ぼけた麦藁帽子と手拭いが置いてあるところから見れば、崎津の町場の者ではなく、どうやら遠い道を歩いて来たもののように感じられた。

老婆は、わたしたちが焼飯を頼んだのを見とどけて満足そうにほほえむと、信玄袋のような物入れをまさぐって煙管《きせる》を取り出し、〈新生〉の袋のなかから吸いかけの紙巻煙草をつまむと、雁首につめて吸いはじめた。そして彼女は、淡い紫色の煙を気持良さそうに吹き上げながら、狭い店内に三つある灰皿へ手をのばすと、揉み消されている吸い殻をひとつひとつ拾い上げ、灰を落しては、〈新生〉の袋にしまいこむのであった。第二次世界大戦中からその直後の時期にかけては、深刻な煙草不足で、他人の吸い殻を拾う人も少なくなかったが、現在はどこへ行っても、そんな話は絶えて聞くこともない。それなのに、今わたしたちの眼の前にいる老婆は、その吸い殻拾いをせっせとして余念がないのだ。

わたしは、廉価な〈新生〉さえも十分には買うことのできないらしいこの老婆に、反射的に、さっき焼飯をすすめてくれた好意に応《こた》えるのは今だと考え、〈ハイライト〉を取り出して一本くわえると、その袋を「おばあさんも、一本吸わない？」と差し出したのである。彼女は、瞬間とまどったような表情を見せたが、かたわらから豊原さんがマッチを擦《す》ってうながすと、「こげな高か煙草を、すまんことですねえ——」と礼を言いながら、一本引き抜いて火をつけた。そして、それを糸口として彼女は、自分のたったひとつの楽しみが煙草であること、一日のうちで手を使っていないときは、かならず煙草を吸っているということなどをわたしたちに話しはじめたのである。

煙草の味を知らない豊原さんは、老婆の指にできた煙管《きせる》だこに驚いているようだったが、しかしわたしは、その老婆の話にまったく別な関心をそそられていた。——というのは、老婆の話す言葉のアクセントやイントネーションが、いわゆる天草弁とはどこか違っているように思えたからである。

どの地方のものであろうとひとつの方言体系は、言語習得期としての幼少時代をその方言圏内で送らなかった人間には、きわめて理解しにくいのが普通であり、天草弁もまたその例に洩れない。若い人たちは一応、標準語とされている東京方言を話すけれども、老人になるとみな昔ながらの天草弁で、ゆっくりと話してもらっても、わたしには意味がよくつかめなかった。それなのに、今わたしたちと話しているこの老婆の言葉は、天草弁にはちがいないのに、しかしどちらかといえば標準語に近く、わたしにもほぼ完全にわかるのである。

不思議に思ったわたしがその旨を告げると、老婆は軽くうなずいて、「そりゃあ、ねえさん。わたしゃあ確かに天草の生まれじゃけんど、小《こ》まんかときから外国さに行った人間だけん、誰と話ばしたてちゃ不自由はせんとです」と答えたが、それを聞いたわたしは、思わず焼飯のスプーンを取り落としてしまうほど驚いた。老人なのに天草弁に染まりきっていないことといい、「小まんかときから」の外国暮らしといい、しかし外国暮らしとはいうものの、その服装や表情から推して、西欧やアメリカなどで暮らしていたとは到底思えないところからすれば、それは一体何を意味するのか。それは彼女が、日本よりもはるかに文化的には遅れていた外国——たとえば東南アジアで暮らしたということであり、さらに想像を逞《たくま》しうするなら、そのことは、あるいはからゆきさんと結びついているかもしれないのだ。

船の上での経験から、〈からゆきさん〉という言葉を口にしてはならないことを痛感していたわたしたちは、それからあと、表面はさりげなく、しかし心には慎重の上にも慎重を期してその老婆と言葉を交わした。その結果、わたしは、この小柄で貧しい身なりをした老婆がかつてからゆきさんのひとりであったに違いないという確信をしだいに深め、何とか理由を見つけ出して、彼女の村まで一緒に行ってみようと決心を固めたのである。

そうしたわたしの心の動きを見て取ってくれた豊原さんは、自分は崎津の天主堂をスケッチしたいから先に行くと言い、すでに決めてある宮野河内《みやのかわち》の宿で夕方落ち合おうと言いおくと、荷物を持って出て行った。それを当然のことのように見送ったわたしは、なおしばらく老婆と四方山の話をかわし、その間に訊き出した彼女の村にわたしも用事があるということにして、やがて氷水屋の店を出ると、彼女と連れ立って歩きはじめたのであった。

青い入海に沿った道を歩いているうちは涼しい風が吹いて来たが、広いたんぼのなかの一本道にさしかかると、風は時折吹いて来るだけで、照りつける真夏の太陽をさえぎるものは何ひとつなく、老婆とわたしは、顔からからだから汗まみれになった。時折、スクーターが白い埃を巻き上げて走り過ぎたが、一台としてわたしたちを乗せてくれようとはしない。

しかしこの道のりは、苦しいにはちがいないけれどわたしには楽しかった。わたしは、生来軽率にできているのか、先方がよほどかたくなでないかぎりたいていの人とじきに仲良くなってしまう性質だが、歩いているあいだに、この老婆にも、もう幾年も前から知り合いだったような親しさをおぼえてしまっていたからである。老婆のほうも同じらしく、自分には息子がひとりあるが世帯をもって京都にいること、したがって今は何匹かの猫を相手のひとり暮らしであること、そしてきょうは信心する軍《いくさ》ガ浦《うら》のお大師様へお詣りに行った帰りであることなどを問わず語りに語り、たまたま足が幅狭《はばせま》の一本道を両側から覆いかけている草むらに踏みこみ、蛙やバッタがとび出すと、子どものように声を上げて嬉しがり、「蛙さんやァ、年寄りをおどかすない」などと言うのだった。わたしは、なるべく目立たないようにしたいという気持から、ややくたびれかけたスラックスと半袖の白ブラウス、それに底のひらべったい靴といういでたちでこの旅に出て来たのだが、それでも、天草へ入ればひと目で都会から来た人間とわかってしまう。けれども老婆としてみれば、ふだんは都会の匂いをただよわせた人と接触する機会がないだけに、たまたま連れになったわたしに興味を感じ、思わず知らず心が浮き立ってしまったのかもしれない。

それはともかくとして、崎津の町の氷水屋を出てから三十分ばかりして、わたしたちは、二百メートルほどの山の麓にへばりついたような恰好で、三十軒ばかりの人家が建ちならんでいる部落にはいった。部落のまんなかを幅二メートルくらいの小川が貫流し、家は小川をはさんで両側に点在しており、あたり一面には薩摩芋が濃い緑の蔓《つる》を茂らせている。わたしは、老婆が「ひどか家じゃが、寄って行くかね？」と言ってくれたのを幸いに、彼女の家へ寄らせてもらうことにしたのだったが、足をはこぶにつれて、一種異様な気持に襲われずにはいられなかった。――というのは、彼女の家は部落のもっとも奥まったところにあるため、わたしたちは部落を通り抜けなくてはならなかったのだが、刺すような太陽の光のもと、どこにも人の姿はなく、あらゆる家がひっそりと静まりかえっていて、まるで無人の部落へ来たように感じられたからである。そしてその一種異様な気持は、わたしたちが彼女――その老婆の家にたどり着いたとき、頂点に達したのであった。

「ひどか家じゃが――」と念を押されてはいたものの、一体、これが人間の住む家だろうか。その家は山を剔《えぐ》ってできた崖下にあったが、真っ黒な柱はどうやらまっすぐ立ってはいるものの、何十年も葺《ふ》き替えないため堆肥の塊のようになってしまった萱葺《かやぶ》き屋根は、南側に姫紫苑《ひめじおん》やたんぽぽなど、北側に羊歯《しだ》類をたくさんに根づかせており、わたしには、昔話に聞く鬼婆の宿としか思われなかった。

老婆は、「タマや」とか「ミィや」とか猫の名を呼びながら小走りに家に駆けこみ、わたしを招じ入れてくれたのだが、その家の内部は、さらにいっそう荒涼たるありさまである。二間《ま》の座敷に土間だけという、農家としてはおもちゃのようなその家は、低い天井から一メートルもの煤紐《すすひも》が下がり、荒壁はところどころ崩れ落ち、襖《ふすま》と障子はあらかた骨ばかりになっている。座敷の畳はほぼ完全に腐りきっているとみえ、すすめられるままにわたしが上がると、たんぼの土を踏んだときのように足が沈み、はだしの足裏にはじっとりとした湿り気が残るばかりか、観念して坐ったわたしの膝へ、しばらくすると何匹もの百足《むかで》が這い上がって来るので、気味悪さのあまり瞳を凝らしてよく見ると、何とその畳が、百足どもの恰好の巣になっていたのである。

わたしは、心の波立ちを静めようと考え、崎津の町の氷水屋で買ってきた二本のサイダーを取り出し、氷水屋で借りて来た栓抜きで蓋《ふた》をはね、老婆の出した茶碗に注《つ》ぎはじめたが、しかしそのときだった——中年と老年の女がふたり、忽然《こつぜん》と姿をあらわしたのは。部落へ入ってから人っ子ひとり見かけなかったわたしには、彼女らが、あたかも地の底から湧き出てきたものとしか思われなかった。

はじめに現われたのは年の頃五十に近い肥った農婦で、煮干し用の小鰯《こいわし》を山のように盛り上げた籠と空籠を持ってはいって来ると、上《あが》り框《かまち》に大きな尻をすえ、ものも言わずに小鰯の頭と腹わたを取りはじめた。それは、この女がいっかな立ち去りそうもないことを示しており、それを悟ったものか老婆がいまひとつ茶碗を出したので、わたしはそれにもサイダーを注いだが、注ぎ終わらぬうちにふたりめの女が、「おサキさん、いるかァ――」とはいって来たのである。色白だが皺だらけの顔に、どういうわけか髪を茶色がかった金髪に染めているその女は、細い眼をあけてはいるもののその焦点の定まらぬところからみると、失明しているのだろうか。

結局わたしは、その異様な老女にもサイダーを注ぐことになったのだが、いくらもない茶碗のなかみを飲んでしまうと、ふたりの女は天草弁をまくし立てて、老婆――金髪の女の呼びかけたところによるなら〈おサキさん〉に、わたしが一体何者なのかということを訊《たず》ねはじめた。何と答えたらよいのか判断に苦しんで、わたしがもじもじしていると、その老婆――おサキさんは、すばやくわたしに意味ありげな一瞥《いちべつ》をくれたと思うと、いきなり、「こりゃなァ、せがれのユウジの嫁ごじゃがァ――」と大声で言い放ったのである。

思いがけぬその言葉に、わたしが飛び上がるほど驚いてしばし絶句していると、おサキさんは更に、「わしらと同じに字を書くとがだめでな、手紙一本よこさんで、出しぬけに来ておどろかしよる。ふたァりの子は、遠かけん向こうに置いて来たと。――ばってん、今夜も泊らんで帰るとよ」と、言ってのけた。ふたりの物見高い女を納得させると同時に、長くはこの家に留まってはいないであろうわたしの辞去をも正当づけたおサキさんの言葉に、ひそかに舌を巻きながら、わたしは、「いつも、おっ母《か》さんがお世話になって、すみません――」と、しどろもどろになりながら挨拶するはめになった。そして、この挨拶を契機として、わたしは、ひと目でも見たことはおろか、どういう字を書くのかさえ知らない彼女の息子ユウジの嫁として振る舞わざるを得ないことになってしまったのである。

ふたりの女は、それからしばらくのあいだ世間話をかわし、わたしへの関心を一応満足させてしまうと、わたしには分らぬ天草弁で何ごとか声高に話しながら立ち去った。炎天を長く歩いて来たのと、思いがけぬ場面の出現で緊張した心が解けたのとで、わたしははげしい疲労をおぼえたが、それとさとったおサキさんは、「くたびれたときにゃ、横んなるとが一番よかと。早よう横んなって、いっときでんじっとしとるが良か――」とすすめてくれた。いや、ただすすめてくれただけでなく、わたしがためらっていると、「うちもくたびれたけん、一緒に横になるけん――」と言って座敷の中ほどにころがると、腕まくらをしてわたしをうながすのだ。

貧乏な暮らしを経験したことがあるとはいえ、百足の巣になるほどの畳ははじめてのわたしだから、その畳の上に寝るには正直言って抵抗があったが、しかし疲労ははげしかったし、底辺の女性史を志向する者がこれしきの古畳に耐えられぬとは何ごとか――とみずからを叱って、わたしは、おサキさんと並んで横になった。するとおサキさんは、この家にたった一本しかないうちわをはたはたと動かして、わたしに風を送ってくれたが、わたしが眼を閉じていたためか、強《し》いて話しかけようとはしなかった。

わたしは、あ、このまま黙っていたら眠ってしまうな――と思い、しかしおサキさんともっと親しくなるためには眠ってしまってはいけないのだと思いながら、つい今しがたの出来ごとを反芻《はんすう》するともなく反芻しないではいられなかった。

――かつてからゆきさんであったにちがいないおサキさんから当時の話を抽《ひ》き出すた

めには、彼女と親しくなるということが絶対に必要であり、炎天下にここまで一緒に歩いたことによってその糸口だけはほどけたと思うのだが、それにしても、さっきのおサキさんの言葉は、あれは一体何を意味しているのだろうか。彼女と親しくなりたいというい わばわたしの下心を、わたしはひと言も洩らしてはいないのだから、彼女にとってわたしはまだ得体の知れない一介の旅人でしかないはずだが、それなのにおサキさんは、ふたりの詮索好きの訪問者に向かって、どうしてわたしを、息子の嫁だなどと紹介したのか。ありのままに、「崎津の氷水屋で道連れになった女で、この村に何か用事が有んなさるんだと――」と言っておけばそれで済むのに、殊更にわたしを息子の嫁に仕立て、他所者《よそもの》のわたしはそれで被害はないにしても、土地者である彼女があとで困るようなことにはならないのか。

　すでに繰り返して述べたようにおサキさんの住まいはこれでも人間の住むところかと怪しまれるようなあばら屋であり、彼女は、ただでさえ貧しいこの部落のうちでも、もっとも貧乏な人間であるらしく思われる。財産の有無がそのまま人間価値になるような資本主義の社会では、貧しい者は常に人びとの軽侮の的とされる運命にあるが、そうだとすればおサキさんも、長く村びとたちからないがしろに扱われてきたものと見なくてはならない。ひとり息子が京都で働いているとはいうものの、もう幾年も帰郷したことがなく、その嫁が顔を見せたことはついに一度もないということも、おそらくは、おサキさんの肩身をいっそう狭くさせていたにちがいなかろう。

　そうした身の上であってみれば、嫁がわざわざ訪ねて来てくれたというできごとは、彼女の肩身がわずかでも広くなることにほかならず、それでおサキさんは、とっさにわたしを、息子の嫁に仕立てたのかもしれない。

しかしわたしは、そのように思う反面、また、あのたんぼのなかの一本道を一緒に歩いていたときに、とび出すバッタや蛙に彼女の示した子どものように嬉々とした表情を思い浮かべると、まったく別な類推をもしないではいられないのだ。すなわち、たったひとりの肉親である息子からも見捨てられたようなかたちの彼女には、すでに息子とのあいだに子どもふたりを儲けていると伝え聞くばかりの嫁に、ひと眼でもいいから逢ってみたいという願望があった。ところが、たまたま一緒に歩くことになったわたしと話したり笑ったりしているうち、いつか、自分の嫁がこのような女であったら——と想像するようになり、あの干鰯籠の女と金髪盲目の女とに訊ねられたとき、思わず知らず、うちの嫁だと口走ってしまったのではなかったか、と——

そんなことを考えながら、いつか眠りに落ちてしまったわたしがめざめたのは、さしもの南国真夏の太陽も西の山に沈み、あたりに暮れ方の気配が忍び寄ろうとしている頃であった。

わたしは、どうしようかと思い惑った。からゆきさんを訪ねてあてのない旅に出たわたしからすれば、天草へ足を踏み入れたその日におサキさんにめぐり逢ったということは、あたかも天命のように感じられ、彼女に頼みこんでこのままここに泊りこんでしまわなければ天命にそむくような思いすらした。そして、そのまま泊りこむためには、おサキさんがわたしを嫁と紹介したことは、村びとの前にわたしの滞在を正当化する絶好の条件となるではないか。けれどもわたしは、性急に事をはこんではならないと思ったし、崎津で別れた豊原さんが宮野河内の宿で心配しているであろうことも考え、おサキさんの家をひとまず辞去することに心を決めた。

おサキさんは、「うちのところには、うまかもんが何《なん》もなかで――」と言いながら屑の薩摩芋のふかしたのをわたしにすすめ、お茶がないので白湯《さゆ》を茶碗に注いで出してくれた。それをありがたくいただいてから、さて、わたしが辞去の挨拶を切り出すと、彼女は急に坐りなおし、すこし改まった口調で、「村の家内《やうち》の者《もん》でさえ、こげんか汚なか家だけん、上がりはなに腰ば掛けても、よう上がって坐らりゃせん。それを奥さんは、何の御縁か知らんが、都会者《とかいもん》だというとに、うちへ上がって昼寝までしてくっだした。せがれのユウジじゃって、来てもひと晩泊まるだけで、嫁ごは手紙一本くれんものを――」と言いながら、両手をついて頭を下げたのである。

仰天したわたしは、「おばあさん、それでは反対だわ。わたしのほうこそ、お礼を言わなくちゃならないのに」と彼女をおしとどめ、坐りなおして挨拶をした。しかし彼女は、それでもなお正座した膝を崩さず、言葉をつづけて、「――また天草へお出でなはることがあんなさったなら、こげんか汚なかところじゃばって、きっと、この家へ寄ってくれなはり。うちは、死ぬまで奥さんを忘れはせんばい！」とまで言うのだ。

この言葉を聞いた瞬間、わたしは、横になったとき夢うつつに感じた彼女への疑念が、湯のなかの氷塊のように解けて行くのを知ったのである。おサキさんはやはり、意識的に隣人を欺《あざむ》こうとしたのではない。誰も怖気《おじけ》をふるって坐ってくれない百足の巣の畳に、こわごわではあるけれど初めて坐ったわたしを見て、自分の嫁がこんなぐあいにここへやって来てくれたら良いのにと思い、その気持がおのずから、わたしを自分の嫁だという返事を生んでしまったのだ。そうでなければ、たった数時間いっしょに過ごしただけで、お世辞を言う必要などさらさらないわたしにたいして、「死ぬまで奥さんを忘れはせんばい」とまで言う理由が立たぬではないか。

これから歩いて崎津へ出るのでは、夜道になってしまうと判断したわたしは、部落の何でも屋から電話をかけ、到着したタクシーに乗って宮野河内の宿へ向かった。そこで約束どおり豊原さんと一緒になり、天草での最初の夜を送ったが、しかしわたしは、心がたかぶって落ちつかず、翌朝になるともはや居ても立ってもいることができなくなって、みやげのつもりで鰺《あじ》の干物を三枚ばかり買うと、ふたたび、おサキさんの家を訪ねてしまったのである。

おサキさんの家に着いてみると、彼女は猫を相手に大声で話していたが、入口に黙って立っているわたしに気づくと、「あれや——」と言っただけで、きのうと同じように招じ入れてくれた。わたしは、「どうしてまた来たのか」と訊かれることを予期して、一応の返事を用意して行ったのだが、しかし彼女は、それに類したことを何ひとつ訊ねなかったのである。

その日もわたしは半日近くをおサキさんの家に過ごしたが、その間の話から、わたしは、彼女が確かにからゆきさんであったこと、売られて行った先はボルネオであったことなどを突き止めることができた。しかし、それ以上のことを訊ねるのは、彼女に警戒心を起こさせるだけにちがいないと判断したわたしは、うしろ髪を引かれるような思いにさいなまされつつも、それだけであっさりと彼女の部落を離れ、翌日、豊原さんとともに天草の名勝を二、三カ所めぐり歩くと、そのまま帰京の途についてしまったのであった——

二度めの旅へのためらい

はじめて客を取らされる前日、盛装で記念撮影。左より、おサキ、おハナ、ツギヨ

帰京したわたしは、天草島への二度めの旅――生き残りのからゆきさんの家へ住み込んでしまおうと考えているわたしからすれば、それこそが本当の旅になるであろう天草行に強く心を駆り立てられ、明けやすい夏の夜を、ひと眠りもできないことがたびたびだった。

――けれども、そのように心を天草へ駆けらせる一方で、わたしは、わたしの望むような取材がはたして現実に可能なのかどうかと、ひどい疑心暗鬼にさいなまされてもいた。およそ常識をはずれた研究方法だが、それを行なおうとするからには十分に検討したつもりだし、その上で瀬踏みの旅に出たのでありながら、その旅を終えて、おサキさんという具体的な目標ができてみると、わたしの胸には、あらためていくつかの懸念が黒雲のように湧いてきたのである。

まず第一の心配は、旅費の支出と家事・育児をどうするかということだった。わたしの家は中間層としての生活を維持するのがようやくという生活で、家事使用人などいないから、わたしがいつ帰るとも知れない旅行に出るには、旅費としてなにがしかまとまった金円を家計から捻出しなければならぬとともに、家事・育児の仕事がすべて夫の肩にかかっていくことになる。

わたしの夫は児童文化の研究者であり、子どもとともに女性も解放されなければならないという思想の持ち主で、その立場からわたしの女性史研究を理解していたから、家事・育児は偏見なく分担してくれていた。だから夫は、わたしの天草への住み込みにも賛成していたし、わたしもまた、夫に家事・育児を委《ゆだ》ねることを格別申しわけないとは考えなかったが、しかしもしも取材に失敗して旅費も夫の協力も無になったら——と思うと、不安でたまらなくなってしまうのだ。

　それに加えて、小学三年生になったひとり娘の美々《みみ》が、母親の長い不在にどのような気持を味わうだろうかということも、やはり大きな気がかりのひとつだった。わたしは、それまでにも娘を置いてしばしば仕事のため旅行をしていたが、夫の話によると、娘はわたしが出発して五日めくらいまでは平静を保っているけれど、一週間を過ぎる頃になると精神的に不安定な状態になるということだが、今度の旅は、二週間で帰れるか三週間以上の滞在になるか、それすらもわからないのである。

　わたしは、ある日のこと娘に向かって、自分が今までのどの旅よりももっと長く天草への旅に出なければならないわけを、言葉こそ嚙み砕いたけれど理論的骨格は弱めることなく話して聞かせた。すると娘は、しばらく黙っていたが、真剣さのあまり固くなった表情でわたしを見つめ、「おかあさん、行ってもいい。美々、おとうさんとふたりでいる——」と答えたのであった。

　ようやく八歳になったばかりの娘に、わたしが話した「からゆきさんという可哀そうなおばあさん」という言葉がどのように響いたか、そして「そのおばあさんの話を一所懸命に聞いてくるのが、おかあさんの勉強なのよ」と訴えたことがどこまで理解できたのか、わたしにはわからない。しかし彼女は、わたしの訴えを全身で受け止め、子どもなりに諒解し、父とふたりだけの長く淋しい生活に耐える決心をしてくれたのである。

　以上のようなわけで旅費と家族の問題は一応解決したものの、しかしそれよりも不安なのは、半日ずつ二度にわたって垣間見《かいまみ》ただけでもその貧窮ぶりのあきらかなおサキさんの家の生活に、わたしの心身が耐えられるだろうかということと、彼女の家へ何と言って泊り込むかということだった。はじめの問題はわたしの意志ひとつにかかることだから、わたし自身が決心しなおせばよいとして、問題なのは二番めのほうである。

別れるときおサキさんは、「また天草へお出でなはることがあんなさったなら、こげんか汚なかところじゃばって、きっと、この家へ寄ってくれなはり」と言ってはくれたが、所詮は行きずりの旅人にすぎないわたしが、一体どういう理由をもっておサキさんを再訪すればよいのであろう。また、適当な再訪の理由を思いついたとしても、どこの馬の骨ともしれないわたしを、はたして彼女が、共同生活者として受け容れてくれるものかどうか。

かりにおサキさんが受け容れてくれたとしても、多くの村びとたち——村での生活において生殺与奪《せいさつよだつ》の権を握っている村落共同体が、それを認めてくれるものかどうか。良きにつけ悪しきにつけ個人主義が支配的な都会とちがって、天草は前近代的な共同体社会の名残りを色濃くとどめている離島であり、そういう社会の常として村落の共同防衛の意識が強く、他所者《よそもの》にはきびしいと思わなくてはならないから、村びとたちがわたしを許容してくれる率は少ないと見たほうがよいだろう。いや、それればかりではない。天草に渡る船のなかでつぶさに体験したように、天草の人びとにとって〈からゆきさん〉は触れてはならない郷土の〈恥部〉なのだから、もしかしてわたしの真の目的がからゆきさん研究にあると分ったら、村びとたちからいかなる制裁を受けないともかぎらない——とさえも、わたしには妄想されてくるのだった。

このように思い惑ったが、しかしわたしは、結局のところ、最初の旅から二カ月あまりたって秋もたけなわになった頃、二度めの旅に出発せずにはいられなかった。黒雲のように心にわだかまる疑念について何ひとつ確実な克服手段を得たわけではなかったけれど、天草へ、おサキさんのもとへ――と逸《はや》り立つ気持を、それ以上おさえていることができなかったからである。

夕方、表の通りまで夫とともに送ってくれた娘に、わたしは、「おかあさん、美々ちゃんを思い出したら、ここへしまった写真を見るから、美々ちゃんもおかあさんに逢いたくなったら、写真を出して見てね」と言い、娘の写真を入れたショルダー・バッグをたたいてみせた。娘がこっくりをして、「おかあさん、行ってらっしゃい」と言った言葉をあとにわたしは歩きだしたが、荷物は小さなビニールのショルダー・バッグと下着類を入れたボストン・バッグがひとつだけ。服装は、くたびれたスラックスに夫の普段着の化繊のシャツを借りて着ただけ。夫は、「家出おばはんと、まちがわれないようにしたまえや」と冗談めかして言ったが、他人にはそう見えたかもしれないし、そしてこれは後日になって思い至ったことなのだが、わたしの身なりがそのように映ったことが、天草の人びとを安心させるひとつの要因ともなったらしいのである。

それはともかくとして、わたしは、つぎの日に九州へ着き、今度は天草五橋をバスで一直線に天草下島へはいり、午後三時頃には、おサキさんとめぐり逢った氷水屋のあるあの小さな町――崎津に着いた。しかしわたしは、すでに意を決しているとはいうもののやはり何となく心が臆して、すぐにはおサキさんの部落にはいって行く気持になれないのだ。それでわたしは、気持をおちつけようと考え、前回の旅で同行の豊原さんは見たけれどわたしはついに見なかった天主堂を訪れたのだが、そこで、彫像のように動かず、ひたすらに祈る老農婦に出逢ったことは、すでに冒頭に記したとおりである——

おサキさんとの生活

客商売にはいって数年後、
八番館に移ったころのおサキ。
文字が書けないため、写真で故郷に無事を知らせた崎津の天主堂であの祈る老農婦の姿を見て、からゆきさん研究への決意を更に新たにかき立てられたわたしは、短かい秋の日が西の山へ落ちきった頃になって、崎津の町にたった一軒だけあるタクシー屋に行き、タクシーを雇っておサキさんの村へ入っていった。民俗学の分野では、常民研究のため村をおとずれるときは必らず歩いて入ること——という不文律があり、それを知らないわたしではなかったが、このときは、一本道を歩いて行って、村びとたちに見咎められるのが恐ろしかったのだ。

部落の何でも屋を通り越したところでタクシーを降り、とっぷりと暮れた四囲にしばらく眼を慣らしてから、川に懸けられた小さな木橋を渡ると、北に切れこむゆるやかな坂道を登りはじめた。右手すこし離れたところに幾軒かの家が点在し、藁屋根の下の表障子が電灯の光で明るくなっていたが、わたしのめざすおサキさんの家の破れ障子はその明度がひときわ低く、昔話に聞く狐狸《こり》の家のような感じさえした。——のちに分ったところで、おサキさんの家の電灯は、電灯料の払えぬ家に電灯会社がお恵みにつけてくれた三十ワット電球一個きりのものであり、そのため、ほかの家々にくらべてずっと暗かったのである。

家の前に立つと、破れ障子いっぱいに人影が動いたが、その人影がひとつであることを見きわめると、わたしは思いきって、重い障子を力いっぱいに引き開け、家のなかへ飛びこむと、追われている者のように大急ぎでそれを閉めた。今にして考えると、そのときのわたしは一種軽度の異常心理状態に陥っていたのだろうか。何か挨拶をしなければならないと思っているのに、思いがけずわたしの口から出たのは、「おかあさん！」というひと言――前回の訪問の際にふたりの村びとたちの前で、わたしが使うことを余儀なくされたあの言葉であった。

おサキさんは、何か用足しのために立ち上がったところらしかったが、「おお」とも「ほう」ともつかぬ声を挙げ、抱いていた猫を畳に落とすと、立ちすくんでいるわたしをまじまじと見つめた。そして、そのままどれほどの時間が経ったのだろうか。おサキさんは、「夜道なのに、ようここが分ったな。さあ、早うあがれ、あがれ、――」とわたしをうながし、わたしは、「逢いたかったから、また来た――」とだけ言って座敷に上がった。

わたしとおサキさんの再会の挨拶が、それで全部だと言っても信じられないかもしれないが、しかし事実そうだったのである。夕食はまだかと訊くので、済まして来たと答えると、前のときと同じように白湯《さゆ》をすすめ、わたしを嘗《な》めんばかりのまなざしで優しく眺めまわし、このふた月のあいだに病気をしなかったかとか、前より少し肥《ふと》うなったようだとか言うだけで、おサキさんは、その余のことは何ひとつ訊ねなかった。常識からすれば、わたしが何のため今頃ここへ来たのか、来てどうするつもりなのか、いや、それよりも、そもそもわたしがどこのどういう人間であるかを問わずにはいられないはずなのに、彼女は、そのいずれについても訊かないのだ。そしてわたしもまた、そういう彼女の態度に引き込まれたかたちで、自分の身の上についてはついにひとことも語らなかったのである。

ひとしきり話がすむと、おサキさんは、「長か道中でくたびれたじゃろ。早う寝《やす》め」

と言って、奥の押入れから蒲団を出してきた。もしも蒲団がなかったら、明日にでも崎津の町かあるいは本渡町まで行って買って来ようと考えていたわたしだったから、蒲団があるということはありがたかった。

古い雨合羽《あまがっぱ》の包みをほどいておサキさんがひろげたのは、手織りらしい黒い木綿縞の敷蒲団に赤い安物の掛蒲団で、もとよりカバーや敷布などはあるはずもない。

敷くのを手伝おうとすると、おサキさんは、すこし待つようにと押しとどめ、鶏の足のような両の手で、敷蒲団を力いっぱい叩きはじめた。埃《ほこり》を払うにしては強すぎる叩き方なので、わたしが怪訝《けげん》な顔でもしたのだろうか、おサキさんは、「この敷蒲団は、うちが外国から持ち帰ったもんじゃけん、カポックちゅうボルネオの綿でな、綿が日本のとちごうとるけん、こうして叩かないけんばい」と言いながら、表面に積もっていた埃が舞い立たなくなってもなお、ばたばたと叩きつづけた。そして、およそ十分近くも叩いてから、ようやく敷きのべてくれたのだった。

その夜わたしは、からだは疲れているというのに、ほとんど一睡もできなかった。わたしなどの知らないボルネオ綿が詰まっているというその敷蒲団は、何となく馴染みにくく、しかも長いあいだ誰も使わなかったためにじっとりと湿気を含んでおり、まるで水風呂にでも浸ったような冷え冷えとした感触だったが、しかし、わたしが眠れなかったのはそのためではない。わたしの胸には、敷蒲団を叩きながらおサキさんの言った言葉が突き刺さって、疲れはてているというのにどうしても眠れなかったのだ。

――おサキさんが外国から持ち帰ったというからには、この敷蒲団はおそらく、彼女がそのからゆきさん時代に使っていたものであろう。南十字星の美しくかがやく南国の夜ごと、さまざまな肌の色をした異国の男たちが入れかわり立ちかわりやって来て、金を出して彼女のからだをもてあそんだとき、その褥《しとね》となっていたものがこれなのだ。そしてそうだとするなら、この敷蒲団の冷え冷えとした感触は、何千人という異国の男にその小柄なからだを鬻《ひさ》がなければならなかった彼女の、人知れず流したであろう涙が沁みついているからにちがいない。いや、ひとり彼女だけのそれでなく、彼女と同じように海外へ流れて行ってその身を売らなければ生きられなかった何万という女性たちの慟《どう》哭《こく》の涙が、浸みこんでいるからにちがいない――

後日、わたしがおサキさんから聞いたところによると、この敷蒲団は、たしかに彼女がからゆきさん時代に常用していたものであった。――彼女が東南アジアへ売られて行くとき、すでに再婚して他家へ行っていた母親が、せめて新しい着物の一枚もつくってやりたいと村じゅう木綿糸を借り歩き、その糸を夜どおしかかって縞の布に織り、その布を裁ち縫って袷《あわせ》を仕立ててくれた。それが、貧しく育ったおサキさんが母親から新しい着物をこしらえてもらった最初にしてしかも最後のもので、それを着て彼女は売られて行ったのだが、ボルネオに着くと女郎屋の親方から、「そげな地味な着物ば着ておって、娼売《しょうばい》になると思うとんのか」と罵《ののし》られた。けれども彼女は、母親の餞別の着物をしまいこんでしまう気がせず、糸をほどいてボルネオ綿を入れ、敷蒲団につくりなおしてもらったのだが、それが、わたしの寝た木綿縞の敷蒲団だったのである。

わたしは、おサキさんとの共同生活を送った三週間余のあいだ、その敷蒲団に寝かせてもらったのだが、その間、その敷蒲団に、もしかすると黴《ばい》毒《どく》菌《きん》や淋《りん》菌《きん》がまだ生き残っているのではないかという不安に襲われたことも、正直に言えばしばしばだった。だが、おサキさんのからゆきさん生活の形見ともいうべきその敷蒲団に寝かせてもらったということは、ほかならぬからゆきさんの声なき声をこの手につかもうとするわたしにとっては、何にもまして意義のある体験であり、記念すべきことであったと言わなくてはならないのだ！

枕がわりにしていた座蒲団が吹きとぶのではないかと思われるほどけたたましい鶏鳴《けいめい》に、眼をあけてみるともう朝で、おサキさんはとっくに起きて、朝食の仕度を終えていた。米と押麦を半々にまぜた飯と屑じゃが芋に味噌と塩を入れて煮たもの、ただそれだけの朝飯をすませると、わたしは、おサキさんに連れられて隣り近所への挨拶に出かけた。昨夜寝る前に、まんじゅうの小さな折を三つ四つ買って来たことを打ち明けると、おサキさんは、「そんなら、あした、うちの家内《やうち》だけでも回るか」と言ったが、彼女は、その言葉どおりにわたしを近所への挨拶に連れて行ってくれたのである。

まず手はじめは、前の細道を川のほうへ下った途中にある小さな家で、おサキさんによれば、その家のたったひとりの住人は、「夏来たとき、おまえも逢《お》うとる。髪ば金色に染めて、眼ェの見えんのがおったろうが。あれが、うちの死んだ兄《あぼ》さんの嫁ごじゃ――」ということである。その家から、こんどは西隣りの二軒の農家へ回ったが、聞けばこの二軒は、金髪盲目の老婆の息子たち――すなわちおサキさんの甥《おい》たちの住居なのであった。

わたしは、前に会っている兄嫁はともかくとして、初対面の甥たちとその家族には、前と同様おサキさんの息子ユウジの嫁として紹介されるのだと思っていたが、彼女はわたしを振り返って、「これが、しばらくのあいだうちのとこれ泊るこてなったけん――」

と言っただけである。おサキさんの嫁でとおすつもりだったわたしは、出鼻をくじかれたかたちになり、仕方がないので「——よろしくお願いします」とだけ言って菓子折を差出し、子どもたちが、東京ではついぞ見たことのない勢いでまんじゅうにかぶりつくのを見ながら、その場を辞したのであった。

この三軒の家への挨拶回りが、言ってみればわたしのその部落への加入式——わたしの側からすればおサキさんの家へしばらくのあいだ滞在しますという宣言であり、部落の側からすればそのおごそかな容認であった。そしてこの加入式を曲りなりにも済ませたときから、わたしのおサキさんとの共同生活が始まったと言ってよいのである。

実地に体験してみたおサキさんの生活は、わたしがこれまでに見聞きしたかぎりにおいて、もっともひどい貧窮の生活であった。あとでわたしが聞いたところによると、おサキさんのひと月の生活費は、京都にいる息子のユウジから送ってくる四千円だけで、とどこおりがちなその送金のほかには一文の収入もない。棄民政策のように言われて評判の悪い生活保護法ですら、農村の老人ひとりのひと月の生活費として九千五百八十七円を支給しているのに、その半分にも満たない四千円で、衣食住の一切をまかなっているとは！　しかも彼女はその金で、自分のほかに、捨てられて死にかかっていた猫を、「これもいのちのあるものじゃけん、可哀《むぞ》げじゃ——」と言って拾ってきて、九匹も扶《ふ》持《ち》しているのだ。

彼女の生活をいわゆる衣食住の順序に従って、まず衣生活から述べてみるなら、おサキさんはほんの数枚の衣類しか持っていなかった。わたしが崎津の氷水屋で出会ったときに着ていたもの——褪《さ》めかかった紺色の粗末なスカートに洗いざらしのリップル地のシャツ、それが彼女の他所行《よそゆき》用の衣服で、あの日は、信心している軍《いくさ》ガ浦《うら》の大師様を拝みに行く月に一度の日なので、特別にそれを着ていたわけである。家にいる日に着ているのは、鼠色の古びたぺらぺらの木綿のスカートに、これは更に一層ぺらぺらになったステープル・ファイバーの半袖シャツ。俗にスフと言われたステープル・ファイバーは、第二次世界大戦中に出回った布地だし、リップルは戦後間もない時期に流行した布地だから、その出回った当時に作ったか貰ったかしたもののほか、おサキさんは衣類を持っていないということになる。ただ、村内のある家で不幸があったとき、おサキさんは古簞笥の底から、銘仙の着物を出して着て行ったが、これは、いつか他所の家から誰かの形見分けとして貰った特別中の特別のものであるということだった。

履物は、いつも履いている裏の磨り減ったゴム草履一足のほかは、木目の浮き出た台に鼻緒の古びた下駄が一足あるだけである。そしてこの下駄は、歯をかみ合わせて上《あが》り框《かまち》の下にしまわれてあり、わたしが同居しているあいだにおサキさんがこれを履いたのは、いま書いた悔《くや》みのときだけだったことを考えれば、これは彼女の晴の日の履物なのだろう。なお、夜の衣生活とでも言うべき寝具については、さきに記したボルネオ綿のはいった蒲団はあったが枕はなく、また寝間着というものもなかったので、わたしは毎晩、座蒲団を枕にし、スラックスに夫のシャツという昼間の姿のままで寝たのであった。

おサキさんのこのような衣生活は、わたしが短期間の共同生活者でしかないためもあって、寝具のほかは、直接わたしにかかわってくるところは少なかった。だが、食生活となると、それが生命の保持につながる毎日の食事のことだけに、問題はまことに深刻であったと言わなくてはならない。

まず、その食事をつくる設備について述べると、普通の家なら必ずあるはずの台所が、おサキさんの家にはないのである。家じゅうを見渡しても、井戸もなければ水道もなく、洗い流しというものもない。あるのはただ、彼女が粘土を手こねにして作ったとおぼしい原始的なかまどが土間にひとつ、その上に真っ黒にすすけた薬缶《やかん》がかかり、横に蜜柑《みかん》箱《ばこ》が置いてあって、鉄鍋がひとつあるだけ。さらにその横に、水漏れのする洗面器一個とそのなかに入れられた茶碗五、六個があって、それが台所用品のすべてなのである。汁椀もなければ皿もなく、御飯もおかずもみな茶碗に入れて食べるのだ。

ところで、炊事をするのに欠くことのできないのが水だけれど、それは一体どうするのか。――家の入口のひさしの下に高さ一メートルほどの水甕《みずがめ》が据えられてあって、これに、二、三十メートル離れた小さな松の木の下にある井戸から、凸凹《でこぼこ》のバケツで水を汲んで来て入れておくのである。

このように書くと、さきに井戸もなければ水道もないと記したのは嘘であったかと思われてしまいそうだが、しかし、あれがはたして井戸の名に価いするものかどうか。おサキさんが井戸と呼び、毎日水を汲んでいるそれは、何十年かむかしには井戸であったかもしれないけれど、今では道のまんなかにぽっかりとあいた直径八十センチほどの穴にすぎず、蓋のないのはもちろんのこと、石囲いすらされていない。覗《のぞ》いてみると、底のほうに水が少し溜っていて、それを荒縄つきの凸凹バケツを降ろして汲み上げるのだが、上がってきたバケツの水を見ると、いつでも木の葉や小さな虫などが浮かんでいた。この水を水甕に入れておいて使うのだが、おサキさんの話によるとこの水甕は、二年ばかり前に義妹一家が家を挙げて名古屋へ離村して行ったとき貰ったものだということだから、それ以前の長い年月、彼女は、水を必要とするたびにこの井戸まで足を運ばなければならなかったのである。

それでは、この台所とも呼べない台所で、おサキさんはどのような料理をつくって食べていたか。わたしが泊り込んだ次の朝おサキさんの炊いてくれた飯が、米と押麦の半々に混ったものであったことはすでに記したとおりだが、わたしの滞在しているあいだじゅう、これ以上米の量の多い飯は炊かれたことがなかった。しかし、あとで聞いたところによると、これでもおサキさんとしてはわたしのために最高級の飯を炊いてくれていたので、普段の彼女は、もっと押麦の多い飯を食べていたのだ。米麦五分五分の割合で、しかもその米が品の悪い赤米なので、温かいうちはまだしも、冷えるとぼそぼそとして、わたしにはどうにも咽喉《のど》を通らなかった。あたためようにも御飯蒸器などというものはなく、また拾ってきた枯葉や焚き木も節約しなければならないので、飯はいつも大鍋に炊けるだけ炊くということになり、そのため、ほとほと冷いぼそぼそ飯を食べることになったのである。おかずで咽喉をごまかして食べようと思っても、そのおかずが、屑じゃが芋を塩か味噌で煮たものだけで、味噌汁も漬物もない。一週間に一度くらい、行商の魚屋から売れ残った三四十円の小《こ》鯵《あじ》を買い、屑芋といっしょに煮るのがたったひとつの御馳走だったが、おサキさんによればその三四十円の鯵も、「猫がいるから買《こ》うてやる」のだそうだ。隣り近所では、時にごちそうとしてうどんを作ったり、精進揚げなどをこしらえて食べたりすることがあるらしいが、おサキさんの家ではそんなことは考えられない。明けても暮れても、そしてまた明けても、ぼそぼその麦飯と屑じゃが芋の塩煮だけの食事が続くのである。

東京の中間層の暮らしと比較しておよそ言語に絶するこの食事は、たしかに、窮極的には彼女が月四千円の生活者であるというところに原因がある。しかしそれとともに、おサキさんが料理の仕方をまったく知らない女性だということも関係しているのではないだろうか。わたしのような者の眼で見ても、村のあちこちには食用になる草木がかなりあり、利用の仕方ひとつでもう少し食卓を豊かにすることができるはずだと思われたが、おサキさんは、料理や裁縫をおぼえるべき娘時代をからゆきさん生活で過ごしたために、料理という技術をほとんど知らないのだ。

そして、このことは、ひとりおサキさんのみならず、その後のわたしの観察によると、かつてからゆきさんであった女性の大部分に共通のことであった。料理法を心得ているかどうかが主婦の重要な資格とされる今日の社会だが、からゆきさんたちは、その意味からも主婦となる資格を奪われていたわけである。

最後に住生活について触れておくなら、おサキさんの家屋の荒廃ぶりについてはすでに述べたので繰り返さないが、何としても記しておきたいのは、風呂とトイレットが無かったという事実である。

風呂桶は割に高価なものだから、買うことができなかったのであろう。そして、おサキさんは少し離れた甥の家へ貰い風呂に行くのが習慣で、わたしも彼女につれられて何度かお相伴《しょうばん》にあずかったが、その甥の家の風呂というのが、煉瓦をいくつか置いた上にドラム缶をのせて、その下を焚きつけるという簡単なものである。しかもその風呂場には電灯もなければ蠟燭の火もなく、わずかに差し入る月光で見当をつけてはいるのだが、わたしが最初にその風呂にはいった晩、肩のあたりへ生あたたかいものが触れてきたので、思わず身を固くして眸《ひとみ》を凝らすと、わたしのすぐ鼻先に大きくて真黒な牛の眼があった。――おサキさんの甥の家の風呂場は、牛小屋の片隅にしつらえてあったのである。

毎日はいらなくてすむ風呂のほうは、甥の家の貰い風呂で用が足りたが、トイレットの無いのは、わたしにとっては大事件だった。後日知ったところによるなら、この家はおサキさんの生家ではなく、彼女が敗戦後に中国から引き揚げて来たときに、住むところがないので、極安の値段で買ったものだそうだが、先住者の頃にはむろんトイレットもあったらしい。現に、家の東北側に半ば崩れて辛《かろ》うじて建っている物置小屋には、かつてのトイレットの痕跡があり、はじめわたしはそこで用を足そうとしたのであった。しかしおサキさんは、「その便所は、使わんほうがよか。板が腐っちょるけん、うっかり使うたら、下の溜《ため》へ落っこちてしまうけん――」とわたしをおしとどめ、それではどこで用を足せばよいのかと眼顔《めがお》で訊ねるわたしに、裏の崖ふちの空地を指《さ》して、「あそこでせえ。うちもあそこでしとる。誰も見はせん――」と言ったのである。

かつてのトイレットの痕跡に執着して、腐り澱《よど》んだ溜池へ落ち込んだのではかなわないから、わたしはおサキさんの言葉に従うことにした。小用のときは手ぶらで、そうでないときは鍬《くわ》を持って裏の崖の下に出、地面の柔かそうなところに小さな穴を掘り、用が済むとその穴を埋めてしまうのだ。山畑で働いている村びとたちから覗かれるのではなかろうか――という懸念もさることながら、もっと辛かったのは、どこからともなく虻《あぶ》と蝿の群れがおし寄せて来て、露出した皮膚をところかまわず刺しまくることであった――

おサキさんのこのような生活は、わたしがこれまでの生涯に見聞きしたかぎりにおいて最も貧窮の生活であった。だから、長く都市中間層の生活に慣れたわたしには、彼女との共同生活は、死ぬほど苦しかったと言わなければ嘘になる。わたしは、幾度、いや幾十度、自分のその苦しみをやわらげるために、金を出して白米をはじめ肉や魚などを買って食べ、材木を求め人を頼んで、簡単なトイレットを作ってもらおうと思ったかしれない。それくらいのことならば、わたしの所持金の一部を割《さ》けば十分にできたし、また、そうすることが共同生活者としてのわたしの義務であるかもしれなかった。

だが、手が財布に伸びようとするたびに、わたしはわたしの心を叱りつけた。――おまえは、おサキさんとまったく同じ生活を送るつもりで、この天草を再訪したのではなかったか。おまえがおサキさんの麦飯を三度三度食べ、腐って百足《むかで》の巣になった畳へ坐り、かつては何千人かの異国の男たちが横になったボルネオ綿の蒲団に眠り、さらに裏の崖ぶちへ穴を掘って用を足すという生活に耐えなければ、彼女はおまえを、自分と同じ立場の人間とは見てくれないだろう。そしてからゆきさん生活の本当の話など語ってくれないだろう。心苦しいかもしれないが、いまのおまえは、一から十までおサキさんの好意にすがり、貧窮生活を分け合うのが本当ではないのか、と。

そしてわたしは、三週間の共同生活のあいだおサキさんの家計を全く助けず、彼女の普段の生活をわたし自身の生活とさせてもらったのであった。赤米をほんの僅か混ぜただけの麦飯に、おかずといえば屑じゃが芋を塩で煮たものだけという食事が明けても暮れても続くのは、わたしには地獄の苦しみだったと言ってさしつかえない。これを食べなければ、わたしはこの人から話が聞けない、これを食べることがこの人の心へのパスポートになるのだ――そう思って、飯碗のなかの押麦を、ひと粒ひと粒数えるようにしてのみこんだのであった。

こうした共同生活を一週間、十日と送りながら、わたしはおサキさんから、さりげなく、からゆきさん時代の話を抽き出そうとした。夜、あのボルネオ綿の蒲団を敷きのべるとき、ボルネオ綿の話から転じて、彼女がいくつのときにボルネオに行ったのかと訊ねたり、その頃のボルネオに日本人はどれくらいいて、どんな仕事をしていたかと訊ねてみたりしたのである。

けれどもおサキさんは、わたしのそういう質問に、はかばかしい返事をしてはくれなかった。

「ボルネオさ行ったのは、小《こ》まんかときじゃ――」とは答えてくれるものの、一体どういうわけでボルネオへ売られなければならなかったか、どのような方法とコースで行ったものか、そしてそのときどんな気持だったのかというような点については、固く口を緘《とざ》して語らないのだ。

わたしは、尋常一様のことでからゆきさんの聞書が得られようとは思っていなかったし、それだからこそ天草島への住み込みなどということを考えもしたわけだが、一週間たっても十日たってもさしたる成果が得られないとなると、さすがに焦りを感じないではいられなかった。

ところが、それから間もなくおサキさんは、わたしが知りたいと思っていたすべてを、何ひとつ隠すことなく語ってくれるようになったのである。そして、彼女がそのように変わったのは、村びとたちがわたしにたいしてしだいに露《あら》わにし出した疑念が契機となっているらしく、わたしには感じられたのであった――

村びとたちがあらわにし出した疑念とは、言うまでもなく、わたしが、本当におサキさんの嫁であるかどうかということであった。彼女のひとり息子ユウジの妻は一度もこの天草の義母の家へ来たことはなく、おサキさんですら写真でしか知らないというから、誰もその顔を見た者はないはずだったが、例の金髪盲目の老女の長男の嫁が、「わしがいつか京都へ行ったとき、ユウちゃんとこへ寄って夕飯ごちそうになったが、ユウちゃんの嫁さんは、あのおなごとは違うとった。もっと背が低うて、もっと太《ふと》かおなごじゃった――」と言い出したらしいのだ。そしてその嫁自身は、風呂をもらったりして顔なじみになったわたしの立場を思ってくれてか、ほんの一、二度それを口にしただけらしいが、暇をもてあましている金髪盲目は、手頃な話題だとばかり、そのことを部落じゅうへ吹聴《ふいちょう》して歩いたのである。

しばらくのあいだに、わたしがおサキさんの本当の嫁かどうかという噂を知らぬ村びとはなくなったが、肝心のわたしだけはそのことを知らない。だからわたしは、ある日、猫の鯵を持っていつもの魚屋がやって来たとき、問われるままについ、東京に住み、東京の街を知っていると答えてしまったのだが、このことが廻り廻って村びとたちの耳にはいり、さらに疑念をかき立てることになっていったのであった。

そして、金髪盲目の老婆――おサキさんの義姉をはじめ村びとたちのあいだでは、おサキさんのところにいるあの女は、一体全体何者なのだろうという詮索で持ちきり、さまざまに類推の結果、「あのおなごは、おサキさんのボルネオ時代の隠し子か、からゆきさん仲間の子で、ようやくおサキさんを探しあてて訪ねて来たのにちがいない。そうでなければ、水商売か何かしていて、困ることがあって身を隠しに来ているのだろう」

という意見に落ちついた。

実際、後章に述べるおサキさんの同僚大江のおフミさんの例からもわかるとおり、からゆきさんは、止むを得ずして生まれてしまった子を隠し子にすることが少なくなかったから、おサキさんに隠し子のひとりやふたりあったところで不思議ではなく、そのひとりが、生みの母を慕って訪ねて来るということはもっとも蓋然性《がいぜんせい》のあることだ。また、仮りにおサキさん自身の子でなかったとしても、からゆきさん時代の友達の娘なら、はるばると訪ねて来る理由は十分にあるとすることができる。このふたつの類推にくらべると、水商売の女が身を隠しに来たという推定にはいくらか無理が感じられるが、しかし村人たちからしてみれば、かつてからゆきさんをしていたおサキさんの家へ長く泊っているような女は、いわゆる堅気の女ではないにちがいない――としか考えられなかったのであろう。そしてわたしの顔には、十数年前思いがけない事故に出会ってつけられた傷の痕が何本か残っているのだが、そのことも、村人たちがわたしを水商売の女ではないかと思いこむひとつの根拠となったらしかった。

村びとたちは、わたしの正体を右の三つのいずれかにちがいないと決めてしまうと、それからは不思議とわたしにたいして親切にしてくれるようになった。ふしあわせで気の毒な女だから、できるだけいたわってやろうという気持と、あれはからゆきさんの生んだ子でなければ水商売の女であって、自分たち堅気の人間よりは下の人間だという優越感とが、親切というかたちであらわれたものであろうか。

そしてこのことは、おサキさんの心にも微妙な照りかげりとなって反映し、彼女はわたしに、それまでよりなお一層うちとけてきたのである。相変らず、わたしが何者なのかは訊ねようとしないが、夜になって寝に就きはしたものの、すだく虫の音が耳について眠れずにいるようなとき、ふいと、「おまえ、男というもんはな、悪い者ぞ。どんなに良い男だと思うても、本気で惚れるもんではなかと。本気で惚れたら、身をあやまるうしてな――」と言ってくれたりするのだ。わたしを自分と同じ立場の人間と見、人生の先輩としてこれだけのことは話して置く――といった口調であり、それをわたしは、何十年かのからゆきさん生活をとおして彼女が身につけた人生智の総和がこの言葉なのだと、胸を締めつけられる思いで聞いたのであった。

　このようになってから、わたしがおサキさんにそのボルネオ時代の話について訊ねると、彼女は、前とはまるでちがって、隠さずに何でも話してくれた。客はどこの国の男が一番多かったか、ひと晩の客の数は何人くらいで代償はいくらであったか、われとわが肉体を鬻《ひさ》ぐという仕事にたいしてどのような感じを抱いていたか、そして彼女は、一体どのような事情からからゆきさん生活に入っていったものであったか……

　それらのことを、わたしは、聞くために一貫して訊くという態度ではなしに、共同生活者として、出来ることなら知って置きたい――というふうな態度で、折にふれて訊ねたから、聞いた話は断片的であることをまぬがれなかった。今ボルネオのサンダカンの話をしていたかと思うと、つぎの瞬間には幼女時代の天草の思い出になり、ふたたび娼《しょう》売《ばい》の話になるといったふうに。

　そしてわたしといえば、おサキさんの話を可能なかぎり精確に記録しなければならなかったわけであるが、テープレコーダーはもちろんのこと、その場でノートをひろげてもならない取材である。わたしは、夜、寝ながら話を聞くと、それを細部に至るまで反綴してしっかりと脳裡に刻みつけ、翌日ひとりになったときを見はからって必死のいきおいで便箋に書きつけると、それを村のポストに投函するということを繰り返した。こうしておけば、文字を読めないおサキさんは別として、村びとたちが何かの拍子にわたしの身の廻り品に触れることがあったとしても、不都合なものは何ひとつなく、わたしにとって最も大切な取材ノートは、東京の夫の手もとに保管されるということになって、いわば一石二鳥だったからである。

このような生活を三週間つづけて、わたしはようやく、彼女のおいたちとからゆきさん生活とをおおよそつかむことができた。次章に記すのが、わたしが彼女から聞き出し得たかぎりのその人生の歩みである。もとより、切れ切れに聞き取ったおサキさんの話ではあり、それを聞き取ること自体がすでにわたしの主観による解釈を含んでいるだろうから、わたしの聞書は、彼女の生涯を、完全に彼女になりかわり彼女の言葉で復元し得ているとは、とてもとても言うことはできない。しかし、さしあたってそのほかに方法があるとも思われず、そこでわたしは、靴をとおして足の裏を掻くような思いを忍びながら、おサキさんの一人称を僭称《せんしょう》して彼女の生涯を綴るのである。

——なお、すでに幾度か記したようにおサキさんは片仮名も数字も読めない人なので、したがって彼女から聞くことのできた人名や地名はその音だけであり、どんな文字が宛てられているかは不明であった。わたしは、帰京してから取り寄せた各人の戸籍謄本その他により、おサキさんから音だけで聞いた人名を可能なかぎり漢字に復元したが、しかしそれには限度があったので、力及ばないものは片仮名書きにしたことを書き添えておきたい——

おサキさんの話

——ある海外売春婦の生涯——

おサキとその母。天草で、おサキが中戻りしたときに撮影

……うちの生まれた年は、はて、たしかなことは分らんのう。月と日は、一月二十九日とはっきりしとるが、明治何年だかはわからん、今年で七十二になるんじゃが。いつか、息子のユウジが嫁ごば貰うときじゃったか、役場から戸籍を取ってみたら、明治四十年とか四十一年とかに生まれたことになっとると言うとった。ばって、そりゃ違うとる。うちのお父っさんもおっ母さんも役場なんぞへ行くとが尻《じご》の重かたちでな、うちの生まれたときに届出をせんでおいて、うちが十《とお》近くになって、外国さに行くときになって、はじめて役場へ届けて出たったい*。だけんうちのまことの勘定と役場の勘定と、ちょうど十ばかり違うとってな、そのおかげで、うちと同じ年のとなり近所の者《もん》な、お上から年寄りの金《かね》ば貰うとるとに、うちだけは、塵《ちり》っ葉《ぱ》ひとつ貰うとりゃせん。

お父っさんは山川万蔵というてな、御先祖様からずうっとこの村で百姓ばしてきとった家じゃが、むかしはどのくらいの田畑ば持っていたものかのう。うちが四つになったときに、病気で死んでしもうたもんじゃけん、どげな顔のどげな気性の人だったか、うちは知らん。兄《あぼ》さんが生きとりゃ——矢須吉兄《やすきちあぼ》さんはうちより四つ年上じゃから、お父っさんが死んだときはもう八つになっておったで、少しは分ったかもしれんが、もうとうの昔に仏様じゃもん。何《なん》でも、ひどう博奕《ばくち》の好きな人で、すっかり田畑ばすってしもうて、夫婦して、分限者《ぶげんしゃ》の家の畑に日傭取《ひようと》りに出ておったと聞いたことがあるワ。

おっ母さんのほうは、サトという名でな、おんなじ村の川島ちう家から嫁入って来たもんで、あんまり優しいおなごではなかったな。——実のおっ母さんをそげなふうに言うのは悪かが、嘘じゃなかっだけん、堪忍してもらうよりほかなかじゃろう。

　田畑があってさえ暮らしかねるごとあるとに、夫婦しての日傭取り暮らしじゃけん、さぞきつかことじゃったろう。なにしろ、兄《あぼ》さんの矢須吉、姉のヨシ、それにうちと、子どみも三人おったけんねえ。それでもお父っさんが生きとらすうちはまだ良かったばって、お父っさんが病気になって死んでしもうと、もう、どうにもこうにもやっていけん。それまで住んどった太《ふと》か家も、とうとう売ってしもうたと。家を売ってしまえば住むところはなかが、おっ母さんの兄《あぼ》さんがきつう妹思いのお人でな、売った家のじき近くに小《こ》まんか家ば建てて、そこへうちら一家を入れてくれた。畳が四枚敷けるかどうかの小《こ》まんか家でな、四つ、五つのうちにはどうしてその小《こ》まんか家に移らならんのか分らんもんじゃけん、「おっ母さん、おサキの家さに帰ろい」て泣やて、みんなをほとほと困らせたもんじゃっと。

　それからというもん、おっ母さんは前よりいっそう日傭取り仕事に精ば出して、九《ここの》つか十《とお》になったばかりの兄《あぼ》さんは、口減らしになるけんちうて近所の百姓家へ子守奉公に出て働いたが、そっでもうちん家の暮らしはいっこうに楽になってくれん。朝から水ばっかり呑んでおって、昼になっても、それから日が落ちて晩になっても、唐芋《からいも》のしっぽひとすじ口にはいらんこともあった。おとなになってもそうじゃが、おまえ、食いざかりの小《こ》まんか子の口に一日なにもはいらんちうのは、そりゃ可哀《むぞ》げなもんじゃぞ。

＊戸籍謄本によれば、山川サキは、熊本県天草郡＊＊村大字＊＊千六百弐拾九番地に、山川万蔵、山川サトの弐女として、明治四拾弐年壱月弐拾九日に出生。兄矢須吉は明治弐拾九年参

月弐拾七日出生、昭和弐拾弐年九月拾九日死亡。姉ヨシは明治参拾壱年七月拾壱日出生。

そげな暮らしを幾年かつづけたあとでの、おっ母さんが嫁ごに行くという話が起こった。なんでも、お父っさんのすぐ上の兄《あぼ》さんの徳松伯父の伴合《つれあ》いが死なしたもんで、弟《おとうと》後家《ごけ》のおっ母さんに、ちょうどよかけんあとに直れ——ということになったわけたい。

徳松伯父がそんときいくつだったかうちは知らんが、伴合《つれあ》いとのあいだにゃ六人も子があってな、その頭《かしら》むすめはうちのおっ母さんよりかたった三つしか年下でなかったと。そるばって、この頭《かしら》むすめは、おっ母さんが徳松伯父のとこれ嫁入ったときにゃ、もう家にはおらんじゃった。ジャワさに行って、うちとおんなじお娼売《しょうばい》やっとったんじゃ。なんしたわけか知らんが、あとでつんぼになって帰って来て、おっ母さんが嫁に行って十年ばっかりして死んでしもうたと。可哀《むぞ》げになあ——

おっ母さんは、徳松伯父のとこれ行ったとき、幾つになっておったもねろ。伯父さんとろじゃ、幾人も小《こ》まんか子どみがおるとに飯《まま》炊く者《もん》がおらんで難儀するし、うちらのところは、芋もよう食えん暮らしじゃけん、両方の家がいっしょになれば良か——そう言うてのおっ母さんの嫁入りじゃった。詳《くど》う言えばな、徳松伯父がおっ母さんを嫁ごにするかわり、うちら三人の子どみのめんどうば見るちう約束じゃったげなたい。

その話ば、おっ母さんから聞かされたとき、うちは何やら面映《おもはゆ》か思いのしたきりで、賛成も反対もありゃせんじゃったが、矢《や》須《す》吉兄《きちあぼ》さんが強《む》ごう反対でなあ、なんしてあげにきつう反対したもんか、もう忘れてしもた。六十年もむかしの話じゃもんなあ。——ばって、兄《あぼ》さんは仏ば大切にする気性の人じゃったけん、おおかた、「死んだお父っさんに申しわけが立たんけん」＊ということじゃったろ。そっでも、おっ母さんは徳松伯父のとこれ嫁ごに行ったが、うちら三人の子どみはいっしょに行かんで、元の小《こ》まんか家で、うちらだけで暮らすことに決めたったい。子どみ心に、うちらを捨ててよそへ嫁ごに行ってしまうおっ母さんなんぞ、もう、うちらのおっ母さんじゃなか――と、目に涙ばいっぱい溜めて思うたこつばおぼえとる。

＊戸籍謄本によれば、山川サキ母山川サトは、明治六年参月六日出生、大正弐年拾弐月拾五日天草郡＊＊村大字＊＊千六百五拾七番地戸主平民山川徳松と再婚。

その時分、兄《あぼ》さんは、子守奉公から移って近くの三菱炭鉱で鉱内夫に使うてもろうとったが、おっ母さんが去《い》んでしまうと、そこば止めて、毎日家におるようにした。兄《あぼ》さんは、家からあんまり離れんところに借り畑ばして、麦と唐芋《からいも》を作るこてしたもんで、姉《あね》さんもうちも夢中で手伝うた。そればかりでは足らんで、うちは、七つのときから二年間、正田ジョイの家で子守奉公ばさせてもろうた。ヨシノリちう男の子の守りをしよったじゃが、うちは人並みよりからだが小《こ》まかほうじゃけん、ヨシノリば帯で背中にくくりつけるとしゃが、子の足とうちの足と揃いよったよ。昼飯《ひるめし》と夕飯《ゆうめし》ば食わしてもろて、お給金は年に四円じゃった。

そげんかことして働かにゃならんじゃったもんだから、うちらは、学校というところにゃ一日も上がらんじゃった。兄《あぼ》さんも、姉《あね》さんも、うちも行っとらん。もっとも、学校さに行かんとは、何もうちらの家ばかりじゃなか。今とちごうてあの時分は、うちらの村じゃ、学校に上がらん子どみが仰山《ぎょうさん》おって、ちっとも珍しかことではなかったもね。――ただ、学校さに上がらんおかげで、字ばひと字も読むことがでけん。おまえら若い者《もん》はよかね、ほんなこて。本でも新聞でもいくらでん読めるし、どこへでも手紙を書けるとじゃけんな。うちらは、明《あ》き盲《めくら》ちゅうもんじゃけん、外国に行っておったあいだも、病気もせんで元気でおるぞいという便りひとつ、自分ではよう書けはせん。国へ金ば送るときでも、いちいち他人さまに頼んで書いてもろうて、手紙が来れば来るで読んでもらわんばならん。おまえには分らんじゃろうが、そりゃ、ほんなこつ口惜《くちお》しいことじゃぞ。

つい、余分なおしゃべりばしてしもうたが、兄妹三人骨ば粉にして働いても、子どみの稼ぎはおとなにゃ敵《かな》い申さん。冬になるとしゃが、麦櫃《しねびつ》も唐芋《からいも》の桶もからっぽになって、麦のお粥さんどころか芋の汁さえ啜《すす》れん日がつづいたとじゃもね。前の太か家と違《ちご》うて、今度の小《こ》まんか家は畳ちゅうもんが無かったけん、山で枯れ枝拾うてきて火だけは焚いたが、兄妹《きょうだい》三人空き腹ばかかえて板敷に坐っとると、頭に浮かんでくるとは食いもんのことばかりだったぞい。もううちらのおっ母さんじゃなか――そう思うて恨んだおっ母さんじゃったが、そげな晩に思い出すとは、やっぱおっ母さんの顔じゃった。ばって、そりば言うと、兄《あぼ》さんに怒られるけん、うちは、くちびるば嚙《こ》うで黙ってじいっとこらえとったとじゃ。

徳松伯父のところこれ行ったおっ母さんは、うちらをあんまり訪ねて来てくれんじゃった。部落は違《ちご》っとってもひとつ村内《むらうち》じゃけん、ときどき顔ば見せてくれればよかとに。ばって、足が向かんじゃったのは、うちらが可愛《むぞ》なかったわけじゃなか、徳松伯父と義理の仲の子どみ達に気兼ねしたけんだろうと思いよったたい。

そげな有様のなかで、うちらの住む家ば建ててくれたおっ母さんの兄《あぼ》さんと、いまひとり、やはりおっ母さんの姉《あね》さんで、子どみの無かった叔母さんが、「達者でおるか、飯《まま》は食うとるか」と言うて、よう訪ねて来てくれよらした。餅ついたけんちゅうてはお盆にのせて持って来てくれ、新芋《けしねがんぼ》がとれたと持ってきてくれ、「兄妹三人仲良うせい、困るこつがあったら遠慮せず相談に来いよ」と、うちらに力をつけてくれなはった。

そのうちに、姉のヨシが十《とお》か十一になって、同じ部落の正田トーイチさんが家《え》に女中奉公に出ることになった。正田トーイチは、それほど分限者《ぶげんしゃ》でもなかったつにヨシ姉《あね》を女中に入れたっは、ほかに本心があったとね。

トーイチの姉におトクというのがおっての、村の者《もん》は「おトンジョ、おトンジョ」と呼んどったが、そのおトンジョがビルマのラングーンでお女郎屋《じょろや》を開いておったと。トーイチは、このおトンジョの女郎屋に連れて行くお女郎が欲しかったもんで、そっで、うちのヨシ姉《あね》に目ばつけたのと違うじゃろか。ヨシ姉はそれからあんまり経たんうちに、正田トーイチに連れられておトンジョのお女郎屋へ行ってな、お娼売をするようになったと。うちの家からすこし上《かみ》の正田のおナミさんは、ラングーンで、正田トーイチと夫婦《めおと》になったたい。

正田トーイチは、それはそれはひどか奴でな、おトンジョが女郎屋して貯めた銭《ぜに》ば一銭残らずだまし取った男じゃ。姉弟《きょうだい》そろって村へ帰ってから、おトンジョは気がふれて、有ること無かこと言いふらして村じゅうば飛びまわるようになったんじゃが、トーイチはおトンジョを陽《ひ》もささん奥のひと間《ま》に押しこうで、兵糧《ひょうろう》もろくに与えで、とうとう見殺しにしてしもうたとじゃ。ばって、トーイチももう死んだたい。おナミさんはまだ丈夫で、村で店屋《みせや》ばやっとる。おまえ、こないだシャボンがほしかと言うて買うて来たろ、あの店屋じゃ。——ばって、外国帰りのこつば、きつうきつう隠しとる。

姉のヨシはどげんしたとて？——ヨシ姉がはじめて行ったとはラングーンじゃが、そこからシンガポールやジャワのお女郎屋へ移ってな、今の天子様が天子様になりなさった年に天草に戻って来たと。南洋で京都生まれの船乗りと世帯ば持ったというが、その男が病気で死んでしもうたもんで、そのお骨《こつ》持って帰って来たとじゃがね。それからはもう南洋さにゃ行かんで、正田のおナミさんの兄《あぼ》さんの正田カイキチといっしょになって、去年の春に死んでしもた。七十五にひとつふたつ足らん年じゃと言うとった。*

*戸籍謄本によれば、山川ヨシは、大正参年五月壱日天草郡＊＊村大字＊六百九拾四番地田中光吉弐男大三郎と婚姻。大正拾壱年弐月弐拾六日大三郎と協議離婚。昭和拾壱年参月七日、天草郡＊＊村大字＊千百弐拾五番地正田カイキチと婚姻。

今度のいくさの終わったあとは、もう、どこのおなごも南洋さにゃ行かんが、うちが小《こ》まんかときはな、あすこの家からもここの家からも出かけたもん《もん》ぞ。ふた親のおらんうちらの家ばかりではなか。うちと同じ頃に外国さん行った者《もん》は、この小《こ》まんか村内《むらうち》だけでも、二十人の上もおるわい。

外国へ行ってお娼売《しょうばい》した者《もん》は、いろんな目に会《お》うて、果てては行方《ゆくがた》知れずになってしまうことも多かでな、全部の者《もん》の消息は知らん。うちの知っとる者《もん》で言うと、この下の川向こうの正田おサナさんは、太《ふと》か家に住んどって、外国の腰掛けも冷蔵庫も持っとる。おサナさんは、うちの遠か親類へ嫁ごに行って、おなごの子ばひとり生んだつじゃが、どげなわけからかその家を出てしもうてな、うちらとは違う親方に伴《つ》れられてプノンペンに行ったんじゃ。そこで、ゲノンというフランスの男といっしょになっての、その男が金持じゃったけん、分限者《ぶげんしや》暮らしばしなさったと。そのフランス人はとうに死んでな、残していった財産をフランス人の弟が全部取ってしまおうとしたけんで、おサナさんは裁判をして、うまいぐあいに勝ったげなたい。そっで、今でも毎年外国から銭《ぜに》が送られてきて、あげに安楽に暮らしていなさるとよ。まあ、おサナさんは、うちら外国へ行きよった者《もん》のなかでの出世頭《しゆつせがしら》じゃな。

それから、下のほうのおカズさんも外国でフランスの男の妾《めかけ》になって、帰ってからもわりに良か暮らしばしとった。おととしか先おととしか死になさった。重村ナツノさんは、たしか天津《テンシン》へ売られて行ったのう。下山タツノさんの姉さん――何という名だったか忘れてしもた――は、支那人と夫婦《めおと》になったとうわさば聞いたばって、それっきり天草へは帰って来ん。手紙の来たという話も聞かんし、もう、生きてはおらんじゃろ。このほかにも大勢おるがの、おサナさんとおカズさんを別にして、みんなむかしも今も良か思いはしておらん。

うちの家内《やうち》でも、ずいぶん大勢外国さん行っとる。まず、うちとヨシ姉《あね》じゃろ。お父っさんの一番上の兄《あぼ》さんの娘にハルという子がおっての――そうじゃ、うちのいとこじゃなア――そのハルがラングーンへ二十年行っとるし、その伴合《つれあ》いになった良治という男は島原者《しまばらもん》じゃが、これも長く南洋におった。ヨシ姉の初手《しよて》の伴合《つれあ》いだった船乗りも南洋で働いとったし、二度めの御亭主の正田カイキチはラングーンの女郎屋の番頭で、その妹のおナミさんとおヤエさんはそこでお娼売に出ておったもん。うちの伴合いになった北川新太郎も、外国仕事の男じゃったし、徳松伯父の頭《かしら》むすめも、さっき話したとおりお女郎屋に出ておった。

みんなで幾人になるもんかな？　はァ、女が六人の、男が四人になるか。ひとつの家《や》内《うち》からでも、こげに大勢南洋に行っとるもんな、ほかの家でもその家内を調べてみれば、おんなじようなことではなかかと思いよる。

うちが外国へ行くことになったのはな、ちょうど九つ《ここの》になった年じゃ。うちら子どみばっかしで借り畑して暮らしておっても、一向にどうもならん。矢須吉兄《やすきちあぼ》さんもだんだん若い衆《し》になったばって、一枚の田畑も持たん男は一人前にあつかわれんし、嫁ごの来《き》手《て》も無か。それじゃあんまり兄《あぼ》さんが可哀そうじゃけん、うちは、心から何とかして兄《あぼ》さんを男にしてやらんばいかんと思うとった。となり近所の姉《あね》さんたちが、大金もろうて外国へ行きよるとば見ておって、子どみ心にも、おなごが外国さん行けば、兄《あぼ》さんは田畑ば買うて、太《ふと》か家ば建てて、良か嫁ごば貰うて立派に男になれると思うてな、じゃけん、うちが外国さん行くことにしたとよ。

崎津から大江ば回ってもっと西へ行くとな、高浜というところがある。その高浜から南洋へ行って成功しとる親方に、*由中《よしなか》太郎造どんいうのがおっての、その親方がある晩うちらの家にやって来たと。親方と兄《あぼ》さんといろり端へ坐りこうで、長か夜の更《ふ》けるのもかまわんで話ばしておったたい。そっで、ようよう話がまとまって、うちは三百円で、太郎造親方に連れられて、ボルネオのサンダカンに行くことになったとね。

矢《や》須《す》吉《きち》兄《あぼ》さんは、うちの前にこうやって両手ばついて、「どうか、外国さん行ってくれ」と頼みなさった。うちは、兄さんを男にするためだと思うて、「うん、外国さん行く」と答えたもんの、親方から念ば押さるっと何だか心細くなってしもうてな、「おハナさんが行くとなら、うちも外国さん行く。おハナさんば連れて行かんと、うちも行かん」と駄々をこねたとじゃ。

＊戸籍謄本によれば、由中太郎造は、明治九年七月弐拾八日、天草郡高浜村字＊＊千拾参番地に、由中虎次郎、コムの長男として出生。

おハナさんはな、うちの一番の仲の良かった幼な朋輩《ほうばい》よ。年はうちよりひとつ下じゃ。うちのところと目と鼻の先に住んでおって、お父っさんが少うしばかりの*畑を耕しとったが、おハナさんは、ほんとはその家の子じゃなかったと。おハナさんはほかの村に生まれたげなばって、何《なに》してか知らんがふた親に死なれてしもうてな、ふたつのとき、家《や》内《うち》にあたる正田の家へ貰われて来た。――さっきから、正田、正田とばかり言うがな、このあたりは正田という苗字が多かと――ばってん、「お父っさん、おっ母さん」と呼ぶ人はあっても、それは本当の親ではなかし、正田には実の子もたんとおったけん、おハナさんは肩身が狭うしてなァ、それで親のおらんうちと気が合《お》うたとじゃろ。

　このおハナさんにな、次の日会うたとき、うちは外国行きの話ばして聞かせて、太郎造親方の言うたとおり、「外国さん行けば、毎日祭日《まつりび》のごたる、良か着物《きもん》ば着て、白か米ンめしばいくらでも食えると。じゃけん、おまえも行かんか」と誘った。そしたらお

北川サキ系図

＊印は、明治末年から昭和初年にかけて、東南アジア諸地域や中国で生活した経験を持つ者である。サキ世代の者の半数以上が、生活の糧を求めて海外に渡航している。

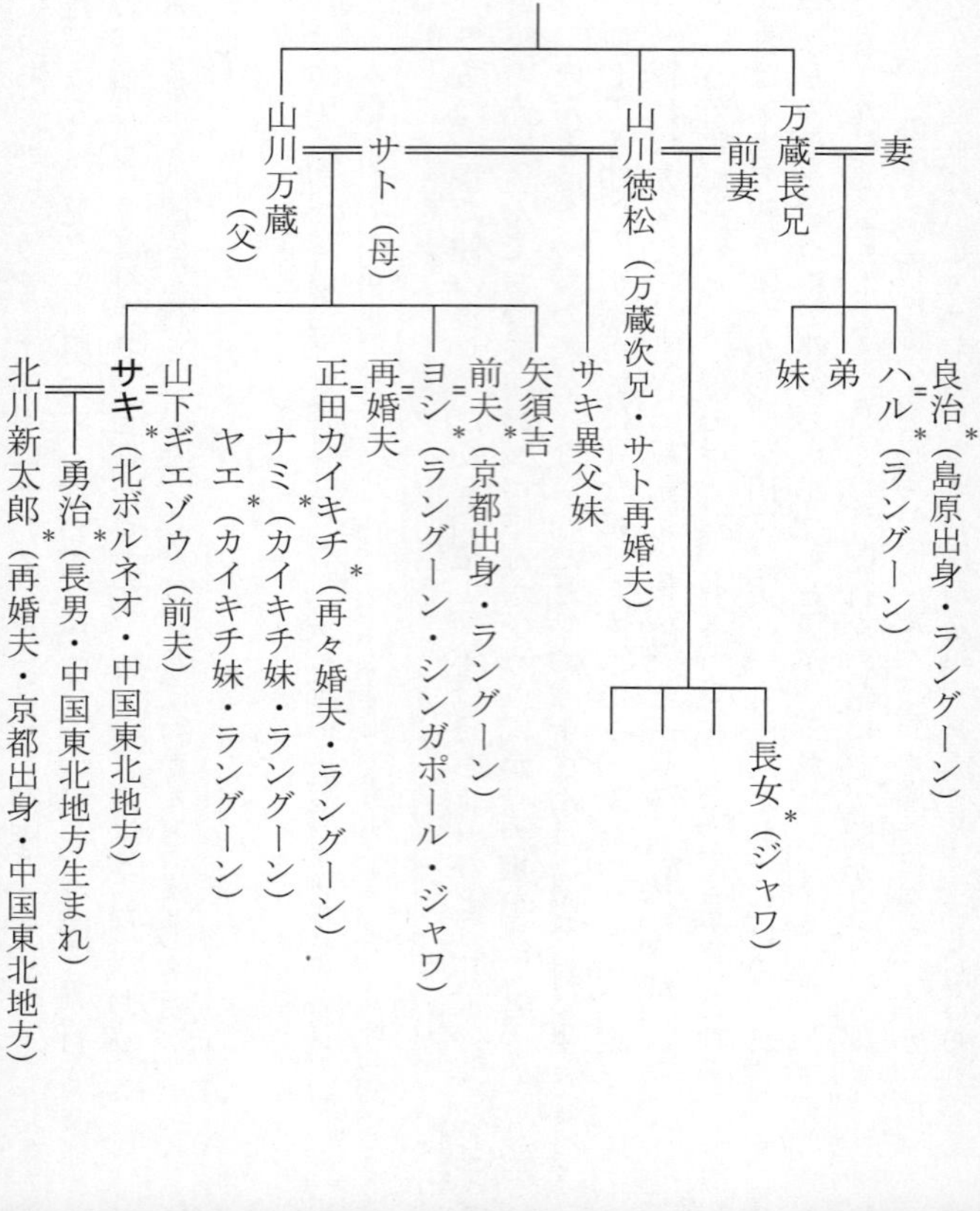

ハナさんは、一も二もなく「うちも行こう」と言うた。

＊戸籍謄本によれば、正田ハナは、明治参拾四年壱月拾日、天草郡＊＊村字＊＊千六百六拾九番地戸主山下時太郎四女として出生。大正六年四月弐拾八日、正田嘉松、同キミ養女として届出。

いんや、おハナさんばっかりじゃなか。そんとき、やっぱり遊び朋輩の竹下ツギヨさん＊がそこに居合わせておったんじゃがの、ツギヨさんも、「うちも外国さん行きたか、仲間に入れてほしか」言いよるとたい。ツギヨさんの家はな、ガタにあるとよ。「ガタ」というのは、山寄りの石ばっかりの土地のことで、いくら掘り返して肥料《こやし》ば入れたてちゃ、ろくな芋や大根はできはせん。ばってん、うちらが南洋さん行ったあとのことじゃが、ツギヨさんの一番上の兄《あぼ》さんも、ブラジルへ稼ぎに行かにゃならんじゃった。そげな家じゃもんで、ツギヨさんも、「うちも外国に行きたか」言うちたと違うか。

＊戸籍謄本によれば、竹下ツギヨは、竹下三郎、竹下タヨの長女として、明治参拾五年七月弐拾六日、天草郡＊＊村大字＊＊弐千九百九拾弐番地に出生。昭和参拾七年弐月九日天草郡＊＊町大字＊＊四百拾番地で死亡。

その日、遊びから家へ帰ると、おハナさんもツギヨさんも、われから親に向かって、外国さんやってくれ——と頼んだとね。おぼえてはおらんが、おおかた、由中の親方もおハナさんとツギヨさんの家さん訪ねて、「子を自分に預ければ、ひとりにつき三百円じゃ」と、札びらば並べてみせたことじゃろて。

そげんかふうにして、うちら三人とも外国さん行くことに決まったばって、決まってしまうと、晴れがましかごたる、悲しかごたる、おかしか気持じゃった。兄《あに》さんが知らせたっやら、誰かほかから聞きこうだとかは知らんが、うちが外国さん行くとば知って、久しぶりにおっ母さんがやって来た。そうしてな、うちに新しか着物《きもん》一枚こしらえてくれたと。嬉しかったな——何《なん》しろ、新しか着物《きもん》ばもろうたとは、生まれてはじめてのことだもん。黒地に白か縞模様《しまもよう》のある木綿の着物《きもん》じゃった。

あとで、うちが南洋から中戻りしたときおっ母さんから聞いた話じゃと、おっ母さんは、あの着物ばこしらえるとに、徳松伯父にえらい気兼ねしたとげなです。糸ば買おうにも、へそくりの銭《ぜに》はなし、「いまに返すけん」言うて村じゅう木綿糸ば借り歩き、その糸で機《はた》を立てて布ば織り、夜も寝んで縫い上げてくれたもんじゃったげなと。織りながら縫いながら、売られて行くうちの身の上ば案じて泣かしたもんで、目ェばすっかり腫《は》らしてしもうてな。

おっ母さんがそげんか思いして作ってくれた着物《きもん》じゃったが、サンダカンに着いたら、太郎造どんが、「そげな地味な着物《きもん》ば着て、娼売《しょうばい》になると思うか」と言うて怒ったもんでな、ほどいてしもて、カポック詰めて、敷蒲団に作ってしもうた。いま、おまえが使うとるのがその蒲団たい。サンダカンでうちがずうっと使うとったが、中戻りしたとき持って帰ったっじゃ。

着物《きもん》のこつは、これくらい話せばもう良か。——こげんしておっ母さん、着物《きもん》ば作ってくれたばって、帯まで新しかっばこさえることはできんじゃった。そっでもな、どこをどう工面したもんか、誰かの使い古した博多《はかた》帯《おび》——それも赤か博多帯ば貰うて来てくれてな、うちの腰に結んでくれなはった。頭にも生まれてはじめて櫛ば入れてもろて、風呂敷に腰巻一、二枚包むと、うちの旅仕度はすっかり出来たと。

そこへ由中太郎造どんが迎えに来て、いよいようちらは出かけるこてなった。おハナさんとツギヨさんは、お父っさんが仕事休んで付いて来て、うちにはおっ母さんが付いて来た。ほら、おまえといっしょに来た田んぼの中のあの一本道を、みんなつれのうてぞろぞろ歩いて崎津まで出て、崎津の天主堂の下から小《こ》まんか舟に乗って、高浜まで行ったんじゃわ。うちのおっ母さんは乗物にはてんでだめなお人《ひと》で、なかでも舟は特別だめでなァ、若いころは汽船に酔うて血ば吐いて苦しんだことがあるげなが、そんときも、真《ま》っ青《さお》な顔ばしながら高浜まで送ってくれたと。

舟のなかで、おっ母さんはうちにぴたっとひっ付いて、「遠か外国さん行くんとじゃもんね、これが今生《こんじょう》のお別れじゃろ。また逢えるときがあろうかいのう——」と、頬ばびたびたにして泣きつづけておったと。

うちも、何だかしんとした気持になってしもてな、手拭いば出しておっ母さんの顔ばふいてやって慰めた。——「おっ母さん、そげに心配すんな。三人、四人行くばって、おらあどげな辛《つら》かこともがまんして、一番早う帰るけん」と言うてな。

高浜から長崎へ行く船に乗る船着場で、うちらは、送って来たおっ母さんやお父っさんに別れた。うちらの乗った船が動き出すとしゃが、ツギヨさんとおハナさんのお父っさんは、口に手ばあてて、「ツギヨォ、達者で早う帰って来《こ》ウぞ——」、「おハナァ、病気ばすんなよ——」と幾度も幾度も喚《おら》んだばって、うちのおっ母さんは、たァだ泣いておるばっかりでな、とうとうひと言もものが言えんじゃった。そげなおっ母さん見ると、うち、一時は情知《なさけし》らずと恨んだおっ母さんじゃあったばって、おっ母さんがあわれでのう、「この高浜からうちらの村まで遠かとに、どげんして帰らるじゃろか——」と思うて、胸がいっぱいになったこつば憶えとるたい。

長崎からボルネオまでの旅は、おそろしゅう遠かったぞい。長崎へ着いたと思うたら、こんどは汽車へ乗って門司へ行ってな、そこから太《ふと》か汽船に乗せられて台湾の基隆《キールン》まで七日。基隆に四十日《しじゅうにち》ばかり泊まっとったっは、あれは船待ちしとったとじゃろかいな。ようよう船が出て、また七日かかってこんどは香港《ホンコン》に着いてな、そこでまた四十日のあいだ船を待って、十日たってやっとボルネオのサンダカンへ着いたとたい。

うちら、外国さん行くからには親兄妹と別れにゃならんことば得心《とくしん》しておったつもりばって、高浜でお父っさんやおっ母さんに別れたとたんに心細うなってきて、うちも、おハナさんも、ツギヨさんも、何《なん》も言わんと黙りこくってしまったと。ばって、いつまでも黙っておるとは辛《つら》かけん、うちが「あんたら、どぎゃん思うとる？　もう、一生お父っさんおっ母さんのとこにゃ帰られん、どげんしょう？」と話しかけると、おハナさんも、ツギヨさんも、声ば挙げてわあわあ泣き出してしもうた。うちも切《せつ》のうなってきて、いっしょに泣き出してしもうたと。

——そしたら、太郎造親分がな、それまでうちらにもひどう優しかし、お父っさんおっ母さんにも親切じゃった親方どんがな、火のごつに怒り猛《たけ》ってな、「帰ろうと思うたら、どげなとこからでん帰られる。泣くとばやめんか！」とどなりつけた。いままでの親方が仏様なら、打って変わって、閻魔《えんま》様《さん》のごたる親方じゃ。うちらは、すっかり恐ろしゅうなってな、また前のように口ばつぐんで、長崎から門司への汽車、門司から香港への汽船の旅ばつづけたとたい。

そげな恐ろしか旅じゃったけど、うちら子ども衆《し》だったしな、道中には面白かと思うこともひとつやふたつじゃなかった。うちら生まれてから十《とお》になるまで村から一歩も外へ出たことがなかった者《もん》だし、崎津の天主堂さんばながめるとも初めてだったくらいじゃから、船も、汽車も、宿屋も、瓦葺《かわらぶ》きの屋根も、何《なん》もかも珍しかった。宿屋で出してくれるもんが、朝、昼、晩とまっ白か米ンめしじゃったとにゃ、うちら三人とも、三度三度こげな米のまんま食うて罰の当りはせんどかしらん——と、しばらくは箸もようつけられんじゃったとを憶えとる。

ばってん、目ン玉の飛び出すごと驚いたつは、香港に着いたときじゃった。香港は、〈東洋のロンドン〉と言うてな、東京よりかにぎやかな街じゃというっとぞ。太郎造どんは、何を思うたのか知らんが、夜が来たら、うちらを香港の街見物に伴れて行ってくれた。むろん、小布《こぎれ》ひとつ買うてくれるわけじゃなし、何ひとつ食べさせてくれるわけでもなか。たァだ街を歩くだけじゃったが、ネオンサインの赤や青や黄ィがぱっぱとまたたいとるとば見ると、うちらはすっかり嬉しうなった。何しろ、電灯どころかランプも使うとらん村で育ったうちらじゃもんね。おっ母さんや兄《あぼ》さんを恋しゅう思う気持も、遠か外国へ行く恐しさも、そのときばっかりはいっぺんに吹き飛うでしもうてな、「世の中に、こげん綺麗かもんあるとね。天国のごたる。もう、内地にゃ帰らんてちゃよか——」言うて、おハナさんとツギヨさんとうち、三人して抱き合うて喜んだことじゃ

業態	軒数	男	女	備考
写真屋	1	2	1	夫婦及助手一名
雑貨商	1	2	1	夫婦及番頭一名
政府印刷所雇	—	1	—	
洗濯屋	1	2	—	
旅人宿	2	7	2	二夫婦他四名は雇人、一名小児
大工	—	2	—	
賤業婦	7	7	21	十九名は賤業婦
洋妾	—	—	6	内五名はパトポテ住
菓子屋	1	2	—	
支那人妾	—	—	1	
馬来人妾	—	—	4	
比律賓人妾	—	—	1	
印度人妾	—	—	1	
護謨園労働	—	1	1	夫婦
菓子屋	—	1	1	夫婦パトポテ住
椰子園主	1	6	5	園主夫婦其父母他は雇人
同	1	1	1	夫婦
同	1	1	—	
計	16	35	46	

った。

うちらが天草を出たとは、夏の暑いさかりじゃったが、サンダカンへ着いたときは、もう年の暮れになっとった。もっとも、年の暮れいうても南洋のことじゃけん、天草の夏よりもきつか暑さで、木ィも青々と茂っとれば花も咲いとる。十二月じゃて言われても本当の気がせんで、南洋は何と不思議なところじゃろうかと思うたね。

＊田沢震五著『南国見たまゝの記』（新高堂書店・大正十一年刊）
「サンダカンは英領北ボルネオに於《お》ける最大の港市《こうし》で、只此処《ただここ》に之《これ》と比肩すべきものに北西部なる一ゼッセルトンがあるのみである。而して其位置は英領北ボルネオの東方の一隅に在り、新嘉坡《シンガポール》を去る一千哩《マイル》、香港を去る一千二百哩、麻尼剌《マニラ》は僅か六百六十哩の彼方《あなた》にあるのである。市街は湾口から四哩の所に在つて同湾の広さは幅五哩、長さ十五哩である、同港は水深可なりに深く桟橋《さんばし》横着《よこづ》けは不可能であつても、随分の大船を入港せしむる事が出来る。当市の人口は約二万人と称し其の大部分は支那人であるとの話である。市は北に小高い小丘を負ひ、サンダカン湾に南面した一小都市であつた。本艦上から市街を望むに建物の屋根は真赤《まつか》に塗られて一寸《ちよつと》異様な色彩を現出して居た。」
三穂五郎著『邦人新発展地としての北ボルネオ』（東京堂書店・大正五年刊）
「サンダカンは当国の首府である丈《だ》けに日本人の在留する者も比較的に多い、此の地方在留者の職業別を挙げて見よう。」（82頁表参照）

サンダカンには、日本人のやっとる女郎屋が一番多くて、九軒あった。その次に多かとが支那人の女郎屋でな、朝鮮人や土人のおなごは、女郎屋にかかえられんで、ないしょで客を取っとった。あげんとを、密淫売というとたいね。そげにして密淫売しとっても、朝鮮のおなごがきりょうも姿も一番良か。フィリッピンには白人のおなごのいる女郎屋があったちゅう話じゃが、ばって、サンダカンには一軒もなかったと。

＊三穂五郎著『邦人新発展地としての北ボルネオ』

「晩餐後、市街を漫歩して、其の夜景を見、殊に例の花柳街を窺いて見た、此処は仲々盛大で、日本の女郎屋七、八軒と支那人の女郎屋十四、五軒と同じ通りにあつて、筋違ひに向き合つて居る、それから支那人の公許賭博場の前を通つて観たが、仲々盛んだ。」

九軒あった日本人の女郎屋には、宿屋のごたる名前はついとおらんで、一番館、二番館、三番館、四番館……と、番号で呼ばれておった。太郎造どんのやっとる家は三番館での、うちら三人はそこへ住みこまされたとよ。あとから知ったことじゃけどな、ふつう女郎屋の親方は、女衒《ぜげん》からおなごを買い入れるとじゃが、太郎造どんは女衒から女郎屋の親方になった人じゃったけん、大金出してほかの女衒からおなごば買わんでも、自分で日本へ帰っておなごを買うて来ておったとたい。

こげんして太郎造どんの女郎屋へ売られたとじゃったが、うちら、すぐにお娼売《しょうばい》に出たんとは違うばい。三番館には、そのとき、お女郎衆がふたァりかかえられておった、おフミさんとおヤエさんいうてな。おハナさんやツギヨさんやうちらが最初したのは、太郎造*どんやその家内《かない》、そりからこのおフミさん、おヤエさんの使い走りやら、女中やらみたいなもんじゃった。

おフミさんもおヤエさんも、うちらと三つ四つしか年は違わんじゃったけん、おおかたそんときは十三か十四で、十五にはなっとらんじゃったろ。おフミさんは、うちがあとあとで一番いっとうの仲良しになったお人でな、大江の生まれじゃった。大江はな、うちらが船に乗った崎津から山ひとつ越えた村での、あすこにも崎津と同じに天主堂があると、おヤエさんは天草者《もん》ではのうして、島原の生まれじゃて言うとった。

＊戸籍謄本によれば、吉本フミは、明治参拾参年壱月拾八日、吉本直次郎、吉本タヨの五女として、天草郡大江村大字**七千四百番地に出生。

うちやおハナさんが三番館に行ったときには、おフミさんやおヤエさんはお娼売をやっとった。昼間でも客の来ることもあるばって、ふだんは、昼間はひまでな、寝ころんだり遊んだりしておるが、夕方になると、紅《べに》おしろいばつけて、店の前に腰掛け持って行って、おもてば通る男ばつかまえるとたい。うちらの三番館のお女郎はおフミさんとおヤエさんのふたりきりじゃったが、となりは二番館、そのとなりは五番館で、そこからもお女郎が腰掛け持って出て何人も坐っとるけん、ずうっと、お女郎の行列のごたるさまじゃった。男が来ると、日本人なら日本語、イギリス人ならイギリス語、支那人なら支那語、土人なら土人の言葉で客ば引くと。港に船がはいるときには、アメリカもフランスもおった。大勢きゃらきゃらしとったお女郎衆が、ひとり、ふたァり、またひとりと、客といっしょにいつの間にやら見えんごとなってしまうと。——ばってん、いっときたつと、その客を済ませて二階の部屋から戻って来て、またおもてに並んで客を引いて……それをひと晩じゅう繰り返すとじゃがね。

おフミさんやおヤエさんのことを、うちらまだお娼売に出ん者《もん》は、〈お姉《ねえ》さん〉て呼んどったがの。そのお姉さんの毎晩やること見とって、うちは、おハナさんとツギヨさんに、「太《ふと》うなったら、うちらも、あげなことせにゃならんとじゃろうかな——」と話ばしよっと。お娼売がどげなもんか、うすうす見当はついとっても、本当のことは誰も教えてくれんし、訊《き》かれもせんし、悉皆《しっかい》わからんたい。

親方の太郎造どんな、郷里《くに》を出るまで優しかったばって、船んなかで閻魔様《えんまさん》のごと恐ろしゅうなって、サンダカンへ着いたらますますひどうなった。もう、はや、優しげな言葉なんぞ、いっちょん掛けんで、持病の喘息《ぜんそく》でぜいぜい言いながら、口ぎたのう罵《ののし》ってうちらばこき使うて、ふた言《こと》めには、「おまえらには、銭《ぜに》ばかけてあるとぞ」と言うとじゃもんな。うち、この年になってもまだ、あの声が耳のそばで聞こえるごたる。太郎造どんのお内儀《かみ》さん*でさえ、太郎造どんば嫌うておった、ばってん、そっでと言うて、お内儀さんがうちらに優しゅうしてくれるということもなか。

*戸籍謄本によれば、由中太郎造妻モトは、明治参拾壱年拾月九日、天草郡＊＊村大字＊＊五千八百七拾四番地に、川上常次郎、ミシの長女として出生、大正参年七月壱日由中太郎造と婚姻届出。

　ただ、ふたりのお姉さんだけが、うちら三人ばまことの妹のごつ可愛《むぞ》がってくれた。とりわけおフミさんはな、「あんたらは三人とも、うちと同じ天草者《あまくさもん》じゃけん」と言うて、親方やお内儀さんがひどかこと言うとき、うちらの味方ばしてくれた。だけん、うちはおフミさんを好きになってしもうて、今でも仲良うしとるとたい。——おフミさんも、外国から無事に戻って、今は生まれ里《さと》の大江におる。四年前に会《お》うたきりじゃが、息子の松男といっしょに、達者に暮らしておるはずじゃ。

　お娼売《しょうばい》に出るまでは、こげな暮らしばしとったけん、うちらは、南洋さん来たこつばふしあわせじゃとは思わんじゃった。お姉さんたちのしておるお娼売がどげな仕事か、よう分らんちゅうこともあったが、とにかく、朝、昼、晩と白か飯《めし》の食えたもんな。天草におったら、白か米ンめし食うとは盆正月と鎮守様のお祭りだけじゃったし、うちのごたる親なし子は、その日だってろくろく口にはいらんだったもんが、明けても暮れても食えるんで。ばってん、米は日本の米と違うてな。あれはシャム米じゃな。サンダカンに住んどる日本人は、〈紫稲《シトウ》、紫稲《シトウ》〉と呼んどった。ねばり気が無《の》うしてばさばさしとって、炊き上りは真っ白とは言えん、うすか紅色《べにいろ》ばしとった。うちら、まだ小まんか子どみじゃけん、その飯《めし》ば見て、「赤のまんまじゃ、赤のまんまじゃ」と言うて、手ば打って喜んだもんじゃったよ。

　おかずには、魚さえ膳にのぼったと。天草は四方が海じゃし、うちらの村は崎津の港からじきじゃとに、うちらは魚なんぞ食ったことはなか。うちはお父っさんとは死に別れ、おっ母さんとは生き別れじゃが、継親《ままおや》はおらんじゃったけん良かったが、ばって、おハナさんは正田の家の貰いっ子じゃったけん、年じゅう継親《ままおや》のこごとば飯《まま》代りに呑み込うでおった。そげな暮らしにくらべたら、米の飯と魚が膳にのぼる暮らしのほうが、どれほど良かか。

お姉さんたちのお娼売がはじまると、うちらは用が無《の》うなるけん、うちら、夕方の海へよう遊びに出かけた。サンダカンの海は、底の底まで透きとおってな、それはそれは美しか。黒鯛だの、何という名か知らんが、赤や緑に縦縞のついた太《ふと》か魚が、ゆうらりゆうらり泳いどった。着物《きもん》の裾ばまくって、水の浅かところにはいると、魚が人ば恐ろしがらずに寄って来るけん、その魚を追いまわしたり、目のさめるほど綺麗か貝殻ば拾うたりした。

うちらの村は海べりではなかばって、ひと汗かいて歩けばもう海で、崎津の海は入海《いりうみ》じゃけん、泳いだり貝拾うたりはでけた。そってでもうちらは天草ではいっぺんも、海にはいったことは無か。子どみじゃというても何《なん》やかんや働いて忙しかったけんでな。ばってん、南洋さん行って、生まれてはじめて海遊びのでけたっよ。海遊びが済むとなあ、椰子《やし》の木の下や、血ィのごたる真紅の花のあいだば縫うごとして歩いて、おハナさんやツギヨさんと、「外国さん来て良かった。もう日本にゃ帰らんてちゃよか」と話し合《お》うたと。

うちらが客ば取らされたとは、二、三年たって、うちが十三になった年じゃった。忘れもせん、ある日昼飯の済んだとき、太郎造どんがうちら三人に向こうて、「おまえら、今晩から、おフミらのごと客ば取れ」と言い渡したと。ツギヨさんもおハナさんもうちも、「お客なんか取らん、なんぼ言うても取らん」と言い張った。すると、太郎造どんと言い返したと。

——ばってん、親方はびくともせん。今度は捕えた鼠ばねぶる猫ごたる調子でな、「おまえらのからだにゃ、二千円もの銭《ぜに》がかかっとる。二千円返すなら客ば取らんでもよか。さあ、二千円の銭ば、今すぐ返せ、さあ返せ、返すことが出来んならば、おとなしゅう、今夜から客ば取れ」と言うとじゃ。一銭の銭も持たんうちらに、二千円の銭ば返せるわけがなかろうが！　そっで、とうとううちらは負けてしもうて、嫌じゃ嫌じゃ思いながら、その晩から客ば取らされてしもうたと。

そんときな、おハナさんとツギヨさんは、やっと初めて月のもんば見たばっかりじゃった。うちは、晩稲《おくて》じゃったのか、そんときはまァだ月のもんも来ておらんかった。——うちが初めて月のもんば見たとは、それから何年もたって、二十《はたち》を過ぎてからでの。普通は三、四日で止まる血イが、半月たってもひと月たっても止まらんで、うちは死んでしまうのかと思うたぞ。せめて血イの止まらんあいだぐらいは客ば取らんで居たかったばって、親方ちゅう者《もん》はな、そげなこつばさせてくれるもんじゃなか。「紙ば詰めろ、大事なことはなか」と言うて、普段と同じに店に出させるとじゃもん。そげにして初めての月のもんがあってから、十四、五年《もん》もして、三十四、五になったら、もう月のもんは上がってしもうたと。ほかの者に訊《き》くと、四十になってもまだあるちゅうし、四十過ぎて子を生む者《もん》もおるようじゃがの——

うかうかと月のもんのことばっか喋ってしもうたばって、太郎造どんがうちらに取らせた初手の客は、土人じゃった。前にも話したとおり、サンダカンの女郎屋には、イギリス人、アメリカ人、フランスの船乗り、それに日本人、支那人といろんな毛色の客が来よったが、日本の女郎衆は、ボルネオ人やマレー人を客にすることは好かんじゃった。花代はイギリス人でも土人でもおなじやけど、土人は黒うしておまけにちっとん開けておらんので、誰からも馬鹿にされとったけん、そげな土人ば客に取ると、自分まで土人になったごたる気分になるではなかか。土人のなかにはの、白人よりももっと太《ふと》か体ばして、ほかの土人より色もずんと黒いマンガゲいうのがおってな、*うちら、見ただけでぞおっとからだの毛が立ってしもうて、みんな客に取らんじゃった。**

ばって、ボルネオさんな、もともと土人の国じゃけん、白人よりも支那人よりも、土人のほうがよっぽど多か。土人ば嫌《きら》って客にせんでは、女郎屋商売が舞っていかんで、そいで親方な、うちらに、何も分らんはじめに黒か土人ばあてごうて、うちらが土人に首振らんようにしたと。そしてそのあと二年ばっかりというもんは、うちら三人は、土人ばっかり客に取らされたとよ。

こげんごとして、親方どんから無理やり土人の客ば取らされたとじゃが、ひと晩客ば取ってみて、うちらは、恐ろしゅうして縮み上がってしもた。男と女のこと、ようは知らんじゃったもんじゃけん、世の中にこげな恐ろしかこつのあろうか——というとが、うちら三人の気持じゃった。

＊台北帝大教授医学博士大内恒著『熱帯の生活事典』(南方出版社・昭和十七年刊)

「ボルネオ島の北部、もと英領と僭称してゐた地方は人口が非常に稀薄で、約七万六千平方粁の面積に、総人口二十七万程度、主なるものはズスン族約十万人、これは多く農夫で原始宗教を信奉し近代文化を知らぬ先生方、次にバジャウ族といふのが約三万人、多くは漁夫で回教徒、それからムルット族といふのが二万人位、頗《すこぶ》る狩猟に長じ、山野に放住してゐて原始的な信教と殺伐な生活をやつてゐる。其他、イラマン族、ブルネー族、スンゲイ族（河川住民）、ケダヤン族、ビサヤ族、スルー族、ティドン族、などといふ回教徒たる各土着民族が散在してゐるが其の数は何れも多くない。首狩りで有名なダイヤ族は近来めつきり噂を聞かず、深山幽谷の間に馳走して余喘《よぜん》を保つてゐるものと思はれてゐるが、筆者が其のタワオ市に在任した大正の中頃にはまだまだ其の話は折々聞かされたもので、何でも二月の十五、六日頃を中心に油断のならぬお祭などあつたらしい。」

＊＊田沢震五著『南国見たまゝの記』

「朝には当地の兵隊兼巡査といつた様《やう》な印度人が練兵をやる。其の様《さま》が誠に奇観であつた。一体当地の巡査には二種の人種を採用して居て、一は、〈バンガレー人〉と言ひ、長身黒面で頬鬚《ほほひげ》がもじやもじやと生えた人種、他は短身黒面の呂《る》宋人《すんじん》である。両人種共カーキー色の洋服に半ズボンを穿いて左肩に銃を負うて居た。赤い三吋許りの布切を、肩章代りに肩にかけたバンガレー人部長のアイアイと言ふ号令の下に、一方六尺豊かな大男と、五尺に充たぬ小男とが雑然と入り乱れて、一列横隊行進とか、或は縦隊運動をやつて居る有様は、誠に滑稽で、之を見て居ると思はず吹き出さずには居られなかつた。」

うちは、おハナさんやツギヨさんと話し合うて、一緒に親方のところさん行って、「うちらは、ゆんべのごたるこつは死んでも嫌じゃ。もう、こがん娼売はせん」と言い張った。太郎造どんは、意地の悪か目ェでうちらを眺めて、「こげなことせんで、ほかに何《なん》ばすっか？」と言うて、うちが肚《はら》決めて「今までどおりにしとる。誰が何《なん》と言うても、ゆんべのごたる娼売はせん」と強《きつ》か口で言うと、太郎造どんはお内儀《かみ》さんのほうば見て、「おサキ、おまえには閉口する」とぼやいとった。――ばってん、晩方になると親方は、うちらのとこへやって来て、またぞろ、あの「二千円の銭《ぜに》ば、今すぐ返せ」を持ち出して、うちらを店に出したと。二千円の銭のこつば言わるると、うちらは、何がどげなことになっとるか分らんけん、それだけに何やらえろう大変な気のして、正面からよう口答えがでけん。そっで、仕方無しにまた客ば取ることになったとじゃ。

それにしてもひどかもんぞ、うちが天草ば出るとき矢須吉兄《やすきちあぼ》さんの貰うたうちの身代《みのしろ》金《がね》は三百円じゃったとに、三年たったら、それが二千円になっとるとじゃもん。おハナさんやツギヨさんもおんなじたい。お姉《たん》さんのおフミさんとおヤエさんも、きっとうちらと違わんじゃったろ。太郎造どんに尋ねたらば、身代金の三百円を除《の》けた銭《ぜに》はな、サンダカンまでの船賃と三年間のまま代だと吐きやった。戦《いくさ》のあとの今の銭と違うて、大正時分の二千円はそりゃ広大なもんじゃった。その二千円の借銭《しゃくせん》が、十三のうちらのからだに、ずっしりと懸かっておったとじゃもんなあ。それを、うちらがからだで稼いで返すとじゃけん、うちらの花代はな、泊らんですぐ帰るとが二円、泊りはひと晩十円じゃった。その銭を親方とふたつ分けすることになっとって、親方は部屋と三度の飯《めし》ば出し、お女郎は着物代《きもんだい》と化粧金《けしようがね》が自分持ちという決まりじゃった。

親方の取る花代半分のうちに、借金を返す分がはいっとるのかて？　いや、そうではなか。二千円の借銭は、親方の取り分とは別でな、うちらの取り分のなかからまた取られるとたい。ばってん、ひと晩十人の客があったとして二十円稼いでも、親方が半分の十円ば取り、その上借銭を返す分を五円取ったら、うちらの手《て》の平《ひら》に残るとは五円で、それに着物や化粧やそのほかにかかる代金ば引いたら、なあも残りゃせん。うっかり小遣いや着物代を親方に借ったり、病気でもして娼売を休んだりすると、その銭がそれまでの借銭の上に積もって、雪だるまばころがすごと増《ふ》えての、どうにも足が抜けんごとなる。

着物代は、品物《しなもん》によって違うが、ゆかたが一枚一円、ちりめん、錦紗《きんしや》、お召《めし》などが、まあ、十円ちゅうところじゃろ。博多帯が二円ちゅうところで、日本人が開いとる呉服屋で買《こ》うて来た。反物買うて来て縫うとじゃ無《の》うして、番頭に言うて裁ち縫うてもろうた——うちらお娼売の女には、裁縫習うた者《もん》などおりはせんもんね。化粧品で無くてはならんとは練《ねり》おしろいと口紅でな、練おしろいはひと壜《びん》十銭、一回買えばひと月はあった。そのほかに肌着やらちり紙やらが要るけん、ひと月に化粧代と雑費に十円ちかくか《い》かる。何番館の親方もみな、呉服屋や雑貨屋のおやじと組んどって、うちらに、要りもせん着物や化粧品ば無理に売りつけよった。

親方は毎月、月末《つきずえ》になるとうちらの前で算盤《そろばん》ばはじいて、うちらのその月の玉代《ぎよくだい》の勘定ばすると。うちらの名アをひとりひとり呼んで、「おサキィ、おまえの玉《ぎよく》はいくら、借金はいくら——」と、勘定の結果だけば言うとね。おヤエさんはすこうし字ィが読めるけんど、おフミさんもおハナさんもみんな明《あ》き盲《めくら》じゃったけん、どげん具合に勘定しとるのかよう分らん。親方のごまかし放題じゃった。そっでもな、客のごまんと多かった月なのに、客の少なか月とおんなじ玉代しかくれんようなときは、いかにうちらでもおかしかことに気がつくもん。肚《はら》に落ちんごとあるので訊《き》いても、親方は話してはくれんで、叱られるだけ損じゃった。

借銭はの、返す気になってせっせと働けば、そっでも毎月百円ぐらいずつは返せたよ。毎月の玉《ぎょく》の勘定のとき、借銭の少しでも減るとが何よりも楽しみじゃったと。うちら、はじめのうちはお娼売を死ぬほど嫌《きろ》うとったばって、親方から娼売せんなら今すぐ二千円返せ言われて、どうでも店に出にゃならんと分ると、「おハナさん、ツギヨさん、そんならひとりでも余計客ば取って、一日も早う借銭ば返して、内地さん帰ろう」と話し合《お》うて、一所懸命に稼いだ。また、うちは南洋へ遊びに来ておるとじゃなか、兄《あにょ》さんを加勢するために来っだけん、どげな商売じゃろと一所懸命つとめにゃならんと心《しん》から思うて、それで休まずに客ば取ったとじゃ。

――けど、怠けんで一所懸命玉代稼いで借銭ば早う減らすには、客ば篩《ふる》って白人や日本人ばかり取っとってはおれん。人の嫌う土人ばすすんで客に取らんことには、月に百円ずつの銭は返せんじゃった。うちは、初めは娼売が嫌で嫌でならんじゃったが、矢須吉兄《きちあにょ》さんのために早う借銭ば返して内地さん帰ろうと決心してからは、どげな土人の客でも篩《ふる》わんで取ったと。

土人を客に取るちゅうても、いやいや相手するとでは、おんなじ銭を払って来とるに申しわけのなか。じゃけん、うちは白人も支那人も日本人も依怙《えこ》ひいきせんで相手したと。土人の客に好かれるには、土人の言葉ば知らにゃいかん。客に来た土人から、土人の言葉をひとつ、またひとつと教わっての、しまいには何事《なにごつ》でん、自由に喋れるごとなった。他にも土人の言葉ば喋るおなごはおったばって、うちのごつ上達が早うして、その上達者に喋れた者《もん》はおらんごつある。

その土人の言葉ば教えてくれて？　サンダカンにおったときは、何《なん》でもかんでも日本語と同じように喋れたもんじゃが、今はもう、すっかり忘れてしもうた。何《なん》しろ、もう、四十年も使わんもん。……でもな、手の指折るぐらいはおぼえとるよ。〈アイル〉というとが〈水〉、〈ナシ〉というとが〈飯《めし》〉、〈マーカンナゲ〉は〈遊ばんか〉じゃ。〈テド〉は〈おやすみ〉、〈テドル〉が〈泊る〉ということじゃった。〈プラン〉が〈帰れ〉ということで、うちらが「プラン」言うと、土人はすぐに帰って行ったと。

事《こと》が済んですぐに「プラン」言うても、怒る土人はひとりもおらんじゃった。土人はうちらを大切にしてくれての、手荒なことなど絶対にせん。うちが土人の言葉ば喋るちゅうことば聞いて、遠くから、わざわざ三番館のうちのとこさん通うて来る土人もおったと。みんな、良《よ》か者《もん》の気性ば持っとった。あれのほうも、あっさりしとって一番よか。――土人にくらべて二番目によかったのは、メリケンやイギリス人じゃ。支那人は親切ではあるばって、あれが長うしてしつこうして、ねまねましとる。日本人はな、うちらにも内地が恋しいか気持のあるけん、誰もが喜んで客に取ったが、ばってん、客のなかで一番いやらしかったのと違うか。うちらの扱いが乱暴で、思いやりというもんが、これっぱかしも無かったもんな。

いま言った言葉のほか、銭の数かぞえる言葉を幾つかおぼえとる。〈サドデンゲ〉が〈一円〉ということで、〈ドアデンゲ〉が〈二円〉。……三円は、思い出さん。〈アンパデンゲ〉が〈四円〉じゃったろ。五円、六円、七円と……みんな忘れてしもた。〈ラッパデンゲ〉が〈八円〉で、〈スッポロデンゲ〉は〈十円〉じゃ。土人にもいろんな人種がおるとじゃが、どの土人も「ドアデンゲ」言えば二円、「アンパデンゲ」言えば四円出して、支那人や日本人のごつ値切ったりひやかしたりはせんじゃった。おなじ娼売せにゃならんなら、早う借銭ば返して日本へ帰ろうと思うて、土人の客ば篩《ふる》わんで取ったもんじゃけん、やがてうちは、三番館の稼ぎ頭《がしら》になってしもうたと。ところが、「おサキには閉口する」と言うておった太郎造どんが、皆の衆に向かって、「おサキのごと、客を篩わんでよう働く子はおらん。みんなも真似せえ」とうちのことば褒めよった。ばって、客選びせんでそげに一所懸命働いて、ひと月に百円ずつ借銭返しても、借銭には利子が積もるし、なかなかきれいにはならんじゃった。

——ひと晩に、何人の客を取ったかて？　そらあ、むずかしか話じゃばってん、どこまで話せるかわからんのう。

うちら——おハナさんとツギヨさんとこのうちは、三番館に来てからずうっと三人でひと間《ま》に暮らしとったが、お娼売するごつなると、親方がめいめいにひと間ずつ宛《あ》てごうてくれた。ほかの女郎屋も同じのごたったが、三番館は支那人の建てたもんで、支那人の家の作りとおんなじじゃということやった。木で二階に造ってあっての、壁は煉瓦、屋根は赤う塗ったトタン屋根、床は板張りで、客に酒ば飲ませるときだけ、茣蓙《ござ》ば二、三枚敷いたとたい。親方どんやお内儀さんのおるところは、下《こ》の四畳半の間で、そこともうひとつの間だけ畳が敷かれとったが、あれは三畳くらいの小まんか座敷じゃった。うちら、そこで、入れ替っては飯《めし》食うたもんじゃ。

うちらお女郎のおるところは、二階にある十《とお》ばかりの部屋でな、四畳半ばかりの板敷きじゃった。有るもんは、寝台と、楠《くす》の木でつくった太か香港鞄《ホンコンかばん》、それに消毒の水入れた洗面器しかありはせん。窓にカーテンひとつかかっとりはせんで、目ェの楽しみは何も無か。うちは花が好きじゃけん、それにひと足外へ出ればいつでも花が咲いとるけん、取って来て、あき瓶《びん》に水入れて挿しとった。この天草と違うて南洋じゃけん、真っ赤な花が多かったと。

客が来ると、うちら、この二階の自分の部屋へ伴《つ》れて行って相手ばするんとたい。泊らんで済むと帰るとが二円、客が済ますまでの時間は、そうたいね、三分か五分じゃったろう。なかなか済まんで、そりよるか長うかかるときは割増の銭ば貰うことになっとった。で、宵からで無《の》うして、夜の十一時過ぎからの半泊りは五円じゃった。泊りは十円になるけんど、これは宵から朝まで一緒におらにゃならんけん、ひと晩十円だけにしかならんが、泊らんですぐ帰る客なら何人でも取れるけん、稼ぎはこの方がよっぽど良か。また、泊りの客は夜じゅう少しも寝させてくれんで、うちは泊りは好かんじゃったが、どうかして、夕方、海べへ遊びに連れて行ってくれたりして、気の晴れる思いのすることもあったと。

あれの済んだあと、うちら女郎は、かならず消毒を忘れんじゃった。寝台の横、部屋の隅のほうに洗面器があって、そんなかに赤か消毒の水がはいっとるとじゃ*が、一回済むたんびに、男のもんも女のもんも良うく洗って、紙できれいに拭き取るとよ。この赤か水でからだが冷えるけん、娼売おなごにはめったに子どみがでけんとじゃ。病気を移されたかどうか調べるちゅうて、七日め、七日めに、病院でからだの検査もせなならんじゃった。黴毒《ばいどく》な、あれにかかるとからだが腐れて、からだじゅう膿《うみ》まみれになって、ひどか死に方ばするか、さもなくば、気違いになるけん、そげんなことにならんごつ、うちら、検査には決して休まんじゃったと。

＊台北帝大教授医学博士大内恒著『熱帯の生活事典』

「消毒薬を用ふる洗滌であるが、最も多く用ゐられるのは、一〇〇〇倍クレゾール石鹼液（リゾール液）、一〇〇〇倍リゾフォルム液、一〇〇〇倍過マンガン酸加里液（カメレオン液）などで、あまり昇汞水《しようこうすい》は多く用ゐない。これは殊に女子に於ては粘膜より多量に吸収せられて中毒を起す虞《おそ》れもあり、また金属製の手洗鉢などは用ゐられない不便もあるからであり、且つ蛋白質を凝固させる性質上、汚液消毒には向かない。」

元『ダバオ日々新聞』副社長星篤比古氏談話。（星氏は大正八年から十年までの二年間、ダバオ市内にあるフィリッピン政府の衛生局で日本人娼婦の検黴官《けんばいかん》をした経験を持つ。）

「淋菌検査方法は、子宮内の分泌物を白金耳（ループ）でとり、ガラスに移してバーナーで焼き、それに染色液をかけて水で洗い、顕微鏡で見る。黴毒検査方法はワッセルマン反応による。淋菌検査は週に一回、黴毒検査は一か月か二か月に一回、いずれも定期的に行い、検査不合格の場合は次週まで営業停止、フィリッピン政府のオリエンタル病院に入院させた。検査料金は、淋菌検査一回三円、黴毒検査一回十円で、支払いは娼婦持ち。強制的に検査したが、検査を受けない娼婦には一回三十円ぐらいの罰金を納めさせた。」

普段はそんなに多か客は来んが、港に船がはいったようなときは、どこの女郎屋も満員になりよった。前の客がつかえておるけん、何人もの客が、おもてに立ったまんまで待っておったと。一番ひどかときは、ひと晩に三十人の客ば取ったと。お客はお客じゃけん、いっときはこば貸しておるだけと思うとるけん、何人かかって来てもかまわんばって、ひとふさやふたふさじゃなかもん、疲れますよー、あんた。月に一度や二度は、どげに娼売に慣れてからでも、それこそ死のごとなるほど客ば取るのが嫌になった。何の因果でこげな娼売ばせんならんかと、涙のこぼれたこともある。そげな気持の日は、しんみりしてなァ、せめて娼売休みにしたかったが、うちらには一日の休みも無か。正月や祭りの日は、休めんじゃったかて？　サンダカンを治めとるのはイギリスじゃけん、イギリスのお祭りの日には白人の店や農園は休んどったばって、うちらのお店は、ほかが休みじゃとかえって客の入りが多うなる。港町のサンダカンじゃけん、フイリッピン航路の船がよう入ってな、船の入るたんびに、うちらはひと睡りもでけんじゃった。月のもんのときも、親方はからだ遊ばせてはくれん。からだの奥にきつう紙ば詰めて、それで客を取った。ほかの病気――風邪でも、腹痛《はらいた》でも、頭の痛かときでもな、仕事ば休むことは無かったよ。こげんからだば無理するけん、うちらは毎晩あれしとっても子がでけることは稀じゃった。どうかして腹に子ば持っても、産み月になるまで客取らせよった。うちは娼売しとるあいだは子をはらまんじゃったが、おフミさんな、好きな男がでけて腹に子ば二度かかえて、男の子と女の子とふたり産んだばって、太郎造親方は、産み月まで客を取らせたと。

お娼売しとった他のおなごはどうか知らんが、うちは男と女のあれしとっても、よかと思うたことはいっぺんも無か。あれすると男は良《よ》かと言うし、おなごもすっかり良うして、なかには良がり声ば出す者《もん》もおるいうばって、うちには分らん。もっともうちも声ば出してやったと。ほら、なんとかいうたな——サービスじゃ、サービス。じゃが本心は、客が早う済まして帰れば良かて、いつも思うとった。ばってん、自分ひとり働いて食うていければ、うちは男なんのて要らん。娼売止めてから勇治の父親と一緒になったつは、食われんからで、男がほしかったからじゃ無かと。

まあ、お娼売の暮らしいうもんは、こげなもんじゃ。親方の太郎造どんは、うちら三人が客ば取り出して、すっかり娼売おなごになりきると、前よりもっと口うるさい男になってな。うちらの稼ぎの良かときはそうでもなかが、ちびっとでも客足が遠のいて儲かる銭が少のうなると、苦情の絶ゆるときがなかったたい。太郎造どんな、喘息《ぜんそく》が持ち病《やま》いでな、怒ったりびっくりたまがったりすると咳込むとじゃが、稼ぎが少なかと文句言い言い咽喉《のど》ばぜいぜいさせよる。苦しかろうに、文句言うとばやめたらよかろうに、そっでもがみがみは止めじゃった。

　うちら——うちもおハナさんもツギヨさんも、それにおフミさんもおヤエさんも、ひとォり残らず親方ば好かんじゃった。うちらばかりじゃなかと。うちらより三年がた遅れて、あれは太郎造どんの姪《めい》だということじゃったが、天草の鬼池から連れて来られてお娼売に出されたトシコというおなごがおったが、そのトシコも太郎造どんばむごう嫌うとったばい。そればかりじゃあらせん、太郎造どんのお内儀《かみ》さんでさえ、太郎造どんば嫌うて、木下いう写真屋と良か仲になったと。このお内儀さんな、鬼池の生れで長崎の大浦の女郎屋に出ておったつを、太郎造どんが請《う》け出すかちょろまかすかして、サンダカンへ連れて来てお内儀さんにしたということじゃったが、うちらの来る少し前は、お内儀さんにも客ば取らせよった。太郎造どんのお内儀さんばっかりじゃなかと。娼売屋のお内儀さんで客取るもんは仰山《ぎょうさん》おったて。――お内儀さんが鬼池の人じゃったつば見ると、トシコは、太郎造どんの姪というても、実はお内儀さんの身内だったかもしれんなあ。

そげんふうで、うちらは誰もかも親方ばきつう嫌うとったが、そのうちにな、うちらの身にとっちゃ大事《おおごと》が起ったと。何でもあれは、うちらがお娼売に出てから二年ぐらいたったときじゃろ。太郎造どんが持ち病いの喘息ばこじらせて、医者さんば幾人も変えて診てもろうても埒明《らちあ》かず、とうとう死んでしもうたとじゃがね*。あたりまえなら、お内儀さんが女郎屋をつづけるところじゃが、今も言《ゆ》うたとおり、お内儀さんは木下写真屋と良か仲じゃったろ。じゃけんで、親方が死ぬと、待ってましたとばかりに木下写真屋と一緒になって、シンガポールさん行ってしもうた。

　*戸籍謄本によれば、由中太郎造は、大正七年拾月弐拾九日時刻不詳英領北ボルネオ、サンダカンに於て死亡、同居者由中コム届出、大正七年拾弐月参日受付。

親方夫婦がいなくなったもんで、うちら、自由にどこへでも行ってよかからだになったと思うかもしれんが、そうではなか。お内儀さんとのあいだにどげな話が出来《でけ》たのか知らんが、お内儀さんがシンガポールさん行くと入れ違いに、太郎造どんの実の妹のトヨ＊というとがやって来て、三番館の采配ば振るうことになったとじゃ。――トヨは、太郎造どんとおんなじ時だか少しあとだかにボルネオへ来て、はじめは女郎になっとった。なんでも、ジセルタンでじゃったと聞いとる。そのうち、キリン人ちゅう土人に身請けされて、ミチヨ＊＊という女の子がひとり生まれとった。キリン人は、色が黒うして、痩せて背の高か土人じゃって、ミチヨも色の黒か子じゃった。こんどのいくさが終ってから、ミチヨも日本に引き揚げて来たという話ば聞いたたい、そして太郎造どんの生まれは高浜じゃけん、ミチヨも高浜に住んどるかもしれんと。あんときはまだ三つか四つの小《こ》まんか子じゃったが、今はもうよか年のお婆《ばば》になっておろうが。

＊戸籍謄本によれば、由中トヨは、明治参拾九年参月拾日、天草郡高浜村字＊＊千拾参番地に由中直次郎、コムの参女として出生。

＊＊戸籍謄本によれば、由中ミチヨは、明治参拾九年参月拾日、広島県安芸郡戸坂村字＊＊弐千参百壱番地山片弥吉妹リヨ私生子、父由中太郎造認知届出、大正弐年五月八日受付入籍。

さて、トヨはな、ジセルタンからやって来ると、三番館ばきれいさっぱり売ってしもうて、銭ばつかもうと思ったとね。ばってん、おフミさんやおヤエさんは、隣りの四番館へ住み替えをした。おフミさんやおヤエさんは古顔じゃけん、きっと借金抜けしとって、トヨも住み替えば許すほかなかったとじゃろ。――ばって、うちやツギヨさんやおハナさん、それにトシコの四人には、まだ借金があるけん言うて、身の振り方、うちらの思うようにはさせてくれんじゃった。そして、シンガポールから来た女衒《ぜげん》の松尾ヤシローいう男に、いくらでだかは知らんが、うちら四人のうち、トシコをはずした三人を売り飛ばしたとじゃ。

　トヨは、うちらを松尾に売ったと言うと、うちらが騒ぐ思うたのか、「都合でおまえらの住み替えをさせるけん、案内と世話は松尾がする。ばってん、おとなしゅうして行ってくれ」とだまくらかしてな、そっで松尾はうちらをジセルタンへ連れて行ったと。うちらはジセルタンへの住み替えじゃろうと思うて、おフミさんやおヤエさんと別れるが辛かったばって、まあ、仕方なかとあきらめてジセルタンへ連れられて行った。ところがな、それは住み替えでは無《の》うして、トヨがうちらば売り飛ばしたもんで、その松尾ヤシローの奴がまたうちらをほかへ売り渡したわけで、とうとううちらは、ジセルタンからタワオ島へまで連れて行かれたとじゃ。

　うちらには、ジセルタンもはじめてじゃったが、タワオもはじめてじゃ。それに、松尾がもうひとりの女衒にうちらを売ったとき、高か銭ば取ったらしく、女郎屋へ着いたとたん、前よりかずっと多か借銭があると言われた。借銭から早う抜けて、内地へ一銭でも多く銭ば送ってやりたか一心で、嫌なお娼売をしとるとに、こげなこつではやりきれたもんではなか。

　そこでうちらはな、タワオを脱け出してサンダカンに戻ろうと、みんなで寄って相談ばしたと。それで、脱け出す日ば決めて、その日の船の切符を、親方やほかの仲間たちに知れんごつに買《こ》うといて、昼間、外へ遊びに出かけるふりして港へ行って、その船に乗り込んでしもうたと。はァ、そこまではうまく運んだが、船の中でおハナさんの言うことにゃ、「うちらの逃げたことが分れば、あの女郎屋の親方が、うちらの行先はサンダカンしかなかと見当ばつけて、連れ戻しに来るに決まっとる。シンガポールには、ボルネオと比べもんにならんほど日本人が大勢おるというし、お娼売も繁盛しとる話じゃけん、サンダカンば通り越して、シンガポールさん行かんか」という話じゃ。うちももっともじゃとは思うたばって、おフミさんな仲良しの姉さんじゃし、やっぱしおフミさんのおるサンダカンが良か、それに、うちは、ふいと女親分の木下おクニさんのことば思い付いてな、「おクニさんに、うちら三人が手ェついて頼めば、タワオの親方が追いかけて来ても、うまいこと話つけてくれるに違いなか」と、ツギヨさんとおハナさんの顔ば見回したと。

——木下おクニさんはな、〈サンダカンのおクニ〉と言われて、南洋では知らん者はおらぬお人じゃった。天草の二江《ふたえ》の生まれで、若か時分は横浜でイギリス人と一緒になって、「奥様」とかしずかれておったげなが、そのイギリス人が本国さん帰ると、三十過ぎてからサンダカンへ来て雑貨屋と女郎屋ば開いて、その頃はもう年も六十近くじゃったろうが、サンダカンの女郎屋の元締みたいに思われとった。普通、女郎屋の親方はみんな男で、うちらお女郎をしぼることしか考えんが、おクニさんは女じゃけん、女郎のめんどうばよう見てくれるもんで、サンダカンじゅうの女郎が、「おクニさん、おクニさん」と頼っておったお人やった。

＊戸籍謄本によれば、木下クニは、安政元年七月七日、木下徳次弐女として、天草郡二江村弐千七百五拾五番地に出生。

坪谷善四郎著『最近の南国』（博文館・大正六年刊）

「此所に一人の日本の女親分といふのが居る。彼女の姓は木下、名はお国、本年最早六十三歳の老婆で、自ら雑貨店と、外に一戸の女郎屋をも経営して居る。聞けば財産は一万円以上ある相だ。此所へきたのは今から三十年前のこと『最近の日本へは何時行きましたか』と聞けば『其れは十七年前で、自分の孫は、今は長崎の高等女学校に居る』と云ふ。彼れ木下お国婆さんは、実に北ボルネオに於る日本娘子軍《じようしぐん》の大元締で、来る者も来る者も、皆な彼女の指揮を奉ずるのだが、此の婆さん仲々同胞の為には能く世話を焼き、例の大和撫子が皆な其の下風に立つは勿論、男子の日本人も多くは彼女の援助に依て立つとか。」

田沢震五著『南国見たまゝの記』

「サンダカンの一名物たる彼のお国婆さんを見舞ふことにした。其の容貌は誠に柔和な、少し長《なが》みの顔をして居て、特徴としては右の顎《あご》に小豆大《あづきだい》の痣《あざ》があり、其の端から三吋許りの長い白髪《しらが》が三本程生えて居ることであつた。お国さんは、其の身終始娘子軍の隊長の様な生活をして居たにも似づ、仲々の愛国家で、先年南支南洋一帯に亙《わた》つて起つた、日本品ボイコット当時の話を此の婆さんから聞いたが、其の一端にも彼女の面目が躍如として居る。『あの時は、ほんにひどうござりましてな、妾《わたし》ちやんころの奴が日本品だと言ふと、片端《かたつぱし》からどしどし焼いて仕舞《しま》ひますばい、妾《わたし》はあいつらに、そげい、いらん品なら妾に呉れんかい妾に其れを呉れたら妾はお前等が幸福になるやうに神様に祈つて遣《や》るばいと申しますると、彼奴等《きやつら》も、私等は真から日本品を排斥する心は無いが、仲間からやかましく、言はれるから仕方が無いと言ひますばい、其れを見る妾は真に口惜《くや》しくつて口惜《くや》しくつて、若し妾が男であつたら、彼奴等《きやつら》の十人許《ばか》り突き殺して遣《や》り度《た》いと思ひましたばい。』と、当時を思ひ出したと見えて涙を流して斯《こ》う語るのであつた。」

そのおクニさんの名前を聞いたら、みんないっぺんに力のついて、うちら、船がサンダカンに着くと、陸《おか》へ上るなり八番館へ行って、おクニさんに手ェついてわけば話して、「どうか、助けてやってほしい」とお頼み申したと。そうするとおクニさんは、「話は一から十まで分ったけん、何とか三人とも助けてやりたか。ばってん、三人ともタワオから逃げ出してしもうて帰らんことになると、話がこじれる。あんたらのうちからひとりだけ、辛かろうがタワオへ戻ってくれ。あとのふたりは、向こうの親方にうちから銭ば払うて、話ばつけまっしょう――」と言うてくれた。男のように気性がさっぱりしとって、何でもやる言うたら最後までやってのけるおクニさんじゃけん、うちら、安心して涙の出るごと嬉しかったな。

ばって、おクニさんが精いっぱい掛け合《お》うてくれても、うちら三人のうちひとりは、せっかく脱け出して来たタワオへ戻らにゃならん。誰もみな嫌なことじゃけん、くじ引きで決めることになってな、観世《かんぜ》縒《より》つくってくじ引いたら、貧乏くじはおハナさんに当ってしもうた。おハナさんは、「うちは嫌じゃ。おサキさんやツギヨさんと一緒におりたか」と言うたばって、仕方がなかけんでとうとうタワオへ戻って行ったと。――うちには、それが、おハナさんの若か姿の見おさめじゃった。その次にうちがおハナさんに会《お》うたっは、何十年あとかのう、こんどのいくさが終わって天草さん引き揚げて来てからじゃったもんな*。それでもおハナさんには、生きとらすうちにまた会うことがでけたけん、まだ良か。由中太郎造どんの姪のトシコは、うちらがだまされてタワオへ売られるとき別れたぎり、どこさん行ったか分らんで、それぎり一度も会わんし、噂も聞かん。死なんで、どっかに生きとるどかいなァ……

*戸籍謄本によれば、正田ハナは、昭和拾八年拾月七日、天草郡**村大字**千弐百拾壱番地下岡豊彦と婚姻、翌拾九年、協議離婚、昭和弐拾参年拾弐月五日、天草郡**村大字**千弐百拾壱番地で死亡。

おハナさんがタワオへ戻ってくれたおかげで、おクニさんは顔が立ったけん、うちとツギヨさんのふたァりは、八番館におってよかことになったと。もっとも、おクニさんは、先方の親方に話ばつけるとき、うちらひとりにつき二百円ずつ払うたそうじゃけんどな。

おクニさんの八番館は、うちらには、まあ、まるで天国のごとあった。おんなじお娼売で、客ば取ることには違いはなかったばって、それにはもう慣れきっておったし、おクニさんが抱《かか》えおなごに親切にしてくれるのが、何より嬉しかったたい。太郎造どんの三番館では、太郎造どんとお内儀さんはうまかもんば食うて、うちらお女郎にはろくなもんな出さじゃった。とにかく幾段も見下げた扱いじゃったが、八番館ではまるで違うとった。おクニさんは、うちらも人並みに扱うてくれたし、食いもんもおんなじやった。

おクニさんは豚肉や鶏肉《かしわ》が好きで、毎日のごと膳につけとったが、うちは小まんかときから食うたこともなかったし、肉はむかしは好かんじゃった。そうすっとおクニさんは、「おまえは、肉がだめじゃけん」と言うて、黒鯛ば買《こ》うては、刺身にしてうちの膳に乗せてくれたと。

　おクニさんは、横浜におった時分に三味線ば習うたそうで、「おサキ、こうやって弾《ひ》くもんじゃ」と教えてくれて、暇なときはうちらと歌うとうたりしたなァ。三味線弾いて歌うとうたというても、おクニさんは酒は飲まんじゃった。あげな気性ば持っとって、イギリスの言葉も達者で、世話好きで、借銭してでも人を助けるお人が、不思議と、酒は唾《つば》にもつけんじゃったもん。

　ばってん、うちらは飲んだと。日本酒は無かで、ビールかウィスキーじゃった。うちは、ビールならキリンビールば一ダース飲んでも平気じゃった。おクニさんのところへ行ったのが十七、八じゃけん、二十《はたち》の頃にはもう浴びるほど飲みよった。どうしても飲まにゃならんことはなかが、自分も飲んで客にすすめんとビールが売れんし、ビールが売れればそれだけ玉《ぎょく》が多う付くもんな。ばってん、今でも焼酎《しょうちゅう》は欠かさんと。

　八番館へ来てからは、以前とおなじように、おフミさんやおヤエさんと仲良うした。四番館と八番館は、ほんの目と鼻の先じゃもんな。＊四番館にはほかにも何人かおなごがおったが、おフミさんの気の合《お》うた者《もん》におシモさんがおって、うちも仲良うなった。おシモさんは、天草の下田《しもだ》の生まれじゃった。大江よりかもっと向こうへ行くと下田温泉いう温泉があるが、うちは行ったことはなかばってん、その下田の出じゃ。こんどのいくさが終わって、下田へ帰ることは帰って来たけんど、じきに柳の木ィで首くって死んでしもうて、もう生きとらせん。可哀《むぞ》げじゃなァ。

＊戸籍謄本によれば、三田シモは、明治弐拾年壱月拾八日、三田友太郎、三田サヨの参女として、天草郡下田村大字＊＊に出生。昭和弐拾壱年九月九日、天草郡下田村大字＊＊弐千九百六拾壱番地で死亡。

もっともおシモさんが、四番館におったのはそんなに長かことではなか。コザトコというところに住んどるマレーの土人が、おシモさんば気に入って、身請けにして家内《かない》にしたばってん、コザトコさん移って行ったもんでの。うちら、おシモさんが「さびしかけん、遊びに来てくれ、遊びに来てくれ」言うもんで何度か遊びに行ったが、おシモさんの御亭主の土人な、小《こ》まんか船じゃったが汽船の船長で、山や土地も少し持っとったもんで、おシモさんは絹《きん》の着物《きもん》に巻かれてござった。このおシモさんがな、それからじきに、おフミさんの生んだ子ば育てることになったとたい。

にわかにそげなこと言うても分るまいが、おフミさんは美しか人じゃったけん、日本人や外国人が何人も通うて来ておった。ばってん、おフミさんな、客ば篩《ふる》うて土人なんか客に取らんじゃった。その通うてくる日本人のなかでおフミさんの方も好いとったのが、＊安谷喜代次という男じゃった。安谷はサンダカンで太《ふと》か椰子園《やしえん》ばやっとって、もう女房子どもがおったけん、おフミさんと一緒になることはでけんじゃったが、よう通うて来よった。そしておフミさんがその安谷の子ば腹に持って、十月《とつき》経って男の子生んだとじゃが、女郎屋では育てるわけにいかん。そこでおフミさんは、土人の家内になって子のでけんおシモさんに、「この子ば＊＊預ってくれんか」と言うて頼んだら、おシモさんは喜んで承知したと。その子が松男で、今は実の親のおフミさんと一緒に暮らしとる。松男をおシモさんに預けたとは、松男が生まれてひと月ばかりの嬰児《やや》のときじゃった。おフミさんは、そのあともうひとり、こんどはおなごの子ば生んで、その子は、イギリス人の妾に行っとった島原のおヤエさんに預けたばって、この子の方はどうなったかねえ。生きとりゃ、うん、おまえぐらいの年になっとるじゃろ。そのおなごの子も安谷の子じゃったかどうか、それも分らん。南洋へ女郎商売に出かけにゃならんじゃったおなごは、好きになった男衆《おとこし》がおっても、添うことはでけんで、たいがいこげな始末になって終《しま》うと――

＊三穂五郎著『邦人新発展地としての北ボルネオ』
「帆船に乗つてサンダカンの対岸タンジョンアルにある安谷椰子園を見に行つた、順風であつたので一時間許りで目的地に着いた。安谷喜代次は天草人である、数年前六千弗を投じて英人より此のタンジョンアルに於て七十英反の椰子園を買受けたが、当時既に其の三十英反千七百本の椰子樹は月々六千乃至八千顆の収穫があつたのである、其後数回に更に百四十英反の土地を政府より九百九十九年の年限にて永借し、目下苗樹植付中である、此の分は、最初五年間は一英反に付毎年五十仙の地税を払ひ、其後は二弗五十仙を納むる筈であるが、最初の七十英反は『ガランマテ』と称し、免税であると云ふことである、同人は全く土着する考へにて、老父母及妻子を郷里より呼び寄せ、園中に小綺麗な家屋を建て、之に住居し、四、五名の

日本人の外に、支那人五、六名を使用して、一心に栽培に従事し、又気楽さうに暮して居る、彼れは先づ成功の端緒に就いたものと云つてよろしからう。」

田沢震五著『南国見たまゝの記』

「サンダカンの対岸タンジョンアルなる安谷喜代次氏の椰子園参観の為め、艦長以下士官十名、其れに当地在住日本人十人許りを加へ、本艦のランチ及び伝馬船《てんません》に分乗して午前十時、本艦を出発した、……中略……先づ一休みと氏（安谷喜代次）の家に案内せられた。氏の家は例の南洋風に床が極めて高く、殆ど二階の様に出来た新造の建築で、屋根は南洋特種のニッパ葺《ぶき》、室数《へやかず》も相当あつて、誠に気持のよい家であつた。安谷氏は猿二疋、犬数疋、其れに猩々《しょうじょう》を一疋飼つて居られた。……中略……食後に安谷氏から写真帖を見せられたが、其の一葉に、既に今年故人となられた元台中州知事加福豊次氏、目下洋行中の梅谷前台北庁長、其れに前調査課長現専売局脳務課長鎌田氏や、南洋渡航須知の著者外事課勤務越村氏等の一緒に撮られた写真があつた、何れも予が知人許り、噫噫《ああ》氏等も亦嘗《か》つて一度此所に安谷氏を見舞はれた事があつた……。」

**戸籍謄本によれば、松男は、大正拾四年八月拾四日、英領北ボルネオサンダカン第二横街参拾五番地に於て吉本フミの私生児として出生、母吉本フミ届出、大正拾五年弐月参日受付入籍。父千葉県印旛郡八街町九拾四番地中村一郎認知届出、昭和四年拾弐月六日受付。

うちには、好きな男はでけんかったかて？　自分のことは、きまりの悪うして言われんたい。誰だってみなそうじゃろが。——うちは、男なんか要らんと思うとるけん、好きも嫌いもありゃせんが、若いときいっぺんだけ、この男とならば世帯《しょたい》ば持ちたかと思うたことがあったと。身内の者《もん》はもちろん、朋輩にもおフミさんぐらいにしか打ち明けておらんが、おまえにならば話してもよか。

その男は、三菱のゴムや椰子の農園で見回りをやっとった男で、苗字を竹内というた。長野県の生まれじゃと言うとった。おまえ、長野県ば知っとるか？ ——うちが二十歳《はたち》になるかならんときじゃったが、竹内のほうがひとつ年下で、十九ぐらいだったじゃろ。金ば工面して三日にあげず通うて来た。男前ではなかったばって、さっぱりした気性ば持っとったけん、うちはその気性に惚れ、竹内も惚れて、世帯持ちたいとまで思うたね。そげに惚れ合《お》うたけど、うちには借銭があるし、竹内には身請けするほどの銭はなし、二、三年たって竹内は、自分の泊っとった下宿のおなごと夫婦になってしもた。うちにはな、「身請けの銭がなかで、許してくれ」と言うて、有るだけの銭ば出して、うちがひと月だけ客を取らんで済むようにしてくれたと。その、一生の身請けがでけんかわりに、ひと月だけうちを身請けしたとじゃね。

今となってふり返れば、竹内の言うたりやったりしたことは、無理もなかと思う。竹内は農園の見回り人で、年も若かし、幾らも給料もらっとりはせんけん、逆立ちしたって身請けの銭のできるわけがなか。ばって、そんときのうちには、はじめて好いた男じゃったけん、十年でも二十年でも銭ば貯めて、そっでうちを連れに来てくれるとを望んどったが、その気持ば、みごと裏掻かれた気のして、「もう、二度と男なんかにゃ惚れるもんじゃなか——」と心から思うた。さっき、おクニさんは酒飲まんけど、うちは幾らでも飲むいう話ばしたばって、うちがビールを浴びるほど飲んでも酔わんごとなったっは、竹内とのことがあってからあとのことじゃったかも分らん。

　こげんして八番館で暮らしとるうちに、うちは、前世の因縁かどうかは知らんが、おクニさんとえろう気が合《お》うてしもうてな、うちが「おかあさん、おかあさん」言《ゆ》うてなつけば、おクニさんも「おサキ、おサキ」とかわいがってくれた。なにしろ、うちがそれまでに逢《お》うたお人で、うちを人並みに扱うて、あげん優しか人はほかにひとりもおらんじゃったもんな。しまいの果てには、うちを生んでくれたおっ母さんは天草におるばって、おクニさんが*本当のおっ母*さんのごたる気のしてきたと。じゃけん、三年ばっかりして、おサクさんが娘のミネオに逢いたいと言《ゆ》うて天草へ帰ろうとして、「お母さんも、もう年だし、サンダカンば引き揚げて天草へ帰ったら――」とすすめたとき、うちがおクニさんを帰らせんじゃったとよ。

　おサクさんのことは、まだなんも話しておらんじゃったが、おサクさんはおクニさんの養女でな、ミネオいう女の子がひとりおって、長崎だかどこだかに預けてあると聞いとった。その時分、六つか七つじゃったろうよ。おサクさんは、年取ったおっ母さんのめんどうば見るためと、ミネオの養育料ば送るために、うちらが行ってしばらくたってから八番館へ来とったが、ミネオに逢うごとなって、おクニさんにも天草へ戻らんかとすすめたとじゃね。おクニさんは、どうしてか知らんばって、天草へは帰ろうごとなかったふうじゃった。そんこつは、おクニさんが自分の墓ば、その時分まーだ生きとるちゅうとに、丘の上に建てておいたことでもわかるたい。白か太《ふと》か石のな、目のさむるごたる墓じゃった。

今ではもう、知っとる者《もん》は何人もおらんじゃろうが、おクニさんな、サンダカンで死んだ日本人を弔うために、日本人墓地ばつくらしたと。あれは、ほかの誰にもでけん、おクニさんの大手柄じゃと今でもうちは思うとる。海の見える丘ば伐《き》り開かせて、百でも二百でもお墓が建てられるごつなっとった。横んところへ六畳ばっかしの小《こ》まんか家ば建てて、そけへ手桶や水杓《みずしゃく》を入れておいてな、セメントで樋《とい》ばつくって山から水ば引いて、いつ誰が手ぶらで墓詣りに行っても困らんごとしてあった。ジセルタンにもタワオにも、あげんか立派な日本人の墓場はなかったけん、サンダカンへ上陸した日本人は、みんな、ひとつ話の種に墓地ば見て拝んで行くのがきまりじゃった。おクニさんは、六十ばいくつか過ぎた頃じゃったろうが、この丘の上の一番眺めの良かところに、日本から石ば取り寄せてな、自分の墓ばつくらせたと。白か、太か、目のさむるごたる墓で……まわりに笹ばしんしんと植えて、門まで付いとった。天草へは帰らんで、サンダカンの土になる覚悟がちゃんとでけとったけん、あげんか墓ば建てなさったんじゃろ。***

＊戸籍謄本によれば、木下サクは、明治拾五年七月拾五日、木下クニの私生児として出生。明治参拾弐年六月拾参日、木下サクの私生児として男、隆義出生。明治参拾六年参月壱日、木下サクの私生児として女ミネオ出生。

＊＊女児に男子名「ミネオ」を付けたのは木下クニの発案による。

＊＊＊坪谷善四郎著『最近の南国』

「此土地には、市街の背後なる山の半腹に、遠く海上から見ゆる所の二大石塔がある。其所は日本人の共同墓地な相だが、兎も角も場所不相応な大石塔を見るべく、余等数人急坂を攀《よ》ぢて登れば、支那人の墓地に並んで二百坪ばかりの日本人墓地は、百余りの墓の主が、大抵女で、古きは土饅頭ばかり、然らざれば一本の木標に、風雨に打たれて文字の定かならぬが多い。中に最も新らしいものを見れば、高さ二尺許りの細き角杭に『大日本広島県甲奴郡吉野村字小塚七十一、只宗トヨ行年十九歳』など書いたのもある。累々たる此等の墳墓は、何れも熱帯の瘴《しやう》癘《れい》に触れて、盛りの花を散らしたのかと思へば、心柄とは言ひ乍ら、また是同胞の大和撫子、徐《おもむ》ろに同情の感を切にするが、其等の墓を一段また一段と、次第に見ながら傾斜を登れば、最も上に立てたる花崗石の角塔は、二重の基石の上に、方二尺、高さ四尺許、其の面には無縁法界之墓、裏面には木下クニ建立と刻む、更に一段上には、其れと同一の石塔に、法名釈最勝信女と刻むで、赤土で文字を塡《う》め、側面に、熊本県天草郡二江村俗名木下クニと彫る。何れも石材は日本から取り寄せたのだ。彼女本年六十三、既に財産も一万円余も出来たと言へば、常人ならば其れを懐中にして本国へ帰り、左り団扇《うちわ》で老後を送るべきを、飽くまでも此土に留まり、生前既に自己の墓を建て、必ず此所の土となるを期する所、流石に其意気は壮とするに足る。況《いわ》んや更に最上層の平地に達すれば、一棟の礼拝堂には、奥に日本出来の仏龕《ぶつがん》を安置し、坊主頭の土人一人、其の傍に居て、共同墓地の掃除に任ず。其の建立の寄附人名を見れば、また大部分の金は木下クニから出て居る。之を見て、成る程おクニ婆さんは、サンダカンの草分けで、且つ最も有力なる姉さん株であることが知らる。彼女が三十年も前から絶海未知の異域に踏み出し、帝国発展の先駆と為りし功績は、正に賞讃に価すると思ふ。」

それにまた、おクニさん、おサクさんと気性の合わんこともあったとね。おクニさんは世話好きの派手なことの大好きなお人じゃったが、おサクさんはまるで反対でな、銭の出し入れもやかましかし、曲って置いてあるもん見ればすぐ直さずにゃおれんというたちじゃったもん、うまく行くはずが無か。養女のおサクさんよりも、うちのほうがおクニさんと気が合《お》うて、おクニさんはいつも「おサキ、おまえとならば一緒に暮らしてもよか」と言《ゆ》うてくれてじゃった。

そういうぐあいじゃったけん、おサクさんがおクニさんに、「お母さんも一緒に天草へ帰ろう」と言い出したときに、うち、「おかあさんのめんどうはうちが見るけん、おサクさん、安心して天草さん戻りなっせ」と言《ゆ》うて、おサクさんば帰してしもた。そっで、おクニさんが天草にゃ帰らんもんじゃけん、八番館はそのままつづいとるし、うちがおかあさんば助けて、毎日の暮らしばやっとった。――おサクさんな天草へ戻っても良かことなかったとみえて、幾年もたってから、「また、サンダカンへ行きたか――」と言《ゆ》うてきたこともあったらしいばって、おかあさんがそんときはもうおサクさんを呼ばんじゃったな。

　おサクさんが天草へ戻らしてからは、うちがおかあさんと一緒に八番館をやっとった。〈サンダカンのおクニ〉と呼ばれて、男の親分衆ば向こうにまわして一歩も引けを取らん気丈なおかあさんじゃったが、縋《すが》って来る者には誰にでん力ば貸して自腹ば切るけん、いくら八番館で儲けても、内証《ないしょう》は火の車たい。おかあさんに世話になった人のなかには、「あげな誰でん助けたっじゃけん、おクニさんはえらい身上持《しんしょうもち》じゃったとやろ」と言う者《もん》もあったが、ほんとのところは火の車じゃった。それは、共に暮らしたうちがよう知っとる。なんしろ、日本人ばかりじゃのうして、オランダ人や支那人、キリン人まで世話ばしたとじゃけんな。人間の皮着た鬼ばっかりの南洋にも、あげなお人もたまにはおったとね。

そげんかふうで、八番館は天国のごたるところじゃ思うて稼いどったが、そのうち朋《ほう》輩《ばい》の口ききで、うちは、イギリス人の妾《めかけ》に出ることになったと。太郎造どんの女郎屋でも、八番館でも、借金返さなならんけん、お娼売はけっこう繁盛しとっても、天草の矢《や》須《す》吉兄《きちあぼ》さんのとこにゃ、ろくに銭《ぜに》は送れんたい。外国人の妾になれば、大勢のお客あいてのお娼売はせんでよかし、お給金はどうどとはずんでくれるし、うちらには大した出世じゃもんね。おかあさんも、「そのイギリス人とこに、行ったが良か」とすすめてくれたもんで、うちは、八番館でそれまでに稼いで貯めとった銭ばそっくりおかあさんに渡して、そっで、うちの代りのおなごをふたりかかえさせて、八番館から出たとです。

うちが奉公に行った*イギリス人は、ミスター・ホームというてな、サンダカンの北ボルネオ会社のやっとる税関につとめておった。年はいくつかわからん、うちより十《とお》か二《に》十《じゅう》も上じゃったと思わるるけん、四十《しじゅう》かそこらじゃったろ。サンダカンでは、イギリス人もオランダ人もフランス人も――とにかく白人は、みんな海の見える丘の上に豪勢な家ば持っておってな、ミスター・ホームもそうじゃった。本国のイギリスには、奥さんも子どももおったらしいかが、ひとり身でボルネオへ来て、豪勢な家に住んで、支那人のコックとボーイをひとりずつ使っとった。

＊坪谷善四郎著『最近の南国』

「北ボルネオといふが、世界に例の少ない国体で、政府は株式会社、其の重役が即ち内閣だ。しかも其の内閣は倫敦《ロンドン》に在て、重役が選挙したる総督の下に、理事官といふ府県知事位の役人をサンダカン及外三所に置き、其の下に地方官とて、郡長と、警察署長とを兼ねた様な役人が、各所に配置せられてあるのだ、丁度日本の南満州鉄道会社が、南満州を自分で支配し、関東都督も重役会で選挙し、守備隊も重役が指揮し、税関も会社で支配したならば、斯《か》かる国が出来るであらうと思はれる。

抑《そもそ》も北ボルネオ会社は一千八百八十一年十一月の設立だ、其のずっと以前には今日の印度なども東印度会社が管轄し、蘭領爪哇《ジャワ》も蘭領東印度会社が管轄して、殖民地に斯かる経営振りが、各国の間に多に行はれたものと見ゆるが、今は大抵本国政府の領土に帰し、会社で政府を組織するものは、世界に跡を絶た中に、独り此のボルネオ会社のみは、政府乃《すなは》ち会社の組織を其儘に維持し、資本金五百万磅《ポンド》の全部を払ひ込み北ボルネオの開拓を目的として居れども、其実は開拓も捗々《はかばか》しからず、今も猩々《しようじよう》や尾長猿の産地として世界に知られて居る。名は独立国ではあるが、大統領とも云ふべき総督は、在倫敦《ロンドン》の取締役会議で指名してから、英吉利《イギリス》政府の認可を請はねばならぬのと、また外国と条約を締結するか宣戦又媾和するか、若《も》しくは土地の全部を売却する場合にも、英吉利《イギリス》政府の認可を要するのだから、結局英吉利の勢力圏内にある。」

ミスター・ホームのところへ行ってからの暮らしか？　朝晩の食べもん作ることも、

掃除も洗濯も、コックやボイがしてくるるけん、うちは何《なん》もせんじゃった。せろ言《ゆ》うても、うちら、小《こ》まんかときからお娼売のほかは知らんけん、なーんもでけんと。ばってん、朝ミスター・ホームが出かけてしまうと、ひまでひまで、どうしたらよかもねろかわからんけん、昼間っからブランデーやウィスキやジンば飲んどった。そう、そう、花札でばくちもようやりよったたい。奉公に行ってからは、「女郎屋へ遊びに行くことはならん」と言《ゆ》われとったで、朋輩衆のいる女郎屋――おフミさんやおヤエさん、それから下田のおシモさんがおる四番館へも、遊びに出かけることはでけんじゃった。仕方ばなかもん、小間物店《こまもんみせ》ば出しとるとこれ行って座敷さん上がって、毎日毎日ばくちばしよったと。ただ、おクニかあさんは西洋人にも信用があったけん、八番館へ行くのだけは大目に見てくれたよ。うちは、ほかの白人のお妾よりはましじゃったとね。

小間物店でも、八番館でも、いちばんの楽しみはばくちじゃったよ。花札で、一回に五十銭ずつ賭けて遊ぶとじゃが、うちはただのいちども勝ったことは無か。兄《あぼ》さんのとこれ送金する銭のほかは、たいがいばくちで掏《す》ってしもうたと。おクニさんも好きじゃったが、いくらやっても強うはならんで、いつもいつもすってんかんに奪《と》られとった。

＊三穂五郎著『邦人新発展地としての北ボルネオ』

「馬来《マレー》人の妻になつて居る日本人方に行つて見たが、戸が閉つて居る、折角此の地を踏んで、一人の日本人にも会はないのは本意ない様な気がしたので、賤業をして居る日本人方に行つて見たら、男一人女四人車座になつて夢中になつて八八を弄《や》つて居る、見れば馬来人の妻といふのも其の中に交つて居る、予が這入《はい》つて来たのを見て男は有繫《さすが》に止めて挨拶に来たが、女どもはなかなか止めない、『お前達は朝から八八をやつて居るが、終夜やるのであらう』と予が云つたら一番色の黒い、鼻の空向いた女が「イーエ夜の仕事は違つて居ます」と予に竹篦《しつぺ》返しを喰はした。此のクウダッには支那人の女郎屋はないが、日本人の女郎屋は此の家と其の隣りの二軒ある、女だてらに朝から湯文字《ゆもじ》一貫で、趺座《あぐら》を組んで、八八をやつて居る、驚き入つた連中である。」

銭《ぜに》のこと言うたついでにお給金のことを話せば、うちのひと月の手当は千円じゃった。うちらにさえそげな銭ばくるるとじゃけん、南洋に来とる西洋人は、さぞかし、うちらが聞いたら目ン玉のとび出るごたる太か給金ば貰《もろ》うとったとじゃろ。その千円のなかから、うちは、四百円か五百円を、四回も五回も矢須吉兄《やすきちあぼ》さんに送ったと。うちは字ィをよう書きよらんけん、おクニかあさんに頼んだり、字ィの書ける小間物店《こまもんみせ》の若い衆に頼んだりして、日本の天草に送金ばしてもろた。ヨシ姉《あね》も、ラングーンの女郎屋から送金しとったで、うちの送った分と合わせて、矢須吉兄《やすきちあぼ》さんはようよう家ば建てたと。それが、ほれ、おまえが風呂ば貰いに行く上《かみ》の家じゃがね。今は兄《あぼ》さんのせがれが住んどる。

うちがミスター・ホームのとこれ行ってから知り合《お》うた朋輩に、タマコとフミコのふたりがおる。ふたりとも、天草では無《の》うして、島原者《もん》じゃて言《ゆ》うとった。フミコはなかなかの器量者《きりようもん》でな、うちよりか二つほど年かさで、道路工事の監督ばやっとるイギリス人の妾をしとって、少しなら英語も話したと。タマコは太《ふと》かからだしとったが、いつも目ェが悪うして、難儀ばしとった。何人《なにじん》かは覚えんが、やっぱ西洋人の妾になっとった。

こういう朋輩と遊ぶとなら、ミスター・ホームは、何《なん》も文句言わんじゃった。サンダカンで、幾人ぐらいが西洋人に奉公しとったかは、おクニさんなら知っとったかもしれんが、はて、うちにはわからん。なかには、イギリス人のお妾から本当の奥さんにしてもろた者《もん》もおるが、それは石ころのなかの玉ほどの数じゃったね。ダルビー会社ちゅうたかな、そういうイギリス人の太《ふと》か会社が来とったが、そこの二番めにえらか支配人の奥さんは、名前は忘れたがうちらの仲間のひとりじゃったとおぼえとる。

＊三穂五郎著『邦人新発展地としての北ボルネオ』

「ダルビー会社はゼッセルトンに支店を置き、一般輸出入貿易の外、香港上海銀行、China Borneo 製材会社、セバチック石炭会社、数ケの護謨《ゴム》会社、印度支那航業会社、Saban Steamship 会社、大阪商船会社（米国行の分）の代理店を兼ね、又最近に於て、海峡汽船会社の代理店となり、其の勢隆々として殆んど英領北ボルネオの貿易を独占するかの如き有様である、……中略……

ダルビー会社は又サンダカンに於て造船所を有し、三百噸内外の船舶を収容するに足る、其他政府購買品の納入を引受け、政府との結託頗《すこぶ》る強固である、而して其の体度往々専横なるが故に、一般在留者、殊に支那人等は之を排斥して居る、サバ汽船会社は事実上ダルビーの所有であることは、既に云つて置いたが、三百噸許の汽船を以て沿岸航海に従事して居る。」

＊＊坪谷善四郎著『最近の南国』

「露をだに厭ふ大和の女郎花が、降るアメリカに袖を濡らし、朝に白人を送り、夕に黒客を迎へて、国辱を海外に曝《さ》らすと非難する者もあれど、サンダカンでは、此の日本婦人の勢力が意外に大で、有力なる白人の妻と為て居る者が少なくない。

……中略……

此地に第一の大商店、ダービーといふ会社の支配人某氏の夫人も、矢張り日本人で、余は一夕其主人から晩餐の招待を受けた。……中略……遠く英吉利《イギリス》本国から独身で此地へ赴任し、物寂しさの余りに、最初は浮いた心で親しんだ女が、後には真実の愛を捧げて温かなる家庭を作る者も少なくない。其のまた愛の対手者が、皆な日本人だ。去れば日本の勢力が、漸やく絶海の異域に扶植せらるるには、斯かる側面から進む功労者も、全然見逃がしてはならない。」

三穂五郎著『邦人新発展地としての北ボルネオ』

「此のサンダカンには今一人（註　木下クニの他にはという意）、日本の女で、鳥渡《ちよつと》地位のあるものがある、亭主は米国人で未だ戸籍上の手続きが済んで居ないので正妻と云ふ訳には行かぬけれども、普通の妾と違つて、既に子までなした事実上歴とした夫婦である、亭主と云ふのは、ボルネオ第一のダルビー会社の副支配人で、巨万の分限者と聞いた、そして行く行くは夫婦共に、日本に一生を送る積りで、佐世保とかに既に家屋敷を買ひ込んで居るとの事である、それで在留日本人は何にかにつけて此の妻君の世話になると云ふことである。」

——ちゃんとした奥さんになったのんを、正妻というとか。その正妻になっとれば、家に西洋人の客ばあったとき、客間へ出てもよかとじゃが、うちら奉公者《ほうこうもん》は、決して客の前さに出てはならんじゃった。男客はまだしも、女客じゃったら、絶対に顔ばのぞかしてはいかん。うちらがおることば知らん者《もん》はなかが、かくしおなごゆうことになっとるけん、姿見せてはならんじゃったとね。

お妾奉公になってからは、相手はたったひとりじゃけん、おつとめは楽じゃとみんな言《ゆ》うとった。——ばって、西洋人のうちらへの扱いは、お娼売のときと変わらんじゃった。日本のおなごは娼売あがりじゃということで、あれが済むと、女郎屋にいたときとおんなじに、消毒水《しょうどくみず》で男のもんを洗わにゃならんじゃった。どげん長う一緒に暮らしとっても、病気の無かことがわかっとっても、許されることはなかったとね。大方《おおかた》、うちらを、おんなじ人間とは思うておらんじゃったからじゃろ。

ミスター・ホームのとこには、うちは、ひい、ふう、三ィ、四ォ……と、合わせてちょうど六年おった。はじめ四年つとめて、一度天草へ中戻りして、それからまた二年おったもんな。

中戻り前の四年のあいだに、ミスター・ホームは、うちに、二、三回しかかかって来《こ》んじゃったとね。どこか、からだに悪かとこがあったからかて？　そうではなか。ミスター・ホームには、亭主のあるイギリス人の色おなごがおって、いつもそこへ行ったり、そのおなごを連れて来たりしとったもん。千円の給金ば払うて、うちの置いといたつは、その色おなごの御亭主に気づかれん用心と違《ちご》うか。——四年間に二、三回しか男と女のことばせんでは、うちが切《せっ》のうして、ほかに男持ったとではなかかて？　うちは西洋人がおって、暮らすのには困らんけん、ほかに男なんぞは要らん。八番館におるときも、ミスター・ホームに付いてからも、それからあともな、うちは男が欲しかと思うたことはいっぺんもありはせんと。もっとも、うちと違うおなごもおったとよ。島原のタマコは、西洋人のほかに支那人のかくし男を持っとって、その西洋人がイギリスへ帰ってしもたら、支那人とふたりでシンガポールさん行った。——それからあと、タマコと逢《お》うとらんが、いま、どうしておるとじゃろ。南洋で死んでしまわんで、無事に日本へ戻って来たじゃろか。

うちが中戻りしたのは、ミスター・ホームが、休みば貰《もろ》てイギリスへ帰って来ることになったからじゃった。南洋につとめるイギリス人はな、幾年かに一度、からだ休めに本国さん戻って、それからまた南洋へやって来ると。ミスター・ホームは本国へ中戻りすることになったもんで、うちば呼んで、五千円の銭《ぜに》ばくれて、「わしが戻るまで、待っとれ」と言うけん、「うちも日本へ戻って来たか」と頼んだら、「好きにせい」と許しが出た。それでうちはな、その五千円ばふところにして、香港かばんに土産もんばしっかり詰めて、天草に帰ったとたい。朋子《ともこ》、おまえが敷いて寝とるあの蒲団な、あれば持ち帰ったともそのときじゃったと。

矢須吉兄《やすきちあぼ》さんには、字ィの書ける人ば頼んで、半年ばかり戻るけん、何とか丸ちゅう汽船で長崎へ着くけん——と、手紙ば出して貰《もろ》うといた。ばって、うちが汽船ではるばる長崎さんへ着いても、長崎から小まんか船に乗り替えて崎津さん着いても、誰ァれも迎えに来とりはせんじゃった。矢須吉兄《やすきちあぼ》さんはもう嫁ご貰うとったし、うちのような外国帰りの者を迎えに出るのは、外聞《もん》が悪かと思うたとじゃろ。ばって、うちは、重たか香港かばんを下げて、ひとりでこの村へ戻って来たと。

十《とお》近いときに村を出たっじゃけん、十幾年ぶりに見る生まれ故郷たい。あっちも、こっちも、変わっとった。小《こ》まんかとき、太《ふと》か川じゃ思うとった川が、またいでも越せそうな川じゃったり、高い高い山じゃ思うとったのが、丘ほどのもんじゃったり、一日耕しても終わらんじゃった広か畑が猫の運動場《うんどうば》のごたるもんじゃったりしてな、はじめは、うちの生まれた村とは信じられんじゃった。そっでも、たしかに見おぼえのある西の家や東の家を頼りにして、うちが小《こ》まんかとき住んどった家のあたりに来たら、そこに一軒、木ィの新しか家がでけとる。これかもしれん思うてはいってったら、背の高かおなごが出て来たが、それが矢須吉兄《あほ》さんの嫁ごじゃった。まだ、今のように目はつぶれてはおらんじゃったよ。

おっ母さんは徳松伯父のとこじゃし、姉のヨシはシンガポールじゃし、うちは兄《あほ》さんのとこに草履《ぞうり》ばぬいでおることにしたと。ヨシ姉《あね》とうちとが送った銭《ぜに》で建てた家じゃとは思うても、矢須吉兄さんもひとり身ではのうなっておるけん。うちも大いばりではおれんし、なにやら居ごこちも良うなか。ばって、持ち帰った銭ば、兄さんやおっ母さん、近か親類の者《もん》に分けてやるとな、あとの銭ば持って崎津の料理屋へ行ってな、芸者上げて遊んだと。

村の者《もん》のなかには、「おサキさん、もう遠か外国さにゃ行かんで、天草におりなっせ」と言う者もあったが、うちの気持良くおれる場所はどこにも有り申さん。サンダカンへ戻れば、おクニさんがおるし、朋輩のおフミさんもおシモさんもおるけん、うちのおるところはやっぱりサンダカンじゃ思うて、半年たつかたたんうちに南洋行きの船に乗ったと。

八番館に帰ってみたら、うちがたった半年の間《ま》ァ留守にしたあいだに、店はずんと傾いとった。ふたァりおった女郎が、どういうわけか少しもはずまんで、そんくせして相変わらずうまかもんばっかり食うてばくちに明け暮れとるけん、おクニさんは借金がかさんで首が回らんようになっとった。うちは四番館へ行って、おフミさんにも智恵借ったが、おかあさんももう年じゃし、女郎屋商売やめてしもて、気の楽な暮らしばしたほうが良か――ということに決まったと。だけん、八番館を売って借金ば返してしまうと、うちはおかあさんにすすめて二階家ば借って、静かに暮らせるようにしたとです。西洋人にも信用のあったおクニさんじゃけん、あんときは西洋人がいろいろとめんどうば見てくれた。

　うちは、相変わらずミスター・ホームの妾奉公しとったが、西洋人が出かけてしまうとおクニさんのとこば訪ねて、世間話したり、身のまわりの世話をしたと。そげんして二年ばかしたって、おクニさんも年じゃもんで、だんだんに弱って、とうとう死になさった。死ぬ七日前まで自分でまま炊いて、「うちが炊いてやるけん」と、いくら言うてもきかんじゃった。

　おクニさんはからだが弱ってきても、「日本には帰ろうごたなか」と言うて、お医者は西洋人のお医者しかおらんじゃったが、そのお医者に向かって、「あんたの薬のむとは、わたしが死ぬときいっぺんだけ」と言うてじゃった。ばってん、ほんとにそのとおりじゃったな。死になさるときそばに付いとったとは、うちひとりで、静かにうちば見て、「おサキ、あんたにこげに世話になって、ありがとうよ。墓ば建ててあるけん、そこへ入れてくれ」とだけ言われたのが最期じゃった。年は七十じゃったろ。さて、お弔《とむら》いじゃが、サンダカンには坊さんがおらん。仕方がなかけん、日本人ホテルの主人に来てもろて、お経の本を読んでもろて、それから丘の上の墓場に骨《こつ》ば納めたと。おかあさん、今でもあの丘の上の白か石の墓場から、サンダカンの青か青か海ばながめてござるじゃろうな――

――おクニさんと死に別れしてからのうちは、さんざんじゃったよ。何しろ、「おかあさん、おかあさん」と呼うで、心底《しんそこ》からおっ母さんのごつ思うとったお人に死なれたとじゃもん、葬式ばすませるとどうっと気落ちのして、頭の病気ばわずろうてしもた。何という名の病気か、うちにはわからん。からだが軽うなってしもて、頭へ石でも詰めたごつなって、だいじなことば考えようと思うても考えられんし、何かもの言おうと思うても言うことがでけん。西洋人のお医者に診せたら、「このままでは死ぬ」との見立てじゃったけんで、ミスター・ホームは、うちを日本に帰すことに決めたと。銭をまた何千円かくれて、うちを汽船に乗せてくれた。それればかりではのうして、うちが天草へ戻ってからも養生金《ようじょうがね》ば送ってくれたけど、うちが頭わずろうてなあもわからんのを好《よ》かことに、兄《あぼ》さんと嫁ごのカネどんとでみんな奪《と》ってしもうたとね。

天草へ戻る船のなかで、ありがたかったとは、おクニさんが、ずうっとうちに付き添ってくれたこととたい。おクニさんは死んで、うちがサンダカンの墓場に埋めて来たっじゃけん、あれはおクニさんの魂か幽霊か、どっちかだったにちがいなか。うちが寝ればその枕もとに、坐っとればその横に、たしかにおクニさんが一緒にござってくだはれた。おクニさんがうちば守ってくれたっじゃな。そうして、汽船が門司さん着いて、船長さんから「兄さんが迎えに来とられるよ、早う仕度して陸《おか》へ上がりなさいよ」と言われたとたんに、おクニさんの姿はぼうっと消えて、どこを探しても見えんごとなってしまったとね。

＊母子愛育会附属愛育病院産婦人科医師野末悦子氏の談話によれば、おサキのこの症状は、婦人科の疾患によるものでなく、ノイローゼ様症状によるものであろうと言う。

天草へ戻ってからは、ほかに居るところもなかけん、二年前に中戻りしたときと同じに矢須吉兄さんのところへ厄介になって、崎津のお医者にかかっとったが、いつまでたっても頭がなおらん。ところがな、その、なかなかなおらん頭のわずらいが、軍《いくさ》ガ浦《うら》のお大師様《だいしさま》のおかげで、嘘みたいになおったとですよ。

前に名ァぐらい言うたかもしれんが、うちの死んだお父っさんの一番上の兄《あぼ》さんの娘にハルというのがおってな、うちから言えば従姉《いとこ》じゃね、年はうちより少し行っとった。ラングーンへ十年だか十五年だか行っとったおなごじゃが、そのハルが、「ありがたかお大師様がある、どげな重か病《やま》いでもなおしてくださる」と言うて、ある日、うちを引っぱり出して、崎津ば越えて大江のほうまで連れていったとたい。それが軍ガ浦のお大師様で、御布施《おふせ》を上げて神巫《みこ》さんに拝んでもろたら、けろりと病気が治ってしもうた。おまえら東京者《とうきょうもん》は嘘だとしか思うまいが、本当のことじゃぞ。うちは、南洋でのお娼売のことでも、お大師さまのことでも、嘘は小指の爪の先ほども言わん。

それからこのかた、うちは軍ガ浦のお大師様を信心しとる。この天草におるときは、毎月十一日にはお詣りを欠かさんと。はて、ここから軍ガ浦までどのくらいあるかな

――三里もあるか。うちはバスに乗ると胸が悪うなるし、バス代もかかるけん、雨でも風でも歩いて詣ると。お大師様に参ったら、うちは一所懸命に祈りばする。何ごつも一心になってやらにゃいかんよ。朋子、おまえと一緒になったのもお大師様の帰り道じゃったし、うちは、お大師様のお引き合わせかもしれんと思うとる。

　さて、頭の病気がなおって、家のことや村のことがわかるごつなってみると、うちのような者《もん》、兄《あぼ》さんの家で好《よ》か顔されておらんと気がついてきたと。矢須吉兄さんは、うちから大金ば貰うとるけん、なあも言わんが、嫁のカネどん――その時分はまァだ髪も染めとらんし目ェも開いとったが、どこやらに険《けん》のある目ェでうちば見よる。それに、うちらと同じ年頃の村のおなご衆《し》ば見れば、みんな世帯持って亭主持って、持たんのとはうちらのごつ外国帰りだけじゃ。うちは毎日毎日が面白うなかけん、村の若い衆《し》を「遊びに行こう、行こう」と言うて大勢つれて、崎津の料理屋へ乗りこうで、崎津じゅうの芸者ばひとり残らず揚げてさわいで、大尽遊びば仕出かした。うちは裁縫や字ィ習うのは嫌いで、三味線弾いたり歌うとうたり、にぎやかなこつば好きじゃけん、酒は浴びるほど飲んで、若い衆にも目ェまわすまで飲ませたと。

　矢須吉兄《あぼ》さんはそれでも何も言わんじゃったが、カネどんが、「おなごのくせして、あげん酒飲うで、芸者遊びばして――」と悪口言いふらしよった。ばって、うちは、「うちが稼いだ銭《ぜに》、うちが使うとに、どこが悪かか」と、なお若い衆つれて飲んで歩いた。酒飲んで、芸者揚げて、面白おかしかことば言うて騒いどるときだけ、何《なん》もかんも忘れて生きとる気のした。いつか聞いたら、あのときうちが揚げて馬鹿騒ぎした芸者のひとりが、まだ崎津に生きておるげな。

そげんしとるうちに、一緒に遊んどった若い衆のひとりが、うちに、「嫁ごに来てほしか」と言うてきた。その男は同じこの村の者じゃけん、うちが外国帰りなことはよう知っとるし、ふた親も、うちを嫁に貰うてかまわん言うたと。うちはその男が好きでも嫌いでもなかったばってん、何を見ても面白うなかときじゃったし、これから先どげんして生きていったらよかもんか皆目わからんじゃったけん、承知して嫁になった。その男の家は百姓じゃったけん、百姓の嫁たい。舅《しゅうと》も姑《しゅうとめ》もおったけん、ふたりの機嫌とりとり畑仕事に精ば出して、なかなか辛かったばって、いまにこの家や畑がうちらふたりのもんになるとじゃと思うたら、結構張り合いが出てな、うち、真っ黒になって働いたぞ。

ところが、うちらのような者《もん》には、どこさん行っても良かことはありはせん。うちの亭主になった男は、崎津で酒飲んで芸者揚げて遊んどるときはなかなかの気前じゃ思うとったのに、外と内では大違いで、たいそうな始末屋のけちんぼうじゃった。自分では毎晩酒飲むとに、うちには根元《こんげん》飲ませんし、味噌ば使いすぎる、菜っぱに醤油ばどうとかけすぎるとこごとば言うて、気に入らんと手ェ挙げて打つ、足挙げて蹴る。半年もたたんのに、うちは嫁の暮らしがいやァーになってしもた。

そげなところのな、ある日、畑へ出とったら、「おサキさんじゃなかか」と声ばかける者がある。見たら、満州の女郎屋へ行っとったヤスヨさんで、中戻りして来とったとたい。ヤスヨさんは、今も達者で、川下の部落でマッサージ師ばやっとる。子どみ友達のヤスヨさんじゃけん、長か長か立話になってしもて、うちが、嫁にはなったがいじめられてつまらんと言うたら、ヤスヨさんが、「こげなところで真っ黒なって百姓してとなんて、あんたは馬鹿な。うちと一緒に、満州へ来んか――」と本気になって誘うもん。満州は、南洋と違うて寒かばって、内地の人間がどしどし渡って行っとって、満人や支那人ば働かして、去年より今年、今年より来年と開けていく土地じゃけん、気楽じゃし、お娼売で無《の》うしても銭《ぜに》がころころ儲かると言うもんな。

　満州の話きいとったら、うちにも、だんだん元気がついてきたとね。そっで、うち、男に未練なんてはじめから無かけん、満州へ行く決心ばして、「ヤスヨさん、ここに待っとって。今すぐ、暇《いとま》ばもろてくる」と言うて家へ駆けこんで、亭主《ごて》にそう言うたと。亭主は、鳩が豆でっぽ食うた顔しておったが、話がわかると、「そげなことは許さん、許さん」と太か声ば出してどなって、うちの髪ばつかんで家んなかじゅう引きずり回した。そんときまでは、満州へ行く決心したというても、行く気が半分、行かん気が半分じゃったが、髪つかんで引きずり回されとるうち、本当に行くと度胸が坐ってしもたもん。そっで、その晩、みんな寝てしもた夜中、手さぐりで箪笥あけて着物《きもん》ばまとめて、風呂敷包みひとつ持ってその家ば出て、ヤスヨさんと一緒に満州へ渡ってしもうたとたい。

　満州では奉天へ行って、コーバイ町というところの酒飲む店で稼いだと。〈カイクー〉という名の店じゃった。奉天にもお女郎屋は何軒もあった。――そうよなァ、支那人の女郎屋が十軒、日本人のもあったけど、うちは今度はお娼売には出んじゃった。矢須吉兄《あに》さんの家は建ったし、親方から銭《ぜに》借りて送らにゃならんとこは無かったけんね。カイクーでは、酒と酒菜《さかな》出して、客の相手ばしとればよかった。満州人や支那人の客もあったが、日本人のやっとる店じゃけん、日本人の客が多かったと。

その店におったのは、一年ぐらいやなかったかな。そのうち、ミドリさんいう亭主持《ごて》ちの朋輩がうちと仲良うなって、「世帯持て、世帯持て」とすすめてくれて、北川いうトランク造りの男ば連れてきたとね。うちは、前にも話したが男はほしゅうなし、世帯持って後悔しとるし、はじめは一緒になる気はなかとじゃったが、数えてみればうちももう年じゃもん。もう、三十をいくつか過ぎとって、いつまでも白粉《おしろい》つけて酒の相手はつとまらん。年取って食うに困って、のたれ死ぬのは嫌じゃけん、そのトランク造りと一緒になったとたい。それが北川新太郎＊――京都におる勇治の父親じゃ。

＊戸籍謄本によれば、北川新太郎は、明治弐拾九年五月拾八日、京都府紀伊郡深草町字＊＊参拾壱番地に、北川弥三郎、スエの参男として出生。昭和七年壱月弐拾八日、山川サキと婚姻届出受付。

あん人は、うちを大切にしてくれた良か人じゃった。うちは小《こ》まいときからの外国暮らしじゃったけん、針持って着物《きもん》縫うこともでけん、ままはどうやら炊いても、うまかおかず作ることもでけん。前に一緒になった男は、親と口ば合わせて「飯《めし》もよう炊ききらんおなごは、役に立たん」と毒づいたが、あん人は、そげなことはひとことも言わん。うちが裁縫も台所もようしきらんとわかると、うちの代わりに、何でもどしどしやってくれたと。

ばってん、あん人は大酒飲みで、女遊びも好きじゃった。あん人は良か人じゃし、うちがお娼売しとったおなごじゃからもの足らんじゃろと思うたけん、うちは何も言わん。

——やきもち？　そげなもんは、めんどう臭うして焼く気もなかとね。ただ、素人のおなごはあとが困るけん、「女遊びするなら、娼売おなごだけにしてくれ。銭《ぜに》はうちがつくるけん」と言うて、飲み屋で酌して銭ばこさえて、あん人に渡した。どこの女郎屋へかようとったのか、うちは知らん。

うちら、一緒ンなって世帯持ったはじめは、満州人の家の間貸しを借って細ぼそと暮らしとったとじゃが、あん人は、遊びもしたけど働き者じゃったけん、商売がだんだんうまくいくようになった。そのうち勇治*も生まれてな、あん人、子どもも生まれたことじゃけんしっかり稼がにゃいかん思うたとじゃろ、一所懸命に働いて、とうとう二階建ての太か家ば建てた。満州は寒かもん、日本の家と違うて、泥でオンドルつくって建てるとじゃが、出《で》来《け》上って家移《やうつ》りする日は嬉しかったぞ。ああ、これがうちらの家じゃ、これがうちらの家なんじゃと思うて、壁でもオンドルでも道具でも、可愛《むぞ》うてならんじゃったよ。

ん？　満州へ行って家建てたの、昭和何《なん》年頃のことじゃとか？　さァて、そら、うちにはわからん、勇治の生まれたのが昭和九年——昭和九年の十月五日じゃ。何でも、それからすこしあとのことじゃったよ。

＊戸籍謄本によれば、北川勇治は、昭和九年拾月五日、満州国奉天市宮嶋町拾四番地に於て、北川新太郎、サキの長男として出生。

——ばって、うちらが苦労してようよう建てて、それこそ撫でるごとして住んどったあの家も、日本が戦争に負けたら、いっぺんに消えてしもうたね。あれは、勇治が十《とお》になったときじゃった。――ロシアが日本との約束ば破って、戦争しかけてきたというて、奉天じゅう大さわぎしとるうち、今度は日本が負けた、おなごや子どもは早う逃げにゃいけないということになった。まごまごしとると、もう、八路軍だか蔣介石だか何だか知らんが支那人の兵隊が入って来て、日本人の家は、端から荒し放題じゃ。店の品物はさらって行く、銭や兵糧は取り上げる。おなごと見ればいたずらするで、話にも何にもならんほどひどかもんじゃった。

うちらにも支那人の兵隊が押しこうで来てな、商売物のかばんばァ持って行く、要らんのんは面白がりに刀で切り裂く。ひったまげて、棒のごつなっとる勇治ば抱いて、うちら、生きとる気ィのせんじゃったぞ。南洋におる時分、船乗りの荒くれ男や南洋ば股にかけて歩いとるあばれ者の相手ばしたけん、うちはたいていのことには驚かんばって、あんときの猛り狂うとる支那人の兵隊にゃ、どうにもでけんじゃったと。そっでも、うちは良かほうじゃった。あん人が、ふだんから満州人や支那人に親切にしてあったけん、うちらが困っとったら、右の人も左の人も食べる物《もん》ばくれた。――日本人でも、どこの外国人でも、人には親切にしておかないかんばい。

日本が負けたのは暑かときじゃったが、秋風が吹く時分になって、日本人はひとり残らず日本に帰らにゃいかんごつなった。うちらも帰ることになったが、家も財産もそっくり投げ捨てていくより仕方がなか。売って銭に替えようて思うても、誰も買うてくる者もおらんけん、それこそ二束三文で、親子三人着たきり雀で引き揚げて来たと。奉天から通化《つうか》に汽車で運ばれて、それからコロ島というとこへ出たわ。

何とか丸いう船に乗せられて海ば渡ったとじゃが、三度のままの配給は麦粥か粟粥でな、それもひとりにたったのひと椀ずつじゃった。するするっと啜《すす》れば、もう無《の》うなってしまうと。おとなも、こげしこどみじゃどうにもならんとぼやいとるが、可哀《むぞ》げかとは小《こ》まんか子どみたい。「腹ひもじい、何《なん》か食い物《もん》くれ」と言うて、どこの子どみもどこの子どみも、お父っさんやおっ母さんに泣いてねだっとるばって、誰にもどうにもでけん。うちは、勇治がひもじかろうけん、お粥さん、ひと口啜ってあとは勇治にやりやりしたけん、佐世保に船が着いて、いざ陸《おか》に上がろうというとき、からだじゅうの力が抜けてしもうてさっぱり歩けん。仕方がなか、アメリカの兵隊に手ば引いてもろて、ようよう陸《おか》に上がったとね。

船のなかで聞いた話だと、満州では、何万人もの日本人が死んだげな。町からはなれて開拓やっとった村では、村ばつくるとき満州人の畑を取り上げて、そのために恨まれておったけん、男もおなごも、小《こ》まんか子どみまで殺されて、ひと村全滅したところもあったげなと。三人みんな無事に戻れただけでも、ありがたいと思わななならん。

――ばってん、おまえ、この村へ帰って来ても、居《お》りにくかったぞォ。ほかに行くところもなかし、矢《や》須《す》吉《きち》兄《あぼ》さんの家へ寄せてもろておったが、南洋帰りのときと違《ちご》うてひとり身じゃなかし、あん人と勇治がおるし、兄《あぼ》さんのほうにも大きなせがれやおなごが幾たりもおるもんな。ひと間だけ都合してもろて、雨つゆには当らんで済んだが、兵糧《ひょうろう》に困ったと。おまえ、この村の畑、よう見てみい。おまえの育ったとこが東京かどこかは知らんが、こげに石のまじって痩せた土はなか。天草のどこさんたずねても、みんなこの土じゃ。稲もようでけんし、芋も太うはなってくれん。そげなありさまじゃけん、蔵《くら》持ちの分限者《ぶげんしゃ》は別じゃが、たいていの家が食うもんに困っとって、うちらがいくら「唐芋《からいも》わけてくれ」と頼んでも、小指ほどのも分けてくれんじゃった。たまに、「銭《ぜに》では売らん、品物とならば換えてやるけん」と言う家があったが、身イひとつ、いのちひとつで戻って来たうちらに、換える物《もん》は何ひとつ無かと。

仕方がなかけん、あん人とうちと相談ばして、京都へ行くことに決めたと。京都が、うちの人の生まれたとこじゃったけん、また京都は太か町じゃけん、行けば何《なん》とか暮らしも立つかしれん——そう思うて、京都へ行った。結局《けっく》、天草には半年ほどしかおらんじゃったばい。

京都では、あん人は字の読めるけん、郵便の配達にやとわれたと。勇治は学校さんあがるし、米も魚も高くて、あん人の稼ぎだけでは暮らされんけん、うちも稼ぐことにして、在《ざい》の百姓の畑仕事ば手伝うた。給金はたいしたことなかったが、うちの食い分は浮いたし、おかげでどれほど助かったかしれん。それからも、あん人は仕事を変えんじゃったが、うちのは手伝いじゃけん、あれこれと変わってな、掃除もした、洗濯もした、子守りもした、でけることは何《なん》もかんもやったと。そげんしとるうち、むざむざと十何年かたってしもて、気のついてみたら、あん人が病気で死んでしもうたとね。*指折って数えてみんとわからんが、今から八年前じゃ。そうか、八年前じゃと、昭和三十六年になるとか——

*戸籍謄本によれば、北川新太郎は、昭和参拾弐年七月弐拾参日午後参時八分、京都市伏見町深草向畑町官有地で死去。

勇治は二十歳《はたち》ば過ぎて、もう育ち上がっておって、京都の建築会社の土方仕事にはいっとったけん、まずひとつ、うちとしては安心じゃった。勇治はよう稼ぐ子じゃったが、父親が死んでからはなおしっかり稼いでくれとったが、二、三年たったら勇治が、急に「おっ母さん、天草へ帰ったらどうか。おっ母さんの生まれた村なんやから、みんながめんどうみてくれるはずじゃ」と言いだしたとじゃね。うちは、「天草へ戻っても、もう矢《や》須《す》吉《きち》兄《あぼ》さんもおらんし、年寄りの仕事はなかけん、京都におって働きたかが」と頼んでみた。——矢須吉兄さんは、うちらが京都へ家移《やうつ》りした次の年の秋、病気で死んでしもうたとたい。ばってん、うちがいくら頼んでも、勇治は首を縦に振ってくれんで、仕様《しよ》なかもん、うちはひとりでここへ戻って来たと。そしたら、ちょうど兄《あぼ》さんの家の傍《そば》に、一家中が大阪へ出て行ったために空いた家があったで、勇治のくれた一万五千円で買ってはいったと。それが、今うちの住んどるこの家じゃ。村一番のひどか家じゃが、誰に借りとるとでもなか、うちの物《もん》じゃ！

うちがここへ戻って来ると、じきに勇治から、嫁ば貰《もろ》うた——と知らせて来た。うちは明き盲《めくら》じゃばって、配達に読んでもろうたり、上の楠雄——兄《あぼ》さんの総領に読んでもろたりするとじゃが、そんときの手紙には、そういえばおなごの写真が一枚はいっとった。

あとから思うと、勇治は、嫁ば貰いたかったもんじゃけん、うちをこの村に帰したとね。うちは、小《こ》まんかときから外国へ行ってお女郎暮らしをしたおなごじゃけんね。勇治は、好いたおなごにそげなことの知れたら、一緒になってくれんと思うたとじゃろ。

たしかに、そのとおりじゃもんな。女親が字ィひとつも読めんというのも、恥ずかしかことじゃもん。それで勇治は、嫁のことなどひとことも言わんでうちをここへ帰しといて、そのおなごに「うん」と言わせて、それからうちに知らせてよこしたのと違《ちご》うか。

うちは、勇治のこと、少しも恨みがましゅうなんて思っとらん。勇治の嫁は、六年か七年になるとにまだいっぺんも顔見せに来《こ》んばかりか、手紙一本よこさんけん、うちはあまり気に入っとらんが、うちら年寄りは先に三途《さんず》の川ばわたって行くもんたい。若い衆《し》が、自分らの思いどおりに暮らしとるとなら、それが何よりの太平で、年寄りはがまんして生きとればよか。お女郎商売やっとったうちのような者《もん》が、おっ母さんでございという顔でそばにおらんほうが、嫁との暮らしがうまく行くとじゃけん、うちは、ここへ帰って来て良かったと思うとる。勇治と嫁とのあいだには、孫がふたァりおって、顔見たいと思わん日はなかが、いつになったら望みが叶《かな》うもんかわからん。孫の顔も見られんでひとりでおるのは淋しいが、そのほうが勇治にも嫁にもよかとじゃけん、うちは誰にも何にも言わんでがまんしとると。そうして毎朝、お大師様とお天道様と仏様とに、勇治の一家じゅうが風邪もひかんで達者でありますように、自動車にひかれたり仕事場で事故に会わんようにと、うちは本気でお願いば申しとるとね。

——ん、そうか。おまえ、うちが毎朝おがむの、気ィついとったか。うちは婆さんで早う目がさめるし、おまえは都会者《とかいもん》で朝はゆっくりじゃし、眠っとるとば起こしてしまっては気の毒じゃけん、音させんごつして外へ出ておがんどったとじゃが、それでも目ェばさめてしもたか。

うちは、おクニさんが死んだあとの頭のわずらいをなおして貰うてこのかた、軍ガ浦のお大師様を信心して、どげなことでも、お大師様にお願い申すことにしとると。この村からじゃと、軍ガ浦はこっちの方角じゃ。いつでもな、うちは朝起きて顔ば洗うと、お大師様に手ば合わせて、

「どおーぞお大師さま、京都におる勇治の一家じゅうを守ってください。勇治は小《こ》まんか折から丈夫な子ではありましたばってん、街《まち》ん中《なか》の暮らしは天草よりもどげんか辛《きっ》かろうけん、どおーぞ守ってやってください。嫁も孫も、病気せんで、事故に会わんで、達者できょう一日が過ごせますように——」と、声に出して拝まんではおれん。それからお天道さまにお願い申して、死んだうちの人やお父っさんおっ母さんの魂にもお願い申すと、ようようううちは安堵《あんど》するとね。

　こげんして拝むのは、うちのおつとめたい。村へ戻って来てから、欠かしたことはひと朝もなか。雨が降っても、風が吹いても、また、うちは喘息持《ぜんそくも》ちじゃけん、秋冬《あきふゆ》になると咳が出て苦しゅうしてならんことがあるが、そげんときでも休んだことは一日もなか。うちはもうすっかり年取ってしもて、よう働きもでけず、勇治から毎月銭《ぜに》を送ってもろて暮らしとって、その代りのことは何ひとつしてやれん。そげん余計者《よけいもん》のうちが、うちの血ィ継いでくれるせがれや孫にしてやるることは、信心するお大師様やお天道様に一心にお願い申すことだけじゃもん。——朋子、こんどおまえが東京さ帰って行ったら、うち、きっと、おまえの分もお大師様に拝んでやるけんな、からだ気ィつけてがんばれよう——

　訊《き》きにくいことじゃが、訊いて良いかて？　何《なん》もかんも、南洋でのお娼売のことまでもすっかり話したおまえじゃもん、どげんことでも訊くがよか。——なに、勇治から毎

月いくら送って貰うとるんかとか。

　毎月、四千円送って貰っとる。現金封筒に入れて送ってくるるで、判コばついて受け取っとる。四年前までは三千円じゃったが、今は四千円じゃ。勇治もたいへんじゃろが、うちも、これを送ってもらわにゃどうにもならんもんね。生活保護のことは、川向こうのおサナさんから、いつか、「おまえみたいに貧乏な者《もん》に、役場から銭《ぜに》くるる生活保護いうもんがある。役場へ行って相談してみい」と言われたことがあるけん、うちも知ってはおるが、勇治が「あれば貰うと、おれがおっ母さんのめんどうばみん親不孝者に思わるるけん、受けんでくれ」と頼むもんだけん、一度も貰ったことはなかと。勇治に内緒で役場の銭もろうたらよかがと言う者《もん》もおるが、内緒ごとはうちの気性が許さんと。

　四千円の銭でひと月暮らすのは、なかなか骨が折れるとよ。米を買《こ》うて食うたら、じきに無《の》うなってしまうけん、おまえにも食べてもろうとるような麦のままじゃ。勇治からの銭が遅れて、麦もよう食べきらんときは、唐芋《からいも》と決まっとる。いま時分、こげんか麦の多か飯《めし》ば炊いとるのは、この村でもうちとこだけと違うか。

　こげに難儀ばしとるとじゃもん、お猫さんに扶持《ふち》するのやめなっせという人もおる。うちにおるのだけで、ひい、ふう、三ィ、四ォと、それ五つ。このミイもタマも、それからあそこに長うなっとるポチも、みんな捨てられた猫で、腹へらしてミイミイ啼《な》いとった。腹へってひもじか思いは、誰よりもうちがよう知っとるけん、うちは見棄てることがでけんで、拾ってきてはままやると。——ポチは、猫ではのうて犬の名前じゃと？犬も猫も親類みたいなもんじゃけん、かまわんたい、なあポチ。

　きのう、おまえにまま運びしてもろた下《しも》の家のお猫さんな、あれはみんなで四匹おるけん、ここのと合わせると九匹になると。あの家は、うちの妹——おっ母さんが徳松伯父さんとこへ嫁に行って生んだ子じゃけん、種ちがいの妹ということになるが、その妹が亭主《ごて》子どみとみんなして名古屋へ出稼ぎしてしもた家でな、連れて行かれんもんで猫だけが二匹残った。べつに「猫を頼む」と言われたわけではなかが、あれも生きもんじゃけんでな、うちがまま運んで食わせとるうち、ほかからもふたつ来て、四匹にふえてしもうたとじゃ。おまえの言うとおり、ここん家へ連れてきて、九匹一緒にしてもかまわんけど、猫じゃとて住み慣れたとこがよかろ。うちがまま運べば、それで済むけんのう。——お猫さん、うちが行く時刻ばよう知っとって、飯《めし》どきになると、餌場《えさば》にちゃんと四つ、首をそろえて待っとるぞ。

　うちの口にはいるのが麦なら猫も麦。うちがお芋さんなら猫もお芋さん。うちがこれから幾年生きるかわからんが、仏さんのとこれ行くまでずうっとこのまんまの暮らしじゃろ。ばってなァ、小《こ》まんか時分、お父っさんに死なれ、おっ母さんに去られて、矢須《やす》吉兄《きちあぼ》さんとヨシどんとうちと、兄妹《きょうだい》三人、なんにも食べられんで水ばっか飲んでふるえとった日を思うと、今は麦でも芋でも三度三度食べらるるとじゃけん、殿様のごたる暮らしじゃがね——

昭和17年頃のサンダカン風景

声なき声をさらに多く

わたしが、村の人びとから、おサキさんの隠し子もしくは彼女のからゆきさん時代の朋輩の娘と思われ、おサキさんからは、何か複雑な理由をかかえた水商売の女と思われたことが契機となって、ついに本人の口から聞くことのできたおサキさんの生涯。共同生活の日をかさねるごとに、わたしがさりげなく問うたびに、少しずつ少しずつ語られて、しだいにあきらかになっていった彼女のからゆきさん時代の生活！　海外に流浪した売春婦の生活がどのようなものであるかはすでに十分承知していたはずであったのに、しかしわたしは、あらためて、胸えぐられる思いを味わわないではいられなかった。

むろん、読者のなかにはこう言う人があるかもしれない――こうして読んでみると、おサキさんのからゆきさんとしての生涯は、かならずしも最悪のものではなかったのではないか、と。たしかに、辛うじて残っている数種のからゆきさん関係の文献には、彼女よりもなお数奇《さっき》にして苛酷な運命にもてあそばれた女性たちの姿が、いくつもいくつも記録されているのである。

たとえば、明治中期という早い時期から救世軍を率《ひき》いて廃娼運動に身を挺した山室軍平は、大正三年に『社会廓清論』を上梓《じょうし》したが、その第六章「海外醜業婦」の項には、彼が救世軍世界大会に出席の途次に出会って親しくその哀訴を聞いたからゆきさんの経歴が列記されている。それによると、豊後生まれの姫野カツという二十歳の女性は、門司にいるときある男から「小倉に行かないか」と誘われ、これに従って行ったところそのまま石炭輸送の船に乗せられ、一週間のあいだほとんど食物を与えられず、ようやく上陸したと思ったらそこは日本ではなくて香港で、有無を言わさず売春婦にさせられてしまったのであり、長崎県篠原上総七十番地の八木シナヨという十八歳の娘は、父親は海軍の軍人であったが三年前に病死、母親から心に染まぬ結婚を強いられたので逃れて神戸に赴いたが、そこでひとりの男から「もっとよい奉公先を周旋しよう」と言われて船に乗り、香港に連れて来られたものだという。そしてまた、美作《みまさか》の勝間田の者で服部クマという二十歳の娘は、神戸に奉公しているとき、兄弟だというふたりの男から「佐世保に給料を多く払ってくれる奉公先があるのだが——」とすすめられて乗船し、荷物と荷物のあいだに潜ませられ、数日のあいだ飲まず食わずで香港へ売りとばされてしまったのであった。

これらの娘たちは、いずれも、「或る男子」——すなわち女衒《ぜげん》に、よい奉公口があるからという口実でだまされたもので、自分が中国大陸や東南アジアに運ばれて春を鬻《ひさ》ぐようになるとは、露ほども思っていなかった。そして、だからこそ彼女たちのなかには、山口県吉敷郡平川村生まれの十九歳と十七歳の姉妹のように、窮余の果てに死を選ぼうとする者も少なくないのだ。彼女らは、上陸したその晩から客を取れと言われ、夜ごとのつとめの辛さに相抱いて嘆き悲しんでいたが、「これでは到底浮かぶ瀬はないから、いっそひと思いに死のうではないか」ということに意見が一致し、ある未明、親方たちも寝静まったのを見すましてはだしのまま外へ飛び出し、あちこち死に場所を探してようやく大桟橋に辿り着き、今まさに身を投げようとするところを軍平らに救われたのであった。

それでも、山室軍平の出逢った幾人かの女性たちは、密航とは言いながらせいぜい数日間の絶食で外地へ上陸することができたが、これはまだ幸運なほうで、密航中に生命を失う者も決して少なくはなかったのである。加藤久勝著『船頭の日記から』と『マドロス夜話』は、いわゆる南支航路就航の汽船で久しく船長を勤めていた男の打明け話をまとめた書物だが、これらに紹介された鬼気せまる事件が、それを集約的に語ってくれる。

それによると——女衒が密航させる娘たちを隠す場所には、しばしば船底の石炭庫が選ばれたが、そこは昼でも真っ暗なうえに、積み込んだ石炭から自然に発生したガスが立ちこめ、南に向かっての船旅の場合には気温が極度に上昇して、焦熱《しょうねつ》地獄もかくやと思われるありさまである。明治末期のこと、ある貨物船の石炭庫にふたりの女衒と十数人のからゆきさんがひそんだが、買収した船員が他の船員から行動をあやしまれ、石炭庫へ降りて食糧と水の差入れをすることができなくなってしまった。いのちの綱の補給を断たれた娘たちは、高気温と石炭ガスに加えて飢えと渇き、さらに糞尿の腐敗した臭気に責められ、耐えきれなくなって泣き叫んだが、その声は鉄の壁にさえぎられ、しかもめったに人の降りて来ない船底のこととて、誰の耳にもとどかなかった。

数日たって、どうしたわけか飲料水が船室へ一滴も上がらなくなったので、担当者がポンプと配管を調べるために石炭庫の扉を開いたところ、闇のなかからよろめき出て来たのは、髪ふり乱し、炭塵と血とにまみれた若い娘たちではないか。仰天した船員たちが石炭庫の内部をあらためると、水道管に嚙みつき、唇を血みどろにしてこと切れている娘が幾人もおり、かたわらには石炭に埋まって、いたるところに嚙み傷や搔き傷のなまなましい男の死体がふたつあった。——咽喉《のど》の渇きに耐えかねた娘たちが、暗闇のなかにも本能的に水道管をさぐりあて、水を飲みたい一心からわれとわが歯をもってついに嚙み破りはしたものの、空気がはいった管の水は一瞬のうちにタンクへ落ちてしまい、怒りをふたりの女衒の上に爆発させたものであることは言うまでもない。

石炭庫にまつわるこのような惨劇のほか、給水タンクに隠してもらって密航した場合の悲劇もある。数人の娘たちが、女衒とその仲間の船員との約束によって空《から》のままでおかれるはずの給水タンクへひそんだところ、何かの手違いから、そのタンクへもどしどし水が流し込まれてくる。恐怖のあまり娘たちは、絶対に声を立てないことというしめを破り、鉄の壁をたたいて泣き叫んだが、非情の水は彼女らの足首から膝へ、膝から腰へと、小止みなく上がってくるばかりだった。船が出航して数日たつと、船員が蛇口からコップに受けて飲もうとする水に、長い髪の毛が浮かんだり、妙に生臭い白泡が立ったりするので、給水タンクを調べてみると、高温の南方航路のこととて腐敗菌の活動がすこぶるさかんで、娘たちの遺体はすでに形をとどめぬまでに潰れていた——というのである。

そのほかにも、序章において列挙したからゆきさん文献を克明に調べるなら、このような例は際限なくあげることができるわけだが、しかしこうした密航地獄をどうやらくぐりぬけて外地へ着いても、なお、からゆきさんたちの生命は安穏ではなかった。ひと晩に幾人もの客に肉体を提供しなければならぬその仕事のことは今は不問に付すとして、抱え主から客に対する態度が悪い、稼ぎ高が少ないといっては折檻《せっかん》され、好きな男をつくったといっては白い眼で見られ、よしんば性病や風土病にかかっても、人間らしい手当などはほとんど期待できなかったのである。

『村岡伊平治自伝』には、伊平治が上海である女郎屋を覗いたところ、病名はわからないがすでにひと月の余も寝ついているからゆきさんが、医者にもかけてもらえず、薬といっては仁丹を二度ほど与えられただけで死にかけており、それを彼が助けたというエピソードが綴られている。彼は、「病人に固い飯か、これじゃあ犬同様の取りあつかい、この女も日本国民だ、干し殺すつもりであろう。こうなる上は堪忍ならん。異存があれば後ほどくる」と抱え主に言い、「汚れた寝巻の女を帯でくびり背に負い、二人乗りの人力車で病院に入院させ……入院料、見舞人の車代、そのほか三か月分の食料代を置き、ばんじ小西氏と常盤館の両氏にたのんだ」という。女をだますのを仕事としている女衒にして、なおかつ見過しにできぬような悲惨なからゆきさんもあったわけだ。

　このとき伊平治が手を差しのべたからゆきさんは、熊本生まれの三宅おまつ十八歳で、辛くも回復して三年後に伊平治とシンガポールで再会することができたが、しかしなかには、立ちなおることができず、黴毒性の全身糜爛《びらん》に苦しんだり、性病の悪化からくる激痛に身をよじったりしつつ、恨みを呑んで異郷の土と化す者も多々あったのである。

『椿姫』の翻訳その他で知られるフランス文学者というよりも、二葉亭四迷の気骨を継ぐナショナリストであり、みずからもマレーにゴム園を経営した長田秋濤《おさだしゅうとう》は、大正六年に出版したその東南アジア紀行『図南録』において、「試みに世界各地に於ける我が邦人の墓地を見舞へ、累々として立てる墓標の主は、十中七、八、必ず彼等（からゆきさん）の骨にして、所謂《いわゆる》紅怨の亡骸《なきがら》なり。而して憐むべし、樒花一枝残んの骸《むくろ》に額《ぬか》づきて彼等が冥福を祈るの児孫なく、異郷の風露冷やかに骨を弔ふ」と記している。日本人の墓が十あれば、その七、八基までがからゆきさんのものだったとは、こうして引用していても背筋の寒くなる思いがするが、東南アジアにおける日本人の状況をつぶさにその眼で見ていた秋濤の文章だけに、詩的感慨に彩られていてもなお信頼するに足りると言えるであろう。

――このような酸鼻《さんび》を極めたからゆきさんの生涯にくらべたならば、なるほどおサキさんのそれは、相対的には恵まれていたと言わねばならぬかもしれない。山室軍平の出逢った娘たちとちがって、彼女は、歴史的にからゆきさんをもっとも多く出して来た天草島の生まれであり、女が外国に行って稼ぐということが何を意味するかをまるで知らなかったのではなく、それを薄々は承知の上で、みずから進んで外国行きを覚悟したのだったし、警察が眼を光らせる年ごろの娘でなく、まだほんの子どもだったときにボルネオへ渡ったということもあって、石炭庫や給水タンクなどにひそまなくてもよかった。そしてサンダカンへ着いてからも、鬼のような親方ばかりでなく、人間のあたたか味を持った木下クニのような抱え主にもめぐり逢い、当時のからゆきさんたちが〈出世〉と見て羨んだヨーロッパ人の妾《めかけ》の地位を、短い期間であったとはいえ手に入れ、不治の病気を背負い込んだり異国に屍《しかばね》を曝《さら》したりすることなく、いのちだけは全うして帰国することもできたからである。

　しかしながら、日ごと夜ごと、折にふれて僅かずつおサキさんの話を聞き取っていくわたしには、彼女のからゆきさんとしての生涯が、重く、重く、耐えがたいまでに重く感じられてならなかった。女の外国行きが何を意味するかおよそ知っていたとはいうものの、彼女が高浜の女衒由中太郎造に売られたのは、数え年の十歳――満で数えれば九歳で、今なら小学校の三年生である。とすると、むすめの美々――東京でわたしの帰りを首を長くして待っているわたしの娘と、まさに同い年ではないか！　三十ワットの暗い電燈の下、破れ障子を背にして細ぼそと語るおサキさんの皺《しわ》深い顔に、わたしは、わが娘のあどけない顔を重ね合わせずにはいられなかった。

幼女期をようやく終えたばかりのあんな小さな女の子が、からゆきさんの仕事の意味を知らずに外国へ売られて行くのと、その意味を知っていながら肉親のためにみずから進んで売られて行くのと、はたしてどちらが残酷であろうか。いずれも残酷だと言ってしまえばたしかにそのとおりなのだが、しかし敢えて比較すれば、わたしには、後者のほうがはるかに苛酷であると思われてならないのである。

また、サンダカンの女郎屋での娼売《しょうばい》ぶりはといえば、これは、わたしなどの想像を絶し、胸のつぶれる事実であった。おサキさんの証言によると、ふだんの日はそれほど多くの客をとるわけでないが、港に船が着いたような日は、先客が済むのをあとの客が女郎屋の前で待っている始末で、多いときは、ひと晩に三十人もの客の相手をしたという。わたしは、文盲のおサキさんが口から出まかせを言っているのではないかと危ぶんで、同じことを、日をへだて、場所を変え、質問の角度を変えて訊ねてみたのだが、しかしおサキさんの答えはつねに確言に満ちいささかも揺るがなかった。

これまでのからゆきさん研究は、接客人数や性交回数について教えてくれるところが少なく、したがってわたしは、彼女らが一夜に平均何人の客を相手にしたのかを精確には知らなかった。ただ、日本内地の場合を例にとれば、明治・大正期のデータでなくて第二次世界大戦後のものなのだけれど、ここに売春問題研究家の中村三郎が書いた『白線の女』という本があり、昭和三十一、二年に東京都内十七か所の特飲街売春婦の営業統計を収めているが、それによると、一か月の接客数は泊り客二十九人に時間客六十七人、性交回数は泊り客二・二回に時間客一・二回となっている。これを基礎として平均値を算出すると、彼女らがひと晩に取る遊客は、泊り客ひとりと時間客二・二人で合わせて三・五人、性交回数は四・八回ということになる。また、社会学者の渡辺洋三が昭和二十五年に出した『街娼の社会学的研究』は、冷静な態度で科学的に書かれたほぼ唯一の街娼研究書であるが、ここでも「街娼の一日平均接客数を個別的に算定するならば、最低一・一人、最高四・一人、平均二・一乃至二・二という数字が示され」るとし、「一日十人の最高接客数を記録し得た街娼も存在する」がそれは特例であると記している。

ところが、おサキさんがひと晩に接した客の数は、普通のときで四、五人くらい、多いときは三十人に達したというのである。同じ売春である以上、言っても意味のないことかもしれないが、ふたり、三人までの客ならば、たがいにひと言やふた言の言葉を交わしたり、商売用のものにもせよ微笑のやりとりくらいはおこなわれ、人間らしい心の動きの垣間みられる折が無かったとは言えないが、限られた時間に三十人の客となれば、一切のコミュニケーションが物理的に不可能だ。彼女たちは、男から完全に〈物体〉としてしか扱われず、彼女たちもまた徹底して〈物体〉になりきろうとしたわけだが、しかしその彼女たちとて、やはり人間としての感情を完全に圧殺しきれるものではなかったであろう。

地獄の一夜が明けてすべての客が自分の部屋から立ち去り、自分ひとりだけになったとき、南国紺碧の空を仰いで、人知れず慟哭《どうこく》することもあったのではなかったか。この地上にはさまざまな国があり、多くの人間がそれぞれ応分のしあわせに恵まれて暮らしているというのに、どうして、自分たちだけが故郷を遠く離れて異郷のはてにさすらい、かかる悲運を忍ばねばならぬのかと、椰子の葉影の映る大地をたたいて訴えることもあったのではなかったか。

わたしには、文献をとおして知り得る多くのからゆきさんの悲惨な生涯も重たかったが、しかしそれ以上に、いま、ひとつ家に一緒に暮らしているおサキさんの生涯が、限りなく重たかった。おサキさんの語ってくれたことがらが、すべて、ほかならぬ彼女のこの小柄なからだに刻印された事実なのだと思うと、わたしは不覚にも胸がいっぱいになって、声を挙げて泣き出さずにはいられなかった。実際に泣き出してしまえば、心の優しいおサキさんは、わたしを悲しませるようなことは話すまいと考え、おのずとサンダカン時代の話は避けることがわかっていたから、わたしは意志の力でかろうじて嗚咽《おえつ》をのみこんでいたけれど、胸のうちは、彼女の小柄で骨ばったからだを抱きしめて、泣いて泣いて泣き尽くしたい思いにあふれていたのであった——

——それにしても、この、おサキさんの小柄で骨ばったからだを抱きしめて泣き尽くしたい思いと、その思いを抑えなければならない苦しさとを、わたしはどこで晴らしたらよいのだろうか。答えはおのずから明らかであって、わたしがからゆきさんの声なき声をつかむために天草へ来て彼女の家に住み込んだのである以上、それは、彼女の生涯の襞々《ひだひだ》を可能なかぎり克明に知ることのほかにはない。そして、彼女がみずから語るその半生を曲りなりにも聞き終えた今となっては、彼女と直接にかかわった人びとの証言を得ることが、彼女のからゆきさんとしての生活をより深く知ることにほかならぬであろう。

そこでわたしは、おサキさんの話にしばしば登場する幾人かの人たちを訪ねて、その人たちの話を聞きたいと、日を追うにつれて考えるようになった。おサキさんの話によれば、サンダカンの八番館で一緒に暮らしたのをきっかけとして生涯の親友となったおフミさんは、大江に生きているというし、そのおフミさんの朋輩のおシモさんは死んだけれども、おフミさんの子で彼女が育てた松男は健在だということである。また、おサキさんの言葉が確かなら、彼女が〈おかあさん〉と慕った木下クニの生まれ故郷は二江であり、おサキさんを買った女衒の由中太郎造の出身は高浜だから、そこへ行けば、もしかしてその子どもか孫が存命で、何ごとかを聞き出すこともできるかもしれない。

そう考えたわたしは、何としてもそれらの人びとを訪ねようと決心し、手はじめに、おサキさんの家からもっとも近くにある大江のおフミさんを訪問してみることにした。しかしおフミさんを訪ねるには、彼女が大江の町のどこに住んでいるのかを知るとともに、彼女を訪ねる適当な理由が無くてはならないだろう。そこでわたしは、数日のあいだあれこれと考えあぐねた末、ある晩、おサキさんに向かって口を切ったのであった——

おフミさんの生涯

おフミの長女を囲んで。左から親方の妾、おフミ、おフミの長女を預かったおヤエ、右端の女性は不明

――その晩、いつもながらの粗末な夕食を終えてから、わたしはおサキさんに向かって、さりげなく、少し所用があってあした大江に行くからと告げ、「だから、おかあさんからおフミさんにことづけがあれば、寄って来てもいいけれど――」とつけ加えた。するとおサキさんは、例によって、何の用があってわたしが大江に行くのかとはひとことも訊かず、「おフミさんには、もう久しかこと逢《お》うとらんが――」と言い、言葉をつづけて、「おまえは、大江へ行ったことがあるのか無いのか?」と問い返したのである。

わたしが、まだ行ったことはないが、友達のそのまた友達があそこに住んでいるので――と曖昧《あいまい》な返事をすると、おサキさんは、しばらく考えていたが、「ひとりではなかなか訪ねて行かれんけん、おまえが大江へ行くとなら、うちも行ってみるとするか――」と答え、ややあって、「おフミさんは、他人に外国のこと話す人じゃないけん――」と、ひとりごとのようにつぶやいた。わたしは、胸のうちを見透されたような気がして、思わず心臓の高鳴るのをおぼえたが、しかしさりげなく、おサキさんが行けばおフミさんがどれほど喜ぶかわからないと言い、あとはほかのことに話題を変えてしまったのであった。

やがて夜が更け、例のボルネオ綿の蒲団にからだを横たえてからも、わたしは、いつものように楽々とは眠ることができなかった。おフミさんを訪ねたいと思って大江行きを提言したわたしに、おサキさんが同行を申し出たのはよいとして、彼女がなぜ「おフミさんは、他人に外国のこと話す人じゃないけん――」と言ったのか、それが気にかかってならなかったのだ。わたしはおサキさんが、わたしを複雑な理由をかかえた水商売の女と見て、いわば同類への愛情から同居させてくれているのだと思っていたが、もしかしたら彼女は、そうでないことに気づいているのではないだろうか。わたしが多少は本なども読む女であって、自分のように外国へ行ってからだで稼いだ女のことを調べているのだということを、知っているのではないだろうか――

後日分ったところでは、彼女はわたしの隠した目的を直感的にさとっており、その上で敢えて協力してくれるつもりだったことがあきらかなのだが、しかしそのときのわたしには、おサキさんのそのひとことは、大いに疑心暗鬼をかき立てられるひとことだと言わなくてはならなかったのである――

そのことについてはいずれ触れる折があるとして、さて、その翌日は、朝からすばらしい快晴だった。午前十時頃に家を出たわたしたちは、川を渡ってすこし下手《しもて》にある何でも屋――やはりからゆきさんだったおナミさんの店に立ち寄り、手みやげにする菓子をひと袋買い求めると、大江をめざして歩き出した。おサキさんの部落から崎津町へ出て、それから大江町までバスが通ってはいるのだが、前にも記したように彼女は乗物に酔うたちなので、徒歩で行くことにしたわけである。

歩くことに慣れているおサキさんは、あの小柄で細いからだで小止みなくせっせと足を運び、大柄なわたしのほうがかえって悲鳴をあげてしまいそうだった。ようやく崎津の町に出て、それから海沿いの道を行くのかと思っていると、おサキさんは、ある小道の岐《わか》れるところで「朋子、朋子」とわたしを呼び、「こっちの山道ば行くとせんか。このほうがずんと近道じゃけん」と言って、右手に分け入って行く小道を選んだ。せいぜい標高三、四百メートルぐらいしかない天草の山だとはいえ、登りの道はこたえたが、しかし峠に達して下りにかかると、わたしは一度に元気を取りもどした。登りのときは見えなかった天草の海が、秋晴れに澄み切った空の下、見はるかすかぎり青々とひろがっているのが眺められたからである。

この美しい風景に魅せられて思わず声を挙げるわたしを、おサキさんは、幼稚園の子どもでも見るような眼で見守りながら、ある地点まで来ると足を止めて、「ほれ、あすこに瓦の屋根と赤や白ののぼりが見えとるじゃろ。あれが、軍《いくさ》ガ浦《うら》のお大師様じゃ」と麓のほうを指さした。そしてわたしが、いかにも鄙《ひな》びたそののぼりに眼を奪われているあいだに、彼女は胸のところでちょっと手を合わせて、瞬時の祈りを忘れないのだった。それが済んでふたたび歩きはじめながら、おサキさんは、「うちは、勇治のことでも孫のことでも、大事なことはみんなお大師様に頼んどるけんな、おフミさんのことも、お詣りするたびに頼んどる」と言い、それを口切りとして、おフミさんのことを断片的に話し出したのである。彼女吉本おフミさんのことは、おサキさんの聞書のなかにも出ているが、このとき聞いた話にもとづいて、いま、重複をなるべく避けながらここに記しておくことにしよう——

＊

……おフミさんはな、うちのいちばん仲良うしとった朋輩じゃ。人間には、同じ村に住んどって朝晩顔を見とっても、心のよう通わん者《もん》もおるが、遠くに離れて住んどって、三年、五年にいっぺんしか逢わんでも、気持は隅から隅までわかっとる者《もん》もおると。おフミさんは、うちにとっては、あとのほうの朋輩じゃっと。

おフミさんな、元の名字はたしか吉本と言いよりなはった。大江の生まれじゃが、お父っさんやおっ母さんが何をしとられたか、うちは知らん。聞いたごたる気のするばって、忘れてしもうた。九《ここの》つか十《とお》のとき、由中太郎造どんに連れられて、サンダカンへ渡ったが、島原のおヤエさんと、渡りの船のなかから一緒じゃったと。うちが三番館へ行ったときには、おフミさんもおヤエさんも、毎晩、きれいに白粉《おしろい》ば塗って紅《べに》つけて、お娼売をやっとった。おんなじ天草者《もん》じゃばっていうて、おフミさんはうちらをかばってくれられなはったが、そのときからのつき合いじゃけん、もう、六十年からの朋輩じゃのう。

うちは仕様のなかお多福じゃばって、おフミさんの若か時は、おまえに見せたかほどの器量よしじゃったとね。ばって、お客取るとに選《え》りごのみしてな、イギリスやオランダの西洋人、日本人や支那人などは取っても、土人なんてめったに部屋に上げんじゃった。喘息《ぜんそく》病みの太郎造どんが死んでしもうて、そのあと太郎造どんの妹のトヨが来て、三番館ば売りに出した騒ぎのとき、もう借金抜けしとったおフミさんは、おヤエさんと一緒にとなりの四番館へ住み替えばした。うちはタワオへ売られたが、逃げ戻っておクニさんの八番館に入れてもろうておったけん、四番館も八番館も同じ通りの並びじゃけん、朝に晩に行き来しとったとね。

おフミさんが、安谷喜代次と深か仲になったとは、その時分じゃった。おフミさんはふたりの子どもば生んで、男の子の松男はたしかに安谷の子じゃが、女の子は安谷の子じゃとは思うばってん、本当かどうかうちにはわからん。安谷は大きな椰子園ば持っとった男じゃが、家には本妻も子どももおるけん、おフミさんを家に連れて行くことはできん。また、本妻がおらんでも、あれだけ太か椰子園持っとる男じゃと、人からうしろ指さされるけん、お女郎を本妻にはなかなかもって迎えはきらんじゃったろ。

おフミさんは、嬰児《やや》の松男ばかかえてお娼売ばせにゃならんじゃったが、これではとても娼売にならん。昼間は自分の部屋へ置いといて、乳ば飲ませたりしておって、夕方になると階下《した》のおかみさんの部屋へ預けるとじゃが、気に入らんことがあって泣いたりすっと、おフミさんな、嬰児《やや》がどうかしたのかと思うて落ちつかんけん、お客から文句が出るというあんばいになって、困り果ててしもうたと。そこでその乳呑児《ちのみご》の松男ば、おフミさんは、おシモさんに、毎月銭ば払うて預けた。下田のおシモさんは、うちがおフミさんと知り合う前からのおフミさんの朋輩で、うちとおんなじ八番館におったとじゃが、やがてマレー人の船長の妾になってコザトコへ行って、その時分はもうお娼売には出とらんじゃったけんね。——何でも、大正天皇さまがおかくれになって、今の天子さまが天子さまになりなさった時分じゃった。

ばって、それから少したって、ふたり目の子——こんどは男ではなくておなごの子が生まれたときには、おフミさんも心《しん》から困っとらした。また誰かに預けるにしても、ふたり分の養育料は、とても払いきれんもんな。名前を何とか言ったな、遠いむかしの話じゃけん、思い出せん。——そこでおフミさんは、そのおなごの子ばおヤエさんに呉れてしもたとたいね。その子が生まれたころ、おヤエさんは西洋人の旦那持ちになっとって、西洋人はみんな金持じゃけん、楽な暮らしばしておって、子どもの生まれんのを淋しがっとったけんね。それを見たおフミさんは、おヤエさんなら、天草出るときからの仲で、気ごころはよう知れとるし、暮らしも良かし、女郎屋で育てるより子どものさきざきのためにもどげに良かかわからんと考えて、おヤエさんに呉れることにしたとではなかとね。

その娘のほうは、生きとるもんか、南洋で死んでしもうたもんか、誰にもわからん。おヤエさんは島原者じゃけん、島原へ行っておヤエさんを訊《たず》ねたら何かわかるかもしれんが、はて、おヤエさんの生まれは島原のどこかのう。四年前おフミさんに逢《お》うたときもその話が出たが、あん人は、「あの娘のことは、さっぱりと何ひとつ消息が知れん。人にくれてやってしもうたことだし、この世で逢えるとは思っとらん。もしかしたら、今ごろ、西洋人の嫁ごにでもなって、子どみをふたりも三人も持っとるか――」と言うとった。平気な顔ばしとったが、胸のなかで、泣いて手ェば合わせておらしたのじゃろ。うちにはようわかると。

おフミさんが、安谷といつまでつづいたのか、しっかりはおぼえとらんが、おおかた三、四年ではなかか。それからは、うちも中戻りしたり、ミスター・ホームのものになったり、病気で天草へ帰って嫁ごに行ったり、あげくのはては満州へまで渡ったけん、おフミさんがどげんして暮らしとったか詳《くわ》しゅうは知らん。何でも、風のたよりで、二度だか三度だか正式に男と一緒になったということば耳にはしたがな――

終戦後おフミさんに逢うて、昔話をしたときに聞いた話では、松男が十になる時分にあん人は南洋から日本へ帰ってきたと。――そうか、昭和十年頃ちゅうことになるとか。そのときおフミさんは、自分の生んだ子じゃけん、松男を引き取りにおシモさんのところへ訪ねて行ったが、松男はどうしてもおシモさんのそばから離れんじゃったと。「わたしがおまえの本当のお母さんじゃけん、さあ、一緒に日本さん帰ろう」と言うて手ば伸べても、松男はこわか顔ばして、おシモさんの背中へ回ってしもうて、ひとことももののを言わんじゃった。仕方がなかけんおフミさんは、「おシモさんを実の親と思うて、こがん深《ふこ》う慕《しと》うておるとなら、このままにしといたほうが松男にもおシモさんにもしあわせじゃろ」と思うて、ひとりで天草さん帰って来たということじゃった。おフミさんは、よくよくわが子に縁のなかお人じゃなあ――そう思わんか、おまえ。

それから、おフミさんが戻って一、二年たった時分、あいにくおシモさんの旦那のマレー人が、病気で急に死んでしもうたと。おシモさんの旦那はうちも見たことがあるが、船長さんばやっとるだけあってなかなか良か男で、土人は日本の女ば本妻や妾にしとるのが自慢になるばって、そのマレー人もおシモさんに絹《きん》ずくめの暮らしばさせとったが、死んでしまえば給料が貰えんけん、じきに暮らしに困るごとなった。そこでおシモさんは、ゴム園や椰子園にやとわれて松男とふたりの口を養のうて、松男のほうも、英語の学校へあがっておったのを下がってしもうて、やっぱり椰子園で働いたとね。ふたりとも、どげにか難儀なことじゃったこっか――

大東亜戦争がはじまって、ボルネオにも日本の兵隊さんが行って、鉄砲や大砲撃ったのか撃たんのかは知らんけんど、そのうちに日本が敗けて終戦じゃ。おシモさんも松男を連れて引き揚げて来て、生まれ故郷の下田へ戻ったばって、親身にめんどうばみてくるる者はひとりもおらん上に、闇の米も麦も芋も値が高すぎて買えんかったんじゃろ、せっかく生まれ故郷に帰れたというとに、とうとう柳の木に縄かけてくびれ死んでしもうたと。死ぬ前の晩に、おシモさんは松男ば呼んで、「おまえももう二十歳《はたち》になったけん、その上こうして日本へ帰って来たけん打ち明けておくが――」と言って、「実は、わしはおまえの本当の親ではない、おまえの生みの親は、おフミさんといって、大江の村にいるはずじゃ」と話して聞かせたんげな。じゃけん、覚悟ばしてくびれたったいね。──長かボルネオ暮らしから天草へ戻って、ちょうどひと月たったばかりのときじゃったと。

おシモさんに死なれてしまえば、おシモさんの身内が松男ば置いてくれるわけはなかし、松男のほうでもおられんけん、葬式がすむと松男は、おシモさんの言ったとおりに大江ば訪ねたと。

「吉本おフミを知らんか、吉本おフミの家はどこか」と言うて訊ね回ったとじゃろが、何しろボルネオ生まれのボルネオ育ちじゃけん、マレー語と英語しかしゃべることができん、日本語は片言《かたこと》より話せんけん、ひどか苦労ばしたとじゃろ。

そっでも、どうやらおフミさんを捜し当てて──おフミさんもどんなにか喜んだじゃろ──それからは一緒に暮らしておる。はじめは言葉がしゃべれんけん、からだ使う仕事なら口きかんでもよかと言うて土方仕事に出て、四年前うちがおフミさんば訪ねて行ったときも、まだ土方やっとった。嫁ごも貰うたと──おフミさんの姉で、名まえは何というのか知らんが、朝鮮へ稼ぎに行っとった者《もん》ば嫁じゃとね。

おフミさんの話では、松男は、良うしてくれとるが、嫁ごは身内の者じゃが、向こうもこちらを邪魔にするし、こちらも向こうを好きになれんと言うて嫌《きろ》うとった。きょう、これから大江へ行ってみればわかるとじゃが、松男の嫁ごは片眼がつぶれかけとって、それで気が強《きつ》うして、「あんたを育ててもくれんおっ母さんを、おっ母さんと思うわけはなか」と、いつも松男に当っとるとね。ばって、松男のほうは良うでけた子ォで、とてもよう世話してくれとるると。小《こ》まんかときにおシモさんに預けて、とうとう預けっぱなしにしてしもうたんじゃけん、くれてしまった子もおんなじものを、若い衆《し》になってから訪ねて来て、腹から出してもろうた親じゃというそれだけのものを、良う尽くしてくれると、いつかおフミさん涙ば溜めて言うとった。

そら、朋子、向こうば見てみい。向こうにちらちらと家並《やなみ》が見えてきたじゃろが、あれが大江の町じゃ。おフミさんの家は、何でも郵便局の近くじゃったがとおぼえとるが、どの道を東へはいるのか西へ折れるのかは、うっかり者《もん》じゃけん忘れてしもうとるのう——

＊

わたしたちが着いた大江は、町とは名ばかりで、郵便局などのある表通りを一歩横にはいると、もう魚の臭いのする細い露地で、トタン屋根の上に石を載せた家並が両側から迫っていた。浜に近いためか露地は中高のセメント道で歩きにくく、そして家々の軒は、浜風を防ぐ知恵からそうなっているのか、わたしの背丈よりも低く、戸は開け放しだというのにどの家の内部もまっくらである。全体として、貧しさが陽炎《かげろう》のように立ちのぼっている——という感じだった。

おサキさんは、遊んでいた子どもをつかまえて、「おまえ、おフミさんの家はどこじゃったかな——？」と訊ねたが、子どもたちは顔を見合わせるばかりで一向にらちが明かない。すると彼女は、やはり開け放しの一軒の家にはいって行って、「ごめんなはりよ。おフミさんの家はたしかにこの辺じゃったが、どの家じゃったか、教えてくれなっさん」と、大きな声で呼びかけたのである。

奥から出て来たのは、目鼻立ちのはっきりした五十がらみのおかみさんで、「おフミさんの家はすぐそこじゃけんど――」と言い淀《よど》んで、さて、おまえ方は何者なのかといったふうにわたしたちを眺めまわした。相手の心を察したおサキさんは、「うちはおサキというて、＊＊村から来た者でござすと。おフミさんと、外国で朋輩じゃった者ですと」と名乗ると、おかみさんは即座に警戒の色を晴らして、次のように言ったのである。

「まあ、まあ、あんたが＊＊村のおサキさんでござすか。おフミさんが、どんなに逢いたがっておったかわからんとですよ。ばって、おフミさんな、三年前にひどか病気になって死になさったとですよ――」

今の今までたしかに健在だと信じていたおフミさんが、もう幾年も前から、この世の人でなくなっているというのだ。おサキさんとわたしは、稲妻にでも打たれたような気がして、一瞬、そこに立ちすくんでしまったのだった。

この大江の村からおサキさんの村までは、道のりにしておよそ十キロくらいしかないだろう。都会生活をしている人間にとっては、十キロは目と鼻の先の距離でしかなく、よしんば一千キロ離れていたとしても、電話や手紙などでおたがいに消息を伝え合うことは容易である。それなのに、かつてのからゆきさんたちの老残の世界――手紙をしためようにも書く手は持たず、電話で話そうにもそれはなく、乗物に乗って会いに行こうにもその暇も金もないところでは、わずか十キロがそれこそ無限の距離であって、六十年来の友情をあたためることはおろか、生死の別れすらかわすことができないのだ。わたしは、今更ながら彼女たちの悲惨さをひしひしと実感せずにはいられなかった。

その五十がらみのおかみさんは、おサキさんの来訪が遅きにすぎたことをしきりにかこちながら、わたしたちを、おフミさんの家——すなわちその息子の松男の家へ、連れて行ってくれた。その家は、同じ露地に面した漁師長屋のひと棟で、六畳間に三畳間ばかりの居間を付け増し、暗い台所に煤《すす》けたへっついが目立っていた。

おかみさんが声をかけると、裏の方からチョコレート色に陽焼けした四十過ぎの丈高い労働者があらわれたが、これが松男さんで、すぐにわたしたちを家内に招じ入れてくれた。するとおサキさんは、松男さんへの挨拶もそこそこにいきなり仏壇にいざり寄り、ぴたりと坐って合掌すると、まるで生きている人に向かってのように大声で、「おフミさん、なんでそんなに早う死んでしまったとかのう。丈夫でおるとばかり思うとった。うちの来るのが遅かったのう。かんにんしてくっど——」と言うのである。彼女が線香を上げようとするので、わたしはそっと彼女の背後に近づいて火をつけるのを手伝い、わたしも線香を上げて合掌した。仏壇のなかには、白木の位牌とならんで一葉の女性の写真が飾られていた。

ああ、これが、おサキさんの心友のおフミさんなのだ。未だ三十歳になるやならずに見えるところからすれば、彼女が北ボルネオ時代に撮《うつ》したものなのだろうか。着物を着たその立ち姿はすらりとし、大きく見開かれた眼はすずしく、そして束髪に結った髪がよく似合って、このまま現代に移しても、かならず人が振り返るだろうと思われるほどの美人であった。

仏壇を拝み終えると、例によってわたしはおサキさんの嫁と紹介され、それからおサキさんと松男さんとを中心に、間もなく近所から戻って来たおかみさん——松男さんの連れ合いを加えて、お茶を飲みながらおフミさんの話がはじまった。日本へ引き揚げて来た二十歳のときには、英語とマレー語のほかは話せなかったという松男さんだが、二十数年経った今、口を突いて出て来る言葉は、それこそ純粋の天草弁である。

松男さんの語るところによると、おフミさんの亡くなったのは、三年前――昭和四十年二月のある日で、年は六十五歳であったという。敗戦後のおよそ二十年、おフミさんは松男さんと一緒にこの家で暮らしてきて、からだにこれという故障もなかったのだが、亡くなる前の年の春先から、しきりに「頭が痛か、頭の芯が重苦しか、ああ気の違うごたる」と訴え、前後して手足にはじまった疥癬様《かいせんよう》の皮膚疾患が、少しずつ少しずつ全身にひろまっていった。そしてその頭痛と疥癬とは、高い金を出して薬局から買って来たどんな薬でも治らず、おフミさんは苦しみに苦しみぬいた末、ついに亡くなったのである。「寝ついてからは、下《しも》の世話まで毎日おれがしてやったもんで、おっ母さん、ありがたか、ありがたかと口癖のように言うてくれたけん、おれには心残りはなか――」というのが、生みの母の最期を語る松男さんの結論であった。

松男さんもそのおかみさんも、また相づちを打つおサキさんも、おフミさんの病気を単なる頭痛と皮膚病と信じて少しも疑わぬようであったが、しかしわたしは、話を聞いているうちに、悽愴感の湧き立って来るのをおさえることができなかった。おフミさんのいのちを奪った病気というのは、頭痛や皮膚病などではなくて、じつは黴毒《ばいどく》ではなかったか――と思ったからだ。彼女が、「頭の芯が重苦しか、ああ気の違うごたる」と訴えたのは、黴毒菌スピロヘータが脳を侵したからかもしれないし、人びとが疥癬と見たものは、スピロヘータが皮膚で活躍をはじめたからであるかもしれない。そして事実、帰京ののちわたしが、母子愛育会附属愛育病院の婦人科医である野末悦子さんに訊ねてみたところ、おフミさんの病気は、脳性および皮膚黴毒だった公算が大きい——という回答が出たのである。

わたしは、打ちのめされたような思いがした。密航の途中でいのちを失ったり、遠く異郷の土と化したりしたからゆきさんたちにくらべれば、曲りなりにも帰国できたからゆきさんはしあわせだと言わなくてはならない——と思っていたのに、現実はそうではなかったからである。

周知のように黴毒は、感染してもただちに発病するためしは少なく、十年、二十年という長いあいだ体内に潜伏し、思い設けぬときに発病することが多い病気である。脳や脊髄を侵されれば、症状はちょうど精神障害と同じで、あらぬことを口走ったり仕出かしたりして、脳細胞の麻痺が進行するにつれて死に至るし、皮膚に発病すれば、全身を吹き出ものに責めさいなまれて、これもやがては酸鼻をきわめた死に至らないではない。抗生物質が開発された現在では、よほど手遅れにならないかぎり治癒の見込みがあるということだが、それでもなお、依然として恐ろしい病気であることに変わりはないのだ。

おフミさんの死因が黴毒であるとすれば、その病菌は、彼女が、その長かったからゆきさん生活時代に背負いこんだものにちがいない。おサキさんの話によれば、彼女たちは、病気を恐れて検査官のくれる薬液で消毒を怠らなかったということだが、しかし顕微鏡でなければ見えないという極小のスピロヘータのことだから、当人はもちろん検査官も気づかぬあいだに体内へ潜入していることは十分にあり得るだろう。とすれば、多くの波瀾をかいくぐって日本に帰ることのできたからゆきさんのなかには、若い頃に異郷で感染した黴毒が何十年もたってから発病し、そのために死んだ人や現在苦しみつつある人が、数えきれぬほどいるはずなのだ。いや、そればかりでなく、今もって健康そうに見えるからゆきさんでも、そのからだの奥にスピロヘータが巣食っていていつあばれ出すかわからないのであり、そして、おサキさんもそのひとりだと言わなくてはならないのだ。——いつ発病するかしれぬ、そして発病してもその治療法の見つかっていない原爆病をかかえた原爆被爆者にとっては、第二次世界大戦ののち二十七年たった今なお戦争は終わっていないのだが、かつてのからゆきさんたちにとっても、同様の意味で、からゆきさん生活は未だ終わってはいなかったのである。

その日、午後四時になろうとする頃、わたしたちは松男さんの家を辞去し、ふたたび徒歩でおサキさんの家へ帰って来たが、一日、二日たつと、わたしは、もう一度松男さんを訪ねてみたいと考えるようになった。彼の口から北ボルネオの話を聞きたいということもあったが、それよりももっと大きな理由は、おサキさんの手もとには一枚もない彼女のからゆきさん時代の写真が、おフミさんの遺品のなかにたくさんあるらしかったからである。そこでわたしは、おサキさんに話した上で、松男さんにあてて、「お母さんがむかしの写真を見たいというので、近日中にいま一度立ち寄らせていただきます」と葉書を出し、数日後の午後、こんどはひとりで訪ねて行ったのであった。

わたしが着いたとき、松男さんは土方仕事に出かけており、家にはおかみさんだけがいて、「六時頃にならんば、あん人は戻りまっせん」と言うので、わたしは三畳間で待たせてもらった。おかみさんは、お茶を一杯淹《い》れてくれたあと、狭い家のなかをあちこちしながら、何とか世間話で間《ま》をもたせようと腐心しているわたしのほうへ、警戒心に満ちたまなざしをそそぐのだったが――あれは、彼女の右眼がつぶれかけており、いつも白眼を見せているために、わたしにそのように感じられたにすぎないのだろうか。

六時過ぎに帰って来た松男さんは、手足をすすいで座敷に上ると、すぐに押入れを開けて一冊の古びたアルバムを取り出し、「これが、おっ母さんの写真ですたい。戸棚の奥のほうに入っとったけん、捜すとにひどう手間のかかったと」と言って、わたしの前へ差し出した。

敗戦による引揚者であるため、アルバムどころか昔の写真一枚すら持っていないおサキさんとちがって、おフミさんは、大きなアルバム一冊に、サンダカン時代の写真をたくさん張りつけていた。受け取って開くと、ばらりと落ちたものがあり、拾って見るとそれは、おフミさんの名を記した二通のパスポートであった。それを元のところへおさめてページを繰って行くと、サンダカンの街や港の写真があり、おフミさんが朋輩たちと一緒に撮った写真があり、貴婦人と見える洋装をして白人男性とならんで写っているおフミさんの朋輩の写真があり、何番館なのかは不明だがあきらかに女郎屋の入口と思われるところの写真があった。時間をかけてさらに丹念に眺めていくと、それらの写真のある一枚には、どこやらにおサキさんのおもかげをとどめた若いからゆきさんが立っており、別な一枚には、若く美しいおフミさんが、一歳になったかならぬかくらいの男の子を抱いて椅子に腰かけていたりするのである。もしもこの場におサキさんがいたならば、これらの写真のなかから、仲間だった島原のおヤエさんやおシモさんを識別し、女衒《ぜげん》の由中太郎造どんや松男さんの実父だという安谷喜代次の姿をも、指摘することができるのではないだろうか。

わたしは、古びた大きなアルバムのずっしりとした重さを、それ以上の重さで受け取っていた。サンダカンにおける彼女たちの生活の片鱗が、映像という具体的なかたちでここに固定されてあるのだと思うと、わたしは敬虔《けいけん》な気持にならないではいられず、そしてその次には、これらの写真を何とか入手したい――と考えるようになったのである。

そこでわたしは、若い頃のおフミさんが写っている一枚だけを、「お母さんに見せたら、どんなに喜ぶかしれないから――」と頼んで、貰い受けることに成功した。アルバムごと借り受けるのが最良なことは承知していたが、しかしわたしは松男さん夫妻と二度めの対面という淡い関係でしかなく、とてもそのようなことを言い出せるものではなかったのだ。

時間のたつのはすみやかで、終バスが早く出てしまう辺地のこととて、わたしは、所用が済んだらたち向かうつもりだった高浜――女衒の由中太郎造どんの生れ故郷の高浜へ行くことができなくなってしまい、松男さんのすすめでひと晩泊めてもらうことになった。夕食が済んでひと休みすると、松男さんは、「おれは烏賊《いか》釣の仕事があるけん、これから出かけてくる――」と言い置いて出かけてしまう。そしてそのあと、おかみさんと近所に住むというその従妹から、おまえは天草者とは見えないがどこの者かとか、おサキさんはどんな暮らしをしているのかとか、根掘り葉掘りの質問攻めに会い、それをどうにか切り抜けて十二時頃床に就かせてもらったが、しかしわたしは、アルバムのことが気になってどうしても眠れなかった。

おフミさんが亡くなったあと押入れの奥のほうへ放りこまれ、いろんな荷物の下敷になっていたあのアルバムは、わたしがおサキさんにかこつけて「見たい」と申し出たからこそ捜し出されたものである。あすの朝わたしが帰れば、またもや押入れの奥に投げこまれ、ふたたび陽の目をみることはないだろう。だが、わたしにとっては――というよりも海外売春婦の歴史、延《ひ》いては近代日本の女性史にとっては、おフミさんのあのアルバムは、この上なく貴重な証言のひとつだと言わなくてはならないのだ。現在、わたしたちが見ることのできるからゆきさん関係の写真は、『村岡伊平治自伝』に収められたものだけであって、そのほかにはひとつも無い。とすれば、わたしは何とかしてこれらの写真の埋没を防ぎ、歴史の証言として世の中へ提出する義務があるのではないか――輾転《てんてん》としながらわたしは、胸のうちで、ひとつの重大な決意をかためた――あれらの写真とパスポートとを盗み出そうという決意をである。わたしを泊めてくれた松男さん夫婦の好意にそむき、まさに恩を仇で返すことになるけれど、そしてもしも発覚すれば窃盗罪で天草警察の留置場入りになってしまうかもしれないが、埋もれたからゆきさんという歴史的存在の真実を生かすためには止むを得ない。松男さんが夜業の烏賊釣りから戻るのは午前三時頃だそうだから、その前に、あのアルバムを抱いてこの家を抜け出し、野宿をするか、真暗な夜道を足のつづくかぎり逃げるかしよう――

どれくらいの時間が経ったろうか――六畳間に三つ夜具を敷き、そのもっとも奥の夜具にいたわたしは、すぐ隣りに寝ているおかみさんのようすを、うす暗い電灯の光のなかにうかがった。仰向きになっているおかみさんは軽いいびきすらかいており、浅からぬ眠りにはいっていることがあきらかである。わたしは、枕元にたたんで置いたスラックスや靴下を、蒲団のなかで身につけ終わると、「今だ、今こそ――」とみずからの心をはげました。

だが、わたしは、「今だ、今こそ――」と幾度思ったかしれないのに、立ち上がって、部屋の片隅に置かれたアルバムに手をかけることができなかった。さきにも記したように、おかみさんは右眼がつぶれかけているのだが、そのために右眼を完全に閉じることができず、眠っていても起きているときと同様に半開きになっており、鈍い電灯の光を反射して白眼が光っていたからである。彼女がぐっすりと寝入っていることには疑いがないにもかかわらず、おかみさんのその半開きの眼が一挙一動を見つめているように、わたしには思われてならなかったからである。

書きにくいことをいよいよ書かなければならなくなってしまったが――寝苦しい一夜が明けて朝になったとき、わたしはついに機会をとらえた。おかみさんが朝食づくりに台所へ立ち、松男さんが洗面に立ったすきに、わたしはアルバムを見るふりをしながら、どうしても欲しいと思った写真数葉を必死ではがし、二通のパスポートと合わせて、着物の下、胸元に押しこんでしまったのである。わたしはこの旅をとおして、下はスラックス、上は夫のお古の男物セーターを着ていたので、それらをセーターの下に何とか隠すことができたのだ。

高浜、下田方面行きのバスが八時何分とかに出るというので、わたしは出立の身仕度にかかったが、そのときになってわたしにとっては血も凍らんばかりの出来ごとが起こった。松男さんが、「どれ、こりばしまっておかにゃならん」とアルバムを手に取り、「おっ母さんもおらんし、もう見ることもなか――」と言ってぱらぱらとページをめくったのである。ここにもかしこにも、古い写真を剝ぎ取った跡は歴然としているし、二通のパスポートも挟まっていない。「あ、写真が……パスポトも……」と松男さんは口ごもり、眼を上げてわたしを見た。早鐘のようにとどろく胸をおさえながら、わたしも松男さんを見たが、それだけが精いっぱいで、何ひとつ言うことはできない。松男さんも無言で、わたしには無限と感じられた数秒が過ぎたが——そのとき、台所からおかみさんが、「あんた、どがんした、何かあったと——？」と、前掛で手をふきながら、例の疑い深そうな眼つきではいって来た。もはや、隠しとおすことはできない！　わたしは咄嗟《とっさ》に、袋叩きの上で警察へ突き出される覚悟を決めたが、しかし意外にも松男さんは、「いや、何でもなか——」と、おかみさんに向かって答えた。そして、新聞紙を取って無雑作にアルバムを包むと、押入れを開けて、奥のほうへぽんと放りこんでしまったのであった。

わたしは、松男さん夫妻に深々と頭を下げて別れの挨拶を済ますと、あとをも見ずにバスの停留所へ急いだ。写真とパスポートとが胸の隆起のあいだでがさがさと揺れ、その角が当って痛かったが、しかしわたしの胸の内側には、それよりももっと鋭い痛み——とうとう罪を犯してしまったという痛みが走っていた。バスの来る時間までに十五分ほどあったので、停留所の固いベンチに腰を下したが、そのときになってはじめて、わたしは、自分の手足は言うまでもなく、全身がこまかくふるえていてどうしても止まらないのに気づいたのである。

やがてバスが来たので、乗ろうとして立ち上ると、うしろからわたしに声をかける人があり、ふり向くとそれは松男さんだった。ジャンパーを着て、地下足袋をはいて、土方仕事に出かけるところらしい松男さんは、「気ばつけて行きなっせよ——」とひとこと言うと、急ぎ足に浜の方へ歩いて行ったのだった。

今にしてふりかえってみると、松男さんは、わたしが幾枚かの写真とおフミさんのパスポートを盗んだことを、あのとき確かに察知していたにちがいないと思う。しかし、それにもかかわらず、彼が、家でわたしをかばうような行動を採り、バスの停留所で出会ったときもそのことについて何ひとつ咎め立てしなかったのは、一体どうしてなのだろうか。

考えられる理由はひとつしかない——松男さんがわたしの非道な行為を、知っていながら敢えて許してくれたのである。わたしは、心に秘めた目的を一言半句たりとも語ったことはないのだから、サンダカン関係の写真をなぜわたしが欲しがるのか松男さんにわかるはずはないのだが、それでもなお、彼はわたしの最終目的を理解して、わたしを許してくれたのだ。わたしが、その真実の姿をつかんで日本近代史のひとつの証言にしたいと願っているからゆきさん——そのからゆきさんを母としてこの世に生まれ、母にまさるとも劣らぬ苦しみをなめて今日まで生きて来た松男さんだからこそ、わたしの気持を直感的にとらえて、ただちにそれと諒恕《りょうじょ》してくれたのかもしれない。

——わたしの乗った小さなバスは、天草下島の西岸を、北へ、北へと走って行ったが、朝からさほどの晴れではなかった空はしだいに雲を多くして行き、窓から見える風景はすべて、陰鬱にくすんでしか感じられなくなってしまった。しかし、自分なりの大義名分を立てているとはいえ罪を犯したわたしには、何もかもがあからさまに見えてしまう秋晴れよりは、むしろ、この陰鬱な空のほうがふさわしいのではないか。わたしがそんな思いに沈んでいるうちに、バスはすでに高浜の町——おサキさんやおフミさんをはじめ多くの天草娘を海外へ連れ出した女衒・由中太郎造どんの故郷の町へ、その轍《わだち》を乗り入れていたのであった——

マレー人と結婚後、正月に盛装したおシモ

おシモさんの墓

――高浜もまた大江と同じく、魚の匂いのするわびしげな町であった。バスから降り立ちはしたものの、わたしは、どうしたらよいかわからなかった。気持が平静でないのに加えて、おフミさんを訪ねたのとは違って、太郎造どんについての手がかりを何ひとつ持っていなかったからである。わたしのつかんでいる情報といったら、太郎造どんがこの高浜の出身だということだけで、その縁者があるのかどうか、そしてあるのならその人たちが今なお高浜に住んでいるものかどうか、全く知らなかったのだ。

　藁《わら》をもつかむ思いという言葉があるが、そのつかむべき藁から捜さなければならないわたしは、停留所の前にある薬局へはいって小さな買物をひとつし、それから、「むかし南洋へ行った人で、由中太郎造さんという人の身内を御存知ありませんか」と訊ねてみた。中年少し過ぎの薬局のおかみさんは、幾度も首をひねって考えてくれたが、結局はわからず、最後に、「ここから少し行くと、白鷺屋旅館というのがあるけん、そこへ行って訊かれたらわかるかもしれまっせん。あそこのお婆さんは、父親が南洋に行っとって、向こうで生まれたお人じゃけん——」と、教えてくれるのが精々であった。

　わたしは、教えられたとおりに白鷺屋旅館を訪ねたが、建物はしっかりしていても旅館とは名のみで、現在は学校の先生や独身の郵便局員などを置く下宿屋といったほうが当っていた。出てきたのは七十過ぎの品の良い老女で、来意を告げると、「そういうお人は知らんばって、近所のもんが知っとるかもしれん。まあ立ち話もなんじゃけん——」と言って、わたしを座敷に上げてくれた。そしてお茶を淹《い》れてくれながら、その南洋へ行った太郎造どんをどうして捜しているのかとたずね、わたしが、遠いけれど縁につながる者で、そのために知りたいのだと答えると、得心したようにうなずき、それから、「じつは、おれも南洋に行っておってな――」と、自分のことを問わず語りに話しはじめたのである。

彼女のいたところがシンガポールだというので、わたしはあやうく、彼女もからゆきさんのひとりだったのかと早合点するところだった。しかしそうではなくて、よくよく聞いてみると彼女は、シンガポールでゴム園を経営し、彼の地における在留邦人の草分けとして多くの関係書物にその名をとどめている笠田直吉、実名笠《りゅう》直次郎の長女で名をアサカさんといい、父に従って長く彼の地に住んでいたのである。父の笠直次郎と彼女の名とは、第一章においてすでに出しているが、わたしは、書物の上でからゆきさんを追っているあいだに、たとえば、南洋及日本人社編『南洋の五十年（シンガポールを中心に同胞活躍）』や西村竹四郎の『在南三十五年』などでしばしば逢った笠直次郎の名を、いま、その娘だという人の口から耳にして感慨まことに無量であった。

アサカさんの話によると、シンガポールで成功した直次郎は、晩年しきりに故郷を恋しがったので高浜へ帰り、持ち帰った特別の材木でこの家を建て、幾年かを暮らした末にここで生涯を終えたのだという。してみれば、行きずりの旅人にはただの古びた旅宿としか見えないこの白鷺屋の建物にも、からゆきさんでこそないけれど東南アジアへ流れ出て行った天草びとの影が、そこはかとなく立ち揺らめいているのである。わたしは、さらに重たい思いに沈んで行かずにはいられなかった――

それはともかくとして、アサカさんは、少しばかり待つようにとわたしに言って立って行き、隣り近所に何か声をかけているようだったが、間もなく、八十九歳になるというお婆さんを連れて戻って来た。彼女の言うところでは、このお婆さんが、由中太郎造どんの幼な友達だった漁師の連れ合いで、太郎造どんを知っている唯一の人であろうという。わたしは気を取りなおして、太郎造どんについてなら毛筋ほどのことがらでもつかもうとしたが、しかし八十九歳だというそのお婆さんは、本当に忘れたのか、わたしの種姓《すじよう》を怪しむのか、「何もかも忘れてしもうたと、遠かむかしのことじゃもんだけん——」の一点張りで、ほとんど何も聞き出せなかった。しかし、あれこれと誘導尋問の甲斐あって、役場に近い林という魚屋が、太郎造どんの姪《めい》のトシコがキリン人とのあいだに儲けたミチヨの親類らしい——ということを、辛うじてつかむことができたのである。

なおしばらく雑談したあと、ほんの心ばかりのお礼を押しつけて白鷺屋旅館を辞去したわたしは、役場を捜し当て、すぐ近くの魚屋を訪ねた。どこから眺めても田舎らしい構えの店だったが、その店先には、全体としてみれば確かに魚屋のおかみさんだけれど、しかし顔だけを切り離して見るとおよそ店に不釣合いな雰囲気のひとりの女性——年の頃は三十一歳くらい、大柄で顔の彫りが深く、瞳の茶色い女が、いま荷が届いたところでもあるのか、庖丁をふるって忙しく立ち働いていた。わたしは驚かなかった——白鷺屋旅館でふたりの老婦人から、すでに、その魚屋の嫁は白系ロシア人と日本人との混血児らしいと聞かされていたから。こうした混血児がいるところにも、からゆきさんの島としての天草の顔が感じられたと言ってよいかもしれない。

わたしが来意を告げて、太郎造どんやその姪のミチヨさんについてどんな些細なことでも良いから知りたいのですが――と頼むと、彼女は、ろくろくわたしの顔も見ず、相変らず庖丁をさばきながら言うのだった。――「わたしはこの家に嫁に来た者じゃけん、むかしのことは何も聞いておらんとですよ。うちん人は遠くへ出かけて今おらんし、おってもあんまり知らんでっしょう。……ミチヨ婆さんちゅう人は、うちん人の家内《やうち》にたしかおらるばって、わたしも一遍しか逢うたことはなかとです」

　彼女の口ぶりから察すれば、キリン人との混血児のミチヨも日本へ引き揚げて来て、いまも健在らしいようすなので、わたしは何とかしてその消息をつかみたいものだと思った。さきに記した松男さんの歩みが、からゆきさんから派生した悲劇であるとするなら、東南アジア原住民の血を併せ持つミチヨという女性の存在も、また、からゆきさんから生み出された大きな悲劇のひとつであると考えたからである。しかし茶色の眼をした魚屋のおかみさんは、わたしが一所懸命になって問えば問うほど、いよいよ答えを曖昧にして行ったが、それは、わたしの追求を怪しんで答えを渋ったというよりは、太郎造どんたちのことを本当に知らず、また関心も持っていないために、早く質問から放免されたいからのように感じられた。

　そこでわたしは、これ以上彼女に尋ねるよりは別のルートに就くべきだと考え、「太郎造さんやミチヨさんの親類は、お宅のほかはどこですか――？」と質問の方向を変えた。すると彼女は、「そりゃあ、何軒かあるばって、みんなわたしらとおなじで、遠いむかしのことは知りなさらんじゃろ」と言い、それから思い出したように、「あ、そう言えば、ミチヨ婆さんの小《こ》まんかときの写真が一枚あった。あれには、太郎造どんも写っておらしたごたる――」とつぶやき、しばらく銭箱《ぜにばこ》のあたりをかきまわしていたが、やがて、「はい、これ」と、一枚の写真をわたしの前に差し出したのである。

おかみさんの魚臭い手から古い写真を受け取りながら、わたしは思わずおののいた。——おお、これが、おサキさんやおフミさんをはじめ多くの天草娘たちを北ボルネオへ連れて行き、からゆきさんに仕立て上げた女衒《ぜげん》なのか。晴れがましく胸に吊した二個の勲章は、いずれ日本国家が彼に贈ったものにちがいないが、一体彼はいかなる功績によってそれを得たのか。また、その太郎造どんの膝に小さな手を置いてじっと正面を見ている和服の幼女は、たしかに太郎造どんに似ていながら、眼のあたり、鼻のあたり、口のあたりにどことなく東南アジア原住民の面影を宿《やど》しているが、これがキリン人との混血児だというミチヨさんなのか！　そしてこの写真こそ、大江のおフミさんの一連の写真と同様、わたしが入手したいと願っていたまさにその一葉なのだ。

わたしは、「この写真、わたしのお母さんに見せてやりたいんだけど、貸してもらえませんか——」と頼んでみた。すると、わたしの言葉が終わらぬうち、おかみさんは、「よかですたい、貸すと言わず、あんたに上げまっしょ。うちにあっても、仕様のなか写真ですもんね」といともあっさり言ってのけて、やはり庖丁の手を休めようとはしなかった。

わたしは、繰返し厚くお礼を述べて魚屋の店先から立ち去ったが、わたしの思いは複雑だった。依然として松男さんの家での一件が心に重かったし、女衒の由中太郎造どんの写真を手に入れたということは嬉しかったけれど、彼女がこんなにも易々《やすやす》と太郎造どんの写真を手離すということは、言葉を換えれば、縁者のあいだで太郎造どんが完全に過去の人になってしまっているということにほかならず、今後知るべを辿《たど》ったところで、何ほどの取材もできないだろうと思わざるを得なかったからである。――時刻はもう、午後の二時頃になっていただろうか。胃のなかはからっぽのはずなのに食慾はなく、空はと見ると低く雲が垂れこめて、今にも雨粒が落ちて来そうであり、わたしはいよいよ暗愁に沈んで、何をどう考え、どのような方法でどこへ行けばよいのかわからない。

おサキさんの家に戻るのが一番よいことだけは見当がついたが、それには、大江の町を通らなくてはならない。松男さんは、たしかにわたしの行為を許してくれたのだけれど、もしもあとからおかみさんが気づいて、わたしが大江を通るのを、バスの停留所で待ちかまえていたとしたら――そう思うとわたしは、どうしても、大江を通っておサキさんの家へ帰る気になれなかった。そして、大江・崎津とは正反対の富岡方面行きのバスが来たのを幸い、「下田へ行こう、下田へ行っておシモさんのお墓をたずねてみよう」とわれとわが心に言い聞かせるなり、それに飛び乗ってしまったのであった。

小さなバスが天草唯一の温泉地として知られる下田へ着いたとき、陰鬱な空からは、さびさびと小雨が降りそそぎはじめていた。

松男さんの話によると、彼の養い親だった三田おシモさんの墓は、バスの停留場のすぐ近く、海の見える小さな丘の上ということだったが、通りかかった人にただしてみると、その条件に合う墓地は、下津深江川の北と南の両方に在るということである。仕方がないので、まずわたしは、停留所から近い方の北の墓地を調べることに決め、ハンカチで髪を包んだだけの姿で、小雨に濡れる丘の坂道を上って行った。

丘の上の墓地には、二百基か三百基、さまざまな墓があった。どこにでも見られる位牌型の石の墓標があるかと思えば、キリスト教信者らしく十字架を印した平墓《ひらはか》があり、また墓石を建てることができなくて、木標だけを建てたものも少なくなかった。——が、わたしが胸を衝かれたのは、建てた木標がすでに朽ちてしまったのか、あるいは初めからそうだったのか、川原にころがっているただの自然石を置いただけの墓が、全体の四分の一ほどもあったことである。

秋雨けぶる夕方の墓地には、わたしのほかに人影は皆無だったが、わたしは淋しいとも恐ろしいとも感じなかった。それどころか、墓石や木標のひとつひとつを辿り歩き、苔や落葉をはらい落としてどこかに〈三田シモ〉の名はないかと尋ねるわたしには、死者たちがとても心親しく思われてならなかったのだ。

一時間、それともそれ以上の時間が経ったのだろうか——わたしは突然、背後から、「もし、何ば捜しておられますか?」と声をかけられた。ふり向くと、潮風に焼けた四十過ぎの女の人が、不審げな、しかし咎め立てする眼付きではない表情で、墓地の入口に立っていた。

わたしがわけを話すと、彼女は、「そのおシモさんの家内《やうち》かどうかは分らんけど、三田さんちゅう女の人が、三日にあげずここへ墓詣りに来なさると、その三田さんには、ほれ、あすこに見える向こうの丘に家が在って、大阪から家移りして来なすった電気の技師じゃが——」と教えてくれた。また彼女は、この下田の町に〈三田〉姓の家は、いま話した電気技師の家と、この丘の下の海べりにある一軒とのほかはないとも教え、それから最後に言葉を継いで、「それでも、心配したことの何も無かでよかった。あんたがこの雨のなかば、傘もささんで、思いつめた顔ばしてひとりでお墓を登って行かして、なかなか下りて来なさらんもんじゃけん、おれは気になってならんじゃったとですよ――」と、さもさも安心したようにつけ加えたのである。

自殺志願者とまちがわれたわたしは、苦笑しながらお礼を述べると、墓標あらためはそれまでにして、丘の麓の海べりにある三田家をたずねることにした。おシモさんが身を寄せた三田家は、彼女が自殺しなければならぬほど生活的に逼迫《ひっぱく》していたのだから、向こうの丘に見えるような小綺麗な家ではなかろうし、それにその三田家は最近大阪から引越して来たということなので、おシモさんにゆかりは無いと推定し、海端の三田家こそわたしの捜している三田家にちがいないと考えたのだ。

墓地を下りたすぐのところにある海べりの三田家は、木の板とトタンで手造りにした、文字どおりのあばら屋であった。声をかけても誰も答えず、なかを覗くと真っ暗で、わずかに明るい入口の土の上に、子どものズック靴が二足ほど散らばっているだけだった。雨はいよいよ降りしきるし、夕闇はしだいに迫るし、止むを得ずわたしは、せっかく突き止めたおシモさんの家から踵《きびす》を返すことにしたのであった。

その晩、わたしは下田温泉きっての古い旅館だという福本屋旅館に泊ったが、お茶を持って来てくれた娘さんの話では、福本屋旅館は女主人の経営で、女主人は下田の事情に詳しいというので、わたしは渡りに舟とばかり、おシモさんゆかりの三田家について確かめてみた。するとその女主人は、自分よりもはるかに年上で、むかしのことに詳しい人がいるから明朝訊いて上げようと言い、九時頃わたしが起きたときには、もう、電気技師の三田家がおシモさんの姪の家であるということが判明していたのである。

その日も昨夜につづく秋雨《あきさめ》で、わたしは、福本屋旅館と大きく書いた番傘を借りると、すべりやすい坂道を登って電気技師の三田家を訪ねた。おシモさんの姪にあたるシゲさんは、わたしと入れ違いに外出してしまって留守であったが、彼女の夫ででっぷりと肥った太吉さんが在宅で、わたしがおシモさんの朋輩だった者の娘だと名告《なの》ると、「わたしらには、お話しするほどのこともなかが――」と言いながら、彼女と松男さんについて知っているだけのことを、こころよく話してくれたのだった。

＊

――わたしは、もともとはこの三田の家の者ではありまっせんとな、＊＊県の＊＊＊郡ちゅうところの里見という家に生まれて、昭和九年にシゲの婿になって、そっで三田の名字になったとです。おシモさんは、あれは家内のシゲの叔母になっとります。シゲの父親《てておや》は三田一郎と言いましたが、その三番めの妹がおシモさんですたい。おシモ叔母さんちゅう人がおるとは聞いたことがあったばって、なんしろボルネオにおらしたもんで、逢うたことは一遍もなかとですたい。そっで、いつかすっかり忘れておったとです。ところが、あれは終戦のつぎの年の七月だか八月だかでしたな――突然おシモさんが下田へ戻って来たとですよ。わたしらには、全く寝耳に水のことですたい。しかも、ひとりでは無《の》うして、日本語のひとこともしゃべれん松男さんを一緒に連れとる。船のなかで兵糧《ひょうろう》もろくに貰えんじゃったげなで、ふたりとも骨と皮に痩せてしもて、身に着けとる着物《きもん》は、それこそぼろぼろのぼろぼろじゃった。

十三だか十四だかのときに下田を出たということじゃけん、四十年か四十五年ぶりに戻って来たわけですな。帰って来たとき、おシモさんはもう六十に近かったとでしょう。

だかん、ふた親はとうのむかしに死んでしもうとるし、兄姉《きょうだい》たちももうはやこの世にはおらんで、身寄というならば、一度も顔を見たことのない甥姪《おいめい》とその子どもらばっかりじゃもんね。わたしら三田の身内の者は寄り集って相談ばしたばって、誰も彼も困っとる時節じゃけん、うちで引き受けようと言い出す者はひとりもおらんじゃった。結局、三田の本家じゃけんということで、わたしがおシモさんと松男さんとを引き取って面倒ばみたとです。

あの頃の暮らしは、おシモさん松男さんがおってたいへんじゃったと思うたが、おらんでも同じように苦しかったじゃろうて。——わたしはその時分、この下田の町から川に沿ってずっと上《かみ》にある発電所に勤務しとりましてな。なに、発電所ちゅうても小《こ》まんかもので、川谷に建っとった発電所の建物に、家族も一緒に住みこんでおったとです。わたしは未だ四十にならんで月給は安かし、子どもは加代いうのを頭《かしら》にその春生まれた男の子を入れて五人おったし、唐芋《からいも》ひとつ買うても目ン玉の飛び出るごと取られるし、なかには着物《きもん》やタバコば持って来んば売らんのなんのて言う者《もん》もおりましてな、よくまあ、飢え死にせんじゃったものです。こげな暮らしじゃったけん、おシモさんにも良う尽くしてはやれんじゃった。

あんたは、松男さんがおシモさんの実の子では無かことは、知っとらすとですか。わたしら、はじめは何もしらんもんで、おシモさんの子どもじゃとばかり思うとったが、うちへ来て幾日か経ったら、じつは大江の何とかいう人の子じゃと打ち明けたとです。——そう、そう、あんたの言うとおり大江のおフミさんとたしか言うとったが、あんた、よう知っとられますのう。そうして、わたしらに打ち明けてから、おシモさんは、「今となっては、あん人も、引き取りに来る義理はなか――」とつぶやいとったですたい。うちにおるあいだ、おシモさんと松男さんには、子守りや百姓仕事ば手伝うてもろうたとです。おシモさんは日本語をしゃべれたばって、松男さんのほうは英語とマレー語はぺらぺらじゃが、日本語は赤ん坊ほども話せん。そっでは、外へ出て行く仕事はできんけんですけんど、三つになる幸子や生まれたばかりの波男の子守りや、百姓仕事をしてもろうたとです。三つの幸子は、草の名前ひとつ言うてもわからん二十歳の松男さんと、そっでも仲良う遊んどって、あれが結構、松男さんの日本語ばおぼえる助けになったのと違いますじゃろか。

百姓仕事のほうは――百姓仕事ちゅうのが恥ずかしいくらいのもので、うちは畑ちゅうほどのものは持っとりゃせんじゃったが、何しろ終戦後の食糧の乏しかときじゃけん、発電所のまわりの土地ば引っ搔いて、畑やたんぼに作っとりました。その狭か畑やたんぼに肥やし入れたり草取ったりする仕事ば、おシモさんと松男さんにも手伝うてもろうたちゅうわけですたい。

おシモさんがわたしらの家におったのは、ひと月ばかりのあいだでしたろう。――あれは、忘れもせん九月十日の朝のことじゃった。朝起きてみたら松男さんが、それこそ嬰児《やや》のごたる片言《かたこと》で、「おっ母さんがいないが、どこへ行ったか」と訊くとですたい。草刈りか、そこらへ花摘みにでも出たのじゃろと思うて、何《なん》も気にせんでおったが、朝めしの時刻になっても戻って来ん。そげなこつはそれまでに無かったけん、こりゃおかしいちゅうことになって、みんなで手分けして尋ねたら、松男さんが見つけたとですよ。あの発電所の少し下のところの木の枝で、おシモさんは首ばくくって死んどった。あの発電所のあたりは、大方発電所つくるとき植えたつじゃろうが桜の木が多くて、春はみごとな花ざかりで、下田の者《もん》が弁当持って花見に出かけるところなんじゃが、おシモさんの縄かけたのは桜では無《の》うして、太か柳の木じゃったな。

　警察が来て、おシモさんをリヤカーで連れて行って調べた結果では、前の晩の十一時頃に枝へ懸かったとじゃろということじゃった。何をはかなんだのかわからんが、あんた、早まったことを仕出かしたもんじゃと思いなさらんか。松男さんは、おシモさんを実のおっ母さんと信じとったのだし、あの時分の暮らしはなるほどひどかものではあったが、生きとりさえすれば、まだまだ良か日が来たちゅうとにのう――

　葬式済んでしばらくすると、松男さんは、おシモさんから「大江に行って、おフミさんちゅう人を尋ねろ」と言われとったちゅうて、黒か煙ば出す木炭バスに乗って大江に出かけて行った。そして、あの片言の日本語でどこをどう訊ねたもんか、とうとう実のおっ母さんば尋ねあてたとですたい。それから一遍もどって来て、身の回りのもの――というたって何ひとつなかが、それば風呂敷に包むと大江に発《た》って行った。それから二年ほどして、ふらりとおシモさんの墓詣りに寄らしたことがあったきり、もう二十年の上逢っとらせんが、そうですか、松男さんは達者で今も大江におるとですか。

　わたしら、そんときから幾年かして転勤で関西へ行きましてな、つい二、三年前に停年で会社を退《の》いたで、退職金で家建てて、またこの下田へ帰って来たとです。終戦後の電気不足のときは、わたしらのおった発電所も全力運転しとりましたが、この節は、会社もあげな小《こ》まんか発電所は用が無かとみえて、もう十年ももっと前から放り出してお化け屋敷になっとりますと。わたしはついぞ行ってもみませんばって、それでも桜の木やおシモさんの首くらはった太か柳の木は、むかしとおなじに今でも茂っておるとでっしょなあ――

＊

話を聞き終わると、わたしは、太吉さんからおシモさんの墓の所在を略図してもらって、ふたたび、昨日登った墓地への道を辿って行った。略図のとおり、おシモさんの墓は、墓地のまんなかのやや小高いところに、天草灘を見下ろすようにして建っていた。ただ〈三田家之墓〉と刻んであるだけの平凡な墓なので、これでは、ひとりでいくら尋ねても捜しあてられるわけがないが、この下に、その一族の人びとと共に、おシモさんも眠っているのである。番傘をかたむけながら裏側へ廻り込んでみると、幾行かならんでいる文字のいちばん最後の列に、〈釈妙楽・俗名三田シモ・昭和二十一年九月十日寂・行年六十歳〉と刻まれていた。

わたしは、秋雨に濡れたその墓石に手を合わせながら、生前に逢ったことはないけれどしかし心ではおサキさんと同じほどに親しいおシモさんに向かって、小さな声で語りかけた。――おシモさん、あなたが乳呑児のうちから愛し育てた松男さんは、大江の町で平和な生活を送っていますから安心なさいね、と。そしてまた、あなたの北ボルネオでの朋輩のひとりだったおサキさん、今ここに立っているわたしを〈嫁〉と呼んでくれているおサキさんも、ひどく貧しい暮らしではあるけれど達者なことをどうぞ喜んでくださいね、とも。

三田家之墓の花立には、二種類の野の花――竜胆《りんどう》ともうひとつわたしの名を知らぬ黄色い花が、まるで今しがた生けたとしか思われない鮮やかな色彩で供えられていた。その野の花を見ているうちに、わたしはふと、昨日ここでわたしに声をかけてくれたおかみさんが、「そのおシモさんの家内《やうち》かどうかは分らんけど、三田さんちゅう女の人が、三日にあげずここへ墓詣りに来なさると」と言った言葉を思い出して、心にわだかまっていた何かがひとつ氷解したように思ったのである。

三田太吉さんの家では、おシモさんの自殺ののち、亡くなった人はひとりもいない。そうだとすれば、この三田家之墓に、三田夫人シゲさんが三日にあげずやって来て供えるという野の花は、はるかな以前に亡くなった彼女の両親に捧げるためというよりは、むしろ、最後に亡くなったおシモさんの冥福のためのものだと言ってよいのではないか。そして彼女が、誰に頼まれたわけでもないのに、しばしばこの墓地へやって来ておシモさんの霊位に花を供えるというその行為のなかに、わたしは、おシモさんを死に追いやってしまった三田家の人びとの態度と、それから二十年あまり経過して一応あらゆる物質に恵まれたいま、その人びとがかつての態度を省みていだきはじめたほのかな悔恨の情とを、たしかに感じ取ったのであった——

丘の墓地から福本屋旅館へ戻ったわたしは、支払いと別れの挨拶を済ませると、バスで下津深江川をさかのぼり、元発電所前という停留所で降ろしてもらった。おシモさんがみずからのいのちを断ったというその場所を、この眼でしっかりと見ておきたいと思ったからである。

停留所の標識の前に小舎のような建物がひとつあるきりであたりに人家は一軒もなく、左側は山で高い断崖が切り立っており、右側に下津深江川の川谷が深く落ちこんでいた。

停留所からやや下流にさがったところ、色づきはじめた落葉樹のあいだから瓦屋根と電柱が垣間《かいま》みえたが、それこそ、三田太吉さんが教えてくれた発電所の建物にちがいない。わたしは、そこへ降りて行く道を捜したが、それらしいものは見あたらなかった。下を見ると川谷の一部を拓《ひら》いて僅かにたんぼがつくられており、稲穂が黄色く熟れているので、人の通える道があるはずだとなおも捜して、わたしはようやく、丈高い雑草に埋もれた小道を見つけ出した。雨はすでにあがって、空はずいぶん明るくなっていたとはいうものの、秋草は葉毎に雨滴を宿しており、その小道を伝い降りるわたしは、スラックスから、セーターから、たちまち重く濡れそぼってしまったのである。

しかし、どうやらたんぼのほとりまで出たところで、わたしは、それ以上さきへ進むのを諦めなくてはならなくなった。川をへだてて数十メートルの向こうに発電所の瓦屋根が見えるというのに、わたしの眼の前の橋は、錆びた鉄の橋杭だけを残して影も形もなかったからである。かつてはしっかりと架かっていたにちがいないこの橋も、発電所が放棄されてからは渡る人もなくなり、荒廃してついに朽ちはててしまったのであろう。水が少なければ徒渉《としょう》しようかとも思ったが、しかし昨日来の雨水をあつめた川の流れは、茶色に濁って急奔しており、水深もかなりありそうだったので、断念せざるを得なかったのだ。

わたしは水際に立って、樹叢からわずかに見える発電所の廃屋を望み、その周辺に瞳を凝《こ》らした。確《しか》とはわからないけれど桜だと言われてみればそのように見える木々が、しきりに枝を伸ばしていたが、枝を長く下に垂れた柳の木らしいものを識別することはできなかった。

しかしながら、わたしの眼には映らなくても、あの廃屋からさして遠くないどこかに一本の柳の木が生えていて、いまから二十年あまり前の初秋の晩、老残のからゆきさんがひとり、その枝に縄をかけてわれとわがいのちを断ち切ったのだ。今ではもう、三日を措かずその墓に野の花を手向けているという三田家の幾人かのほかには、ほとんど記憶している人もない遥かなできごとになってしまっているけれど、その夜彼女は、はたしてどのような思いで柳の木の下に立ったのだろうか。丘の上の墓で見た彼女の戒名は〈釈妙楽〉となっていたけれど、長い海外売春婦生活のはてになおそのような最期を余儀なくされた彼女に、〈妙楽〉の名の何と空しくひびくことか！

黴毒におかされ、脳の麻痺と皮膚炎とに呻吟しながら息絶えて行ったおフミさんが、日本に帰り得たからゆきさんのひとつの姿であるとするなら、四十五年ぶりに故郷に帰ってしかもひと月後に自殺しなければならなかったおシモさんも、また、からゆきさんの行き着くひとつの姿であると言えるのではないか。わたしがこうしてその片鱗を垣間《かいま》見《み》得たのは、ひとりのおフミさん、ひとりのおシモさんでしかないけれど、しかし島とはいえこの広大な天草の村々には、どれだけ多くのおフミさんやおシモさんが潜在しているか知れないのだ。

どれほどの時間が経ったのか、急奔する下津深江川の濁流に立ちつくしていたわたしはやがてわれに帰った。そして、ふたたびバス道路に出るべく川谷の崖道をよじ登りはじめたが、秋草からしたたり落ちて全身をつめたく濡らす雨露《あめつゆ》が、わたしには、おシモさんがあの夜ながした無限の涙のように感じられてならなかったのであった――

木下クニ還暦記念の男装写真

おクニさんの故郷

大江・高浜・下田とめぐり歩いて身の細る思いを味わったわたしは、それから二、三日のあいだ、おサキさんの家に蟄居《ちっきょ》していた。わずか三日のあいだとはいえ見知らぬ土地に見知らぬ人を訪ねて来たわたしは、廃屋に近いおサキさんの家がわが家のように心安く感じられ、もはやこれ以上ほかの人を訪ねるのはやめようとひそかに考えたのであった。

しかしながら、入手した写真をおサキさんに見せ、訪ねた人びとの消息を話して聞かせ、それが糸口となって、それまでに聞けなかった彼女たちのエピソードがおサキさんの口からほぐれてくると、わたしの心は、いつか、まるで反対のところに向かっているのだった。すなわち、おフミさん、おシモさん、そして女衒《ぜげん》の太郎造どんなどおサキさんにつながる幾人かの重要な人たちについて、満足すべきではないかもしれないが一応の手がかりを得ることができたのだから、ついては、最後に残ったひとりの人物——木下おクニさんについても、同じ程度のことを調べまた写真を入手できないものだろうか。おクニさんはサンダカンで病没したことがはっきりしているわけだが、もしかして、おサキさんの話に出てきた養女のおサクや娘のミネオが生きておりはしないだろうか。おクニさんの生まれ故郷は、この天草下島の最北端、早崎海峡をへだてて指呼の間に島原半島を見る二江《ふたえ》だということだから、そこへ行ってみたら何か得るところがあるかもしれないし、もしも手がかりが無かったとしても、せめて一度だけはおクニさんのふるさとを確認して置きたいものだ——

そしてその気持は一日ごとに急速にふくらみ、数日後のある日には、大江・高浜・下田めぐりの旅から戻ったときあれほど固く決心したことも忘れて、わたしはふたたび、二江を訪ねる旅に出立したのであった。

大江を通って行く気にはなれなかったので、崎津からバスで、かつてキリシタン時代に天草学林が在ったとされている一町田を経て本渡市に向かい、途中から下田温泉に出てさらに北上し、二江に到着しようとした。ところが、何分にも慣れない土地のバスのためどこかで乗換えをまちがえたとみえ、あたりが夕暮れて来た時刻に冨岡へ着いてしまったのである。

二江を通るバスはまだあるという話だったが、夜にはいってあてのない尋ね人をすることはできないと思ったので、わたしは、観光地のひとつにも数えられている冨岡で一泊することにした。バス停留所前のみやげ物屋にできるだけ古い宿を教えてほしいと頼むと、岡野屋旅館というのを紹介してくれたが、偶然にもそこは、昭和二十五年に林芙美子が宿泊し、そこでの見聞を「天草灘」という短篇小説にまとめ、そのゆかりによって冨岡に林芙美子文学碑が建てられたというその旅館であった。

岡野屋旅館では、食事のあと、「天草灘」にも登場する盲目の女あるじが挨拶に来て、わたしに宛てられた部屋がかつて林芙美子の泊った部屋であって、造作も何もかも当時をそのままにしてあること、林芙美子の思い出や文学碑を建てた苦心などを延々と語り出した。そしてその問わず語りがひとしきり済むと、一冊の記念帳に硯箱《すずりばこ》を添えてさしだし、この旅館へ泊った人にはみなお願いしているのだが、どんな言葉でも絵でもよいからひと筆書いてほしいと言うのである。

辞退しても許されそうにないので、わたしは筆を取り、女あるじが盲目なのをよいことに、〈石ころの多い天草島を歩いていると、その石ころが、からゆきさんの涙の凝《こご》ったもののように思えて来る〉といったような意味の言葉を書きつけた。彼女は記念帳をおしいただくようにして出て行ったが、しばらくするとお茶を入れ替えにまたわたしの部屋にやって来て、「お客さんは、からゆきさんを研究して居なさるとですか――?」と訊《き》くのである。あの記念帳を階下へ持って行って、人に頼んで、わたしの書いた言葉を読んでもらったのだろうか。

わたしは、研究なんてむずかしいことはわからないが、近い身内にもそういう人がいたし、からゆきさんには関心を持っていて、もしもそういう人がいたら逢ってみたい――とさりげなく答えた。すると女あるじは、また腰をすえてひとしきりからゆきさんの話をし、わたしが翌日二江で木下おクニさんの遺族を捜すのだと知ると、「わたしの妹婿で、むかし二江で小学校の先生しとったのがおるとじゃが、教えた女の子に南洋へ行ったのがおると言うとりました。先生ばやめてからはこの冨岡の役場の観光課につとめたこともあって、古いことばかり穿《ほじく》り返しとりますけんで、おクニさんというお方のことも知っとるかもしれまっせん。あしたの朝、訊いてみましょうか」と言うのである。そしてわたしが、東京では久しく出逢ったことのないこの親切に心なごやかになって寝に就き、さて翌朝めざめてみると、すでに女あるじの妹婿が来て待ってくれているというのだった。

恐縮したわたしは、食事も早々に、女あるじに引き合わされたその老人――佐野光雄さんと連れ立って、二江に向かって出発した。二江では、佐野さんはバスから降りるなり、かつての教え子がやっているという蒲団屋へはいって行き、いろいろと訊きただした末、現在炭屋をしている水上良太さんと漁師をしている山口猪吉さんが、以前に北ボルネオでマニラ麻の栽培をおこなっていたということを突き止めてくれた。

　わたしたちが勇躍してたずねた水上良太さんは、わたしが木下おクニさんの名を出すと「おクニさんには、実の親よりももっと世話になったとですたい。おれがサンダカンへ渡ったのも、おクニさんから、良かところじゃけん来んかと言われてのことじゃったと」と、珍らしいものでも見たような表情をした。「おクニさんには、養女がひとりあんなさったが――」と言いかけて、名前を思い出せないでいるので、わたしが、「おサクさんのことですね。そのおサクさんが、今どこに住んでおられるか知りませんか？」と言うと、水上さんは「あんたは、よう知っておられますとな」と感心して、それから「おサクさんは、もう二十年もむかしに死んでしもうた。おサクさんの娘もおったごとあるが、そのお方も行方《ゆくがた》知れずになっとらす――」との返事である。そして、つづいて訪ねた山口猪吉さんからも、これ以上のことはひとつも聞けなかった。

　ふたりの回答を耳にした佐野さんは、もっと色よい消息をつかまえなければ案内者としての名誉にかかわると思われたのか、知るべを辿ってさらに二軒ほど南洋帰りの人の家を確かめ、わたしを引っぱって行ってくれた。だが、しかしそこでも似たような情報しか入手することはできなかったのである。冨岡を出たのは朝なのに、時刻はもう午後三時に近く、わたしは、そろそろ諦めなくてはならぬ潮どきだと思わざるを得なかった。

　おサキさんの話によれば、おクニさんは、南洋に暮らすたいていの人が故郷に帰りたがるのに、ついぞそのような気配を見せたことがないということだ。そういうおクニさんだからこそ、永眠の墓は故郷の村にという大方の考えをよそに見て、サンダカンの丘の上にみずからの墓を生前に造らせたりもしたのだが、そのような彼女の心の動きの遠因が、その故郷の村にひそんでいるのではないだろうか。想像を逞しうするならば、おクニさんがまだこの二江の村にいた若い時代に、何かはわからないけれどとにかく生涯を変えてしまうような事件があって、それが彼女をサンダカンにまで赴かせて女郎屋の経営者たらしめ、しかも、男性の親方はからゆきさんたちにたいして酷薄そのものだったのに、彼女ひとり温情をもってからゆきさんたちに接せしめたのではなかったか。そしてこの二江の村を訪ねたならば、あるいはそれらの秘密が、幾分なりとも解けるのではないだろうか――

内心にはそんなふうにも思っていたわたしだったのだが、しかし、他所者《よそもの》のわたしでなく、天草びとの佐野さんが全力を挙げてたずねてくれてなおかつ不明というのなら、おそらくおクニさんの縁者は、もはや誰ひとりとしてこの二江には住んでいないのだろう、そしてそうだとすれば、わたしは、おサキさんの家を出るとき考えたように、おクニさんのふるさとの地を確認したことだけで十分に満足しなくてはならないのだ。

わたしは佐野さんにその旨を告げ、冨岡へ戻りましょうと言ったが、そうすると佐野さんもうなずいて、「残念じゃが、そうするほかはありますまい」と言ったが、それから申しわけなさそうな口調で、ついてはバスに乗る前に知人の家に一軒寄って行きたいが、同道してもらえまいかと言い出した。わたしに否の返事のあろうはずがなく、わたしたちは近道だというので浜辺の砂の上を歩いて行ったが、半道ほど行くと浜辺にごみを捨てに来た五十歳ぐらいのおかみさんが、いきなり佐野さんに「先生ではなかかな？」

と声をかけてきたのである。

佐野さんは一瞬おもはゆげな顔をしてそのおかみさんを注視したが、遠い記憶のなかに幼い頃の彼女をさぐり当てたらしく、「おーお、おまえは、級長ばしとったきみちゃんか――」と相手に向かって確かめた。おかみさんは、「何十年も昔のことだというとに、先生はおぼえとってくださったとね――」と嬉しそうに言い、せっかくだからお茶でも飲んで行ってくれとわたしたちを誘《いざ》なった。佐野さんは、素直にその申し出を受け、わたしも彼女の家に寄ってお茶の接待にあずかったのだが、当然のことながら話題は佐野さんの教え子たちのことばかりで、わたしには何のことか分りもしなければまた興味も湧いては来なかった。

ふたりのあいだにひとしきり話の花が咲いたところで、おかみさんが、「――それにしても先生、今頃二江に、何をしにお出でになったとね？」と訊ね、佐野さんがわたしのことを紹介し、木下おサクさんとその娘のミネオさんという人を捜しているのだが、ふたりとも既に亡くなってしまったというので空しく帰るところだと説明すると、彼女は急にことことと笑い出した。わたしたちが解《げ》しかねて彼女の顔を注視すると、彼女はますますおかしそうに笑いながら、「おサクさんとミネオさんが死んでしもうたのなんので、誰が先生に教えたと。おサクさんは八十を過ぎたばって病気ひとつせんし、ミネオさんもぴんぴん達者でおるとじゃがね――」と言うのである。

わたしはとっさには彼女の言うことがわからなかったが、数瞬ののち彼女の言葉の意味を理解すると、全身がかっと熱くなるのをとどめることができなかった。健在だと信じて露ほども疑わなかったおフミさんが亡くなっていたのとは反対に、こんどは、幾人もの人から亡くなったと聞かされたおサクさんとミネオさんとが生きているというのだ。

佐野さんも彼女の言葉が信じられないらしく、「誰にたずねても死んどると言うもんを、いくらおまえが生きとらすと言うても、すぐには信じられん」と、同意を求めるようにわたしの方をかえりみた。すると彼女は、十分な自信を見せてなおたっぷりと笑ってから、「そんなら、これからおれが案内してやろうたい。おサクさんとミネオさんは、すぐそこのところ——うちから二丁ばっかりのところに住んどらすけん」と言い、草履をつっかけると、さっさと先に立って、わたしたちを案内しはじめたのであった。

佐野さんのかつての教え子だったおかみさんの言葉どおり、木下おサクさんとその娘のミネオさんは健在であった。おかみさんが案内してくれた家は、わたしたちが降りたバス停留所の近くの大きな農家で、姓を木村と言い、ミネオさんの嫁ぎ先で、母親のおサクさんもここに引き取られていたのである。

入口にかかる木村一郎の表札を見て、佐野さんは「おや、これは木村先生の家だぞ——」とひとりごちたが、おかみさんの案内を乞う声に応えて奥からあらわれた六十歳くらいの老人は、佐野さんをひと目見るなり、「おう、これはこれは——」と声を挙げた。一郎さんは、定年後の今は農業をやっているが、以前ある中学校で長く社会科の教師をつとめており、佐野さんとは旧知の間柄だったのである。

わたしの訪問は、佐野さんと木村一郎さんの再会のための訪問というかたちになり、早速ビールの栓が抜かれたが、わたしにとっては、そのほうがかえって心安かった。佐野さんがわたしを紹介し、わたしが一郎夫人のミネオさんに、自分は山川おサキの身寄りの者であって、おサキみずからは乗物に酔うたちで来られないので、そのかわりにこうしてお訪ねしたのだ――と話すと、彼女は、別棟にひとり起居するというおサクさんを連れて来てくれた。

腰こそ曲っているけれど、杖もつかずにひとりで歩いて来た老女は、小柄できりりとした感じだった。ミネオさんの言葉によると、彼女は八十六歳で、数カ月前から急に耳が遠くなったほかは健康そのものだということである。そして、わたしにたいする挨拶といい、言葉遣いといい、教養もあり、几帳面できわめて礼儀正しい人だとわたしには感じられた。

ああ、この老女がおサクさんなのか。かつて〈南洋のおクニ〉と呼ばれ、おサキさんをはじめ多くのからゆきさんに温情をもって接した木下おクニさんが、養女とはいえこの世に残したひとつぶ種がこの老女なのか！　そして八十六歳の彼女を除いては、おクニさんの生いたちや人となりを多少なりとも詳しく知っている人は、もはやこの世にひとりもいないのである。わたしは、一度は諦めたのに首尾よくおサクさんに邂逅《かいこう》できた宿運と、佐野さんをはじめその宿運を導いてくれた幾人もの天草びとに、無限の感謝を捧げたい気持でいっぱいだった。

わたしはおサクさんから、おクニさんのことを洗いざらい訊ねてみたかったが、しかしかたわらに佐野さんと談笑している一郎さんは天草の知識人であり、おサクさん自身も一定の教養を持った人であってみれば、おクニさんの女郎屋経営についてあからさまにふれるのは、わたしとしては大いにためらわれることであった。そこで、その点に関しては極めて婉曲に問うにとどめ、おサクさんから木下おクニさんの生涯について思いのままに語ってもらったのだが、それをまとめるとおおよそつぎのようになる。そして、読者がこれを読まれる前に特に注記しておきたいのは、おサクさんが、おクニさんがサンダカンで経営していた八番館について絶対に〈女郎屋〉という言葉を使わず、〈カフェー〉と呼んで終始していたことである。

＊

……おサキさん、なつかしい名前を聞くもんでございます。あの人には、わたしの母親が、言葉に言いつくせんほど御厄介になったものでございます。本当に、よう訪ねて来てくださりました。あの人には、一度お礼を申さねばならんとそれはそれは長いこと心に懸っておりまして、崎津のあたりとはむかし母から聞いとりましたが、しっかりとはわからんし、おサキさんと名は知っとっても名字はわからんし、心に重うのしかかっておりましたと。それが、身寄りのあなたがわざわざ来てくれて、黒か雲がいっぺんに晴れたごたる心持でござります。

ああたは、母を御存知でござすと？　――いんにゃ、母はボルネオで亡くなりましたけん、お若いああたがじかに逢うたことのないのは分っとりますが、おサキさんが写真でも持っとらして、それで母の姿ば見てくださったかと考えてでございますと。――では、おサキさんは、終戦後に満州からの引き揚げで無一物になって、わが身の若か時分の写真も母の写真も、何ひとつ持ってはおられんとですか。さよでござすか。あの鴨居《かもい》にかかっとる写真ば見てくだはれ、男のごつみえるでっしょうが、あれがわたしの母の木下おクニでござす。

はっきりはおぼえとりませんが、明治の末頃のことでございましょう。還暦ば迎えたとき、母は、「もうおなごは嫌じゃ、わしはもうおなごではなくなったとじゃけん、これからは男になるとじゃ」と言うて、髪ばぷっつりと切って男すがたにしてしもうて、その記念に撮ったのがこの写真でござすと。男物の羽織はかまに白足袋ばはいて、テーブルの上にシルクハットば置いて、どこから見ても男としか見えませんじゃろが。わたしの母は、こげな思い切ったことばするお人じゃったとですよ。

――ばって、母のことは、わたしよりおサキさんのほうがよう知っとらすかもしれんです。おサキさんから聞いとられるでっしょうが、わたしは母の実の子ではのうして、養女で母の晩年は離れて暮らしとりましたもので、末期《まつご》の水ばのましてくださったおサキさんのほうが詳しかでっしょう。――ばって、母がサンダカンへ行く前のことならば、わたしのほうがちっとは余計聞いとるかもわかりまっせん。

わたしが若か時分に母から聞かされたところでは、母は嘉永二年に生まれたちゅうことです。この二江のすこし奥の、あんまり物持ちではなか百姓家じゃったと言うとりました。何《なん》でも母が生まれた頃は、天草全部の百姓がお代官に手むかいして打ちこわしば起こしたり、長崎にメリケンやイギリスの軍艦がはじめてはいったりして、物騒なことじゃったちゅうとですよ。

確かなことはわかりませんが、母は十をいくつか過ぎると、まだ江戸と呼ばれとった東京へ、ひとりで出たそうでござす。どげなわけがあって東京さに出たのか、わたしも知らんし、どげなことばやっとったのかも知りまっせん。十五になった年いっぺん二江に戻ったばって、また東京さに出て、こんどは、横浜に住んどるイギリス人の世話ば受けたげなです。このイギリス人は、日本に汽車ば走らせるために、鉄道のことを教えに来とった人で、お上から何千ちゅう給料貰うてお大尽暮らしばしとったそうでござすが、明治十七、八年頃、日本での仕事が一切終わって本国へ帰られたちゅうことです。名前を何と言いましたか、おぼえとりまっせん。

母は、このイギリス人の世話ば受けて、欠けたもののひとつもなか暮らしをしたと申します。女中はおるし、上げ膳下げ膳で、家のなかのことは一切人がやってくるるし、そこで退屈しのぎに日本画ば描きはじめたそうですが、そんとき母に絵の手ほどきをしたのがわたしの実父だったとでございますと。

わたしの父は宮田と申して、もとは侍でござしたが、明治の御一新で廃刀になりましてからは、大勢の子どもをかかえて暮らしが立ち行かず、身すぎ世すぎに、侍時分に習いおぼえた日本画の師匠ばしておったそうでござす。どういう縁でそうなったのかは存じまっせんが、父の稽古相手は日本人では無《の》うして、イギリス人やアメリカ人など居留地の外国人ばかりでござしたげな。ばって、弟子に絵ば教えるというても、家は狭うして子沢山で練絹《ねりぎぬ》ひろげる場所もありませんけん、父の方があっちの家からこっちの家へとめぐり歩く出稽古でしたと。

ところが、明治十五年生まれのわたしが数えの四つのときじゃと言いますけん、明治十八年のことでございまっしょう。盆の礼か暮の届けかは知りませんばって、母が宮田の家を訪ねたことがあったげなです。そこで母は、宮田の家の貧乏子沢山《こだくさん》のありさまば見て、すっかり同情したからでござしたか、それとも頼りにしとったイギリス人が本国へ戻ってしもうて淋しかったからでござしたか、それともまた三十五、六にもなって子どもがおらんのを悲しんでか、宮田から女の子ばひとり貰って養女にしました。——その養女になった女の子がこのわたしで、宮田の父から付けてもろうた名はミツ、母からはおサク、おサクと呼ばれとりまして、今では父から貰った名は身内の者もよう知っとらんとです。

わたしが母と一緒に横浜におったのは、九つの年まででござした。幼なごころにもはっきりとおぼえとりますが、横浜におりましたときは金に糸目をつけん暮らしで、わたしの着物は上から下まで絹物ばっかり、鹿《か》の子《こ》の友禅を反物から切って姉様遊《あねさまあそ》びばするような具合でございましたと。イギリス人が、本国へ帰るときどっさり金ば置いて行ってくれたけんで、あげな暮らしができたとでっしょう。

ばって、わたしが九つになったとき、母はわたしば二江の実家に預けて、ひとりで南洋へ出かけたとです。明治十五年生まれのわたしが九つじゃけん、明治二十三年のことで、嘉永二年生まれの母は、もう四十ば越えとりましょう。そんな母が、どがん考えで南洋さに渡る決心ばしたものか、わたしには何も分りまっせん。あとから母のやったことを思い合わせると、長うイギリス人と一緒に横浜に住んどって、横浜は外国との商売のさかんな港じゃけん、それば見とって、南洋と貿易したら面白かろう——そう考えたのと違いますでっしょか。

母は呉服物ば仕入れてまずシンガポールへ行ったとですが、そこにはもう日本人がかなりはいりこんで雑貨屋や遊廓を開いておって、母が根を下ろす余地はあまり無かったらしゅうござすと。そこで母は、まだ日本人はほとんど行っていないが将来きっと開ける土地に北ボルネオのサンダカンがあると聞いて、すぐに渡って行ったわけでござすな。サンダカンに向かう船の上で、母は広東《カントン》生まれの支那人がはだか姿で乗っておるのと知り合いになり、「サンダカンへ着いたら、この呉服物を売って、その金でカフェーを出すつもりだ」と話したそうでござす。母は長いことイギリス人と暮らしとりましたけん、英語は不自由せんじゃったし、その支那人もきっと英語がわかって、それで話ばかわしたとでっしょう。そうすると支那人は、「サンダカンには自分の友達がおるから、その男から酒やコーヒーを仕入れてやってくれ。おまえのためには、支払いが月末でいいように頼んでやるから」と言うて紹介状ば書いてくれて、それが母のカフェーを開業する糸口になったそうですと。

その時分サンダカンには、日本人はひとりもおらんじゃったらしか。ばって、支那人は大勢おって、今しがた話したように母が品物《しなもん》ば仕入れたっも支那人なら、空き瓶買いに来るのも支那人で、母の店で品物買うてもろうたり空き瓶売ってもらうのをたいそう有難がっておっとです。このふたりはあとで成功して、南洋で指折り数えられる金持に出世したとですが、母の店の前ば通りかかるとかならず立ち寄って「ママさん、達者か」と声をかけ、母が「トアン」と言うと、「おまえの口から決してトアンと呼んでくれるな。わたしらはおまえに御恩があるけに」と言うたとです。――〈トアン〉というてもああたには分りますまいが、〈旦那さん〉ということですたい。それからまた、母の家に三十年近く飯炊きボーイをしとったのも支那人で、あのお爺さんの名はたしかアヘンと言いましたかしらん。

母がカフェーばはじめた頃のことは、わたしは何も知りませんと。ばって、わたしが十五になって、預けられておった二江からサンダカンへ行きましたときには、母のカフェーはたいそう繁盛しとりましたです。さきにも申しましたとおり、わたしは明治十五年の生まれですけん、十五の年というと明治二十九年になりますとね。母が直接連れて行ってくれたっでは無《の》うして、船長や税関に頼んでくれて、わたしはひとり旅で長崎から香港、香港からマニラ、マニラからミンダナオやブリアンば通ってサンダカンへ着いたとですが、サンダカンへはいると、半分貨物船で半分客船の船の上からキナバル山がかすかに見えたっが、今でも忘れられまっせん。

　サンダカンには、虎や狼や猿はもちろん、オランウータンや鰐《わに》までおって、日本から行ったわたしにはとてもとても珍らしゅうござした。水道はサンダカンじゅうにひとつしか無うして、支那人が天水《てんすい》ば売りに来るのを買いよりました。日本じゃ十二月といえば真冬ですばって、あちらでは十二月から一月にかけてが梅雨でござして、このときに天水ば溜めて、水の乏しか季節に売るとでござす。米はシャム米とも紫稲《しとう》とも言いよったが、赤米でござして、この米一升に糯米《もちごめ》二合を混ぜて炊くとねばり加減がちょうど良かぐわいでした。薪は焚かんで、もっぱら炭で、何でも堅炭で料理しとりましたと。

　母はたいそうな餅好きで、蒸籠《せいろう》も臼《うす》も杵《きね》も日本から取り寄せて持っておりまして、月にいっぺんはかならず餅ば搗《つ》きましたな。搗くとに男手の無かときは、母が自分で搗きよりました。何しろ暑かボルネオのことですけん、せっかく苦心して餅ば搗いても三日ぐらいしか保《も》ちませんけん、搗くたびに近所へ配って歩きよりました。また母は、餅にかぎらず御馳走ば作って人様に振舞うとが好きで、カレーなども鶏を丸ごと使うて作るというふうでしたが、味がこれではいかんと苦情ばっかり多くて、台所をあずかるわたしは弱りましたとです。お茶は日本から来て不自由はせんじゃったし、紅茶はセイロンから、コーヒーはサンダカンで穫れて、豆を自分で煎《い》って臼で挽いて淹《い》れたでござす。

西瓜や瓜は日本人の椰子園で穫れたっぱ買いよりましたが、西瓜の果肉は日本のほど赤くありませんで、桃色をしとりました。

それから、たいがいの日本人は正月を新暦で祝っとりましたが、母は昔風を尊ぶところがござして、旧正月ば守っとりました。ほかの祭日も日本にいたときとおんなじに祝って、天長節などには日の丸とイギリスの国旗ば打《ぶ》っちがいにして建て、シャンピンをはずんで喜んどったです。

わたしが行った時分サンダカンに居った日本人は、百人ぐらいだったではなかとですかね。椰子山を作っとる日本人会社があって、そこで働いとる人や、ひと旗挙げようちゅう魂胆でやって来て、あれやこれやと運だめしばしとる人が多かったですな。日本人のやっとりますカフェーが六、七軒《もん》あって、女は全部で二十人もおったとでっしょうか。そのほかに、土人の嫁ごになった者が四人、西洋人に就《つ》いた者が五、六人ほどおったようでござす。

ああたはおサキさんから聞いとられるとでっしょうが、母の持っとったカフェーは八番館と言うとりました。母は男のごたる気性で、自分の着物売ってでも他人ば助けるという人でしたけん、サンダカンでは女ながらに旦那衆のひとりに数えられ、人様から「おクニさん、おクニさん」とあがめられとりましたと。ほかの旦那衆には、かかえとるおなごや支那人や土人にずいぶん阿漕《あこぎ》な仕打ちばする人がありましたばって、母は間違ってもそがんことはようせんで、誰にでも親切でござした。むかし出た南洋旅行の本――何という本だったかはもうおぼえとりませんが、母のことを、義侠心に富んだ女親分じゃとほめて書いてありましたと。

母は、使っとるカフェーのおなごたちの世話はもちろんのこと、サンダカンを通る日本人には喜んで力ば貸しました。だけん、旅券を持たんで南洋さに出て来た者《もん》は、みんな母ば頼りにして、「何とかしてください、頼みます」と言うてやって来るし、母はそういう人を、ひとりびとり身の立つごと世話ばやいていておったとです。そればっかりでなか、日本の南遣艦隊が港にはいったときには、将校から水兵にまで到れり尽くせりにして差上げておりましたし、支那人や土人にも本気で尽くしておりましたと。台湾総督府から毎年一回、母にあててザボンばひと箱送って来とりまして、母が言うには「小《こ》まかこつば忘れんで、お礼に送って来るとたい」とのことでしたが、はて、台湾にいた誰にどういう世話ばしてやったのでございましたか――

　ばって、いまお話ししました南洋旅行の本に、木下おクニはいくら他人様のお世話ばしても使いきれんほどの財産家じゃ――と書いてあるのは、実情ば知りなさらんからですと。母があんまり気前ようお金ば使うもんで、知らん人はたいがいな金持じゃろと思うたんでっしょうが、儲けたお金ばみんなそげんして使うてしまいますもんで、台所はいつも火の車でござした。わたしが行ってからは、母がぱっぱっとお金ば使おうとするとき、わたしが「お母さん、その半分のお金にしといてくだっせ」なんのて言うもんだけん、みんなから「おサクさんはこすか――」と蔭口ばたたかれたことでした。

　わたしは五年ばかりサンダカンにおりましたが、二十歳の年に母と一緒に日本へ戻って、親類のものの口ききで嫁に行きましたと。先方は元は薩摩の侍じゃったそうでござして、そんときは甑島《こしきじま》に住んどりまして、わたしもそこに行ったとですが、なんさま姑《しゅうとめ》がきびしゅうして居たたまれまっせん。腹に子どもが出来て、お産のため二江に帰って来たとですが、子どもが生まれても帰る気になれんもんで、とうとうそれぎりの縁になってしまいましたとです。——生まれた子は男で、城河原のある家さに養子にやりました。頭の良か子で、あとで苦学して東京の日本大学ば卒業して、神戸で弁理士を開業しておったとですが、早く亡くなってしまいました。

子どもを養子に出して空身《からみ》になったものですけん、わたしはまたサンダカンへ行きまして、母の店の台所ばあずかりましたと。そんうち、わたしは長崎生まれのある人が気に入りましてですね、女の子が生まれたとですが、この人とは事情があってとうとう一緒になれず終《じま》いでござした。そんとき生まれた女の子が、娘のミネオでござすと。

ミネオが六つになった年、わたしとミネオは一時のつもりで日本さに帰りましたが、おサキさんが母の面倒ば見てくれられると言うもんで、そして母もそのほうが良かと申すもんで、お頼みしたとでございます。それで、わたしはミネオを、あれの父親の姉に預けて、上海へ行って女中奉公をして養育費ば送りましたと。それからわたしはずっと上海暮らしで、ミネオのところへ帰りましたとは、ミネオが女学校へ入学するときと、先生をやっとりました婿と一緒になるときだけでござりました。終戦で日本が負けて、十五年ぶりで日本へ引き揚げて来たとですが、そのおかげで、今日は婿と娘の厄介になって平穏な日暮らしをしておりますと——

——話が母のことからずれて、わたしのことになってしもうたですが、母はわたしよりもおサキさんのほうが気が合うとったようですけん、おサキさんに看取《みと》られて死んでも後悔はしとらんでっしょう。亡くなる二、三年前から、「もうお母さんも年じゃけん、わたしもミネオもいる日本へ帰って来なさったら——」と手紙ですすめておりましたが、一向に「そうする」と申しまっせん。昭和三年、亡くなる年の正月になって、ようやく、「五月になったら帰るけん――」と言うて来たけんで、やれ嬉しやと喜《よろこ》うでおりましたら、二月に亡くなってしもうたとです。人間、生まれ故郷さに帰ることに決めると気がゆるんで、それで死ぬのか、それとも死期が近くなっとしゃが、生まれ在所が自然に恋しくなって来るとでしょうか。

おサキさんから聞かれたと思いますばって、母のお墓はサンダカンにありますと。母はサンダカンにおった日本人のためじゃと言うて、海の見える眺めの良か丘の上に日本人墓地ば開いて、自分のお墓もそこに建てておきました。大理石の立派なお墓で、あの石はわざわざ香港から取り寄せたものでござす。日本人墓地は普段は淋しかったばって、お盆になるとにぎやかで、三十も四十もの提灯《ちょうちん》が丘へ上って行って、夜どおし絶えることがありませんで、それはそれは綺麗なもんでござしたよ。

自分で建てておいたあの丘の上のお墓に葬られて、母はさぞかし本望でっしょうが、日本に住んどりますわたしらは詣ることができませんけん、この二江にもお墓を建てたとです。――ここにもお墓があるのなら、おサキさんにかわってお詣りしてくださるとですか。さぞかし、母が喜びまっしょう。

日足の短か季節ですけん、もうたそがれて来とりますし、墓詣りしていただくとなら急いでもらわにゃなりまっせんが、まあ、その前に、お茶ば替えてまいりますけん、少うしお待ちくださりまっせ――

わたしは、おサクさんの娘のミネオさん――おクニさんからすれば孫にあたるミネオさんの案内で、おクニさんの墓にお詣りした。おサクさんは自分で案内してくれるつもりだったらしいが、墓地は家の裏手の山腹にあり、あまつさえ暮色が迫って来ているので、老齢のおサクさんでは心もとないというので、ミネオさんが線香と手桶を持ち、先に立って案内してくれたのである。

サンダカンにあるおクニさんの墓は、海を見下ろす景色のよい丘の上に建てられているということだが、そのふるさとに作られた彼女の墓もまた、早崎海峡の海に真向かってひっそりと建っていた。サンダカンから分けて持ち帰った遺骨がおさめられているのだというその墓に、わたしは、おサキさんになり代ってねんごろに香を焚き、手桶から水を汲んでそそぎかけ、静かに合掌してその冥福をはるかに祈ったのであった。

墓詣りをすませると、わたしは、ビールの酔いで老いの頰をほんのりと染めている佐野さんとともに、木村家を辞去した。そして、ふたたびバスに揺られての帰途に就きながら、わたしは、その日一日のことを反芻《はんすう》するともなく反芻していたのである。

――わたしは、おサクさんとミネオさんに逢いながら、おクニさんという一個の特異な女郎屋経営者の心の秘密には、とうとう迫ることができなかった。おクニさんが、若年にしてなぜ故郷の二江を捨てて東京に出たのか、それからどのような遍歴ののちにイギリス人技術指導者の外地妻となり、四十歳を過ぎてから北ボルネオへ渡航して女郎屋を経営する気になったのか。そしてまた、どのような契機から、抱えているからゆきさんたちにたいして、他の親方とはまるで違った温情主義で臨んだのか。それを突き止めたかったのに、肝心のそのことはほとんど判らず終いだったではないか。

わたしは、宝の山へ足を踏み入れながら宝を取って来なかったような気がして、慚愧《ざんき》の思いに駆られたが、その一方、しかしながら——とみずからを慰めることも考えないではいられなかった。たしかにわたしは、おクニさんという女郎屋経営者の心のメカニズムをとらえることには失敗したかもしれないが、しかしおサクさんとミネオさんはその娘と孫であるとはいえ別な人間であり、おクニさんその人の生活歴と心裡とをどれほど知悉《ちしつ》しているかは疑問であって、その上、長年中学校の先生をして来た人の妻と義母という現在の立場からすれば、あれだけの話を聞かせてもらえたのでも成功と言わなくてはならないのではないか。それどころか、八方を捜しあぐねてひとたびは諦めたのだから、偶然に出会った佐野さんのかつての教え子の導きで彼女らにめぐり逢えたことそれ自体を、最大の収穫と見なしてよいのではないだろうか——

あどけない顔をした女車掌に訊ねると、崎津へ行くバスはまだ有るとの返事なので、わたしは冨岡で佐野さんに別れを告げ、おサキさんの家に向かった。貴重な一日をわたしのために割《さ》き、遠い道をあてどのない探索に同行してくれた佐野さんに、わたしは厚く厚く礼を述べ、なにがしかのお金をちり紙に包んで手渡そうとしたのだが、しかし佐野さんは、「遠くから来なはった御方に、天草の者としてあたり前のことばしただけですたい。それよりかわしのほうこそ、あんたのおかげで、むかし教えた生徒や木村先生に、久しぶりに逢わせてもらいやした——」と言って、ついに受け取ってくれなかったのである。

——それから十日ばかりたったある日、そのときすでにわたしは天草を発って帰京していたのだったが、ボールペンで書いた一通の手紙が、文盲のおサキさんのもとに配達された。差出人は、天草郡＊＊町＊＊の木下サクとなっており、以下に引くのがその全文である。

〈秋も深くなりました。此の度思ひがけもなく東京から山崎朋子様とかおっしゃる方が見えて、貴女様の御安否が分り、もう幾十年ぶり前の話を致しまして大変なつかしい思ひを致しました。今少し若い頃でしたら、お伺ひ致しましてお話も致し、母が大変お世話様になりましたお礼も申し上げたいと存じますが、私も年でどちらにもお伺ひ出来ません。大変残念で御座います。まだ体は元気ですけれ共、腰がすっかり曲ってゐます。母がお世話様になりました事を重々厚くお礼申し上げます。貴女様もお大切にお暮しなされませ。お目にかかれませんのが心残りです。先々お便りまで。

かしこ

木下サク

十月十八日

山川おサキ様〉

おサクさんの手紙は、普段あまり文章を書くことのない人の常として至って簡単なものにはちがいないが、しかしこの手紙は、ある時期サンダカンで同じ屋根の下に生活し、おサキさんが文盲であることを知っているにもかかわらず、おサクさんが出さずにはいられなかった手紙なのだ。そう思って読んでみると、見かけは平凡な表現のなかに、じつは、八十六歳になって余命いくばくもないと観じている人の無限の愛情と哀情とが、こめられていると言わなくてはならないのである。

わたしは、この手紙にたいしておサキさんが、誰か人の手を頼んで返事を出したとは思うけれど、その内容がどのようなものであったかは知らない。けれど、おサキさんとおサクさんは若い頃サンダカンで別れたきり幾十年相逢っていないのであり、その双方の老いた姿を目のあたりに見ているのは、ひとりこのわたしだけなのである。わたしは、天草の空からはるかに遠い東京で、用済みのあと次章に記す吉田満州男さんの手でわたしのもとへ送られたこの手紙を読み、一方に八十六歳のおサクさんの姿を想い、「今少し若い頃でしたら、お伺ひ致しましてお話も致し、母が大変お世話様になりましたお礼も申し上げたい」と言い「貴女様もお大切にお暮しなされませ」と書き「お目にかかれませんのが心残りです」と記してある言葉に胸を衝かれ、そして他方におサキさんの老いて極貧の生活を思い浮かべて、心もろくも涙にむせんでしまったのであった——

ゲノン・サナさんの家

由中太郎造と、姪でのちに養女となったミチヨ、サンダカンの写真館で撮影したもの

おクニさんの故郷を訪ねておサキさんの家へ戻った晩、わたしは疲れているのになぜかなかなか寝つかれず、そして明け方になって長い長い夢を見た。どんな筋道だったかはもはや忘れてしまったが、それは娘の美々《みみ》についての夢で、眼ざめてからわたしは、いつになく滅入った気持になってしまった。

美々の写真一枚は肌身に着けて持っていて、ときどきは出して眺めていたのだが、その姿を夢にまざまざと見てみると、小学三年生のあの子が、この三週間を父とふたりでどのように暮らしているだろうか、気管支が弱くて病気がちなあの子が、また熱でも出しているのではないだろうか――と、心が波立ちさわいでならない。夫におサキさんの住所は知らせてあるけれど、「手紙は一切くれないように」と頼んであるので、わたしからは聞書を書き留めた手紙やはがきを連日のように投函していたが、夫からは一行の便りも来ないのが、当然とはいえいっそう不安を掻き立てて、わたしは、おサキさんと一緒に暮らしてからはじめて、東京へ帰りたい――と強く思い、そしてその思いは日を増すにつれていよいよ烈しくなっていったのである。

それでもわたしは、ただそれだけのことであったならば、子どもや夫への慕情をおさえて、まだ二週間でも三週間でもおサキさんのところに住み込んでいたと思う。なぜなら、おサキさんの身の上話は一応聞き、おフミさんやおシモさん、それにおクニさんについても可能なかぎり調べたけれど、それでもまだ十分とは思えず、加えて女衒《ぜげん》の由中太郎造どんやその姪のミチヨさんをはじめ、おサキさんの幼馴染のおハナさんやツギヨさんのことなどは、ほとんど分っていなかったのだから。

――だが、そのようなわたし一個の心の迷いとは別に、実はいま一方で、わたしが＊＊村を離れなければならない状況が客観的に進行しつつあったのだ。さきに詳しく述べたように、おサキさんの家におけるわたしの滞在を村人たちが認め受け入れてくれたのは、わたしがおサキさんの本当の嫁でないまでも、彼女の隠し子もしくはからゆきさん時代の朋輩の子どもであり、たとえそのいずれでないにしても、いわゆる水商売になずんだ女にちがいないと彼らが信じてくれたからだったが、その信念の崩れるようなことが起こって来てしまったのである。そしてその最初の兆候は、わたしがおフミさんの故郷を訪ねて留守だったあいだに、＊＊高等学校で社会科の教師をしている吉田満州男さんが、わたしとおサキさんを＊＊村に訪ねて来たことであった。

――わたしは、話をさかのぼらせて、おフミさんを訪ねるためおサキさんと連れ立って大江に向かって歩いたときのことに立ち戻らなければならない。大江への旅を記した章には、混乱を避けるため敢えて書かなかったのだけれど、わたしとおサキさんはそのとき吉田さんに出逢っていたからである。

＊＊村から崎津へ出て、大江への近道だという山道にはいるすこし前、わたしとおサキさんは、海沿いの道の山寄りに積みならべた材木を見つけ、それに腰かけて休んでいたが、そこへ、三十歳を少し越したくらいのいかにも学校の教師らしい男性が通りかかった。見ればその人の首にはカメラが吊り下げられており、それを眼にしたわたしには、とっさにあるひとつのことがひらめいたのだ。

それは、おサキさんとわたしが一緒にいる写真を、一枚撮《うつ》してもらおうということであった。――わたしはカメラを持っていないわけではなかったが、今度の旅にはわざとそれを携帯しなかった。だから、おサキさんの写真を撮すわけには行かないのだが、それはあまりにも残念だし、そうかと言って写真館で撮影してもらうのは大袈裟だし、それに第一崎津の町に写真館があるのかどうかもわからない。そこへ、まるで申し合わせたようにカメラを下げた人があらわれたので、旅先にあるという気軽さも手伝って、この人に一枚だけ写真を撮《と》ってもらおうと考えたのであった。

おサキさんにその旨を耳打ちすると、彼女は、「そらあよか。うちは、サンダカンで写真撮ったことはあるばって、それから幾十年も撮ったことはなかけんな。ばって、あの青年が、ほんなこて撮してくれるとじゃろか――」と、早くも身づくろいしはじめるというありさまだ。わたしは、その人に向かって「すみませんが――」と声をかけ、自分たちはカメラを持たない者だけれどふたり一緒の写真を一枚だけ欲しいので、いずれ代金はお払いするから撮影してもらえないだろうか――と頼んでみた。するとその人は、「いいですとも」と気軽に言い、おサキさんとわたしをならべて二度ほどカメラのシャッターを切り、それから、出来た写真をどこへ届ければよいのかと訊ねた。

おサキさんの住所を知らせるのは好ましくないと考えたわたしが、迷って口ごもっていると、その人は、自分は＊＊高等学校の教師で吉田という者だと名乗り、道のすぐ傍にある家を指さして、この家は自分の教え子の家で、写真が出来たらここへ預けておくから受け取ってくれるようにと言い、それから、「この家の庭には、キリシタン時代の潮見櫓《しおみやぐら》の跡があるんですよ。ぼくは天草の歴史を研究している者で、その潮見櫓の跡を調べに来たんですが、急がなかったら五分ばかり見て行きませんか」とつけ加えた。写真を撮ってもらったのに折角の誘いを断わるのはわるいので、わたしたちは吉田さんの言葉に従い、農家の庭のなかほどにある潮見櫓の跡を示す石を見学したが、そのあいだに彼は、わたしがどこの者でどうしておサキさんのような老婆と一緒に歩いているのかと、婉曲にではあるが幾度も問いかけて来たのである。

高等学校の先生で地方史家でもある人から、キリシタン時代の潮見台があるから見て行けと誘われたことは、わたしがそのような事物にも興味を持つかもしれない人間だと看破されてしまったことにほかならない。そしてそのときは、巧みに言葉を濁して切り抜けたのだが、わたしがおクニさんの故郷を訪ねて帰って来てみると、おサキさんが、彼女とわたしのならんで写っている写真を二枚ほど示して、「いつか、おフミさんの家に行くとき写真ば撮ってくれなはった先生が、これば持って来てくれて、おまえのこつばあれこれ訊いて行きなさったよ」と言うのである。どうしておサキさんの家を訪ねあてることができたのか不審なので、それとなく問いただしてみると、写真を撮してもらった日、わたしが潮見櫓の台石を見たりしているあいだに、吉田さんは彼女に直接訊ねてその住所を突き止め、たまたまわたしが二江《ふたえ》へ出かけたあいだに写真を持って来訪してくれたということらしく思われた。

都会では、背広は階層や職業に関係なく男性一般の服装として着用されているけれども、地方の村々――とりわけ天草のようなところでは、背広を来た人は学校の先生か村役場の吏員などに限られており、その意味で背広は特権階層の象徴であると言わなくてはならない。その背広の人物――しかも天草下島に数少ない高等学校の先生ということになれば、これは公人でもあれば有名人でもあり、＊＊高等学校の学区域であるため吉田先生は＊＊村にも知られていたが、その先生が土蔵のあるような家を訪れるのならともかく、極貧見るかげもないおサキさんの家を訪ねて来たのである。ようやくわたしという人間への疑念を忘れかけていた村人たちは、ふたたびその疑念を燃え上がらせ、高等学校の先生がわざわざ訪ねて来たということだが、おサキさんの家に泊っているあの女の正体は、本当のところ何なのだろう――とささやき出すようになってしまったのだ。

それでも、吉田さんの来訪がその一回のみであったならば、村人たちの疑念はいつかまた雲散霧消《うんさんむしよう》して行って、わたしはおサキさんの家に滞在をつづけることができたかもしれない。ところが、わたしが二江から戻った翌日のこと、＊＊高校の女生徒だという近くの少女が、吉田先生に頼まれたからと言って、おサキさんのあまりにひどい生活に驚いたらしい吉田さんからの贈りもの――千円札一枚と米二升を届けに来た。そしてこの少女の口からわたしの帰っていることが洩れたものか、二日ばかりののち、また吉田さんが訪ねて来たのである。

写真を撮ってくれたのに加えておサキさんに志を贈ったということもあり、吉田さんは今度は路傍の人という感じでなく、親しみをこめてわたしたちに相対《あいたい》した。おサキさんには、自分も妻子をかかえて恵まれた生活をしているわけではないが、いよいよ困ることがあったら近所の教え子にいつでも言伝《ことづ》てるようにと言い、わたしに向かってはさりげない調子で、まとめればほぼ次のようになるだろうことを言ったのだった。――あなたがお婆さんの嫁でないことは、最初逢ったときすでに感知したし、この前訪ねたときお婆さんの口からもそれとなく聞き出したけれど、本当は何をしている人なのか。たとえば小説家か歴史家であって、からゆきさんのことを調べているのではないか。もしもそうであるならば、自分も天草の郷土史家のはしくれであるし、いくらでも協力を惜しまないから、本当のところを打ち明けてほしい、と。

吉田さんの善意はあきらかであり、その好意はまことにありがたいのだが、正直を言えば、わたしは困り切ってしまった。背広を常用する階層の人間と思われたら、おサキさんたちに本当の話を聞かしてもらえないと考えたからこそ、家出女のような姿かたちで天草へやって来たのに、みずから種を蒔《ま》いたことだとはいえ、いま、ほかならぬ背広階層の人の手によって、その擬装が剝《は》ぎ取られかかっているのである。

わたしは、おサキさんが小用を足しに立ったすきに、吉田さんに向かって、声をひそめてひと息に言った——仕方がないから打ち明けますが、いかにもわたしは女性史の研究を志している者で、おサキさんのところへ住み込んでいるのはからゆきさんの話を聞くためです、と。そして、あなたも歴史家なら理解していただけると信ずるけれど、今のわたしがあなたに望む最大の研究協力は、わたしとおサキさんの周囲に近づいてくださらぬことです、と。

さすがに錬達の郷土史家だけあって、吉田さんはわたしの言葉をただちに諒解し、あとはおサキさんを交えて四方山《よもやま》の話をして帰って行ったのだが、しかし村人たちのほうはそう簡単にはおさまらなかった。＊＊村の共同体の一員ではないわたしの位置からは、ほんの片端しかつかめなかったが、村人たちのあいだには、おサキさんとこのあの女は＊＊高等学校の先生とも知り合いらしいが、おサキさんの嫁のような顔をして＊＊村へはいりこんでいるのは、一体何の魂胆があってだろうか、どうせ村の名誉になるようなことではあるまい——といった空気が、色濃く流動しはじめていた。買物をする何でも屋のおかみさんも、道で出逢う顔見知りの人たちも、表面はこのあいだまでの親しさを失わないが、にこやかに擦れちがったとたんに、振り向いて斜めにわたしを見るようになってしまったのである。

わたしは、まるで気づかぬふうをよそおっていたが、しかし内心では、村人たちのその斜めに見る眼に射すくめられて、震え上がる思いだった。すでに一再ならず述べたごとく天草島の人びとには、その愛郷心のひとつの発露として、からゆきさんという存在を覆いかくして世間一般に絶対に知らせまいとする気風があるが、村人たちのあの斜めの眼は、わたしが、まさしくそのからゆきさんの声を聞こうとしておサキさんの家に住み込んだのだということを、確《し》かと見透してしまったからではないだろうか。そうだとすれば、今後わたしは、村人たちからこれまでのように優しく待遇されることは望めぬばかりか、どのような擯斥《ひんせき》を受けるかわからないし、また、おサキさんにもいかなる迷惑が及ぶか測り知れない。

そう考えると、天草の土を踏んで以来、はじめてわたしは恐ろしくなった。そしてその恐怖心が、東京へ残して来た娘を夢に見たことと綯《な》い合わさって、東京へ帰りたいという気持をいよいようながしたのであった――

このようにして、主観的にも客観的にもわたしがおサキさんの家を離れなければならぬ状勢になったのだが、そうなってみるとわたしには、最後にひとりだけ逢っておきたい人があった。おサキさんがその身の上話の冒頭近くで話してくれたゲノン・サナさん、森克己著『人身売買』のなかで次のように描かれている女性である。――「大江村の隣村＊＊村にはゲノン・サナさんがいた。私が会った昭和二十五年（一九五〇）には六〇歳。親から気の進まない結婚を強いられて家出し、大正九年（一九二〇）仏印へ渡り、プノンペンで県庁官吏のフランス人マッセル・ゲノン氏と結婚したが、主人に亡くなられて昭和二年（一九二七）帰郷した。夕暮どきにサナさんを訪問したら、外観は普通の農家であったが、家の中には、蚊帳《かや》の下がった立派な寝台があり、さすが南方帰りの名残りを偲ばせるものがあった。サナさんはちょうど薪だったかを背負って帰って来たが、すっかり百姓女になり切っていた。しかし大柄な白人好みの婦人だった。性質極めて素朴で、南方へ行ったことを悪いことでもしたように恥じらっていた。」

おサキさんの言葉によるなら、ゲノン・サナさんはおサキさんの遠い親戚にあたっており、住居はおサキさんの家と川ひとつへだてた間近であり、わたしもその屋根を朝に晩に眺めて知っていた。にもかかわらずわたしが、はるばると大江や下田や二江などに赴いても、眼と鼻の先に住んでいるサナさんを訪ねなかったのは、ひとえに、彼女を訪問することによって村人たちに、わたしとからゆきさんとを結んで印象づけられまいとする用心からであった。

だが、東京へ帰るとすれば、もはやその用心の必要はない。おサキさんを窮地に陥れないように気を配りさえすれば、ゲノン・サナさんを訪ねて話を聞かせてもらうことは、わたしにとって必要であるばかりでなく、客観的にも意義があると言わなくてはならないのだ。

——というのは、これまでわたしが追求してきたのは、主としてアジア人を客に取る売春生活をつづけ、無一物に近いありさまで日本へ引き揚げざるを得なかったからゆきさんだが、ゲノン・サナさんはそうではなくて、もうひとつ別の類型に属すべきからゆきさんだからである。彼女は、ヨーロッパ人——東南アジアにおける植民国としてのフランス人官吏と正式に結婚し、夫の死後その財産を相続し、＊＊村の物持ちのひとりとして何不自由ない豊かな生活を送っている。それに加えて、森克己氏の『人身売買』に書かれたことがきっかけとなったのだろうが、新聞、雑誌をはじめテレビやラジオなどがからゆきさんについて取材するときには例外なく彼女をおとずれ、ジャーナリズムに登場することがその人間の偉さと錯覚されるような今日であってみれば、彼女は自他共に天草の有名人のひとりとして許されていると言ってさしつかえない。そういうサナさんから昔語りを聞けるならば、それは、取りもなおさず上層からゆきさんの生活を突き止めることになるはずだし、またその話の襞々《ひだひだ》から、今日の生活意識をも垣間みることができるはずだからだ。

わたしがサナさんに逢ってみたいと言い出すと、おサキさんは、あまり気乗りしないようすだったが、例の磨り減ったゴム草履をつっかけて、わたしをゲノン・サナさんの家に連れて行ってくれた。サナさんの家は、外見はごくあたりまえの農家だったが、庭から土間へ一歩はいると、大きな白塗りの冷蔵庫、日本ばなれしたデザインの揺り椅子、同じく外国製らしい派手なカーペットなどが眼につき、おサキさんの家を見なれたわたしにはまぶしくてならなかった。

おサキさんが案内を乞うと、ややしばらくあって、からだつきの大柄な、丸い顔立のはっきりしたお婆さん——どこでかは記憶がないけれど一度ならずたしかに見かけたことのあるお婆さんが、悠揚せまらぬ足どりで奥のほうからあらわれた。左手にはひと眼で外国製と知れる煙草の袋、右手には火のついたその一本を持ってくゆらしながら、彼女は無言で、土間に立つおサキさんとわたしとを、頭から足の先まで交互に見下ろし、それから、「何の用があるとね——？」と言葉を発した。

おサキさんは、身分が上の人に対するときの態度になって、少し口ごもりながら、「これはうちの身寄りの者《もん》で、この半月ばかりうちへ来て泊っとるとじゃが、おサナさんに逢《お》うてみたか言うもんじゃけん——」とわたしを紹介した。わたしは、例のとおり年寄りがお世話になってありがとうございますと礼を述べ、言葉を足して、「今度はじめておサキさんのところへ来て、外国の話を聞いてすごく面白かったものですから、こちら様でも外国のようすを話していただけないかと思いまして——」と頼んでみた。するとサナさんは、煙草の煙をふうと飛ばしながら、「ロクオンか、シュザイか？」と問うのである。

瞬間わたしには、サナさんが何を言ったのかわからなかった。訊《き》き返してみてようやく、「録音か、取材か？」と言ったのだと分ったが、この言葉は、わたしの予想外のものであったと言わなくてはならない。わたしは、放送局の者でもなければ雑誌社の人間でもなく、ただおサキさんの身寄りの者であり、面白いから外国の話を聞かしてもらいたいだけなのです——と腰を低くしてさらに頼むと、サナさんは面倒くさそうに、「きょうは、神経痛の痛うしてな——」とあきらかに拒否の色を示した。

それを押して話をしてほしいと言うのは礼儀にはずれようし、相手に警戒心を植えつけてしまうだけだから、わたしは素直にうなずいた。しかし、諦めてしまいたくはなかったので、「——それでは、あすかあさって、こちら様の神経痛のぐあいの良いときにまた伺わせていただきますから」と言い、再度の訪問を許してもらおうとこころみた。

ところが、これにたいしてサナさんは、「わしの神経痛はむずかしか病気で、五日や十日じゃ痛みが止まらんとじゃもん。それに、外国には行ったばって、おサキさんと違うて、わしには面白か話の種は何もなかと――」と、微笑《ほほえ》みひとつ浮かべずに言うのである。

言葉こそ遠まわしだが、自分はおサキさんのような人とは種類が違うのだし、わたしごとき人間に二度と訪ねて来られるのは迷惑この上ないという意味だと、わたしとしては理解せざるを得なかった。おサキさんは、わたしを気の毒に思って横からあれこれと口添えしてくれるのだが、その言葉や態度は必要以上におどおどしているようにわたしには感じられた。そして、サナさんの取り付く島もないような態度――おサキさんとその身寄りだというわたしにたいするいかにも見下したような態度は、諦めたわたしたちが丁寧に挨拶して踵《きびす》を返すまで、寸分も変わらなかったのであった。

ゲノン・サナさんから外国生活の話を聞くことに、もののみごとに失敗したわけであるが、その晩、もぐりこんで来た猫の背中を撫でさすりながら、わたしは、サナさんがどうしてわたしを拒否したのだろうか――と、考えるともなく考えていた。

ジャーナリズムが新型の自動車を乗り着け、テレビカメラやテープレコーダーを持ちこんで取材を要請したときには、それに応じて東南アジアでの生活について語っているというのに、なぜ、わたしだけをかたくなに拒んだのだろう。話を聞かせてほしいと切り出したとき、サナさんは「録音か、取材か？」とわたしに向かって訊《ただ》したけれど、もしもわたしがジャーナリストであってテープレコーダーでも手に下げており、結果が新聞か雑誌に掲載されるのだったら、彼女はわたしの乞いを容れ、座敷へ上げてくれたのだろうか。

もとより決定的な答えの出ようはずはないが、しかしわたしには、サナさんがわたしを拒否したのは、わたしがおサキさんの身寄りだからであると言って誤たぬように思われてならなかった。——繰返しになるのを許していただきたいが、サナさんは、当初はからゆきさんとして外国へ出かけたのかもしれないが歴としたヨーロッパ人と結婚し、夫の生前はもちろんのこと、死後はそのかなりな遺産によって安楽な生活をいとなんでおり、その意味で、からゆきさんのうちでの出世頭だと言ってさしつかえない。ところが、おサキさんのほうはこれとまさに対蹠的《たいしょてき》に、からゆきさんとして最底辺に生きたのみならず、老齢の現在もまた、これより下はないという悲惨な生活を送っている。

サナさんの心のなかには、それが人間というものの常であるとも思うのだが、今日でも外国煙草をくゆらせている自分と、他人の吸い殻を集めて吸うような人間とは、決して同列にならぶことはできないのだという身分意識・選良意識が巣食っていた。そういうサナさんにとっては、おサキさんのようなからゆきさんのなれの果てが、むかしからの知り合いだと言って近づいて来ることは、そのプライドの大いに傷つけられることだったのではないか。まして、おサキさんひとりならばまだしも、身寄りの者とはいうものの正体は何者とも知れない女を同伴して来て、からゆきさん時代の話を聞かせてくれというのだから、プライドの傷つきはなおさらであり、それで彼女は、おサキさんとわたしを身分違いの者として見下し、にこりともせず、立ったままで追い返したのではなかったか。

わたしは、自分自身の味わった後悔に似た不快感よりも、おサキさんに嫌な思いをさせてしまったことのほうが、心にかかってならなかった。しかしながら、心にかかるその負担さえ除くならば、わたしがゲノン・サナさんを訪ねたことは、かたちの上ではみごとな失敗であったにもかかわらず、実は大きな成功であると言ってよいかもしれなかった。なぜなら、わたしが彼女を訪問したのは上層からゆきさんの生活と意識とを知りたいと思ったためだが、その生活に関しては何ひとつつかめなかったけれど、その現在の意識については、少なくとも片鱗を得ることができたと考えられるからである。

それにしても、ゲノン・サナさんの以上に述べたような態度に触れてみて、はじめてわたしは、おサキさんの人間としての偉大さに思い至った。どこの馬の骨だか家出女だかもわからないわたしを、おサキさんはその家にこうして三週間も置いてくれているけれど、これがサナさんだったらどうだろうか。そしてわたしは、一夜明けたその次の晩、いよいよ東京へ帰りたいと打ち明けたとき、彼女の人間としての偉大さを、さらに幾倍も深く実感することとなったのであった——

さらば天草

おサキさんと著者。大江への旅の途中で撮ってもらったもの

ゲノン・サナさんの家をたずねた次の日に、わたしはバスで本渡《ほんど》まで出て、ビニールの茣蓙《ござ》を二枚と包装紙を十枚、それに障子紙と糊と鋲《びょう》を買い求めた。帰京する前に、せめてもの心づくしに、百足《むかで》がうようよしている腐れ畳の上にビニールの茣蓙を敷き、土の落ちかけている壁を壁紙でふさぎ、煤《すす》けて真っ黒になっている襖や障子の紙だけでも張り替えて置きたいと考えたからだ。包装紙を買ったのは、どの店にも壁紙を売っていなかったからである。

翌朝わたしが、「さあ、おかあさん、きょうは家のなかを綺麗にするのよ」と言うと、おサキさんはいそいそとしてわたしの指示に従った。まず、篠笹《しのざさ》を荒縄でしばったもので壁の煤《すす》を払い落とし、包装紙を鋲で止め、つぎに腐って鋲の効かない畳にビニール茣蓙を苦心して敷き止め、それから襖と障子を下の小川へ運び出した。はだしになって川にはいり、襖と障子を丸ごと水に浸け、煤けきった紙を荒縄を丸めたものでこすり落としにかかったが、張ってあった紙は映画のポスター類が多く、流れ落ちる煤の下からあらわれてきたのが長谷川一夫ならぬ林長二郎や子役時代の山田五十鈴の顔と名前であったのに、わたしはさすがに驚かずにはいられなかった。

夕方近くまでかかって襖と障子を全部張り替え、元の場所におさめると、いつもの弱い電灯の光が少し強くなったように感じられ、おサキさんは、「綺麗になったこと、御殿のごたるね。これもみんな、おまえのおかげじゃ」と、まるで子どものようにはしゃいでいた。そういうおサキさんに、別れを告げてあした東京へ帰りたいと打ち明けるのはいかにも申しわけない気持がしたが、しかし、どうしたって話さないわけにはいかない。

襖や障子を張ったために、いつもより大分おくれて例の粗末な夕食が済み、蒲団も敷いてあとはただ寝るばかりとなり、猫たちもこれできょう一日が終わったといった恰好で一匹残らず座敷へ集って来たときに、わたしは少し居ずまいを正して、「おかあさん――」と呼びかけた。そしておサキさんが「なんじゃね」と顔を上げるのへ、思い切って、「――長いこと、すっかりお世話になってしまったけど、わたし、あした東京へ帰ります」と告げたのである。

おサキさんは、わたしが何を言ったのかとっさには理解できなかったらしく、「――ん、なんじゃね？」と訊き返した。そしてわたしが、同じことを繰り返して言うと、ようやくわたしの言葉の意味がわかったらしく、おサキさんの顔には、一瞬、怒ったような不機嫌なような表情が浮かんだ。わたしは、敷きつめた茣蓙の模様に目を落としながら、ぽつぽつと、自分が天草へやって来てからもう三週間もたつこと、東京にいる子どもが病気でもしているのではないかと心配になることなどを話し、なごり惜しいけれど帰京したいと締めくくった。

おサキさんは、心の動揺をおさえるためか、そばにいた猫の一匹を膝に抱き上げ、背中をなでてやりながら、黙って話を聞いていた。そして、わたしがひととおり話を終わっても、なおしばらくのあいだ無言で猫をなでていたが、やがてその猫を膝から下ろし、ついと畳の上に放してやりながら、静かな口調で、「そうか、わかった――。帰るがよか、早う帰ってやるがよか。おまえも心配じゃろが、それよりか、美々さんいう子どみが、おまえのことば恋しがっておるじゃろうけん――」と言ったのである。いや、そればかりでなく、「おまえは、いつか帰って行く者《もん》じゃて思うとったが、よく、こげに長うこの家におってくれた。ありがとう、だんだんね。うちは、この半月あまりのあいだ、おまえを、本当にうちの嫁ごじゃと思うとった。――おまえのことは、いつまでも忘れはせんぞ」とまで言ってくれたのである。

彼女にとってわたしという闖入者《ちんにゅうしゃ》は、その貧しい生活を圧迫する迷惑な存在だったことは違いないが、反面また、孤独で単調なその生活になにがしかの変化をあたえたこともたしかであり、それは彼女の喜びでないことはなかったのだから、わたしは、もしかしたらおサキさんから引き止められるかもしれないと考えていた。それなのにおサキさんは、置いて来た子どもが気にかかると言うと、あっさりとわたしの帰京を許してくれたわけである。わずか十歳ほどで遠い南方につれて行かれ、故郷恋しい思いを十分に味わったことのある彼女だからこそ、この数週間母から離れて暮らしている美々の立場と、その美々にうしろ髪引かれるわたしの気持とを理解して、あえて引きとめにかからなかったのであろうか。

わたしは、そういうおサキさんの思いやりを実にありがたいと感じたが、しかし考えてみれば、彼女のわたしへの思いやりは、決して今のこの場合にかぎったことではないのである。わずかな絆《きずな》を頼りにこの家へころがりこんだときから現在まで、村人たちから表立った排撃を受けることがなかったのも、大江のおフミさんをはじめとしておシモさんやおクニさんのゆかりの地を歴訪し、多くの見聞を得ることができたのも、すべて彼女のわたしにたいするそれなりに行き届いた配慮のおかげであったと言って過言でない。——だが、そのなかで、わたしにとってもっともありがたかった思いやりは、おサキさんが、わたしが一体何者なのかとついぞ一度も訊ねなかったというそのことであった。

村人たちの前に、おサキさんはわたしを息子の勇治の嫁だと言って押し通して来たが、しかしそうでないことは、ほかの誰よりもよく当のおサキさんが知っている。そしてわたしは、そのおサキさんにたいしても、自分が東京に住んでいて、美々という女の子がひとりあるというくらいのことしか話していなかった。だから、彼女としては、村人たちよりもなお一層わたしが何者なのか知りたかったはずだし、そして彼女はわたしを寄宿させている立場だったのだから、わたしの身の上について訊ねる権利を持ってもいたはずだが、にもかかわらず彼女は、何ひとつ問おうとはしなかったのである。

わたしは、おサキさんの家に泊りこんだはじめのうちこそ、朋子よ、おまえはどうしてここへ来たのか——と彼女が訊ねたら、夫とのあいだがうまく行かなくて家出して来たとでも、死にたいと思ってこの天草へやって来たとでも言って、辻褄《つじつま》を合わせようと考えていた。けれども、五日たち、七日が過ぎ、やがて十日めにもなると、おサキさんの人がらの純良さに打たれて、わたしは、彼女にたいしてだけは嘘を構える気持の強さを失ってしまっていた。したがってわたしは、もしもおサキさんがおまえは何者なのかと質問したら、事実をそのままに答えるしかなかっただろうし、そしてそうなれば、聞き取りはもはや不可能になってしまったかもしれない。とすれば、わたしが兎《と》にも角《かく》にもこれまでおサキさんの家に滞在し、からゆきさんについて一応の聞き取りに成功したのは、ひとえに、彼女がわたしの種姓《すじょう》をあれこれと詮索しなかったおかげである——と言ってもよいかもしれないのだ。

わたしは、自分がどういう育ち方をし現在どのような生き方をしている人間であるかということを、いつかはおサキさんに打ち明ける義務があるし、その義務を果たすべき時は今夜を措《お》いてほかに無いと考えたが、しかしわたしは、それを打ち明ける前に、彼女がどうしてわたしの身の上を追及しなかったのかを知りたいと思った。それでわたしは、「おかあさんに、ひとつだけ訊いておきたいんだけど――」と口を切って、どこの馬の骨ともわからない自分のような者を三週間も滞在させておくあいだ、なぜその身の上について訊かなかったのか、わたしがどんな身元の人間だか知りたいとは思わなかったのか――とたずねてみたのである。

するとおサキさんは、こんどは別な猫を膝の上に抱き上げながら、「そらあ、訊いてみたかったとも、村の者《もん》ば、ああじゃろ、こうじゃろと評判しとったが、そういう村の者より、うちが一番おまえのことを知りたかったじゃろ」と、やはり静かな口調で言った。そしてそのあとへ、「――けどな、おまえ、人にはその人その人の都合ちゅうもんがある。話して良かことなら、わざわざ訊かんでも自分から話しとるじゃろうし、当人が話さんのは、話せんわけがあるからじゃ。おまえが何も話さんものを、どうして、他人のうちが訊いてよかもんかね」と、これも穏やかな調子でつづけたのであった。

この言葉を耳にして、わたしは、おサキさんの小柄なからだが、急に十倍も大きくなったように感じた。ああ、何という円熟した言葉なのだろうか、おサキさんの今の言葉は！

たしかに、人間というものは、話して解決の道の見つかりそうな悩みなら他の人に打ち明けることができるが、解決の方法の見つからぬ苦悩や秘密であればあるほど、他人に話せないのが普通である。軽率で思いやりのない人間は、人が誰にも打ち明けようとしない苦悩や秘密をいだいていれば、何とかしてそれを聞き出そうとするようなことが多いが、思慮深く思いやりのある人間は、そういう悩みをかかえた人をその当人の気持のままにそっとしておき、何をしてやることもできず、その人を遠くからただ見守らざるを得ない苦しみを、みずからに引き受けるのだ。そしてそのことは、かつて、誰に話しても癒えることのない苦悩を抱いたことのあるこのわたしが誰よりもよく知っている——

さきにわたしは、わたしの顔には、十数年前思いがけない事故に会ってできた傷痕が消えずに残っており、それがわたしをおサキさんや村人たちに接近させるひとつの要因になったらしいと記したけれど、十数カ所におよぶ傷痕のなまなましかったとき、それはわたしにとって深淵の苦悩であった。道を歩けばかならず人がふり返って見るし、友人たちは何となく遠ざかるし、容貌の良し悪しが女性の魅力と信じられ、結婚資格の最大のひとつに数えられている今日であってみれば、わたしには結婚の資格がなくなったのだと言ってさしつかえなかった。わたしの心の底には、絶えずどす黒い悩みが澱《よど》んでおり、その悩みを人に訴えれば同情してもらうことはできたが、しかしその同情は、悩みの解決には少しもならなかったのである。

やがてわたしは、その悩みを誰にも決して洩らさないようになったが、そういうわたしにとって、思いやりのある態度とは、顔の傷痕について何も訊いてくれないことであり、思いやりのない態度とは、同情心と引き替えにその傷のついた原因を根掘り葉掘りたずねることであった。多くの人たちが、わたしにとって思いやりのある態度を示してくれたが、しかしなかには、最高学府にまで学んで良識をそなえていると見なされていながら、その傷痕はなぜついたのかと問いつめ、何カ所あるのかと指先で数え、そして髪でおおわれている片頬にはもっと大きい傷があるのだろうと調べてみる人びともあったのだ——

過去にこのような苦悩を味わったことのあるわたしは、おサキさんの言葉の意味の深さと重さとを、痛いほどに実感しないではいられなかった。「おまえが話さんものを、どうして、他人のうちが訊いてよかもんかね」という言葉は、うかうかしていれば聞き逃してしまいそうな言葉だが、それは、人生の達人にしてはじめて到達し得る境地を示しており、思想的・哲学的ですらあると言わなくてはならないだろう。

——だが、そういうおサキさんにくらべ、わたしのほうはどうであったか。彼女がこんなにも円熟した考えで包んでくれていたというのに、ついぞそれに気づくことなく、どうして自分の種姓を訊ねなかったのかなどと馬鹿なことを質問したのである。わたしは、みずからの卑小を骨身に沁みて知らされ、恥ずかしさのために、からだが鼠くらいに縮んでしまったように感じられてならなかった。

わたしは、今こそすべてを打ち明けなければならないと思った。さっきまでは、おサキさんの家に泊めてもらった者の義務としてそのようにしようと考えていたのだが、今はそうでなく、おサキさんという一個の人間——わたしをあたたかく包んでくれた人生の達人にたいする信頼の心の披瀝《ひれき》として、何もかも話すべきだと決心したのである。

しばらくのあいだ下を向いてじっと眼を閉じ、それから顔を上げておサキさんに真向かうと、わたしは、「おかあさん。わたしがどこの人間で何をしている者か、いままで言わなくて、すみませんでした――」とあやまり、それから一気に話しつづけた。わたしは子どもだけでなく夫もあり、家庭生活は割合いにうまく行っているということ、わたしは女の歴史を研究している者であること、天草へやって来たのはからゆきさんを研究するためであり、そしておサキさんの家に置いてもらったのは、からゆきさんとしての彼女の生涯を知りたいからであったこと、こうしておサキさんをはじめ多くのからゆきさんの生涯を聞き取ったからには、いつかはそれを文章にして発表したいということ、等々――。そして、そういう事情を隠して好意を受けていたのはつまりはおサキさんを欺《あざむ》いていたことにほかならず、その罪をどうか許してほしいと言うと同時に、わたしは胸が迫って来てこらえきれず、昼間敷き止めた茣蓙《ござ》の上に泣き伏してしまったのであった――

おサキさんは、わたしが泣いているあいだじゅう黙然としていたが、わたしが存分に泣きつくしていくらか気持が楽になり、泣きじゃくる程度になると、膝をにじって小柄なからだをわたしの近くへ寄せて来た。そして、わたしの背中をやさしくさすってくれながら、「もう、泣かんでもよか。うちははじめは家出でもして来たのかと思ったが、中途から、おまえが外国の話ば聞きたいんじゃと見当つけとって、うちは外国のこつば話したとじゃけん、おまえが気にすることはなか――」と言うのである。また、さらにつづけて、「うちゃおフミさんのことを本に書くちゅうことじゃが、ほかの者ならどうかしらんが、おまえが書くとならなんもかまわんと。うちは、外国のことでも村のことでも、おまえに嘘は爪の先ほども言うとらん。本当のこと書くとなら、誰にも遠慮することはなか——」とも言うのである。

その言葉を聞いて、わたしは、心の底から驚くと同時に、ひとつの謎が解けたように思った。その謎というのは——わたしが大江におフミさんを訪ねてみようと思い立ってそのことをおサキさんに告げたとき、彼女が自分も同行すると言い、そのあとへ「おフミさんは、他人に外国のこと話す人やないけん——」とつけ加えたことである。また、さらに言うなら、彼女からからゆきさん時代の話を聞くにあたってわたしが拠りどころとした理由は、「外国の話はおもしろいから——」というのであったが、そのような薄弱な理由にもかかわらず、彼女が、自分のことも朋輩のことも精確に語り、わたしが太郎造どんやおシモさんやおクニさんの故郷を訪れるのにあらゆる便宜《べんぎ》を計ってくれたことである。

ああ、おサキさんは、わたしが何者で、何を目的としてやって来たか知らずに泊めてくれたのではなくて、一切を承知していながら、なおかつわたしを受け容れてくれていたのだ。天草の人びとのもっとも知られたくない秘密をつかみに来た女と知りながら、敢えてわたしに力を貸してくれたのだ。

彼女がそのようにしてくれたのは、おそらく彼女が、「うちは、この半月あまりのあいだ、おまえを、本当にうちの嫁ごじゃと思うとった」とさきほど言った言葉どおり、わたしにたいして、本当の自分の嫁に持つべきはずの親愛の情をいだいてくれたからであったろう。そしてそういう親愛の情が可能になった契機は、人に親しみやすいというわたし自身のパーソナリティもいくらか関係しているかもしれないが、本質的にはやはり、わたしが、ほかならぬ彼女の茅屋《ぼうおく》で彼女と一緒に生活したという事実にあるといわなくてはならない。すでに記したように、おサキさんの家は崩壊寸前のあばら家であり、敷いてある畳は腐り切って百足《むかで》の巣になり、村人たちも、子ども以外は誰ひとりその上へ坐ろうとはしなかった。わたしがその畳の上にならんで寝て、麦飯と屑じゃが芋の塩煮という彼女の常の日の食物を一緒に食べて暮らしたということが、お互いの心理的・精神的な距離を縮めさせ、それが彼女をして、彼女のからゆきさん時代の話をさぐりに来た女だと察知していながらも、なお、わたしへの親愛の情を抱かせたものにちがいない。

　背中をさすってくれるおサキさんの掌をとおして、彼女の愛情がわたしのからだに流れて来るように思え、わたしはいくらか明るい気持になり、その気持に支えられてからだを起こした。おサキさんは、壁ぎわに掛けてあったわたしのタオルを取り、子どもにするようにわたしの顔を拭いてくれて、「さあ、もう、おまえは寝にゃいかん。あした、汽車に乗ってくたびれるじゃろけん――」と静かにうながした。

　子どものとき、悪いことをして親からたっぷりと叱られたあと、叱りすぎたと思った親から優しくされると、妙に甘くて悲しい気持になったものだが、おサキさんから涙を拭ってもらって、わたしは、それに似た甘く悲しい思いを味わった。そして、何だかひどく従順な気持になってしまい、なかばおサキさんの手でセーターやスラックスを脱がされるかたちで、わたしは床に就いたのであった。

　翌朝、わたしがめざめてみると、おサキさんは、いつもよりずっと白くて口あたりのよい御飯を炊き、いつの間にどこで工面して来たのか、塩鮭の小さな切身を焼いたのまで膳につけてくれていた。惜別《せきべつ》の心のこもったその食事をありがたく食べたあと、手早く身仕度をすませたわたしは、おサキさんに向かって正座し、長いあいだ世話になった礼をあらためて述べ、以前からそのためにと思って用意していたお金を、「ぜひ、おさめておいて――」と言って差し出した。ところがおサキさんは、「うちは、おまえを、銭ば貰うつもりで置いたのではなか――」と言って、どうしても受け取ってくれないのである。

わたしとしては、この三週間のあいだ食費すら出していないのだから、せめてそれだけは受け取ってもらわなければ気持が済まない。長い押し問答の末、おサキさんは、「それでは、おまえの食うた分だけ貰うとく――」と言ってようやく二千円だけを取ったが、それ以上はついに受け取ってくれなかった。

やむを得ず、わたしが残りのお金を引っこめると、おサキさんは、それを待っていたように、しかしおずおずと、「銭も貰うたが、もうひとつ、おまえから貰いたいものがあるとじゃが――」と言い出した。それは何かと訊ねると、彼女の答えは、「東京へ帰ればほかにも手拭いば持っとるなら、おまえのいま使うとるその手拭いば、うちにくれんか――」と言うのであった。

胸のあたりが締めつけられるようになるのを辛うじておさえながら、わたしは、ボストン・バッグからタオルを取り出した――天草に暮らしたこの三週間毎日使っていたタオル、昨夜おサキさんがわたしの涙をやさしく拭ってくれたあのタオルを。彼女は両手を差しのべて受け取ると、「ありがとうよ。この手拭いを使うたびに、おまえのことを思い出せるけん――」と言い、うれしそうな、しかしどこやら淋しげなほほえみを浮かべたのである。

午前八時頃、わたしは、金髪盲目の老婆——すなわちおサキさんの兄嫁とその甥の家に形ばかりの別れを告げ、＊＊村を出発した。おサキさんが、せめて崎津の町まで見送りたいというので、徒歩で崎津へ出、そこでわたしは、島づたいに熊本へ出るバスに乗ることにした。

ほかに人のいないバスの停留所で、おサキさんは緊張した表情でわたしの手を取り、機会があったらまた来てほしい、おまえの伴合《つれあ》いや美々ちゃんという子どもも連れて来てほしい——という意味のことを、幾度も幾度もくりかえした。間もなくバスがやって来たので、わたしは彼女の小さな肩を軽く抱きしめ、荷物を持つと車中にはいった。若い女車掌の合図とともにバスはゆるゆると走り出したが、窓から半身を乗り出して手を振るわたしは、そのとき、おサキさんの顔がくしゃくしゃと歪《ゆが》み、双《ふた》つの眼から大粒の涙が盛り上がってほろほろと頰を伝うのを見た。わたしは胸を衝かれたが、そのあいだにバスはスピードを増し、彼女の小柄な姿は、たちまちわたしの視界から消え去ったのである——

バスは一町田から本渡へ出、本渡瀬戸の開閉橋を渡って天草上島へ入り、さらにいわゆる天草パールラインにさしかかったが、夫や子どものもとへ帰るのだというのに、なぜかわたしの心は浮き立たなかった。窓外につぎつぎと展開して行く風景は、紺碧の海も、その海に浮かぶ島々も、魚を釣り終えて戻ってくるらしい小さな漁船も、みなこの上なく美しかったのだが、しかしわたしの思いはそれらのものには留まらず、別れて来たばかりのおサキさんに向かって行くのだった。

——おサキさんは、もう、＊＊村へ帰り着いただろうか。帰り着いて、猫のポチやミィを相手にひとりごとでも言っているのだろうか。そんなことを思いながら、しかしわたしが何よりも深く考えずにいられなかったのは、昨夜に至って知った彼女の人格の立派さのことであった。

繰り返すようだけれど——おサキさんが、からゆきさんの話を聞きに来た女らしいと見当をつけたとは言いながら、しかしどこの何者とも知れぬわたしを三週間も滞在させ、その間、「おまえが何も話さんものを、どうして、他人のうちが訊いてよかもんかね」と言って、わたしの種姓を問いただささなかったということ。それが、円熟した人間の言葉であり、思想的・哲学的な深みにまで達しているということはすでに述べたが、しかし、それにしてもおサキさんは、一体どのようにしてそのような境地に到達することができたのだろうか。

世間一般の常識からすれば、そのような思想的・哲学的な深みを持った境地には、教養や学問を積んだ人間にしてようやく達し得るものというふうに考えられている。すなわち、多くの書物を読んで他人の人生観を円熟させた真実を追体験し、論理的・体系的に思考し、その上ではじめてその人なりの人生観を円熟させるることが可能になるというわけだ。

けれども、そのような前提に立っておサキさんを見るなら、彼女にはあらゆる条件が欠けていると言わなくてはならないだろう。彼女は学校と名の付くところには一日も通わず、したがって片仮名も数字も読むことのできない文盲であって、書物などとはきれいさっぱりと縁がない。そして、そういう彼女であるにもかかわらずなおかつ人間として最高度に円熟した言葉を口にし得たということは、彼女が、ほかならぬからゆきさん生活をとおしてそのような境地に到達したとする以外に、解釈の道はないのである。

あらためて述べるまでもなく、売春生活——愛情のない不特定多数の男性に金銭と引き換えにみずからの肉体を自由にさせるという生活は、その肉体のみならず精神までむしばむことが多い。長く一夫一婦制の婚姻方式をたてまえとしてきた人間の社会では、売春はモラルに反することであり、それに従事せざるを得なかった女性たちは、世間から手ひどい差別をされるのがまず普通であった。平凡な結婚生活を夢みてもそれは叶わず、世間から爪はじきされ、いまわしい病気まで背負いこみ、しかもいつまでたっても貧窮と縁が切れないとすれば、精神的に絶望して自堕落となり、反人間、反社会的な方向に走って行ったとしても当然であり、それを咎め立てすることはおそらく誰にもできないであろう。

ところが、数多い人間のなかには、この世の中のありとあらゆる汚濁に染まりながらも、いや、もっと精確に言うならば、さまざまな醜悪に出逢えば出逢うほど、そのことに学んで他人にたいして寛容になり、人間存在として円熟して行くという人もあるのだ。——たとえば、マクシム・ゴーリキーの戯曲『どん底』に登場する老巡礼ルカのように。

一九〇二年に書かれたこの戯曲は、ツァーリズムが支配する十九世紀ロシアの汚らしい木賃宿が舞台で、登場人物は、強欲な宿の亭主と淫蕩であばずれの女房、寄生虫のような巡査、こそ泥、アルコール中毒の役者、錠前屋、売春婦、荷かつぎ人足、飲んだくれの靴屋、いかさま師、自称貴族のなれの果てといった具合に、この世に絶望しきっている人びとばかりである。そういう人びとのなかに在って、老巡礼のルカは、誰にも同じように寛容であり、助けの入用な人には自分に可能なかぎりにおいて力添えしてやる。錠前屋の女房で死にかかっているアンナにたいしては、「天国へ行けばしあわせになれる、もう少しの辛抱だよ」となぐさめ、アルコール中毒にかかっている役者や泥棒のベーベルに向かっては、「気持を入れ換えて、新しい生活をやりなおすことだ」とはげますのである。彼がどのような前歴の人間なのかは一切わからないのだが、しかしおよそ何も信用しようとしないどん底の人びとが彼にだけは耳を貸すのは、彼の言葉に、学問や教養によってではなく、苦労に苦労をかさねることによってようやく獲得することのできた智恵と寛容とを、確かに感取していたからにほかならない――

誤解を恐れずに言うならばおサキさんは、男性でこそないけれど、日本のルカ老人のひとりなのだ。遠く北ボルネオまでさすらって、ひと晩に三十人もの異国の男に肉体を鬻《ひさ》ぐという〈どん底〉の暮らしを何十年もつづけ、老齢になって故国に引き揚げて来てからは毎月四千円の金でいのちをつなぎ、人びとから差別の眼をもって見られながら、拗《す》ね者になったり反社会的な行為をしたりすることなく、かえって自己の人格を高めたのだ。しかも、ルカ老人の思いやりが西欧ヒューマニズムの思想に立って人間だけを対象としているのにたいして、おサキさんのそれは、人間はもちろんのこと、「あれも、いのちのあるもんじゃけん――」と言って、自分の食物を削って九匹の捨猫に分けあたえるほど広いのである。

からゆきさんにかぎらず売春婦についての研究というと、多くの場合、その悲惨な境遇の報告とそれにたいする研究者の同情のみが強調されて、彼女らの〈人間的価値〉については全く切り捨てられていたと言える。むろん、売春婦研究の目的は、つまるところ売春の社会的根絶にあるのであって、彼女らの人格評価にあるわけではないから、なかば必然的に売春生活の悲惨なありさまの報告とそれへの同情に傾くのであろう。けれども、からゆきさんをはじめ多種多様な売春婦たちのなかには、肉体を売って生きなければならないという同一の条件のもとで、絶望して自堕落になって行く人がある一方、どん底の汚濁を見極めたまさにそのことに学んで人格的に円熟し、思想的・哲学的な深みにまで達する人もあるのだ。そしてこのことは、従来の売春婦研究から洩れていることであればあるほど、みずからの春を鬻《ひさ》がずしては生活できなかった底辺女性の名誉のために、わたしはここに明記しておかねばならないと信ずるのである――

わたしがそこまで考えてふとわれに返ったとき、バスは大矢野島を通過して、天門橋にさしかかっていた。〈天草の門〉と名づけられたこの橋は、大矢野島と宇土《うと》半島とをつないでおり、熊本方面から来ればいわゆる天草五橋の最初の橋、天草から帰るときにはその最後の橋ということになる。

碧《あお》く美しい海は相変らずつづいていたが、しかしわたしは、この橋を渡り終えればもはや天草ではないのだと思った。そして遥かに南の空、下島と思われる方角に眼をやると、無限の思いをこめて心のうちに告げたのである――からゆきさんの島天草よさらば、おサキさんよさようなら、と。また、彼女の生涯の朋友だったおフミさんやおシモさんの墓よ、彼女が母のように慕ったおクニさんの日本の墓よさようなら、それに加えて彼女らの生涯を知るためにわたしの逢った幾人もの天草びとよ御機嫌よう、と。

小さなバスは天門橋を渡り終えると、まっすぐに九州本土へはいって行ったのであった――

からゆきさんと近代日本
――エピローグ――

天草へのわたしの旅が終わってから、すでに四年の歳月が流れ去っている。喧噪《けんそう》の都会から脱出して緑の山や海を眺めるのが目的の旅であったならば、一年もたてば、遠くなつかしい幾枚かの映像として心の片隅に残るだけであろうのに、しかしわたしの天草下島における三週間余の生活は、それとはちょうど反対に、歳月をへだてればへだてるほどいよいよ鮮烈に甦《よみが》えり、しかも重たく迫って来たのである。だからわたしは、自分に忠実であろうとすればどうしても、天草へのわたしの旅――すなわちからゆきさんについての報告を書かなければならなかったのだが、にもかかわらずわたしは、この四年間ほとんど何ひとつ書かなかった。

ほかのことはあれこれと書いて発表したのに、天草への旅についてはかたくなに沈黙を守ったのは、それを書くことでおサキさんをはじめ多くの天草びとに迷惑が及びはしないかという懸念と、いまひとつ、わたし自身の内部に、はたしてわたしはからゆきさんの声なき声を本当につかむことができたのであろうか――という反省があったからである。わたしが実行したような方法とはほかに、もっと別な取材の仕方があり、もっと違った聞き取りのやり方があったのかどうか、わたしは知らない。わたしに言えることといっては、ただ、許された経済的・家庭的条件のかぎり、またわたしの持っている人間性のかぎりにおいて、わたしは精いっぱいに尽くしたということだけだ――

そして四年のちの今、ついに決心してその天草への旅について長ながと書いたわけだが、さて、そこで最後に残っている仕事はといえば、それは、多くのからゆきさんがなぜ九州天草から簇生《そうせい》して来たのかを突き止めることであろう。わたしは、からゆきさんという存在を底辺女性の典型であると規定したけれど、その文脈において言うなら、彼女たちがこの世に出現して来た理由を追求することは、日本の底辺女性そのものの生み出された理由をあきらかにすることにほかならない——と言えるであろう。

ひとくちに断言してしまえば、からゆきさんと呼ばれる海外売春婦が簇々《ぞくぞく》と生まれなければならなかった最大の原因は、おサキさんの聞書からもうかがえるとおり天草農民の骨を削るような貧困であって、それ以外のところにはない。おサキさんの幼女時代は、その親と一緒にいるときでも、「朝から水ばっかり呑んでおって、昼になっても、それから日が落ちて晩になっても、唐芋《からいも》のしっぽひとすじ口にはいらんこともあった」というような生活であり、再婚した母と別れて子どもたち三人だけで暮らすようになってからは更にひどく、「冬になるとしゃが、麦櫃《しねびつ》も唐芋の桶もからっぽになって、麦のお粥さんどころか芋の汁さえ啜《すす》れん日がつづいたとじゃもね。前の太か家と違うて、今度の小《こ》まんか家は畳ちゅうもんが無かったけん、山で枯れ枝拾うてきて火だけは焚いたが、兄妹三人空き腹ばかかえて板敷に坐っとると、頭に浮かんでくるとは食いもんのことばかりだったぞい」というような暮らしであった。

人間にとって〈食べること〉は、生きる上で最低限の要求であると言わなくてはならないが、おサキさん兄妹の生活は、着ること、住まうことはもちろんのこと、その〈食べること〉にすら事欠くようなひどいものであった。言葉を換えれば彼女らは、絶えず飢餓線上に喘《あえ》いでいたのであり、そしてこのような状態は単におサキさん兄妹の家だけのことではなく、およそからゆきさんをひとりでも出したような家はもちろんのこと、おそらくは、村岡伊平治や由中太郎造など女衒《ぜげん》を出した家にもそのままあてはまるとしなくてはならないのだ。

しかしながら、それでは、からゆきさんを出した家にも女衒を出した家にも共通するその貧困は、一体どこから来たのか。ある人びとは、それは天草島の自然的な条件の劣悪さに由来しているのであって、そのほかの理由にもとづくものではない——と説明し、なるほどその考察にはうなずかされる節《ふし》が少なくないのである。

その人びとは言う——島とはいいながら天草は、その総面積からすれば独立の経済を営むことのかならずしも不可能ではない巨島だが、しかし島内はおしなべて山また山の連続であり、そのことが結果として天草の貧しさを招来している。すなわち天草は、これぞという高峰はないけれど全島が山地で、しかもその山地が急傾斜なため大きな川がなく、平地が乏しく、「耕して天に至る」という言葉どおりに山を段々畑に拓いてもなお、ほんのわずかな耕地しか得られない。しかも地味肥沃で作物のみのりが豊かならまだしも、天草の土壌は、北の対岸島原にそびえる雲仙岳の爆発による降灰などのためいちじるしく痩せており、極度に低い生産力しか持っていないのである、と。

あるいは、それにつけ加えてこうも言う——土地の条件が悪いなら四囲をかこむ海を利用して生計を立てるべきだが、天草は牛深《うしぶか》を除いてむかしから良港にめぐまれず、当然ながら漁業に活路を見出すこともできなかった。また、かりに良港があったにしたところで、潮流の関係その他の条件のため五島列島方面からの魚群の南下が少なく、その点からも漁業立島はむずかしかったのである、と。

たしかに、このような自然の条件の劣悪さが、天草の人びとの貧窮原因の大きなひとつであることは、誰にも否定できないところであろう。けれどもわたしは、それは楯の一面でしかなく、いまひとつの面――天草びとを囲繞《いにょう》する社会的条件にも眼を向けなければ、決して十分ではないと思う。いや、人間がそこに住みつく以前から在った自然的な条件よりも、むしろ人間がみずからつくり出した社会的な諸条件のほうが、いっそう大きく作用していたというのが真実なのではなかろうか。

わたしは天草島の古い時代のことはよく知らないし、また近代の天草に直接の関係はないので省くとして、徳川時代からのことを記せば、天草では、田畑の収穫高にたいして税率が異常に高かった――と言わなくてはならない。

松田唯雄著『天草近代年譜』や山口修著『天草』などによると、徳川家康は征夷大将軍となった慶長八年、関ヶ原の合戦の戦功賞与として肥前唐津の城主であった寺沢志摩守広高に天草両島を与えたと記されているが、天草を領有した寺沢志摩守が第一におこなったことは検地であった。そして全島の田畑の収穫高を三万七千石、海からの収穫高を五千石と算定し、合わせて四万二千石の領地と見なして、それだけの租税を農民たちに課したのである。周知のように、徳川時代の租税は米麦などの現物貢納であり、その税率は石高の四割から五割というのが普通だったから、天草の農民たちは、毎年およそ一万五千石ないし一万八千五百石の年貢を納めなくてはならなかった。

土地の生産力が高く、かつ一軒あたりの耕作面積が広かったならば、そのような租税を納めてもなお農民たちは生きて行くことができたかもしれない。しかし天草は、すでに記したとおり自然の条件が極度に良くない土地であり、その上一軒あたりの耕地も至って少なかったから、収穫高の四、五割という税率の貢納をすませると、あとには、再生産はおろか一家の生命保持に必要な最小限の食糧さえ残らぬようなありさまであった。そしてこのような状態であったからこそ、天草の農民たちは、現世では叶えられぬ幸福への希望を彼岸につないで、折から布教しつつあったポルトガル人宣教師やキリシタン大名などの話に耳をかたむけてキリシタンとなり、寛永十四年には、貧困にもとづくその信仰を炎と燃やして、いわゆる島原・天草の乱を雄々しくたたかいもしたのである。

島原・天草の乱のあと天草は天領とされ、代官に鈴木三郎九郎重成が来任したが、この人物がおこなった最大の事業は、あらためて検地をおこない、従来の石高算定を約半分の一万二千石に訂正してほしい——と幕府に訴えたことであった。前例のないこの訴えは当然ながら聞きとどけてもらえず、そこで重成は最後の手段として、石高半減の願書を再度幕府当局に差し出すと同時に、われとわが腹を掻き切って果てたのである。天領の代官は幕府の意思の直接の体現者にほかならないが、重成の提訴と切腹とは、その代官にして、天草農民の貧窮の根本原因が不相応に高い租税にあってそれ以外にないと認めていたことを、何よりも雄弁に物語っていると言えるであろう。

——ところで、このように租税だけでもすでに十分過重であったのに、天草は、さらにもうひとつ大きな問題をかかえていたと言わなくてはならない。それは、めぐりめぐっては租税とも大いにつながりがあるのだが、人口の増加という問題である。

当時の宣教師たちの記録によってみても、また幕府側の文書によってみてもあきらかなとおり、島原・天草の乱において幕府軍は、想像を絶する苛烈さでキリシタン征伐

——じつは農民虐殺をおこなった。そのために天草の人口は半減し、特に島原半島寄りの村々では人煙も稀れになり、山野を走る鳥けものの姿すら見かけなくなったという。そして、これではいけないと考えた幕府は、乱のおさまった翌年から、天領および九州諸藩へ強制的に人数を割り当てて天草への移民政策を採りはじめ、およそ五十年のあいだ続けたのである。

これだけならまだしも、徳川時代の中期以後、他国からの入島者がしだいに増加したことや、流罪地に指定されて江戸・京都の罪人が多数送りこまれるようになったこと、さらにキリシタン改めの制度がきびしくて離島がむずかしかったことなどから、天草の人口は加速度的にふえていった。統計によると、文久三年から明治三年に至る七年間の人口増加は殊にめざましく、平均して年間千三百九十三人という激増ぶりを見せている。むろん普通の土地であれば、人口の増加はとりもなおさず労働力の増加を意味し、それだけ生産高が上昇して、殊更に貧窮をうながすということはなかったであろう。けれども、自然の条件において恵まれていない天草では、人口の増加はただちに生産高の上昇にむすびつかず、かえって島民全体の貧苦をはげしくする結果を招いてしまったのだ。敷衍《ふえん》すれば、降灰その他で痩せた天草の田畑は、増加した分の労働力を投入してもそれに見合ったみのりをもたらしてくれないのであり、以前と何ほども違わない額の収穫物に増加人口もまた依存して生きることとなって、結局は天草農民のすべてを一層の貧困におとしいれてしまったのである——

明治維新という大きな社会変革が起ったとき、天草島の農民たちは、これで自分たちの生活が楽になると期待したものと思われるが、しかしその期待は空しく終わらなくてはならなかった。なぜなら、徳川幕府を打ち倒して成立したにもかかわらずいわゆる明治新政府は、それまで現物貢納だった租税を金納に変えただけで、その税率を実質的に下げる政策は何ひとつとして採ろうとしなかったからである。

当然天草の農民たちは、徳川封建制の支配した時代とほとんど変わらぬ生活に喘いでいなくてはならなかったが、しかし明治時代にはいって何ひとつ変わらなかったのかといえば、それはそうではなかった。たったひとつではあるが、徳川時代と大幅に違ってきた点があると言わなければ精確でない。それは、キリシタンにたいする禁圧が解けて宗門改めがなくなり、天草からの出島と帰島とが自由になったということである。

生産力の極度に低い土地に強制的に縛りつけられていた徳川時代にくらべたなら、出島・帰島を気ままにおこなえるようになったことは、たしかにひとつの自由の獲得であり、農民たちの一歩の前進だと評価しなくてはならないだろう。けれども、農民を収奪する社会的な構造の根本を少しも変えず、天草農民に以前と同じ貧困を強要しておきながら、ただひとつ、出島と帰島の自由だけを与えれば、そこから導き出されるものはおよそ想像に難くない。人びとはその貧しさを、いわゆる〈出稼ぎ〉によって個人的に解決するという方向に走って行かざるを得ないし、事実天草の農民たちは、こぞってそこにわが一家一族の貧困の解決を求めたのだった。

天草農民たちのうち男性は、長崎をはじめ主として九州一円に散らばってその労働力を売ったのだが、それでは女性は何を売ったか。子守だの女中だのといった家内労働に従事する者もあったが、それらの仕事は格別の技術や熟練を必要としない労働であるため、極めてわずかな賃金しか得ることができない。多くの天草女性のなかには、そのような労働にしたがって口減らしをしさえすればよいという者もあったが、なかには家が極貧で、もっと多額の金を入手しなければならぬという必要に迫られた者も少なくなかった。そして、彼女らもまた特別の労働技術も教養も身につけていないとすれば、売るべきものといってはその肉体よりほかにないではないか。

折しも明治時代の日本は、長かった鎖国の解けたという反動もあって、海外へ、海外へと出稼ぎ地が拡張されつつあった時であり、実際、日本内地よりも海外に出かけたほうが一攫千金《いっかく》の夢を実現しやすかった。加えて、四囲を海に囲まれ、中国大陸や東南アジアと距離的にも近い天草島では、海外へ出かけることに、本州の人間ほどの隔絶感を抱かなかったということもある。そこで、われとわが身を売ろうとする天草女性たちも、故国日本をあとにして、中国大陸へ、シベリアへ、そして東南アジアへと出かけて行ったのだ。すなわちここに、〈からゆきさん〉と呼ばれる一群の女性たち——天草島出身の海外売春婦が誕生したのである。

このようにからゆきさんの誕生は、天草の自然的な条件よりもむしろ徳川封建時代および近代日本の社会的な条件にその真因があるわけだが、そうだとすればからゆきさんという存在は、単に天草だけの問題ではなく、他の多くの地方の農民生活とそこから派生する女性の問題につながっていると言わなくてはならない。というよりも、もっと精確には、近代日本の女性全体、近代日本社会における女性存在そのものの問題につながっていると言うべきであるかもしれない。

いくつかの例を挙げてみるなら、そのひとつは東北地方を中心として生み出された製糸・紡績女工であり、また別なひとつはいわゆる越後芸者である。あらためて述べるまでもなく東北地方も北陸地方も、一年の半分近くを積雪が埋めるという土地柄であり、したがって農業生産における自然的条件は非常に劣っていたわけだが、しかし彼女らをそのような境涯に赴《おもむ》かしめたより大きな要因は、やはり社会的なものだったとしなければならないのである。

すなわち東北地方では、生産力の低かったことと租税の高かったこととが綯《な》い合わさって、徳川時代を通じて間引きや捨て子などの悪習を蔓延《まんえん》させ、現在も童子《わらす》河原《がわら》といったような地名にその痕跡を残している。明治時代に入ると、間引きや捨て子に警察の眼が光るようになった反面、製糸・紡績工業が興って女子労働者が必要になってきたため、徳川時代であれば当然間引かれる運命にあった東北農民の娘たちは、小学校を終えるとただちに都会に出され、それらの工場で働くことになったのである。女工勧誘人――すなわち女衒《ぜげん》が、工場には女学校もありお茶やお花も習えると好条件をならべ立てたのとはまるで逆に、その労働が「工場は地獄よ主任が鬼で　廻る運転火の車」であり、その生活が「籠の鳥より監獄よりも　寄宿ずまいはなお辛い」ものであったことは、もはや詳述するまでもないであろう。

一方、北陸地方の農民の貧しさは、積雪という自然条件の悪さに加えて、大地主制度が隙間なく張りめぐらされていたことと、親鸞の布教このかた浄土真宗の信仰が根づいていたことによって、さらに拍車がかけられていた。つまり、大地主制度によって土地が少数の地主に独占されていたことは、圧倒的多数の農民を不可避的に貧農または小作農たらしめ、その貧農・小作農たちのあいだにひろまった浄土真宗は、生命を大切にする宗教で間引きを罪悪として禁止していたため、いきおい過剰人口を招来することになった。そして北陸地方の農民たちは、その過剰人口を、男性は富山の薬売り・越後の杜《とう》氏《じ》・湯屋奉公といった出稼ぎ策で解決したが、女性の場合、雪白の肌を持った美人が多いということもあって、製糸・紡績女工のほか越後芸者という存在をつくりだしてしまったのであった。

　天草のからゆきさんをはじめ、多くの製糸・紡績女工や越後芸者など近代日本の底辺女性の出現が、彼女らの生まれた土地の自然的条件の劣悪さよりもむしろ社会的要因にもとづいているとすれば、それは、国家が有効な手だてを講ずれば未然に防ぐことができたはずだ。社会あるいは国家というものは、もともと、ただひとりでは経済的にも精神的にも生きて行くことのできない人間が、自分たちの生活保障を目的としてつくり出したはずのものだから、社会的な理由によって苦しむ人びとがあったならば、それを救済し問題を根本から解決することがその本来の役割だからである。

　ところが、徳川幕府もそうであったが、その徳川幕府を倒して成立した近代日本国家も、日本の底辺女性を救い、その底辺女性を生み出す農民の窮乏を根本的に解決しようとはしなかった。いや、それどころか近代日本の国家は、みずからを強大ならしめようとして企図したアジア諸国への侵略を実行するにあたって、彼女らを徹底的に利用したと言わなくてはならないのだ。

　徳川幕府は鎖国政策によって一国かぎりの太平を二百五十年近く守って来たが、しかし産業革命を終えて資本主義体制を確立した西欧列強の政治的・経済的および軍事的圧迫に対抗するために成立した近代日本国家は、それら西欧の先進資本主義に追いつくことをみずからの至上命題とした。終始在野の人であったとはいえ明治政府のイデオローグのひとりだった福沢諭吉は、明治十八年に書いた「脱亜論」において、日本はアジアの一員たることから脱して一日もすみやかに先進資本主義国の列に加わらねばならないと説き、そのためには「支那朝鮮に接するの法も、隣国なるが故にとて特別の会釈に及ばず、正に西洋人がこれに接するの風に従って処分すべきのみ」と主張するが、ここに近代日本国家の根本思想が端的に語られていると言ってさしつかえない。すなわち、福沢は婉曲《えんきょく》に「西洋人がこれ（アジア）に接するの風」と記すが、直截《ちょくせつ》に表現すれば、これは西欧諸列強のアジアならびにアフリカへの高圧的で仮借《かしゃく》のない植民地支配のことであり、日本もアジア諸国にたいして同様の態度を採らなければならないというのだ。

だが、明治中期までの日本は、富国強兵をスローガンにかかげて努力してはいたものの資本の本源的蓄積も十分ではなく、したがって国家的経済力も貧しく、国際的な発言力も弱かった。当然ながら当時の日本国家は、欧米諸国に太刀打ちしつつアジアの国々に植民地進出して行くことはできなかったが、しかし、だからといって進出をあきらめたわけではなかった。そしてそのような、一見して進退極まった状況において日本国家の採用した植民地進出の方法こそ、ほかならぬ底辺女性の徹底的な利用ということだったのである。

序章において取り上げた女衒の村岡伊平治は、『村岡伊平治自伝』のなかで、自分の手下の誘拐者やからゆきさんたちにたいして次のように言っている。――「女どもは、国元にも手紙を出し、毎月送金する。父母も安心して、近所の評判にもなる。すると村長が聞いて、所得税を掛けてくる。国家にどれだけ為になるかわからない。主人だけでなく、女の家も裕福になる。そればかりでなく、どんな南洋の田舎の土地でも、そこに女郎屋がでけると、すぐ雑貨店がでける。日本から店員がくる。その店員が独立して開業する。会社が出張所を出す。女郎屋の主人も、ピンプ（嬪夫）と呼ばれるのが嫌で商店を経営する。一ケ年内外でその土地の開発者がふえてくる。そのうちに日本の船が着くようになる。次第にその土地が繁昌するようになる。」

この言葉は、女衒の伊平治が自分の反道徳的な仕事を何とか合理化しようとしたものであるが、期せずして、福沢諭吉がその根幹を示した日本国家の植民政策の具体的な方法を説明している。すなわち近代日本国家は、政治的・軍事的に中国大陸や東南アジアの島々へ進出して行く力の弱かった段階において、まず、元手要らずの経済進出――からゆきさんを大量に赴かせるという方策を採り、そこから吸い上げた外貨を転用して富国強兵を遂行しようと考え、事実そのようにしたわけである。入江寅次著『邦人海外発展史』によるなら、明治三十三年度にウラジオストックを中心とするシベリア一帯の出稼ぎ人が日本へ送った金額は約百万円だが、そのうち六十三万円がからゆきさんの送金であり、また、「福岡日日新聞」の大正十五年九月九日付のからゆきさん探訪記事「女人の国」を引くと、島原の「小浜署管内の四ケ町村から渡航した……此等の女が、昨年中郷里の父兄の許へ送金したのが一万二千余円、全島原半島三十ケ町村を合すれば、昨年中だけで優に三十万円を突破してゐる」ということだが、貨幣価値の高かった明治・大正期に、これだけの外貨はどれほど日本国家の富国強兵策の推進に役立ったかしれない。

そうであってみればからゆきさんは、近代日本国家にとっては、西欧列強に政治的・経済的・軍事的にある程度対抗できるようになるまでは、何としても必要な存在であったと言わなければならない。だから日本国家は、良心的なキリスト教徒や広い意味での女性解放論者たちから東南アジア各地に駐在する領事官までが、海外売春婦の更生をはかり且つ売春斡旋業者を取締まってほしい——と繰返し要請したにもかかわらず、何ひとつ手を打とうとはしなかった。からゆきさんたちの更生策を考えることはもちろん、跳梁《ちょうりょう》する女衒たちの取締まりに力を入れようともせず、ましてや、からゆきさん誕生の母胎となっている農村疲弊の回復を計ろうなどとはしなかったのだ。そして、明治期が終わりに近づいて日本資本主義が一応の確立を見、さらに第一次世界大戦に漁夫の利をおさめて政治的にも経済的にもまた軍事的にも強大になり、西欧列強に辛うじて拮抗《きっこう》し得るようになってはじめて、海外売春婦の廃止令を出すのである。

しかも、その海外売春婦の廃止令にしてからが、わたしなどの眼から見れば、よくもここまでと嗟嘆《さたん》しないではいられないほど杜撰《ずさん》にして且つ苛酷な政策であった。——というのは、まず、東南アジア各地の領事官からの報告や要望をとおして、日本国家も大正初期には海外廃娼の決心を固めつつあったのだが、大正四年、日本が対華二十一箇条の要求を提出したことに抗議して全東南アジアの華僑が日貨ボイコット運動をはじめると、廃娼令の公布を控えたのである。中国人の日貨ボイコット運動はまことに徹底しており、おかげで東南アジア各地の日本人商店は廃業を余儀なくされる店が続出し、日本国家の外貨獲得策は危機に瀕した。そしてこのとき、日本国家は、暗黙のうちにからゆきさんたちの仕事を奨励し、彼女らの稼いだ外貨によってようやく危地を脱出したのだが、中国人からすればからゆきさんもまた日貨のひとつであるだけに、彼女らが普段にまして客の数を多くするには、そこに尋常ならざる努力が要請されたと見なくてはならないのである。

そうして日本国家は、在南華僑の日貨ボイコットという風浪の季節がやがて過ぎ去り、第一次大戦の戦勝国になったことで東南アジアにおける地位が安定するにおよび、ようやく廃娼令の公布に踏み切ったのだが、しかしからゆきさんたちに廃娼させるにあたって更生策の準備は何ひとつしなかったのだ。日本国家がおこなったことといっては、各地のからゆきさんたちを遮二無二帰国船に乗せて長崎あたりで放り出すことだけであり、廃娼後の身の立て方や故郷の家の生活については、全く手を差しのべてはくれなかった。だから、どうしても多額の送金をしなければならないからゆきさんは、日本官憲や日本人会の取締まりの手の及ばぬ未開地へ流れて行ったり、他の仕事に転ずることのできない老齢のからゆきさんには自殺したりした人もあるというが、これが日本国家が彼女たちに与えたたったひとつのプレゼント――海外廃娼令というものの実体だったのである。

ここまで見て来れば、からゆきさんという存在が近代日本国家の採ったアジア侵略政策の痛ましい犠牲者なのだということは、誰の眼にもあきらかであろう。わたしたちは、女性解放という立場から日本女性として最底辺の生活に呻吟《しんぎん》した彼女たちを追い求めて行くとき、真摯《しんし》にしかも深くまさぐればまさぐるほど、民衆や女性のことなど露ほども考えてくれなかった近代日本国家というものに突き当り、これと正面から対決せざるを得なくなるのだ。

――ところで、日本国家が形式的な海外廃娼令を出した大正中期から半世紀、第二次世界大戦の敗戦から数えても四半世紀たった現在、からゆきさんという言葉はもはや死語に近くなり、かつて中国大陸や東南アジアで売春生活を送った女性たちはいずれも七、八十歳で、その老残のいのちの灯は、ひとつ、またひとつと消えて行きつつある。けれども、天草や島原の山襞《やまひだ》や海べりにかすかに息をしている彼女らが皆無になっても、この日本からからゆきさんがいなくなったわけではない。

わたしたちは知っている――第二次世界大戦のときに、中国や東南アジア諸国へ侵略に出かけた日本の軍隊が、〈慰安婦〉と呼ばれる日本女性や朝鮮女性を一緒に連れて行ったのを。また、わたしたちは知っている――日本が第二次世界大戦に敗れてアメリカ兵を中心とする連合軍が進駐して来たとき、彼らに媚《こび》を売る〈パンパン・ガール〉が雨後の筍《たけのこ》のように簇生《そうせい》したのを。そしてさらに、もうひとつわたしたちは知っている――講和条約をむすんで独立国になったというのに、沖縄を含めて日本には今なお厳然としてアメリカ軍の基地が在り、その基地の周辺に群がってわれとわが身を鬻《ひさ》ぐ〈特殊女性〉が大勢いるという事実を。

日本人軍隊慰安婦が相手とした男性は外国人でなくて同じ日本人であったけれど、しかし海外に流浪してその肉体を売らねばならなかった点では、かつてのからゆきさんといささかも変わらなかった。いわゆるパンパン・ガールや現在の特殊女性は、からゆきさんのように遠く海外へ出かけて行きこそしないけれど、白人と黒人を含むアメリカ人――すなわち外国人をその相手にしているという点において、まさしく今日のからゆきさんにほかならない。

このような現代のからゆきさんにも、そのような境涯を人生の理想と観じ、みずから進んでそこに身を置いた者はおそらくひとりもいないであろう。彼女たちのひとりびとりを見るならば、愛する人に裏切られて自暴自棄になったとか、見知らぬ男に処女を奪われて絶望したとかさまざまな理由があるだろうが、しかし純粋に個人的な理由は少なく、大半は社会的な原因から売春に足を踏み入れざるを得なかったのだ。そしてその社会的な原因の根底に、貧困の問題がひそんでいるということは、これまでに出版された幾冊かの売春婦の手記集――大河内昌子編『よしわら』や五島勉編『日本の貞操』正・続などを一読しただけで、明瞭にうかがい知ることができるのである。

それでは、彼女たちをしてそのような歩みを余儀なからしめた貧困が何に由来しているのかといえば、それは彼女らおよびその家族の怠惰よりも、少数の独占資本家に厚く労働者や農民に薄い現代の日本政府の政策に起因している。――とすれば、現代のからゆきさん問題を根本から解決するためには、日本民衆の生活から、女性が身を売らねばならぬような貧困をなくすこと、そういう貧困を放置してかえりみない政府の更迭が必要だということになる。いな、それだけではまだ不十分で、もう一歩をすすめて、日本民衆にそのような貧困を不可避的にもたらす現行の国家や社会体制を変革し、真に民衆の意思を体現し得る社会を築かなくてはならない――とまで言うべきであるかもしれぬ。

そして、そのようにして根本的に貧困を克服することに成功するならば、それは、現代のからゆきさん――沖縄をはじめ日本全国に散在するアメリカ軍基地の周辺で春を売っている女性たちを無くすのみにとどまらず、日本の民衆女性全体を解放することにもなるのだ。なぜなら、アウグスト・ベーベルがその『婦人論』においてマルクスやエンゲルスの思想を体して言ったように、売春も含めて「女性問題とは、現在あらゆる人びとの頭を悩ませ、あらゆる人びとの心を動揺させている一般の社会問題の一面にすぎない」のであり、「それゆえ女性問題は、社会の対立をなくし、この対立から生まれる社会悪をなくすことによってのみ、はじめて最後的に解決されることができるのだ」からである。

——さきにも記したとおり、天草へのわたしの旅が終わってから、すでに四年の歳月が流れ去っている。この四年のあいだ、書きたいと思い、どうしても書かねばならぬと思いながらペンを執ることのためらわれたこの書物を、いま、ようやくここまで書いて来て眼を閉じると、ふたたびわたしの瞼には、あの崎津の町の天主堂があざやかに甦《よみが》えってくる。平べったい民家の屋根の上にひときわ高くそびえる暗灰色の尖塔と、その尖塔のいただきの白い十字架を映す鏡のように静かな海。そして、眼も綾《あや》なステンドグラスにかこまれた天主堂の内部には、祭壇の前に正座して石像のように身じろぎもしない老農婦——

わたしは本書の冒頭で、その老農婦の長く深い祈りの真意は、人間の原罪の消滅とかいったような観念的な希求にはなくて、窮極するところ、その貧苦の人生より救われたいという切ない願いにあり、そのかぎりにおいてからゆきさんと老農婦とは、同じ幹から分かれ出た二本の枝であると書いた。それぞれに骨身を削る辛労を味わった彼女たちが、その貧苦から解き放たれ、幸福とは言えないまでもせめて人並みの生活を享受することができるようになるのは、はたしていつのことであろうか。その日が現実におとずれて来るまでは、〈天草〉という文字を眼にし、〈からゆきさん〉という言葉を聞き、さらに〈女性解放〉という問題について語るたびに、わたしは、四年前の秋のある日、崎津の町の天主堂で出逢ったあの天草の老農婦の祈りの姿を、あたかも眼前にあるかのごとくに想起しないではいられないだろう——と思うのである。

サンダカン八番娼館あとがき

校正刷りを前にして、今わたしは、嬉しいと思うと同時に何となく淋しく、そしてまた一方で不安に駆られ、まことに複雑な気持を味わっています。というのは、出来映えはともかく自分の第三冊めの書物の出るのは嬉しいのですが、長年にわたって取り組んで来た〈からゆきさん研究〉にこれで一応のしめくくりをつけたのだと思うと、さすがに淋しく、そしてこの本の公刊が関係者に思わぬ影響を及ぼすようなことはないだろうか――と考えると、非常な不安にさいなまれずにはいられないからです。

本文の冒頭に記したように、わたしが天草下島でかつてからゆきさんだった老婦人と三週間あまりの共同生活をおこなったのは、一九六八年――今から四年前のことであり、その体験を綴った本書の原稿を書き上げたのは、それから二年後の一九七〇年のことでした。研究者であるからには、完成した原稿を発表したくない者はないでしょうが、にもかかわらずわたしがその原稿を机の抽出にしまいこみ、今日まで誰にも見せなかったのは、ふたつの理由によっています。ひとつは、わたしの心から、わたしは本当にからゆきさんの声を聞き取り得たのだろうかという自省の念が去らなかったこと、そしてもうひとつは、原稿発表によって、わたしのお世話になった多くの天草びとに迷惑がかかってはいけないと思ったことです。

しかし、それから二年後のいま敢えて公刊に踏み切ったのは、諸種の条件が大きく変わって来たからなのです。

まず第一に、近年いわゆるマスコミのあいだに一種の底辺指向が流行し、からゆきさんにもジャーナリスティックな照明があてられはじめ、わたしのところへも、どこで耳にされてか、からゆきさんについての資料を貸してほしいとか、からゆきさんだった女性を紹介してもらいたいとかいった連絡が多くなって来たことが挙げられます。このようななりゆきを見ているうち、わたしには、わたしの黙秘がどこまで有効か疑問に思えて来ましたし、なかには興味本位の記事もあるので、わたしは、からゆきさんの名誉のためにも、精魂こめて聞き取ったこの記録を世に出す必要があると考えざるを得なくなったのでした。

これに次いで第二に、わたしを受け容れてくれた老からゆきさん——おサキさんが、一年ほど前、わたしが一緒に生活させてもらった家から事情あって転居をし、外部の人には訪ね当てにくくなったことがあります。それに加えて第三に、おサキさんが昨今とみに弱って来られ、わたしとしては、せめて彼女の存命のあいだに、彼女の人生の記録を書物として贈りたいと、切実に思うようにもなったからです。

全体の構成は紀行文のようですが、わたしとしては、これでも研究書のつもりなのです。普通の研究書のように、主観や感情を表に出さずに書こうと思ったのですが、主題の性質および取材方法の特殊性から、どうしても紀行文のような構成を採るようになってしまいました。内容について言えば、些少のフィクションをまじえたほかはすべて事実を精確に記録してありますが、ただ、迷惑のおよぶのを避けるため、村名その他いくつかの地名を＊＊印を記して伏せ、人名はひとり残らず仮名を用いています。それでは戸籍簿にまで当った意味が半減すると言われるかもしれませんが、今日のところ、止むを得ない処置だとしなくてはなりません。また、おサキさんの現在の生活を映像面でも記録にとどめておくべく、わたしは天草へ三度目の旅を行ない、画家の山本美智代さんに撮影者として同道してもらいましたが、その折撮影した写真を発表することも、同じ理由から現在は見合わせておきます。

それから、特記しておきたいのは、ひとりびとりお名前は挙げませんが、おサキさんをはじめ多くの天草びとの善意ある協力です。それがなかったならば、わたしは、この記録を書くことはできなかったでしょう。その意味でこの一冊は、天草びととわたしとの共著と言うべきかもしれません。資料の面では、幾人かの天草びとから貴重な写真をお借りしましたが、これはすべて所有者にお返ししました。

「おサキさんの話」の部分を書くにあたって、天草弁について、天草出身の小説家・島一春氏に見ていただいたほか、本文中にもお名前を記した『娼婦——海外流浪記』の著者・宮岡謙二氏には、所蔵される数千冊の旅行記の閲覧と借出しを許していただき、そのおかげで記録に厚みを加えることができました。さらに臼井吉見先生には、お眼の悪いのに五百枚近い原稿を読んでいただき、出版の機会を与えてくださったことを、心から感謝したいと思います。そして最後に、夫ではありますが児童文化研究者の上笙一郎が、本書を書きあぐねているわたしに、構成その他について有益な助言を送りつづけてくれたことを、やはりここに書き止めておきたいと思います。

——なお余白を借りて、昨秋おサキさんから来た手紙を一通、ここに紹介しておきましょう。一字も読み書きできない彼女とわたしとのこの四年間の文通は、わたしが折にふれて何か送ると近所の人の代筆になる礼状が来るというのが普通だったのですが、今は彼女の隣家に住む小学生の女の子の代筆でかわされ、すでに五十通近くになりました。いや、手紙ばかりでなくおサキさんの方からも、乏しいふところを割いて、小女子《こうなご》やわかめ、石蕗《つわぶき》の茎の干したものなどを、わたしのところへ送ってくれています。そしてわたしは、このような四年間のふれ合いのなかで、今はもう心から、彼女を〈おかあさん〉と呼べるようになっているのです。

ここに引く手紙は、その小学生の女の子の代筆になる最初の一通で、他のどれよりも直截におサキさんの気持が出ているように思われるのです。

〈お金はいつもありがとうございます。わたしはぜんそくで、体がとてもよわくなりました。こんどの家も、こたつはないけれどおくらないでください。今の家は、わたしが前おった家ではなく、前いた家の＊＊＊＊＊です。

わたしは、あんたを子どものように思ってとも子といいますので、あんたも、わたしを、かあさんと思って下さいね。

わたしは四時からおきてあんたのことを、おだいしさまにもほかのかみ様にもいのっとりますよ。

わたしにできることはこのぐらいですが、いっしょうけんめいにいのっていますよ。

あんたもいろいろくろうはあるかもしれませんが、がんばって下さい。

それからこんどくるときは、いつですか？　こんどくるときは、よかったら子どもさんもつれてきて下さいね。

わたしはまっていますよ。

あんたも元気でいて下さい。

わたしは、サチコです。おばあちゃんは、おばさんのことを毎日いのっておられます。それから、またばあちゃんの家にもきて下さいね。

山川サキ（岡田幸子）より

九月一九日

山ざきとも子様〉

この本ができたら、わたしはそれを持って、とにかく天草へ行って来ようと思っています。これまでにわたしの知っているのは夏と秋の天草だけなのですが、今度出かけて行けば、はじめて晩春初夏の天草を見ることになるわけです。――わたしは、天草の海や山、そしておサキさんのもとに、早くも思いを馳せています。

一九七二年四月

サンダカンの墓

サンダカンの墓

めくるめく太陽がひねもす輝き、藍甕《あいがめ》の藍を流したように青い海が来る日も来る日もつづいただけに、ある朝めざめて水平線のかなたに淡い島影の浮かぶのを見つけ、しかもそれがわたしのめざすボルネオ島だと航海長から告げられたとき、わたしの胸は、ひそかに予想していたよりもはるかに大きく波立った。——ああ、遥かにたたなずくあの島影が、わたしがこの数年のあいだ行ってみたいと幾たびも思い、時には夜の夢にまでも見たボルネオなのか。そしてわたしは、それが本当にボルネオ島であるならば、そのどこかにキナバル山の姿が望見されるはずだと考え、船の前甲板に立つと、強く吹きつける潮風が髪を乱すのものともせず、遠い島影に瞳をこらさずにはいられなかった。

わたしが幾人もの人から繰返し語って聞かされ、まだ一度も見たことがないのに心では親しくなってしまっているキナバル山は、マレイシアはボルネオ島の北部にあって、東南アジアにおけるもっとも高い山である。標高四千七十七メートルというから富士山よりほんの少し高いだけだが、その姿と印象は富士山とまったく反対なのだという。すなわち、富士山がただひとつの山頂から左右均衡のとれた裾をなだらかに引き、常に雪の衣をまとって白く聳える麗峰なのに、キナバル山はといえば、大鋸《おおが》の刃のごとき七個のピークを屹立《きつりつ》させてうずくまった巨峰であり、しかも全山が角閃花崗岩《かくせんかこうがん》で樹木をほとんど生育させないため、あたかも前世代の爬虫類のような印象をあたえるというのだ。

そして〈キナバル山〉という名前は、マレー語で、〈中国の未亡人〉という意味だそうだけれど、そのような不吉な命名をされたのもまた、おそらくはこの山が、そんなにも魁偉《かいい》な風貌を呈していたからにちがいない。

わたしは、まばたきする間も惜しい思いで前方を見つめていたが、水平線のかなたにうっすらと浮かぶだけの島影からは、まだ、そのキナバル山を識別することはできなかった。昨夜まではさほどに感じなかった船足が、わたしには、今はもどかしくてならなかった。そして、思わず知らず、船よ、どうか全力を尽して速く進んでおくれ——と心のうちで念じてしまっていたのである。

そのようなわたしの思いにもかかわらず、わたしの乗った船の速度は依然としてそれほど速くなかったが、しかし数時間たって太陽が頭上に近くなった頃、水平線のかなたにたたなずく島影は、その中央部に、そそり立つ巨大な山巓《さんてん》の影をきわやかに示しはじめた。黒々と重なり合った山脈《やまなみ》からひときわ抜きん出たその巨峰は、幾つものピークを恐竜の背のように屹立させ、日本人のわたしの眼には、どう見ても鬼の棲処《すみか》としか感じられなかったけれど、しかしそのことは、その山が疑いもなくキナバル山であり、したがってその島影が確かにボルネオであることを証明するものにほかならなかった。そしてわたしは、あれこそがキナバル山なのだ、自分は遂に念願のボルネオへやって来たのだ——と思い、まるで雷にでも撃たれたようなおののきを覚えずにはいられなかったのであった——

——しかし、それにしてもわたしは、一体どうしてボルネオなどという赤道直下の島に向かい、奇怪な相貌を帯びたキナバル山という山を認めて心をおののかせたりしたのであろうか。一言にして答えるなら、それは、キナバル山の聳えるボルネオという島が——というよりもなお精確に言うならばそのボルネオを含む東南アジアの国ぐにが、日本女性史の研究を志すとともにアジア女性交流史に心を寄せるわたしにとって、ある抜き差しならぬ意味を持ってしまっているからである。

少しばかりさかのぼって説明しなければ分ってもらえないと思うのでそうするけれど——昨年わたしはある書店から、『サンダカン八番娼館』という奇妙な題名の書物を出版した。副題を「底辺女性史序章」と附したこの書物は、幕末から大正期にかけて日本全国より主として東南アジア一帯に渡った海外売春婦、いわゆる〈からゆきさん〉の生活を、そのひとりで今日九州の天草島に住む「おサキさん」の生涯を中心として記録したものである。

わたしが〈底辺女性史〉の〈序章〉として殊更に〈からゆきさん〉を取り上げたのは、彼女たちが「階級と性という二重の桎梏《しっこく》のもとに長く虐げられてきた日本女性の苦しみの集中的表現であり、言葉を換えれば、彼女らが日本における女性存在の〈原点〉をなしている」と信じたからであり、おサキさんの個人史を主軸にすえたのは、彼女がからゆきさんの典型《ぜげん》であると言ってさしつかえなかったからであった。そしてその彼女が、九歳のとき女衒に売られて十三歳で客を取らされ、青年期のすべてと壮年期の大半を異国の男に金で身を委せて過ごした土地が、ほかでもない、キナバル山の聳える北ボルネオのサンダカン市であったのだ。

わたしは、おサキさんの家に置いてもらって一緒に暮らした三週間のあいだに、彼女の口から、サンダカンという町の名とキナバル山という山名を幾たび聞かされたかしれない。そして、彼女の生涯を一冊の書物にまとめ上げる辛労な作業をつづける過程で、そのキナバル山のあるボルネオという島の名は、底辺女性史を追究するわたしにとって夢寐《むび》にも忘れることのできぬものとなってしまっていたのである。

けれども、ただそれだけであったならば、わたしは未だ、かつてからゆきさんがその悲しみの涙を落したボルネオをはじめ東南アジアの国ぐにを、実際に訪ねる旅には出なかっただろう。ところが、『サンダカン八番娼館』を出版して間もなく、わたしをして、何としてもボルネオへ、サンダカン市へ行ってみたい――という思いに駆り立てずには置かぬ事態が起こったのだ。

――それは、不思議にも、祖先の霊魂がその子孫の家に帰って来るとわたしたち日本人が信じ、その祖霊をなぐさめる行事のおこなわれる盂蘭盆《うらぼん》の一日であった。あまりの暑さについうたた寝をしていたわたしは、電話のベルの音に夢を破られ受話器を取ったが、耳に聞こえて来る男の人の声は、いきなり、「山崎さんですか。――木下クニの墓が見つかりましたよ！」と告げたのである。

瞬間わたしは、その意味を解しかねて絶句したが、すぐさまその言葉が、『サンダカン八番娼館』に登場する八番娼館の女将・木下クニの墓がサンダカン市で発見されたことを告げているのだ――と気づいた。そして、うたた寝の淡い眠りよりもはるかに夢のような事実を告げるその電話の声の主に向かって、わたしは、「写真を撮って来てくださいましたか？――今すぐ、見せていただきに上がります」と、うわずった声で答えていたのである。

『サンダカン八番娼館』を読んでくださった方にはあらためて説明する必要はないのだ

けれど、木下クニは、鬼のような娼館主が多いなかでただひとり温情をもってからゆきさんたちに接し、薄幸な彼女たちから慈母と慕われた女親方で、当時の東南アジア旅行記にはかならずと言ってよいくらいその名の記されている人物である。わたしがその個人史を聞書きした老残のからゆきさん――おサキさんは、この木下クニの経営する娼館で長い年月を送り、クニと母娘のような信頼で結ばれた間柄だったが、そのおサキさんからわたしが聞いたところでは、クニは生前自分の永眠の地はサンダカンと決め、海の見える丘の上を墓地として伐り拓き、香港から石を取り寄せて自分の墓を建てていた。いや、そればかりでなくクニは、自分の墓のまわり一帯を菩提《ぼだい》を弔う者とてないからゆきさんたちの墓所とし、毎年盂蘭盆会《え》がやって来るとその墓地に灯籠を何十となくともし、坊さんを招いて供養をおこなっていたともいうことである。

わたしは、おサキさんの話を聞いたときから『サンダカン八番娼館』を出版するに至る四年のあいだに、幾たびか、北ボルネオへ出かけるという人に、サンダカンのからゆきさん墓地の探索方を依頼した。おサキさんが母と慕った木下クニの日本の墓にはかつて詣でたことがあるとはいうものの、わたしは、クニがみずからその骨を埋めたいと願ったサンダカンの墓にも香を焚いてあげたいと思ったし、それ以上に、クニの墓の周辺に幾十となくならんでいたというからゆきさんの墓に、せめて花の一輪ずつでも供えてあげたいと思ったからだ。

しかし、半世紀に近い星霜は、彼女たちの奥津城《おくつき》どころそれ自体を不明にしてしまい、わたしが探索を依頼したどの人からも朗報を聞くことはできなかった。だからわたしは、からゆきさん墓地のかわりにと写されたモダーンなサンダカン市街の写真を見るごとに、おそらく彼女たちの墳墓の地は、サンダカン市の膨張のためにもはや取り払われでもしてしまったものにちがいない——と思い、ひそかに胸を痛めないではいられなかったが、そんなところへ、いきなり木下クニの墓発見の電話が入ったという次第だったのである。

その日のうちにわたしの逢わせていただいた電話の声の主は、木全《きまた》徳三さんという中年の男性で、U商事会社の社員としてラワンその他の木材を買付けるため、通算七年半をサンダカンに在住しておられるという方であった。その話されるところによると、日本から送られて来た新聞の書評でわたしの本の刊行を知り、サンダカンの名に惹かれ、シンガポール経由で本を取り寄せるとほとんど一気に読了した。そして、どこがかつての八番娼館の跡なのだろうかという興味もさることながら、からゆきさん墓地の記述に強く心を動かされ、それからは休日ごとに墓地探しをするようになったのだという。

　サンダカン市街の裏手には、華人系住民の専用墓地があり、日本軍戦没者のために作られた墓地もあったが、そこには木下クニの墓碑は見当らなかった。そこで木全さんは、『サンダカン八番娼館』におけるおサキさんの話や、わたしがその註に附しておいた各種旅行記のサンダカン日本人墓地の記述を丹念に読み、それにしたがって市街地背後の山腹を探すことにした。

　しかし、熱帯のボルネオではあらゆる植物がものすごい勢いで繁茂するので、常に使用されている道のほかはたちまち草木におおわれてしまい、市街地背後の山腹の小径も、その大半は猖獗《しょうけつ》をきわめる草木で埋っていた。やむを得ず木全さんは、マレー語でバンドウと呼ぶ大鉈《おおなた》を買い、独力ではむずかしいと考えたので同僚の菊島さんを誘い、かつて道だったらしい跡を見つけては鉈をふるって伐り開き、その小径の先に木下クニ等の墓どころがありはしないか——と探索に心を砕いたのであった。

赤道直下の太陽が赫々《かくかく》と照りつける山腹で大鉈をふるうのは、焦熱地獄にも等しい苦しみだったが、その苦しみを二日つづけても、なお目ざす墓地は見つからなかった。そうして三日め、華人系墓地に隣接した小径の跡を伐り開いていると、たまたま、華人系墓地の手入れに来ていた華人系住民の老人と出逢ったのである。華人系墓地の墓守だというその老人に、木全さんが「このあたりに日本人のお墓があるはずなんだが、もし知っていたら教えてほしい」と訊ねると、その老人は、「日本人の墓は見たことがないが、この山の上の方に、コンクリートで造った箱のようなものがある——」と知らせてくれた。

早速に案内してもらうと、なるほど、サンダカン湾を真下に見下す中腹の篠竹と羊歯《しだ》の丈なして繁茂するなかに、なぜかひと所だけそれらの背丈の低い箇所があって、そこにコンクリート製でたたみ半畳くらいの水溜めとおぼしきものが残っている。これを見た刹那に木全さんと菊島さんの頭にはひらめいた——『サンダカン八番娼館』のなかでおサキさんは、木下クニが墓の近くへ小屋を建ててセメントで水溜めを造り、樋で山から水を引いて、いつ誰が手ぶらで墓詣りに行っても困らぬようにしたと証言しているけれど、これはその水溜めの遺存であるにちがいない、と。そしてそうだとするならば、からゆきさんたちの墓は、この水溜めからきわめて近い距離にあるはずである、と。

ふたりは、高さ一メートルばかりあるその水溜めらしい物の上に立って、周囲を注意深く見まわした。湧きたぎるように繁茂した樹木や篠竹の緑のほかには何ひとつ眼に映らなかったが、樹叢の少し低くなったところに、たったひとつではあるけれどあきらかに植物でないもの——白い硬質な感じのもののちらちらするのが認められるではないか！　勇躍したふたりは、墓守の老人へのお礼の挨拶もそこそこに、渾身の力をこめて大鉈をふるい、それからおよそ一時間ののちには、木下クニのそれをはじめとする六基の日本人墓の前に立っていたのであった——

　木全さんの口からこの話を聞くと、わたしは矢も楯もたまらなくなった。永久に失われたものと思って諦めていたからゆきさん墓地が、わたしの書物を読んでくださった日本人の手で発見され、しかもその通知のわたしのもとへもたらされたのが、時もあろうに盂蘭盆会なのである。わたしは、不思議な思い——というよりもむしろ仏教で言う因縁に似た妖しい思いに打たれ、何としてでも彼女らの奥津城を訪い、ねんごろに香華《こうげ》を手向《たむ》けたいと考えずにはいられなかった。

　そしてそれからおよそ一年ののち、わたしは、機会を得てボルネオのサンダカンに向かって出発し、いま、そのボルネオの象徴ともいうべきキナバル山の山影を確認したのである。わたしがキナバル山を見て雷にでも撃たれたようなおののきを覚えずにいられなかった理由を、これで納得していただけたかと思うけれどどうだろうか——

　その翌日の午後、わたしの乗った船はサンダカンの港に入った。サンダカン港の波止場は、日本の地方の小港のそれを彷彿《ほうふつ》させる規模で、ただ、そこにもかしこにも枝葉を茂らせている樹木だけが強烈に南国を感じさせた。

　船から降り立ったわたしは、波止場のあちこちに視線を走らせて、木全徳三さんの姿を求めた。あれ以来、帰国されるごとに逢わせていただいている木全さんに、わたしはいよいよサンダカン訪問が実現の運びになったことを知らせ、彼からは「港へ出迎えます」という返事を受け取っていたからである。

しかし、どこに視線を走らせても木全さんの姿は見当らず、一瞬わたしが困惑をおぼえたとき、体格のがっしりした二十二、三歳の日本青年が歩み寄り、「――山崎さんですね。お迎えに上がりました」と言って微笑した。そして青年は、姓名を国本正男と名乗り、木全さんが会社の所用で急に日本へ行ってしまい、自分が墓地その他の案内を一任されていると告げ、静かなホテルを予約してあるからと言って、わたしを乗用車に乗せてくれたのであった。

気をきかした国本さんが車をゆっくり走らせてくれたおかげで、わたしは、車内から、サンダカンの街のようすを傍見することができた。市の中央部の道路は、メインストリートのみならず支路に至るまで実に幅が広く、しかもその中央分離帯と両側の歩道には木や草花が植えられている。そして道路を挟んでつらなる建物は、多彩といえばまことに多彩で、イギリス式のやや古風で瀟洒《しょうしゃ》なビルディングがあるかと思えばいかにもモダーンなそれがあり、また壁面の化粧もされていない市民住宅用のアパートがある一方、海べりには、昔ながらの高床式の水上家屋がかたまっていた。

イギリス風の瀟洒なビルディングは、かつてイギリス人の建てた商社のオフィスで、その看板文字には、有名なハリソン商事会社の名前も見えた。商店はその過半が華人系住民の経営で、米や豆などの穀類から肉・魚・調味料までを鋪道にはみ出すほど並べた食料品店、一九二〇、三〇年代の感覚の美男・美女の姿をショウ・ウインドーいっぱいに飾ってある写真館、「電髪理髪」「冷房完備」と漢字の札を二枚張りつけた美容院などが、文字どおり軒をつらねていた。日本ほどではないけれど自動車の数もかなり多く、商店や市民住宅の前にはかならず幾台かの乗用車が止っていたが、その車種に「トヨタ」のマークの圧倒的に多いのが印象に残った。

道を行く人たちに目を留めると、わたしたちと同じに肌の色の黄色い男女があり、国本さんの話では華人系住民であるということだった。そしてもっとも多く見られたのが肌の色の褐色な人びとで、これはマレー人・フィリッピン人・インドネシア人など東南アジアの元来の住民だということであり、白人はほとんど見当らなかった。どの人たちも、暑さなど知らぬげに足を運んだり買物をしたりしていたが、なかでもわたしが眼を惹かれたのは、客家《ハッカ》と呼ばれる華人系の女性労働者で、黒い縁どりとリボンのついた大きな帽子をかむり、炎天下に流れる汗を拭いもせず重い石や砂を運んでいる姿には、同性としての同情よりもむしろその逞しさに畏怖をおぼえた。

走る乗用車の窓からの瞥見《べっけん》なのでもとより深いことのわかるはずもないが、サンダカンの街と人の第一印象は以上のようなもので、総体としては、落ちついたなかにもある一種の活気が感じられたと言ってさしつかえない。あらためて述べるまでもなく北ボルネオは、十九世紀末にイギリスの保護領とされ、それから半世紀の余を植民地の痛苦に喘《あえ》いで来たが、一九六三年、二次大戦後のアジア・アフリカ諸民族を揺るがした民族独立運動の波に乗ってマレイシア連邦が発足するとその一員に加わり、政治的にも経済的にも文化的にもイギリス臭を一掃し、マレー人のマレイシアを創ろうと努力している。そういうナショナリズムの努力が、サンダカンの人びとのあいだに、わたしのような旅人にも直覚される一種の高揚した生活気分をかもすに役立っているのだろうか。

それはともかくとして、わたしたちの乗った自動車は、間もなくホテルの玄関に到着した。市街地の東のはずれ、山のふもとに建てられた煉瓦造りの小さなホテルで、植民地時代にイギリス人の建てたものを後に華人系住民が買い取って経営しているのだという。

そのホテルで数時間休息をとり、灼熱の太陽が西の山に入ってややしのぎよくなった夕刻、わたしは、国本さんに連れられてからゆきさん墓地へ向かった。乗用車で一度町の中央部へ出て、それから右折して山道にかかり、丘陵をひとつ越えたところでさらに右折し、曲りつつ続く緩やかな坂道を登って行くと、右手の丘に、地味だがなかなかスマートな小住宅がいくつもいくつも建っていた。現在はマレイシア政府の高級官吏の住宅になっているが、かつては、この地に来任したイギリス人たちが住んでいたのだという国本さんの話である。

わたしがおサキさんから聞いたところでは、旧植民地時代、政府の役人兼商社員としてこの地に来ていたイギリス人たちは、妻子を故国に置いて単身来任する者が多く、その寂しさを癒すため、現地妻ないしは妾《めかけ》としてからゆきさんを身請けするのが通例だったという。そしておサキさんも、十年近い娼館づとめののち、正式の名は不明だがおサキさんがミスター・ホームと呼ぶイギリス人の現地妻となっていたことがある。イギリス人の旧住居はおそらく何箇所もあるにちがいないから、この丘陵におサキさんが住んでいたとするのは早計かもしれないが、しかしわたしは、ついつい、おサキさんが住んでいたのはあのスマートな建物のどれだったのだろうか――と眼で訊ねてみないではいられなかった。

やがて山道の二岐《ふたまた》に分れる地点へ出、国本さんはその二岐の道を右に乗り入れたが、間もなくその道は乗用車も入らないほど細くなったので、わたしたちは車を降りて山道を歩きはじめた。――と、左手に樹木のきれいに伐り払われたひとつの山腹があらわれ、白い石室墓が何百と群集しているのが見えてきた。わたしは、それがからゆきさん墓地なのかと思ったが、国本さんはあれは華人系住民の墓地であると告げ、それから急にわたしを振りかえって、「こちらに入るんですが、足元に気をつけてください」と注意をうながしたのである。

先に立つ国本さんの入って行くのは、華人系住民墓地の前から右手の方角で、もはや道とは呼べないけれど昔はたしかに人の通ったとおぼしい痕跡のある草藪《くさやぶ》であった。傾斜が急なのに加えて足場が悪いので、草の茎やそれに混じる木の枝に縋《すが》りながら、ひと足、またひと足と登って行く。足の踏み場をあやまってころびそうになったこともあったが、わたしは、このすぐ上が墓地なのだと思うと息をつく間も惜しく、とうとうひと休みもせずに登りきったのであった。

「山崎さん、ここがお墓ですよ」という国本さんの若やかな声に、わたしは、高鳴る胸をおさえてあたりを見まわした。草藪の山道を登っているときには閉ざされていた視界がぱっと開け、眼下にはすでに陽が落ちたため濃紺色に見えるサンダカン湾がひろがり、そしてわたしの足元には大小幾基かの墓石の林立があった。――ああ、ここなのか、ここなのか、わたしがおサキさんから聞いたサンダカンの墓、南海の果てまで流れて来て異国の人にその身を鬻《ひさ》ぎ、ついに母国に帰ることなく非命に終わったからゆきさんたちの奥津城は！

時間をかけて丹念に歩いてみると、その墓地は、わたしが日本で聞いていたのよりもずっと大きな規模であった。それもそのはずで、国本さんの談話によれば、去年の夏に木全さんと菊島さんが発見したのは墓地の全体の五分の二ほどであって、その後、この地の日本人会の手で墓をおおう樹叢を伐り払ったとき、新たに倍以上の墓域が確認されたのだということであった。

山の斜面に作られたその墓地は、全体が五段に分れており、かつては下段から上段に登る通路があったのかもしれないが、今はすっかり失われて、わたしたちがしたように、いきなり最上段に出る以外に訪《おとな》う方法がない。大正五年にこの墓をおとずれた水哉《すいさい》・坪谷善四郎が『最近の南国』に記しているところによると、この最上段には「一棟の礼拝堂」が建てられ、「奥に日本出来の仏龕《ぶつがん》を安置」してあったというのだが、今はすでに失われ、木全さんたちの墓地発見の糸口となったコンクリート製の水溜めが残っているのみである。そして全五段の墓域のうち現在墓石の残っているのは、水溜めの残る最上段のすぐ下の段といちばん下の段だけであった。

いちばん下段の墓石は全部で十基ほどもあったろうか、明治四十年代の年記をもつ二基のほかは、すべて昭和期に入ってから建てられた老若男女の墓で、無事に立っているのはたったのふたつだけだった。あるものは横ざまに倒れて腐植土に埋まり、細くて丈長のあるものはふたつに折れて下の部分のみが立っており、またあるものは南国のこととて生長の速い広葉樹の根に抱きかかえられるように押さえられて、わたしが渾身の力をふるったのに小ゆるぎだにもしなかった。そして、うっかりすれば見逃してしまいそうな片隅に、丈なす羊歯類に埋もれて、表にお地蔵さまをレリーフし、裏に「木下輝彦・行年三歳・大正元年十二月七日没」と刻んだ小さな小さな地蔵墓が建っていたが、

発見された墓地にて

それがわたしには、不謹慎だと言われてしまいそうだけれどまことに美しく感じられた。

これにたいして第四段めには、合わせて六基の墓石が残っており、そのうちもっとも目立つのは、「無縁法界之霊」と刻まれた白い石碑で、高さはおよそ二メートル、他のものと比べてひときわどっしりと立っていた。裏にまわってみると、「熊本県天草郡二江村　木下クニ建之」と記され、側面には「明治四十一年七月」と彫られてあった。サンダカンの女親分と慕われた木下クニが、この地で没した日本人で身元のわからぬ人びとのために建てた供養塔である。

左隣りには、一本の石に「釈妙秀信女　俗名檜田マツ・釈良心信女　俗名工島ヒデ」

とふたりの名を刻んだからゆきさんのらしい墓石があり、そのさらに左には「法名釈最勝信女・俗名木下クニ」の墓碑があった。そして無縁仏供養塔の右のほうは、かつて日本人会の会長であり、からゆきさんたちに着物や櫛《くし》などを売った雑貨店のあるじだった門教丸《かどのりまる》と、雲南丸という汽船の船長の墓石があったが、わたしがもっとも感慨を深くしたのは、そのいちばんはずれに「釈喜法信士　俗名安谷喜代次・昭和十六年八月二十一日没・行年六十一歳」と記した灰白色の墓碑を見出したことであった。

『サンダカン八番娼館』に詳しく述べておいたけれど、安谷喜代次は島原半島の出身で、この地で椰子園を営んだいわゆる南洋成功者であって、おサキさんの親友のからゆきさんおフミさんと恋仲となり、彼女に松男という男の子のほかもうひとり女の子を生ませた男である。わたしは、かつて天草島に松男さんを訪問したときをはじめ折りあるごとに安谷の安否を訊ねて来たのだが、その生死のほどは杳《よう》として不明であった。——が、その安谷もまた、からゆきさんたちの慈母・木下クニのかたわらに永眠していたのであったか。

しかし、わたしが奇妙だと思ったのは、全部で五段の墓地に、墓碑が以上の十五、六基よりほかにひとつとして無いことであった。わたしが書物から得ていた知識のかぎりでは、木下クニが私費を投じて作ったこの墓地には、非命に倒れたからゆきさんたちの墓が百基あるいはそれ以上もあるはずなのだが、それらしいものがどこにも見当らないのである。国本さんとわたしとは、数ヵ月前きれいに刈り取ったというのに早くもわたしたちの腰の高さにまで伸びている萱《かや》と羊歯をかき分けて、ここかしこと彼女たちの墓じるしを探し求めた。

──と、三段めの草藪をかき分けていた国本さんが突然に声を挙げてわたしを呼び、「──ここを御覧なさい、山崎さん」と言いながら、蕨に似た羊歯の根を張る地面を指さした。見るとそこは、長さ一メートル半ばかりの楕円形をなして、土地がわずかに隆起しているのである。そして、そのつもりであらためて周囲を眺めてみると、同様な隆起がいくつもいくつも在るではないか。

わたしと国本さんは、無言のまま同時に顔を見合わせた。この有るか無しかの土地の隆起──うっかりしていれば誰だって気づかぬであろうこのわずかな隆起が、わたしたちの求めるからゆきさんの墓の痕跡なのだと理解したからである。かつては盛土ももっと高く、その上には一本の白木の墓標が建てられていたのだろうが、半世紀の歳月はその木標を朽ち果てさせ、盛土をも風化させてしまったのだ。

その朽ち果てて影もとどめない木の墓標には、その墳《つか》の主である女性の出身地を示して〈天草・島原〉の文字が多かったであろうし、またその享年を、〈行年十八歳〉とか〈行年二十歳〉と記したものも少なくなかったと思われる。彼女たちが若くして死んだ直接の理由は、風土病をはじめとしていろいろあったにちがいないが、しかし根本の原因は、彼女たちの余儀なくされたからゆきさん生活にあったとしなくてはなるまい。逢《おう》魔《ま》が時とも大凶時《おおまがとき》とも言われる黄昏《たそがれ》のしだいに迫って来る時刻でもあり、わたしには、丈なす萱や羊歯の風になびいていっせいに葉裏をひるがえすのが、からゆきさん生活とそれを自分に強制した者にたいする彼女たちの声なき抗議と感じられてならなかった。

わたしは、この日のためと思って日本から持って来た水筒の水を木製の小さな柄杓《ひしやく》に入れると、累々《るいるい》とつづくからゆきさんたちの風化した墳《つか》に、ひと雫《しずく》ずつそそいで歩いた。

おサキさんの仲間だった薄幸な女性たちの魂よ、この異国の荒涼たる風物のなかに一輪の花を捧げてくれる人もなく放置されて、どんなにか日本へ帰りたかったでしょうね――と心のなかで話しかけながら。そしてまた、さあ、これは日本から持って来た水なのですよ、これでわずかに懐郷の渇きをうるおしてくださいね――とも彼女たちの魂魄《こんぱく》にささやきながら。

しかしながら、彼女たちの墓に水をそそぎ終り、ふたたび上段に登って、無縁からゆきさんの墓や木下クニの墓にも水を手向けようとしたとき、わたしは、そのような甘い思いを微塵に打ち砕かれなくてはならなかった。というのは、無縁からゆきさんの墓をはじめすべての墓が、サンダカン湾の方を向いて――つまり日本に背を向けて建っているのに気づき、その事実に、彼女たちの本心を聴いたように思ったからである。

わたしは、世の常識というものに従って、もしも霊魂というものが本当にあるとするならばだが、異国に朽ち果てたからゆきさんたちの魂も祖国日本に帰りたがっているにちがいないと考えて来たのだけれど、しかし本当のところ彼女たちにとって、祖国とは一体何者であったのか。

彼女たちが日本をあとにしたのは、女衒に欺かれたということもあろうけれど、実はその家の貧しさと差別される性である故に日本社会から弾き出されたからであった。故郷と肉親にたいするひとすじの愛情からわが身を鬻いだ金を送りつづけはしたものの、彼女たちにとってその故郷も肉親の家も安住の場所ではなかったことは、『サンダカン八番娼館』に取り上げたおシモさんの例が雄弁に語っている。とすれば、彼女たちにとって日本とは、人生の基本となる幼少期をすごしたところとして心情的には懐しいけれど、しかし本質的にはむしろ憎悪すべき対象だと言わなくてはならない。したがって、彼女たちが心から憩うことのできるのは故国日本ではなくてこの異郷サンダカンであり、そこで木下クニは日本へ帰ろうとせず、生前にみずから作らせた墓石を日本と正反対の方角に向けて建て、他のからゆきさんたちのそれもまた、同様の方角を向いて建てられることとなったのではなかったか。

わたしには、寄るべを持たぬ無数のからゆきさんたちの霊のために建てられた墓のサンダカン湾に臨み日本に背を向けている姿が、祖国日本にたいする彼女らの固い拒絶のように感じられた。そしてわたしは、限りなく淋しい気持——そのひときわ高い無縁仏の墓石を抱きしめて泣きつくしたいような思いにひたされ、もはやうっすらと夕闇が迫り、空には洗い出したように南の星々がまたたきはじめたというのに、いつまでもその場を動くことができなかったのであった——

翌日、わたしは国本さんの案内で、サンダカンの町を歩いてみた。メインストリートを市街の隅から隅まで歩いても三十分とかかりそうもない港町のことなので、町のめぼしいところを見物するのには午前中だけで十分だった。

わたしがもっとも行ってみたかったのは、当然ながらサンダカン八番館——木下クニが経営し、わたしが人生の達人と尊敬するおサキさんが娼婦をしていた娼館の所在地であった。遠い昔のことではあり、八番館の建物がそのままに残っていようとはもとより思いも寄らないが、かつてからゆきさんのひしめいていたという街を確かめ、せめて八番館の跡になりと立っておサキさんたちの不幸な青春を偲びたいと思ったからである。

国本さんの奔走で、その昔いわゆる花街《かがい》だった場所は、波止場に隣接した市場からさして離れていない三番街らしいとわかったけれど、しかし八番館がどこにあったかは不明だった。わたしの訪ねた三番街は、一階を店舗とし上階を住宅とした四階建のビルディングが建ちならんでおり、わたしがおサキさんから聞いたような木造二階建、煉瓦壁に赤く塗ったトタン屋根の家など一軒もない。幾軒かの商店に入って行って訊いてもみたが、いずれも二次大戦後に移り住んだ人びとであって、八番館の所在地を突き止めることはついにできなかった。

八番館の在った場所を確認できなかったわたしは、その午後、小さな漁船に便乗させてもらって、サンダカン湾に浮かぶタンジュアル島へ渡った。わたしがサンダカンにおいて訪うべき所は、からゆきさん墓地と八番娼館跡の二箇所のほかにないのだが、一応ではあるにせよその務めをはたしたからには、ついでにもうひとつ、安谷喜代次の椰子園跡を見ておきたいと考えたのだ。

タンジュアル島は全島椰子樹におおわれた美しい島で、入江に入ると向こうに粗末な水上家屋が見え、その近くで、裸体の子どもたちが玩具のような小さな舟をあやつっていた。わたしは一瞬、時間の旅人として原始の時代に降り立ったような気分を味わわないではいられなかった。

船着場に着いたわたしは、そこでかつての安谷椰子園のありかを訊ねたが、近来の人ばかりで知っている者がなかったので、草のあいだに切株や倒木などがごろごろする椰子林の下道を歩いて村へ向かった。――が、ありがたいことにわたしは、村の入口にあった最初の家で、おそらくはまたと得られぬにちがいない老人夫妻にめぐり逢うことができた。というのは、高床式のこざっぱりした家の前で木をいじっていたマレー系の老人を見かけたので、「むかし、安谷という日本人が持っていた椰子園は、どのあたりだったか知らないだろうか？」と訊ねたのに、その老人が「知っているとも、わたしはそのヤスタニのところで働いていた」と答えたからである。

わたしが、日本人であって安谷ゆかりの者だと言うと、その老人——タンジュアル島の村長をつとめるK・パイマン老は、非常になつかしがってわたしたちを部屋へ通し、ルビンガ夫人を呼んでお茶を接待してくださった。

パイマン老の話によると、安谷喜代次はこの島に四百エーカーの椰子園を持つ椰子園経営の第一人者で、彼パイマン老は、一九二七、八年頃から安谷が亡くなる一九四一年まで、安谷椰子園の苦力頭《クーリーがしら》をつとめていたのだという。そして安谷は太平洋戦争のはじまる直前に不幸にも病没、安谷夫人は華人系マレイシア人の金持として知られるマンモルウなる人物に椰子園を売ったが、日本敗戦の日まではなおここに住んでいたということである。

わたしには、パイマン老の口から洩れる話はどれも新鮮に感じられたが、しかしながら、わたしが転倒するほど驚いたのは、彼が木下クニと面識があり、八番館の精確な在所を知っていたことであった。

そのことがわかったのは、わたしが、安谷にはサンダカンにおフミさんという馴染の娼婦がいたはずだが、耳にしたことはないか——と質問したのが糸口であった。パイマン老は、「そういえばヤスタニには、名前は忘れたが好きな娼婦がひとりいて、頻繁に逢いに行っていた。今はモーターの附いた船でほんのひとまたぎのこのタンジュアル島からサンダカンまでを、昔は帆船で一日近くもかかったが、ヤスタニは本当によく通ったなア――」と答え、それから思いついたように、「実は自分たちも、この島へ来る前は、ヤスタニのよく通った花柳街でコーヒー・ショップを開いていたのだ」とわたしたちに告げたのである。

びっくりしたわたしがあれこれと質問をして聞き出したところでは、パイマン老夫妻は、一九二二、三年頃からサンダカンの娼婦街で――しかも木下クニの八番館のすぐとなりで、コーヒー・ショップを経営していたということである。はじめわたしは、あまりの偶然に、老人がわたしを満足させるために嘘を言っているのかと思ったが、しかし彼は、「キノシタ・おクニさんは体の細い人で、年は六十以上だったろう」と言い、また「顔にはひとつ黒子《ほくろ》があって、その黒子に長い毛がはえていた」と、実際に逢った人でなければ知りようのないことを証言するのだ。

こもごも語る老夫妻によれば、キノシタ・おクニさんは有名なマスターで、誰にでも親切にするとても立派な人だったという。彼女の店には日本人の女が、七、八人のほか、御飯を炊いたり掃除をしたりする女の子もいた。おクニさんは自分の家の客がマレー料理を食べたいと言うと、その客をつれて店に来てくれたし、女たちだけでもしばしばコーヒーを飲みに来てくれたが、名前はおクニさんのほかはもう忘れてしまった。自分たちには子どもがふたりいたが、おクニさんはまるで自分の孫のようにかわいがってくれ、子どもたちは毎日のように八番館へ遊びに行っていた――ということである。

そして老夫妻はわたしが是非とも八番館の在った場所を教えてほしいと頼むと、「あのあたりも戦後すっかり変ったから、その場所を確実に知っているのは、今ではもうわたしたちだけだろうよ――」と言いながら、紙片に略図を描いてくれた。かつての娼館街に立ちながらどの地点であるかは不明であった八番館跡が、原始のおもかげを残すこのタンジュアル島で突き止められたことが、わたしにはどうしても、ただの偶然によるものとは思われなかったのであった——

タンジュアル島を訪ねたおかげで貴重な情報をつかんだわたしは、ここもむかし安谷椰子園だったという一区域をそぞろ歩くと、例の小さな漁船でサンダカンへ取って返した。そしてふたたび三番街へ出ると、パイマン老の描いてくれた略図を頼りに、華人系マレイシア人の経営する商店連合体とでもいうべきサンダカン客家会の建物を探したのである。

めざす建物はすぐに見つかったが、それは、国本さんとわたしとが午前中に幾度もその前を往き来した白っぽいビルディングであった。上階は住宅になっている四階建のその建物の一階には、電気屋・洋服屋・本屋・酒屋などが並列しており、パイマン老の略図では、その左端から数えて四軒め、薬局の在るところが八番館の跡となっていた。

その薬局は、「婆羅州薬房」と白地に赤く書いた大きな看板を出しており、医薬品をあつかう店らしくいかにも清潔な感じだった。店内には、近代的な医薬品とともに漢方薬らしいものをならべ、治療室の標示も見られたところからすれば、簡単な診療もするらしく思われた。パイマン老の語ってくれた八番館の外観は、赤い屋根にクリーム色の壁、それに緑色の窓枠を備えた二階建で、道路に面したドアから直接に二階のベッド・ルームへ上がれるようになっていたということだが、今わたしの目前にある近代的な薬局からは、かつてここにそんな娼館があったなどとは想像もできない。

しかしながら佇立《ちょりつ》するわたしの眼には、その近代的な薬局の構えと重なり合うようにして、少し汚れたクリーム色の壁、窓枠の緑色の剝げかけた二階の部屋などがありありと映り、少しばかり開いた二階の窓に着物を着た若い女の白い顔の動くのさえも見えるのだ。そしてその窓から見える若い女の横顔には、おサキさんの遠い日の面影が宿っているようにも思われれば、また、わたしが写真で会ったおフミさんやおヤエさんのそれが垣間みられるようにも思われたのである。

わたしの胸は、張り裂けんばかりに高鳴った。今おサキさんをサンダカンへ連れて来て、ここが八番館の跡なのだと言ってもおそらく本当にしないだろうけれど、此処《ここ》こそが、おサキさんのかけがえのない青春が踏みにじられた場所なのだ。此処こそが、南国の星の美しくまたたく夜ごと、あのおサキさんが、幾人もの見知らぬ異国の男たちに犠牲として供せられたその祭壇であったのだ。そう思うとわたしは怺《こら》えきれなくなって、とうとう両の眼から、生あたたかい雫を滂沱《ぼうだ》と舗道にしたたらせてしまったのであった――

つぎの日もう一日だけいて、その翌日、わたしはサンダカンを離れることにした。しかし、幾年越しにあこがれつづけて来てやっと訪問できたサンダカンに、たった二日半でわたしが別れを告げるのは、それだけの滞在でこの北ボルネオの港町に倦いてしまったからではない。そうではなくて、逆説的な言い方を敢えてするなら、わたしはサンダカンをもっと深く知るために一日も早くサンダカンを発ち、シンガポールへ行こうと決心したのである。

すでに述べたとおり、サンダカンという北ボルネオの港町がわたしにとって意味を持つのは、〈からゆきさん〉と呼ばれた日本人海外売春婦の存在が絶対の契機となっているわけだが、そのからゆきさんの最大の市場は何といってもシンガポールであった。そこへ行けば、からゆきさん問題でこれまでわたしの知らなかった側面がきっと把《つか》めるにちがいないし、そしてそのことは、おサキさんやおクニさんをはじめとする多くのからゆきさんが哀史を刻んだサンダカンを、このわたしが、より深く知ることにもなると言わなくてはならぬであろう。それでわたしは、わずかな日数でサンダカンを離れることにしたのである。

国本さんに送られてわたしの乗った飛行機は、サンダカン市街の北のはずれにある名ばかりの空港から、白日を浮かべてどこまでも蒼い空へ飛び立った。そして、わたしがサンダカンをめざしたときには海から高く仰ぎ見たキナバルの巨峰を、今度は眼下はるかに眺めながら、一路、西へ西へと天翔《あまが》けて行ったのであった——

シンガポール花街の跡

シンガポールへ着いたわたしが、かねて予約してあったオーチャード・ロード沿いのマンダリンホテルへ入ってまずしたことは、案内人を依頼するための電話であった。サンダカンには木全さんと国本さんという親切な人がいてくれて、わたしはその指示にしたがっていればよかったのだが、シンガポールには当然ながらそのような人はおらず、適当な案内人を得ることなしには動きがならない。そして、たまたま東京を発つ前にある知人より、「友人が小さな観光案内の事務所を開いているから、そこを訪ねてごらんなさい」と言われていたので、そこへ電話をしてみたのであった。

幸いにも、その観光案内事務所の主《あるじ》――わたしが知人から紹介された太田良一さんは在所しており、わたしが知人の名を告げて依頼のおもむきを述べると、数時間後、わざわざホテルへ訪ねて来てくれたのである。あらわれた太田さんは、年の頃およそ五十五、六歳、ゆったりとした調子で話す日本語によどみはなく、その顔立ちもあきらかに黄色人種のそれだったのだが、しかしわたしが、その容貌や表情のどこやらに、何となく純粋の日本人らしからぬものを感じたのはなぜであったか――

わたしは太田さんに向かって、わたしがこのシンガポールで見たいのは、一般の観光客がこぞって見にゆくようなところ――たとえばラッフルズ広場とかジョホール・バルとかではないのだと話し出した。『サンダカン八番娼館』の取材のときには研究者という身分を最初から最後まで隠しとおしたのだが、わたしは、一応の知識人らしい太田さんにたいしては、むしろ正直に話して助力を乞うたほうがよいと考えたからである。そして、自分が女性史研究を志す者であることと、この旅がからゆきさんを追ってのそれであることとを告げ、さて、言葉の終りを次のように結んだのであった。――「そういうわけですので、太田さん、あなたがもしその場所を御存知でしたら、どうぞ、むかしの日本人花街《かがい》の跡へ連れて行ってくださいますように。俗に〈ステレッ〉と呼ばれた日本人花街の跡は、すっかり変ってしまったそうですけれど、数年前にこのシンガポールを訪ねた人の話によると、たしか一箇所だけ、入口か窓かにかつての娼館の欄干《らんかん》を残している建物があるということです。せめてその欄干だけでも、この眼でしっかりと見ておきたいのです！」

すると太田さんは、「お若いのに、〈ステレッ〉なんぞという言葉を、よく知っておられますね」と言い、それから言葉を継いで、「日本人花街の跡がすっかり変って手摺《てすり》しか残っていないなんて、誰があなたに言いましたか。日本人花街だった建物は、今でも昔のまま残っていますよ。――もっとも、今のシンガポールは、日本人ばかりでなく中国人でもマレー人でも戦後に来た人が多いから、どこがその昔の日本人花街だったか知ってる人は、それほど多くありませんがね」と言うのである。東京であつめた情報によって、日本人花街はすでに跡形もないと信じきっていたわたしは、その言葉にびっくりして、思わず、「日本人花街だった建物が今も残っていると、どうしてあなたにわかるのですか？」と訊き返さずにはいられなかった。

太田さんは、ポケットをまさぐって煙草を取り出し、一本を口にくわえると、「たしかに、どうしてわたしが知っているのかと言われるのも無理はないですな――ここの日本人花街は、大正時代の半ば頃にはもう廃止になっていたわけですからね」と答えた。そして煙草の煙をふうーと吐き出し、しばらく間を置いてから、「たいていの人が知らない日本人花街の跡をわたしが詳しく知っているのは、実を言うと、わたしがその町の近くで育った者だからですよ」とつづけたのであった。

煙草をふかしながら太田さんが語ってくれたところを綜合すると、彼は大正六年にこのシンガポールで生まれ、母親は日本人だったが父親は中国人で、職業は鉱石類をあつかうブローカーであった。東南アジア一帯の華人系住民は、同系の人びとだけでひとつの町を形成して住む傾向を持っており、シンガポールにおいても、古くから華人系の人びとばかりの住む一画があった。太田さんも幼少時を、その華人系の人びとの住む区域――いわゆるチャイナ・タウンで過ごしたのだったが、そのチャイナ・タウンがかつては日本人花街と隣接しており、そのため彼は、知る人の少ない日本人花街の跡を知っていたのである。そしてなお付け加えておくなら、大正中期の廃娼断行から五十五年、二次大戦の敗北からでも二十八年の歳月がたった現在では、華人系住民の居住区域は膨張に膨張をかさねて、かつての日本人花街もすっかりチャイナ・タウンに呑みこまれてしまっているということであった。

わたしは太田さんの話を聞くと、シンガポールに着くや否や最適の案内人に出逢ったらしいことに気づき、その幸運に感謝したが、しかし彼の話には、いまひとつ、わたしの注意を惹くものがあったと言わなくてはならない。それは、彼がチャイナ・タウンにおけるみずからの生い立ちを語ったとき、自分が音楽好きなのは、長崎県南松浦郡の出身で、有名な長崎市丸山町のさる料亭に長くつとめていた祖母が、三味線を得意としていた影響らしいと言ったことと、彼が中国人だというその父と一緒に暮したことがないらしい口ぶりとであった。すなわち彼は、普段は母および祖母とともに生活していたのであり、時たま〈父の家〉に招かれ、そこの奥さんや子どもたちと会食することがあった――そういう少年時代を送ったのだと言うのである。

煙草を燻《くゆ》らしつつ問わず語りに語られる太田さんの生い立ちを聞きながら、わたしは、胸の内で思わないではいられなかった――彼の母親ならびに祖母はもしかするとからゆきさんではなかったか、と。

あらためて記すまでもなく長崎県は、天草島を持つ熊本県とならんでからゆきさんをもっとも多く出した県であり、また長崎市の丸山は、江戸時代からヨーロッパ諸国にまでその名を知られた遊廓である。そういう長崎県の出身で丸山遊廓にいたことがあり、しかもその晩年はといえばシンガポールで娘の世話を受けていたというひとりの女性。そしてその娘であって、どのようにして結ばれたのかは知らないけれどシンガポール在住の中国人商人と関係を持って子どもを生み、おそらくはその経済的援助でチャイナ・タウンに暮していたというもうひとりの女性。これだけの条件がそろっていれば、わたしならずとも彼女たちを、からゆきさんという美しくも悲しい名で呼ばれる日本女性ではなかったか――と推測せずにはおられぬであろう。

彼の祖母および母親についてわたしがこのように思ったとしたら、太田さんはわたしの非礼を叱責されるかもしれない。しかしながら、からゆきさんの跡を追って歩くこの旅で、ほかならぬからゆきさん——しかも母子二代にわたるからゆきさんの忘れ形見と思われる人にめぐり逢い、その人の案内で彼女たちの血と涙の跡を訪ねることになったというのは、考えてみれば不思議である。そしてわたしは、神秘主義者ではないというのになお、太田さんの祖母や母親をはじめ数知れぬからゆきさんたちの魂の導きのようなものを、ひしひしと心に感じたのであった——

つぎの日の午前、迎えに来てくださった太田さんにうながされて、わたしはマンダリンホテルを出た。太田さんは夫人が経営しているというレストランの自動車を用意してくれたので、それに乗って市内に入ったが、シンガポール川のあたりまで来たとき、わたしは、町を見たいからとわがままを言って停めてもらった。そして、太田さんが「あれがシンガポール国の議事堂、あのあたりがクイーン・エリザベス遊歩道ですよ——」などと説明してくれるのを聞きながら、徒歩でいわゆるチャイナ・タウン——すなわち旧日本人花街へ向かったのである。

その道すがらに眺めるシンガポールの町は、なるほど、日本で遥かに聞いていたとおり〈人種の博覧会〉にほかならなかった。イギリス人もしくはアメリカ人らしい白人が長身で足早に去って行くかと見れば、インド人とおぼしい褐色で端整な顔をした女性がサリー姿でゆっくりと歩いて来るし、また中国人とみえて、わたしと同じ皮膚の色と顔立ちでありながらわたしには一語も理解できない言葉を交わしつつ群れて来る人びともある。そしてわたしたちの歩行につれてつぎつぎと出現する建物には、西欧十九世紀ふうの落ちついたビルディングもあれば西アジアへ来たのかと錯覚してしまいそうな回教寺院もあり、さらに仏教寺院や中国式の霊廟《れいびょう》までもあるのだ。わたしは、外来文化をすべて和風に馴化《じゅんか》して来た日本とくらべてみて、多民族国家とはいいながら、それぞれの民族系の人びとがかたくななまでに独自の宗教や生活慣習を守っているシンガポールに、一種の驚きをおぼえないではいられなかった。

周知のごとくシンガポールは、一九六五年にマレイシア連邦から離脱して独立国となったが、それまでのおよそ百五十年間、大英帝国のアジア植民地支配の根拠地たらしめられて来た港市である。現在ラッフルズ広場に銅像として立っているスタンフォード・ラッフルズが、インド洋と南シナ海との接続を扼《やく》するシンガポール島に眼をつけ、一八一九年二月六日、ジョホール王から約三万スペインドルで買収したのを第一着手に、イギリスはこの島を直轄の〈海峡植民地〉とし、経済的にも軍事的にもアジア支配における最重要の拠点とした。そして、以前は数百人の原住民が生活しているにすぎなかったこの島は、ヨーロッパ諸国の東南アジアおよび東アジアにおける植民地支配が進むにつれて繁栄し、ほかならぬその植民地支配のために母国で暮すことのできなくなったアジア人やアフリカ人が労働者として流入して来て、ここに〈人種の博覧会〉としての港市シンガポールが誕生したのである。

およそこの地球上におけるありとあらゆる人種が居住しているなかにあって、もっとも多数を占めているのは、いわゆる中国人――精確に言えば華人系の住民である。東アジア地域においてもっとも広大な土地と人口を擁していた中国は、西欧列強の植民地争奪戦のつづく過程で必然的にはげしい階層分解にみまわれ、数えきれぬほどのルンペン・プロレタリアを海外にさすらわせざるを得なかったが、彼らの過半は距離的に近いということもあってシンガポールおよびその近辺に定住、そのことが華人系住民の首位を占める結果を導いたのであった。

聞くところによると、現在、シンガポール政府の閣僚は、総理大臣以下十三人の大臣のうち十人までが華人系であり、また経済の根幹をなす第三次産業——特に中継貿易の主導権を握っているのも、同じく華人系に属する人びとであるということだ。このような歴史的背景においてみるなら、今わたしを案内してくれている日華混血児としての太田さんの存在にしてからが、その父たる中国人が日本人からゆきさんを第二の妻とするに足りる経済力を持っていたという意味で、やはり華人系の人びとの優位を語るものと言ってよいのかもしれない——

思うともなしにそんなことを思っているとき、太田さんが、「さ、山崎さん。もうすぐ、あなたのお望みの旧日本人花街に入りますよ」とわたしに声をかけて来た。わたしはその声で我にかえり、まばたきをして周囲を見回したが、さっきまで歩いていたモダンな大通りとちがってそのあたりは、さして広からぬ道をはさんで両側に古びた二、三階の商店がひしめく街——いわゆるチャイナ・タウンであった。そしてわたしがその街の商店看板などのどぎつい色彩に眼を奪われているうち、太田さんはいくつかの街角をさっさと曲り、どう見ても昔からチャイナ・タウンの一部分だったとしか思えない一画を指さして、「山崎さん、ここがその昔のステレッですよ——」と言ったのである。

ちょうど眼の前が十字路で、道をへだてた向こう側の建物の壁に細長い街路標があったので瞳をこらすと、一方の側のそれには「MALAY STREET（馬来街）」の文字が、もう一方の側のそれには「HYLAM STREET」の文字が読めた。わたしは、胸のとどろくのをおさえることができなかった。

これまでにわたしの漁《あさ》ったからゆきさん関係の書物には、申し合わせたように、シンガポールは東南アジアにおけるからゆきさんの最大市場であり、彼女らをかかえた日本人娼館の集中している場所はマレー街・ハイラム街およびマラバー街である――と記されていた。そこでわたしは、この旅に出る前すでにシンガポールの市街地図を買いこみそれら三つの街を探していたのだが、その最新地図には、わたしの求める名はひとつとして見当らなかった。新しく独立した国がよくやるようにシンガポールも、独立共和国となってから街路名を変更したりしたのだろうとわたしは考え、事実もそうであったのだが、しかし現実に足を踏み入れてみれば、そこには依然としてマレー街・ハイラム街・マラバー街の名が生きていたのである。

わたしは感慨無量でそれらの街を歩いたが、いま見るかつての日本人花街は、シンガポール人にたいする非礼をかえりみず敢えて記せば、スラムという言葉がもっとも当っているような街であった。

道の両側に三階建の建物がずうっと続いており、一階は北陸の城下町に多い雁木造《がんぎづく》り――つまり連なる建物の軒下を歩道にするという構造で、その歩道に面した大半の家が商店となっている。いかにもチャイナ・タウンらしく、「大華洋行」「遠大恤衫」「玲瓏電髪」など漢字の店が多く、その漢字の意味から何を商う店かわたしにもおおよその見当がついたが、なかには、「欵式特髦」「源発公司」など推察のできないものもあった。二階・三階は貸部屋となっている由で、道路側が唯一の窓であるためか洗濯物の行列だったが、日本とは違って竿を窓から直角に外側へ向けて延ばし、そこに多くは原色のシャツやズボンの干してあるのが珍しかった。そしてどの建物も、建ってからすでに六、七十年を経過しているだけにいたるところ壁が剝落して芯の煉瓦が露出しており、それを隠すためか一室ごとに思い思いの色で壁や鎧戸《よろいど》を塗り立てたのが、なおさらスラムという印象をかもすのに拍車をかけていたのである。

伝手《つて》がないためわたしは、それらかつての日本人娼館の内部に入ってみることはできなかったが、しかし、この街の近くで育ったという太田さんの話では、二、三階の部屋はいずれも日本の六畳間くらいの広さであるという。台所とトイレットの備わっている部屋はひとつも無く、各階に共用のものがあるばかりだというが、そのことは、元来これらの部屋が居住のためではなく娼売《しょうばい》用のものであったことを間接的に示していると言わなくてはなるまい。そして現在、老朽したこれらの部屋のひと月の間代は三十ドル前後で、住んでいる人はもちろん華人系に限られ、しかも船員・店員・工員・運転手など主として肉体労働にたずさわる人びとと、いわゆる水商売関係の女性などが多いということだ。

うらぶれているのにどこやら妙に活気のある街路を行きつ戻りつしながら、わたしは思った――現在住んでいる若いシンガポール人は当然ながら知るまいが、五十年あまり前、あの部屋部屋にははるばると海を渡って来た薄幸この上ない日本の娘たちがいて、日々を涙で生きていたのだ、と。今は住む人の好みにまかせて水色や緑色に塗ってあるあの窓や、窓をとおしてわずかに見える室内のあの壁には、生涯を踏みにじられた彼女らの慟哭《どうこく》が沁みついているのだ、と。

そしてわたしは、出来ることならいつまでもこの旧日本人花街にたたずんでいたかったのだが、しかしわたしたちは三、四十分ばかりいただけで、その場から離れなくてはならなかった。太田さんとわたしとが通りを幾たびとなく往来し、商店の奥を覗《のぞ》いたり二階・三階の窓々を繰返し見上げたりするのが不審を誘ったとみえ、あちこちの窓にこちらをうかがう顔がちらつきはじめたからである。

「さあ、あちらから大通りへ出ましょう」と太田さんにうながされ、「MALABAR STREET 7」と標識の出ている街角を曲りかけたが、しかしわたしの足は、そこでしばらくのあいだ止まってしまった。ほんの小さな街を眺めるのに小一時間もかけたのだからそれで十分だと第三者は思うにちがいないが、わたしはなぜかうしろ髪引かれる思いがして、せめてその最後の街角に立ち止まり、いま一度ふりかえってみないことには、どうしても心が安まらなかったのだ。

そういうわたしの気持を察してか太田さんも足を止め、黙って煙草をふかしはじめたが、そのあいだにわたしは、わたしと同じ日本人でしかもわたしと同じ性に属する人たちの積怨《せきえん》の跡に別れの視線を走らせ、さらに心のうちで呼びかけた。――ただ一度だけ与えられたかけがえのない人生を、海外売春婦としてしか生きることの許されなかった同胞たちよ、もしもその魂というものがあって今もこの南国のかつての花街の空にとどまっているのならば、わたしのこの挨拶を受けておくれ、と。そして繰返しそのように念じているとわたしの眼は、知らぬ間に生あたたかいもので濡れて来て、眼前の風景はしだいにぼやけ、そのぼやけた底にやがて、この街の半世紀前の姿――すなわち日本人花街だった頃のそれと、そのような花街を成立させたシンガポールにおけるからゆきさんの哀史とが浮かんで来た。その映像は、はじめは春霞がかかったように朦朧《もうろう》としていたが、しかし次第にその輪郭を濃くして行き、なお奇妙なことには、わたしがその街角から意を決してふたたび足を踏み出し、旧日本人花街から遠ざかるにつれて、いよいよ明確なものとなって行ったのであった――

――わたしが書物や古老の談話などから得た知識によるなら、シンガポールにおける日本人娼婦の第一号は、明治初年にシンガポールで夫のイギリス人が死んだため生活の方途を失った日本人妻だとも言われ、また明治四年にシンガポールへ上陸した横浜生まれのお豊という女性であるとも言われている。このほかにもまだ、黒髪を切り男装してシンガポールへ渡って来たおヤスという女性が最初だとか、サーカス団の一員としてシンガポールに来てそのまま帰らなかった通称〈伝多の婆さん〉が嚆矢《こうし》だとかいった説もあるが、いずれにせよ明治期も非常に早い頃からからゆきさんの歴史ははじまっていると言わなくてはならない。そして、西郷隆盛が鹿児島で死んだ明治十年に、早くもマレー街に二軒の日本人娼館が建ったのを手はじめとして、年を追って日本人娼館はふえてゆき、明治二十年にはからゆきさんの数およそ百人、明治三十五年には娼館八十三、からゆきさん六百十一人、日露戦争の勃発した明治三十七年には娼館百一、からゆきさん九百二人というぐあいに急増して行ったのである。

これら多数のからゆきさんをかかえた日本人娼館の殷賑《いんしん》をきわめたのが、マレー街・ハイラム街・マラバー街の三街であったことは周知のとおりだが、ほかならぬこの地域が花街となったのはなぜであったか。それはおそらく、今では完全に市の中心部となってしまったこの一帯が、シンガポール発展期たる十九世紀の半ば頃には街区のはずれにあたっており、娼館といういわば文明の恥部を置いてもさほど目立たぬ場所だったこと、およびそれにもかかわらず港からの実質的距離は至って短かったことによると思われる。

なお、ついでに記せば、シンガポールにおける日本人社会ではこれらの街々を〈ステレツ〉と呼んだが、これはマレー語でもなければ中国語でもなく、英語の〈ストリート〉が天草島や島原半島出身の娘たちの耳と口にかかって生まれたことで、いわば和訛製《わかせい》英語とでもいうべきものであった。

こうして現前したシンガポールのステレツ――すなわち日本人花街の風俗は、日本内地の花街と似ていながら、どこかに新開の外地らしいエキゾティックな雰囲気をたたえていた。前にも引いた坪谷水哉の旅行記『最近の南国』には、シンガポール花街の見聞も書き止められているのだが、しばらくそれによるならば、「電車通りを一歩横町へ入れば、右側も左側も数町の間はみな日本人の店で、二階もあり三階もあり、屋号は二十五番とか三十番とか呼び、軒先には磨硝子の電灯をかかげ」ていたという。昼のあいだはこれらの電灯は消えており、その消えた電灯さながら街全体がひっそりしているが、ひとたび夜が来ると別世界かと疑うばかりのにぎやかさに変るのだった。

一軒一軒の娼館の「店先にはたいてい中央にテーブルを据え、窓際には腰掛をめぐらし、テーブルの側には二、三の椅子を配置する」が、これはからゆきさんたちが客待ち・客引きをするために置かれたもので、そこに並ぶ女性には、「娘玉乗の一座か女手品師の門人か然らざれば紡績の女工のような洋装多く、中には派手な模様のメリンスの単衣に細帯一本なるもあり、浴衣の下から赤い腰巻をわざとらしく露《あら》わすも」あった。そして彼女らは、いずれも「冬瓜《とうがん》のような白い面《おもて》を電灯で一段青白くして、支那人の苦力でも印度人の黒ン坊でも、相手選まず声をかけ」ていたといい、これがまずもっとも普通の娼売の形であったが、なかには「店を張らずに奥で客を待つ稍《や》や上等の部類」もあって、そうした店では表にテーブルや椅子を置かず、「店から直ちに二階まで階段に毛氈《もうせん》を敷いて」いたということだ。

このようにして娼売する日本女性たちは、あらためて述べるまでもないことだが、みずから進んでその境涯に身を置いたのでなく、日本語では〈女衒〉と呼ばれ中国語では〈嬪夫《ピンフ》〉と呼ばれるアウトロウの男たちによってその仕事を強要されたものであった。女衒たちは官憲の眼をくぐって日本に帰り、甘言を弄して九州一円その他から娘を誘拐して来るのだったが、彼らは個々ばらばらの存在ではなく、たいてい娼館を経営する有力者といわゆる親分子分の関係を結んでいた。明治期には、日本におけるシンガポール関係の文献にしばしばその名の見える渋谷銀治や仁木多賀次郎、ならびに多田亀吉などといった親方が女衒たちの上に君臨しており、大正期に入ってからは、長くシンガポールで床屋をしていた八十歳の恩田富次郎さんの証言によるならば、島原半島出身の草野明次郎兄弟の一家を筆頭に、諫早《いさはや》出身の島田一家、福岡出身の仲一家、長崎出身の宮崎一家などが勢力を持っていたという。

わたしは彼ら女衒たちにも、彼らの大半が貧しい農山村の次、三男であり、一攫《いっかく》千金を夢みて海外に渡る以外に生きる道を持たなかった存在だという意味において同情を寄せる者だけれど、しかしながら、彼らのためにからゆきさんたちがどれほど多大の被害を蒙って来たことか。日本内地における誘拐ぶりや、そうして誘拐した娘たちを船底や石炭庫にひそませておこなう密航についてはもはや言わないとして、さてシンガポールに着けば着いたで、そこで牛馬のように彼女たちをたたき売るのだ。

前記の恩田富次郎さんは、女衒が娘たちを娼館主に売るところを、若気のいたりで幾度か見に行ったことがあるが、そのいわば競売の場所は何と船着場の倉庫の前であったという。女衒たちが、船底から引き出した娘たちに着替えをさせて倉庫の前にならばせると、そこへ彼らの親方の娼館主がやって来て競《せり》をはじめ、器量の良い娘には千円から二千円くらい、見映えのしない娘には四百円、五百円といった値をつけて買って行く。娘たちはただおとなしく売られて行くが、それは彼女らがまだ女衒の言葉を真に受けており、自分はこれから旅館かホテルで働くものと信じきっていたからであった。

こうして娼館主の買うところとなった彼女たちは、もはや完全に囚われの身であった。自分は肉体を鬻《ひさ》ぐつもりで来たのではないと言って抵抗すれば、「おまえを買った千円の金を返せ」と言われ、娼館主に日本領事館だと教えられた建物へ訴えて行けば、田舎育ちの娘の眼にこそ髭《ひげ》いかめしい領事と見えるけれど実は女衒の化けた偽ものがあらわれて、「なるほど、聞けばそなたの身の上は気の毒だ。しかし、娼館主はすでに千円という金を出しているのだから、国の親に言ってやって、その金を払ってもらうがいい。その金が払えないなら、娼館主の言うとおりにするほかはあるまい――」とおごそかに宣言されるからだ。そして、逃げ道の八方をふさがれた娘たちがついに諦めて娼売をするようになると、女衒たちは、こんどは彼女たちに寄生して暴力的に金を捲き上げ、彼女たちが逃げて行かぬように眼を光らすことを日課とするようになるのである――

かくしてからゆきさんに仕立て上げられた娘たちは、それからのち、夜ごと数人から多いときには三十人にもおよぶ客を取らされたが、その前借金――当初は娼館主から女衒に渡された金および彼女らが郷里の貧しい父母に送るために借りた金は、なかなか完済にならなかった。彼女たちが客から貰ういわゆる玉代の半分は娼館主が取るのだったが、前借金はそれが巨額なだけに利子もかさんで、いつまで経っても完済にならない仕組みになっていたのだ。そこで、彼女たちの郷里への送金は、いきおい跡絶《とだ》えがちにならざるを得なかった。

大正期に少年店員としてシンガポールの小山衣料雑貨店につとめていた松原久太郎さんは、店が日本人花街の近くにあった関係から、からゆきさんたちよりしばしば手紙の代筆を頼まれたという。――が、雑貨店のひまな時間を見はからってやって来る彼女たちの手紙の内容は、「主人やミセスに高価な着物を買わされ、そのため借金が抜けないから、今月はこれだけしか送れない」というのや、「不景気で実収《みいり》が少なく、申しわけないが今月はお金が送れない」というのが過半であった。そしてその手紙の宛先は、長崎県南高来郡および西彼杵《そのぎ》郡と、熊本県天草郡というのが抜群に多かったということである。九州の地図を見ればひと眼でわかることだが、長崎県南高来郡はすなわち島原半島であり、熊本県天草郡とは天草諸島のことであって、やはり、これらの地域がからゆきさんの主要な送出地であったということがわかるのだ――

それはともかくとして、借金返済と故郷への送金のためその身をしだいに磨り減らして行くからゆきさんたちの行末は、はたしてどのようなものであり得たか。

彼女らの最高の望みは、日本人の真面目な男と正式に結婚し平凡な家庭をつくることであったけれど、しかしその望みの叶うことはほとんどなかったと言わなくてはならない。そこで彼女らは、次善の希望として中国人やマレー人などの妻となることを考え、かなり多くのからゆきさんたちが現地人と結ばれたが、しかしその生活はかならずしも幸福なものではなかった。というのは、彼女らを求めた中国人の少なからぬ部分がほかに正式の妻を持っていて、つまり彼女らは第二の妻——もっと精確に言うならば妾でしかなかったからであり、一方マレー人やインド人などは一夫多妻でこそなかったけれど、被植民地の民の常として生活的に極貧に近かったからである。

しかし、それでもなお、中国人やマレー人などと結ばれた者は幸運で、そのような機会にめぐまれなかったからゆきさんは、やがて悲惨な運命をたどって行かざるを得なかった。風土病をはじめ客から伝染《うつ》された黴毒《ばいどく》や淋病などにかかり、根本的な治療法のない時代であるに加えて娼館主が金を惜しむあまり医者にかからせないというようなこともあって、驚くほど多くのからゆきさんたちがその命を落した。幸いにそのような事態に逢わなかったからゆきさんたちもあったにはちがいないが、その場合彼女たちは、四十歳、五十歳になってもなお夜ごとに客を迎える仕事から離れることができず、到底客のつかぬ老齢となってからは娼館主からいじめられ、ついにはわれから命を断たねばならなかった。つまり中国人やマレー人などと結ばれることのなかったからゆきさんたちは、早い遅いのちがいこそあれ、結局は、故国日本からはるかに遠い異郷シンガポールの土と化すほかはなかったのであった——

かつて日本人花街だったマレー街・ハイラム街・マラバー街から立ち去りながら、わたしは、明治初年にはじまって大正中期までつづいたシンガポールのからゆきさんの歴史を以上のように反芻《はんすう》したが——これを一言に要約して言えることは何であろうか。それは、心ならずも海外に流浪してわれとわが身を売ったからゆきさんと呼ばれる日本女性の歴史が、ヨーロッパ先進資本主義進出下の東南アジアにおいて、何ひとつ抵抗し得ずただ押し流された空しい歴史にすぎないということであるかもしれない。あるいはまた、彼女らの味わった苦しみや悩みは残念ながらほとんど意味のないものであって、歴史を前進させるためには何ら役に立たぬものだという一事だけであるかもしれない。シンガポールにおけるからゆきさんの歴史が、資本とアウトロウの力に、ただ押し流された歴史にすぎないということも、彼女らのなめた苦悩が歴史にとって大した意味がないということも、おそらくはそのとおりであるだろう。だが、そのような歴史的趨勢《すうせい》にありながら、数多いシンガポールのからゆきさんたちのなかには、なお、その歴史の流れにさからおうとこころみた人も皆無ではなかったのである。たとえば、次章に詳しく語ろうと思う平田ユキという女性のごとくに——

平田ユキ女のこと

平田ユキというひとりの女性のけなげにも悲しい生涯をわたしが知ったのは、ほとんど偶然のことからだと言ってさしつかえない。そして、わたしが彼女について聞き知るに至ったそのプロセスは、からゆきさんという女性悲劇が特定の場所に埋まっているものではなく、その気になって鍬《くわ》を入れさえすれば、一見平穏に見えるこの市民生活のどこからでも発掘し得る性質のものだということを、如実に物語っているのである――

社会事業または幼児保育の仕事に少しでも関心を持ったことのある人なら、東京新宿にある二葉保育園――近代日本における母子救済事業の草分けであり、現在もなお育児・保育にたゆみなく努力しつづけている二葉保育園の名を記憶しているはずであるが、ここ十年ほどのあいだわたしは、その園長だった徳永恕《とくながゆき》先生と親しくさせていただいて来た。徳永先生は、明治四十年代から昭和四十八年一月に亡くなるまでの六十五年間を貧児保育ひとすじに生き、昭和二十九年からは数少ない名誉都民のひとりでもあられた方である。そういう先生とわたしの交際の初めは、たしか昭和三十八年に、夫の上笙一《かみ》郎と共著で出す『日本の幼稚園（幼児教育の歴史）』という書物の取材のため先生にお話を願ったのが糸口であった。数えきれぬほど多くの人びとから母と仰がれる偉大な仕事をなしとげながら、他人の功績は口をきわめて賞揚しても自分の献身については何ひとつ語ろうとしない徳永先生の人格に打たれたわたしは、しだいに先生を〈心の師〉と仰ぐようになったのだが、そういうわたしをなぜか先生も気に入ってくださり、それから先生の命脈の尽きる日まで、家族ぐるみの交際をつづけさせていただいたのである。

高齢の徳永先生はめったに外出されなかったから、自然わたしが二葉保育園へお訪ねするというかたちになったが、そんな折、二葉保育園や徳永先生に深いゆかりの方々と行き逢い、紹介されて近づきになるということが少なくなかった。その人びとには、男もあれば女もあり、有名な方もあれば無名の方もあり、またたいそう富裕な方もあれば日雇いの労務者もあるといったふうに多彩だったが、そのなかのひとりに、東京で歯科医を開業しているという小柄で上品な老紳士——平田清さんがいたのであった。

平田さんとわたしとは、ずいぶんと長いあいだ、徳永先生のところでたまたま一緒になることがあれば挨拶をかわし、また適当な世間話をするというだけの間柄であった。そしてわたしは、彼とのあいだにそれ以上のかかわりが生じて来ようなどとはついぞ思ってもみなかったのだが、小著『サンダカン八番娼館』が出てからというもの、彼のわたしへの態度が微妙に変って来たように思われたのである。それまでは、徳永先生にたいするいわば義理からわたしとも言葉をまじえるというふうだったのが、今度は、わたしという者に親しみを寄せ、心をこめて何かを言ってくれる——と感じないではいられないようになったのであった。

平田さんの態度がどうしてそのように変化したのか、わたしには分らなかった。けれどその理由は、それからおよそ半年ばかり経ったある日、思いがけぬところからあきらかになって来たのである——

——わたしは底辺女性史との関連でアジアの女性の問題にも興味を持ち、「アジア女性交流史研究」というささやかな個人誌を出しており、その誌面に、アジア諸民族とさまざまなかたちで交流した日本女性の手記を掲載しつづけている。――が、これもまた偶然というよりほかはないのだが、徳永先生の実妹であられる梅森幾美さんは、植村正久の信任厚かったキリスト教の牧師として長くシンガポール伝道に従事した梅森豪勇氏の妻であり、彼の地の人びとと深い生活上・精神上の交渉を持った女性であった。そこでわたしは、幾美さんが持病のために入院し、その入院生活がつれづれなのを奇貨としてシンガポール時代の回想を綴ることを依頼、彼女は喜んでそれに応じてくださった。ところが、便箋に書いて送られて来た幾美さんの原稿を読み進むにつれて、わたしは驚愕しないではいられなかった。というのは、「アジア伝道者の妻として」と標題された彼女の手記は、牧師の妻の立場から見た大正期東南アジア伝道の記録として貴重この上ないものであると思われたが、そのなかに、からゆきさんとの交渉が縷々《るる》書きとめられてあったからである。いや、そればかりか、彼女のもっとも深い交渉を持ったひとりのからゆきさん――平田ユキ女が、何と、あの平田清さんの姉にあたると記されていたからである！

わたしには、不可解だった平田さんの態度が氷解したように思われた。平田さんの胸の底には、薄幸だった姉の生涯の記憶が深く重く沈んでおり、その重たい思いがおそらくは小著『サンダカン八番娼館』によって幾分か晴らされ、そのことが彼をしてわたしに好意的ならしめたものにちがいない。

それからしばらく経って、わたしは平田歯科医院を訪ね、平田さんの口からユキ女について親しく語っていただいた。そしてその談話と幾美さんの手記とによって、ようやくわたしは、資本とアウトロウの力に逆らってけなげに生きようとしたひとりのからゆきさんの姿を、ここに提示することができるのだ――

前置きが長くなってしまったが、さて、順序として平田ユキ女がからゆきさんとなった経緯から述べるならば――彼女は明治二十年頃、山口県の萩市に生まれた。生家の職業は不明だが、兄妹は全部で七人、長兄とユキ女が父の最初の妻の子で、あとの五人は後妻より生まれた子どもであり、しかもその父と後妻とが、まだ幼い子どもを残したまま相ついで死没してしまったのである。さして豊かでなかったらしいその家の生活は急に苦しくなり、長兄とユキ女の肩に弟妹を扶養する責任がかかって来たためであろう、彼女は家を出て働く決意を固めたのであった。

ユキ女が後年梅森幾美さんに打ち明けたところによるなら、彼女が働こうと決心した頃――彼女が十代の末だったというからおそらく明治三十七、八年頃のことであろう――たまたま顔見知りになったある男が、「大阪へ稼ぎに行く気はないか。もしもその気があるなら、良い口があるから自分が世話をしてやろう。ただし、家の人には内緒にして置かないとその口はだめになってしまうから、そのつもりで居るように――」と話を持ちかけて来たのだという。山陰の古い城下町に育ったこの純真な娘は、その男の言葉を信じて大阪へ働きに行くことに決め、命ぜられた晩に家を出ると、川端から艀《はしけ》に乗せられ、はるかに漕ぎ出た沖合で大きな船に移された。そしてその船では、船室に入れられると思いのほか船底にある大きな木箱に閉じこめられ、鰹節を一本あてがわれた上、男から錆のきいた声で「静かにしているのだぞ」とおどされ、これはただごとではないようだ――と気づいたときには、もはや脱出不可能になっていたのである。

その船底には、騙されて木箱に連れこまれた娘が彼女のほかにも三人いた。貨物を積みこんである船底なので昼間は誰もやって来なかったが、夜になって人びとが寝静まると、例の男やその仲間ども――すなわち女衒とそれに買収された船員たちが下りて来て、四人の娘たちを箱から引きずり出すのである。しかし彼らは、人間らしい食事や飲み物を与えるために娘たちを箱から外へ出したのではない。そうではなくて、それは、彼女たちの若くみずみずしい肉体を無理矢理にもてあそばんがためであったのだ。

彼女たちははじめは必死に抵抗したが、男たちは「静かにしないと、海に抛りこむぞ」と威嚇し、「お前らにはいくらでも代りがある。三人や五人いなくなったところで、おれたちは痛くも痒くもない――」とうそぶき、その言葉には、法を犯している者の居直りの凄味がこもっていた。その凄味を本能的に感じ取ったユキ女は、心ならずも彼らの暴力に従ったが、二十一日経ってようやく船底の木箱から出されたときには、あとの三人の娘たちは影も形も見えなかった。男たちの暴力を肯んぜず《がえ》みずから死の道を選んだのか、それとも荒くれ男たちの言葉どおり海に投げこまれ、恐ろしいまでに蒼い南海の藻屑《もくず》と化したのであったか――

ただひとりになってしまったユキ女が上陸させられたところはシンガポールで、何がどうなっているのか皆目わからないうちに、彼女は男どもの手で花街へ売りとばされた。そしてみずから気づいたときには、もはや彼女は完全に、当時のいわゆるステレツに咲く一輪の花となり了《おわ》っていたのである。

かくしてからゆきさんに仕立て上げられたユキ女であったが、生来のしっかり者であった彼女は、夜ごと自分の肉体を切り売りするという境涯にありながらも、なお健康な志を失わなかった。故郷に貧しい暮しを営む五人の弟妹たちにあてて送金を欠かさぬ一方、少額ずつではあったが自分のために貯金をし、一日でも早く、からゆきさんという職業ならぬ職業から脱出しよう——と考えていたのである。この世界に住む女性たちは片言のあやしげな外国語しか身につけないのが普通なのに、彼女がどこでどうおぼえたのか英語とマレー語をほぼ完全にマスターしていたのも、おそらくは、花街脱出のための準備のつもりだったのだろう。

しかしながら、一般的な見とおしとして、ひとたび花街に身を置いた女性がその世界と完全に絶縁することは、まことにもって困難だと言わなくてはならない。いずれ詳述するように、廃娼令が出てからゆきさんの自由廃業が法的に正当づけられた大正中後期以後は別であるが、それより前の時期にはからゆきさん生活の克服は容易でなかった。彼女たちがその目的を達するには、まず、いわゆる堅気《かたぎ》の男性に出逢い、その男性と結婚して家庭をつくるという道が最善であり、それ以外の方法はない——とまで言われていたが、ひとたび花街に身を沈めた女性を生涯の伴侶に選ぼうという男性は滅多になかったからである。

ユキ女は、シンガポールの花街という泥沼にみずからの王子様のあらわれるのを、幾年も幾年も待ちつづけた。彼女が、これこそわたしの王子様——と思ったのに実は仇夢《あだゆめ》にすぎなかったという男性が幾人いたか、それは今となっては分らないと言うよりほかはない。

けれど、ユキ女が三十歳を幾つか過ぎたときだというから、からゆきさん生活に入ってより十年ばかりの歳月が経ってからだが、彼女は、探し求めていた王子様とついにめぐり逢うことに成功したのである。――小山という彼女より二、三歳年下の青年が、すすなわちその逞しかるべき王子様であった。

それでは、その小山という青年はどういう人物だったのかといえば――彼は高知県の出身で日本歯科医専学校の卒業生、大正八年頃にただひとりで飄然《ひょうぜん》とシンガポールへあらわれた。梅森幾美さんによれば、教会のある日の集会に、ひと目でこの地に来たばかりと知れる青年の姿があり、梅森牧師の説教が終るとそばへやって来て、「この地で何とか生活の道を探したいが、力を貸してもらえまいか――」と頼みこんだ。梅森牧師が事情を訊ねると、彼が答えるには、それまでシベリアかどこかで兵役に服していたが思うところあって脱走、ブラジル行きの船に便乗したものの所持金を使いはたして、ついにシンガポールで下船を命ぜられてしまったのであるという。

放っておけばアウトロウの仲間に入ってしまうにちがいない小山青年を、梅森牧師夫妻はそのままに見過すことができず、自分たちの家に連れ帰って同居させ、身の立つように計らおうとした。軍隊から脱走したという小山青年の言葉が本当なら、時はあたかもロシア革命に干渉すべくおこなわれたシベリア出兵の時期であり、彼は、反軍・反戦思想の持主であった――ということになりかねないが、しかしその後の人生の歩みから推して、果して彼にそこまでの確固とした考えがあったと言ってよいかどうか。そして、梅森牧師夫妻がそういう小山青年に対するに、脱営は国家への叛逆だから帰国して自首するようにと説得するのでなく、市民として何とか身の立つように計らおうとしたところからは、国家にそむいてでもキリスト者として平和を守ろうとする崇高な生き方が見て取れるのだ。

それはともかくとして小山青年の身の立て方だが、歯科の専門学校を出ているので歯科医となればよいことは誰しも思いつくことだが、開業には多額の費用が必要で、赤貧洗うがごとき伝道者夫妻の手には負えない。そこで取り敢えず梅森牧師が考えたのは、ゴム園巡回歯科診療――梅森牧師がシンガポール周辺のゴム園へ巡回伝道に行く際に小山青年を同伴し、ゴム園で働く人びとの歯の治療をするという方法であった。

これはなかなかの名案だと思われたが、しかしいかに巡回治療とはいえ、歯科医としての最低限の器具や薬品類は必要だ。それを買いそろえる金はもとよりないので、梅森牧師が保証人となってあちこちの商店から必要なものを貸してもらい、それでようやく歯科医としての形をととのえたのである。

こうしてはじめられた小山青年の歯科巡回治療は、ゴム園に働く人びとから好評をもって迎えられた。それまでは、数日をついやしてシンガポールまで行かなければ歯科医にかかれなかったのが、ゴム園に居ながらにして診療してもらえるからである。そしてその歓迎のおかげで、孤影悄然《こえいしょうぜん》とシンガポールへ流れて来た小山青年は、まだ不安定ではあるけれどひとまず路頭に迷わなくてよい身の上となったのであった。

このような小山青年を、ユキ女が何時《いつ》どのようなきっかけから自分の王子様と考えるようになったのかは、残念ながらつまびらかでない。しかし、小山青年が巡回治療をはじめて半年ばかりたったときには、すでにユキ女は彼をみずからの救世主と信ずるに至っていたらしく、そしてそのことは、彼女が梅森牧師夫妻の家に小山青年を訪ねて来た一事から推察することができるのである――

幾美さんの手記によるなら、それはある日の早朝のことで、あたりがまだ暗いのに家の表戸をたたく人があり、起きてみると三十歳をいくつか過ぎたくらいの日本女性が立っていて、「こちらに、小山さんという方がおられますか？」と問うのである。幾美さんが、「ええ、おりますが、今はゴム園へ巡回治療に出かけて留守です。——何か御用ですか？」と訊ねると、その女性はつぎのように答えたという。——「実はわたしは、ステレッツで娼売をしている平田ユキという者ですが、小山さんが遊びに来られるようになってから、あの方の御身の上を伺えばまことにお気の毒でなりません。それで、わたしのような者でも何とかお手伝いできないものかと思い、少しばかりですけど貯金してあったお金を貸して差し上げましたが、その後お見えにならないのでどうなったかと思い、こちらにお世話になっていると聞きましたので、朝早くに伺えば会えるかと考えて参ったのです。お騒がせしてすみませんでした。ゴム園から帰られましたら、ユキが訪ねて来たとお伝えくださいませんか」

金によって縛られ、金のために非人間的な日夜を余儀なくされているからゆきさんの境涯であってみれば、金というものの威力と重要さは骨髄に徹して知っているはずで、その金を貸し与えるからには、ユキ女にとって小山青年が単なる客でないことはあきらかだ。そしてユキ女が、長年にわたって苦界から脱出したいと切願しつづけて来たことを思うならば、彼女が彼をわが救世主と観じ、彼に自分のすべてを賭ける気になったその心理的プロセスは、想像するに決して困難でないのである。

——すなわちユキ女は、十年以上の長い歳月、花街という優しい名前の地獄より自分を救出してくれる王子様の出現を待ちつづけたが、その結果思い知ったのは、いわゆる堅気の人——一個の市民として生活的にすでに安定を保っている男たちは、どれほど心を惹かれたとしても、からゆきさんを自分の妻には絶対にしないという厳然たる事実であった。彼らの持っている常識が、からゆきさんというものを一段も二段も低いものと見させていたし、また、たまたま彼女たちのひとりを妻とした者は、いわゆる後指をさされるというかたちで陰に陽に社会的制裁を受けることが多かったからである。しかし、元来は善良な市民でありながら何かの理由により身ひとつで南方へ流れて来て、生活的に至って困難な状態にあり、うかうかすれば法の眼をくぐる道に足を踏み入れてしまいそうな男であったらどうだろうか。そういう男ならば、からゆきさんという悲しい身の上を本当に理解して偏見にとらわれないであろうし、また、自分がお金を出して彼の生活的自立の糸口をつくり、然るのち自分が花街を抜け出してそのふところへ駆けこんだなら、苦楽を分ち合って一緒に歩いてくれるかもしれない。

そのように考えるユキ女にとっては、軍隊から脱走し、何の伝手《つて》もなく無一物でシンガポールへ上陸し、生活的にやはり貧しい牧師夫妻の世話で巡回歯科医となったばかりの小山青年は、暗夜の空にようやくあらわれた希望の星であったと言うことができる。わたしはこの人を援助しよう、援助して立派な歯科医院を開業させよう、そしてその苦労をとおしてこの人と結びつくことで、わたしもこの人肉の市から抜け出すのだ——おそらくこのように信じてユキ女は、通って来る小山青年を口で励まし、乞われるままに金も用立てたのであったろう——

それはともかくとして、ユキ女の来訪によって、花街の女性と交渉のあることを梅森牧師夫妻に知られてしまった小山青年は、それから一体どうしたか。キリスト教伝道者としての梅森牧師は、当然ながら小山青年を責めたが、それにたいする彼の返事は、

「自分は何としてでも一軒の家を構えて開業医になりたいので、そのためにユキさんの力を借りますが、誓って彼女を不幸にはしません」というのであった。

ひとたびは小山青年を責めた梅森牧師も、小山青年のこの返事を聞いては祝福せずにはいられなかった。金で女性を売り買いするような町に彼が足を踏み入れたことは褒《ほ》められないけれど、それが機縁となって、アウトロウにならぬともかぎらぬひとりの男と、心ならずも苦界に呻吟《しんぎん》しているひとりの女とが結ばれて新しいひと組の生活体が生まれるのなら、それは慶賀すべきことだと思われたからである。そして、小山青年が梅森牧師の叱責にたいして答えたその返事は、間もなく幾美さんの口をとおしてユキ女に伝えられたが、そのときの彼女の喜びようは、本当に天にも昇らんばかりであったということだ。

かくして、梅森牧師夫妻も認めるところとなった小山青年とユキ女の交際は、それからは以前に増して緊密になった。小山青年は一軒の家を構えて開業の夢を実現しようと巡回診療に精を出し、ユキ女はその身こそまだ花街にあったけれど金銭的に彼を助け、身のまわりの世話などにも出来るかぎりの気を配ったのである。

しかし、そういう涙ぐましい努力が実を結ぶのは、それから四、五年もたった大正の末頃、ユキ女は四十歳に近く、年下の小山青年ももはや青年と呼ばれる年でなくなってからであった。そのときになってようやく彼らは、シンガポールの町の表通りに一軒の家を借り、歯科医師として必要な器具をすべてそろえ、〈小山歯科医院〉の看板をかかげることができたのである。――当然ながらユキ女は、花街から身を引いて小山歯科医院に移り住み、誰の眼からしても小山医師夫人と見える社会的地位を獲得したのである。

ああ、とうとうユキ女は、困難な上にも困難な事業に成功したのだ。しかも、経済的・社会的にゆとりのある他人の手を借りてではなく、西すべきか東すべきかに迷っていた嚢中《のうちゅう》無一物の青年を援助し、その青年にみずからのすべてを賭けるといういわば捨身の方法によってである。このことは、平田ユキというひとりの女性が、学問や知識こそ持たなかったけれど本当に聡明であり、加えて意志も強かったということ、換言すればどのような汚濁にも負けぬ人間的美質の持主であったことを示していると言えるであろう。――かつてわたしは、天草島で数週間を共に暮したおサキさんという老からゆきさんに、泥沼から咲き出た蓮の花のような人間精神の美しさを見たのだけれど、同様にすばらしい女性がここにもひとりあったのだ！

それからのユキ女は、小山歯科医師夫人として、看護婦その他の使用人もいる一家の采配をふるって落度がなかった。英語とマレー語がうまいので、診療室にあって夫のために通訳の役をつとめたが、その間に歯科の技術を見おぼえて、二年ばかりのちには歯科技工士のライセンスを取ってしまったともいう。植民地の常としてその頃の東南アジアでは、専門の医学校を出なくても歯科医院で二年間実習をしてその指導者が証明を出し、役所のおこなう簡単な試験を通ればそれで免許状が得られ、資格は技工士だが現実には歯科医として立派に通用したのである。そしてふたりが歯科医として働いたために経済的にも豊かになり、やがて、スタンフォード街に新店を設けるまでになったのだった。

ふたりは、新店には〈小山歯科医院〉の看板を出して小山が診療を担当し、前からの店は〈平田歯科医院〉の看板をかかげてユキ女が担当、家庭生活はユキ女の家のほうで営んでいた。そして、長く売春生活を送った上すでに四十歳近くなっているユキ女に子どもを望むことはできなかったので、ユキ女の異母弟で二十歳近くも年の違う平田清さんを日本から呼び寄せ、歯科技術を見習わせて、行く行くは両医院の後継者にしようという心づもりまでしていたのである。

話がここまでで終ったならば、ユキ女の生涯はいわばシンデレラ物語のからゆきさん版であって、わたしたちはその例外的な幸福に拍手を送ればそれで足りる。だが、彼女の本当の不幸は実はそれからはじまったのであり、しかもその不幸は、言ってみれば灰かぶりのシンデレラのうちに起こったものならまだしも、彼女が夢にまでみた皇太子妃となった正にそののちに起こったものであるだけに、致命的で救いようのないものになってしまったのだ――

それでは、ユキ女を見舞った不幸とは一体何であったかといえば――それはひとくちに言うなら、小山が、ユキ女を措《お》いてほかの女性と正式に結婚すると言い出したことであった。同じ歯科医仲間に古田という男がいて、小山はもちろんユキ女とも親しくしていたのだが、その古田がある日やってきてユキ女に言うには、「小山さんはこのたび、日本から正式に嫁を貰うことになったのでね。相手は東京の女子歯科医専を卒業した令嬢で、南方未開の人たちに医療奉仕する小山医師を助ける意志に燃えて嫁いで来るので、新聞にまで書き立てられているから、今更破談にするわけには行かない。小山さんは、その女性がシンガポールへ着いたらすぐに結婚式を挙げ、その足でインドへ行って開業する手筈になっている。だから、おユキさん、どうか承知をしてもらいたい――」というのである。そして、ユキ女と別れてその女子歯科医専出の女性と結婚するについての小山側の理由は、「おまえと正式に結婚したおぼえはないから、自分は法律的には独身なのだし、この先おまえと一緒にいたところで子どもを持つことができないから――」というのだった。

この理不尽きわまる話を聞いて、ユキ女は心の底から怒りそして嘆かないではいられなかった。幾美さんによれば、彼女は、小山を刺し殺してやりたい――と思うほど苦しみ悩んだということだが、そのときの彼女の気持はまことにそのとおりであったろう。

しかし、小山のわがままな決心は、ユキ女が誠心こめていくら翻意を哀願しても少しも変らず、梅森牧師夫妻その他の人が人の道を諄々《じゆんじゆん》と諭《さと》して聞かしても一向に動かなかった。こうした小山の態度はまことに醜悪と言うほかないが、しかしこの醜さは、あくまでも小山というひとりの人物の個人的な醜さなのであろうか、それとも、存在が意識を規定するというテーゼどおり、経済的に豊かになった者はその土台の上でしか何ごとも考えないという性質のもので、言うならば人間存在そのものにつきまとっている醜さなのであろうか。そして、小山が古田をとおしてユキ女に話を切り出したときには、すでに万端の手筈がととのい、相手の女性は南下して来る船に揺られていたらしく、数日後には早くもその女性がシンガポールへ姿をあらわしたのである。

このような局面を迎えたとき、普通の女性ならば嫉妬の思いに駆られて興奮し、何を仕出かすかわからぬようになってしまいかねないのだが、しかしユキ女は違っていた。彼女は、どのように訴えても小山の心が揺るがぬと見ると、一夜、ひとりで浴びるように酒を飲み、その夜が明けはなれるともはやひとしずくの涙も見せなければひと言の恨みごとも言わなかった。それから、家事使用人を雑貨屋へ走らせて反物類を買いこみ、大急ぎで新しい蒲団を作り男物の下着類を手落ちなく揃えると、それを小山のもとへ贈りとどけた。そして、小山と日本から来たその女性との結婚式にこそつらならなかったけれど、その前夜には平田歯科医院のほうに膳をととのえ、小山を呼んで別れの杯をかわし、数日後ふたりの乗ったインド行きの船がシンガポール港を出て行くのを、岸壁に立って静かに見送ったのであった。

ユキ女が、全体どのような考えから、小山と東京からやってきた女性との結婚に最後まで反対しなかったのかは、今となっては知るすべもない。――が、想像を逞しゅうするならば、その最大のモメントとなったのは、小山の相手が専門学校を出た女性であったという一事だったのではあるまいか。

そのときでこそ一応歯科医として認められていたけれど、ユキ女の胸には、自分は学問や知識を持たぬ人間であり、花街の水を飲んで来た人間であるというコンプレックスが根づよくわだかまっていた。そこへ出現した女子歯科医専卒業の若い女性という存在は、それに心を移した小山への絶望感と相まって、彼女の心理的コンプレックスをいよいよ抜き差しならぬものとした。彼女の胸のうちには、所詮自分のような者は学校出の女医には太刀打ちできないのだ――というどす黒い諦観が生まれ、その諦観は、その女性がシンガポールに到着したと聞いたとたんに絶頂に達し、それが彼女をして、嫉妬の鬼たらしめるかわりに、弟を結婚させる姉のような態度を採らしめたのではなかったか。そしてさらに言うならば、自分を捨てて学歴ある堅気の若い娘と結婚するという小山の理不尽を聞き入れてやることが、実はからゆきさん出身という引目《ひけめ》をいだく彼女の小山にたいする最大の愛情でもあれば、また人間として持ち得る最後の誇りであったのかもしれないのだ。

小山と別れてからのユキ女は、弟の清とふたりで、平田歯科医院を守って一所懸命に働いた。けれど、花街からの脱出という生涯の大事業をとおして打ちこみ、歯科医としての苦境時代を十年も一緒に暮した男性に叛かれた心の傷は大きく、日を経るにつれて彼女は鬱々として楽しまぬようになって行ったのである。周囲の人びとは衷心より彼女を慰め励まし、弟の清は姉の身を気づかってゼネラル・ホスピタルへ入院させなどもしたのだが、彼女の精神状態ははかばかしくは好転しなかった。

そして、それから間もないある朝まだき、顔に血の気のない平田清が息せききって梅森牧師の家に馳せつけ、そのドアをたたくという姿が見られたが、それは彼が、その姉の死を梅森夫妻に伝えんがためのものであった。ユキ女は、前日ひそかに身のまわりの整理をし、風呂にも入って身を清めると、その夜おそく、診療所から持ち出した毒薬をみずから仰いだのであった――

四十を少し越える享年であったという平田ユキ女の一生は、十代にして暴力的に海外売春婦にさせられてしまったひとりの女性が長い歳月をかけて資本とアウトロウの力とたたかい、ついに一応の勝利をおさめたという点において逞しく、しかしその勝利にたちまち裏切られねばならなかったという点において限りなく悲しい生涯であった。そして、それでは、ひとたびは勝利を得た彼女が終局的に悲劇のヒロインとして終らざるを得なかった理由はといえば、それは表面的には、小山という一個の日本男性のエゴイズムであったと言えるだろうけれども、彼女の敗れた本質的な原因は、小山のエゴイズムをも含めた男性優位社会の威力に、彼女が個人の力をもってしか立ち向かうことができなかったからであった——としなくてはなるまい。からゆきさんという存在は純粋に個的なものではなくて社会的なものであり、その意味からして、からゆきさんの辿った生涯の軌跡がひとつあれば、それとほぼ同様の生涯を送ったからゆきさんが無数にいたものと思ってさしつかえない。とすれば、その境涯からの脱出に個人の能力の限りをつくしてなお且つ敗れた平田ユキというひとりのからゆきさんの背後にも、同様にたたかってしかも敗れた女性たちが無数にあったと見なくてはならぬのである——

小川芙美の行方

平田ユキ女の自殺は、強大な男性優位社会に個人の力をもってたたかって遂に敗れた悲劇であったが、しかしからゆきさんたちは、いつまでも個人的なたたかい方しかしていなかったのかといえば、それは決してそうではない。東南アジアへ流れ出て来た日本男性のなかにもヒューマニズムを胸底に秘めた人があり、時至ってそういう人たちがいわゆる廃娼運動を始めると、ささやかなりとはいえその組織の手に縋って人肉の市から脱出しようとするからゆきさんもあらわれた。そしてそういう女性の典型を、わたしは、これまた梅森幾美さんの手記によって知ったシンガポール花街の芸妓・〆奴《しめやっこ》――本名小川芙美《ふみ》というひとりの女性に見るのである――

この女性がからゆきさんという境涯から脱出した経緯を語るには、まず、シンガポールの日本人社会において廃娼運動がどのようにして起こって来たかにふれて置かなくてはならないが――わたしの知るかぎり、もっとも早い廃娼の声は、明治四十二年に右翼思想の持主たる一青年によって挙げられたものであった。長くシンガポールで歯科医をしていた西村竹四郎の自伝的記録『在南三十五年』によるならば、その年、織田登という青年が醜業撲滅を標榜した謄写版刷の雑誌を出し、花街の女性たちはもちろんのこと広く日本人のあいだに配布、医師のなかにはこの青年を支持する者もあったという。けれどもこの動きは、娼館主やその手下の男たちの暴力によって封じられ、線香花火のようにはかなく消えてしまったのである。

これにつづく第二の動きは、大正二年の四月、藤井領事がシンガポール政庁に働きかけておこなった嬪夫《ピンプ》追放であったと言えよう。日本のいわゆる女衒は中国語では嬪夫と呼ばれており、イギリスの植民地としてのシンガポールの法律では、公娼は認めてもその営業に男性の関係することを許していなかった。そこで、かねてより日本人の売春業に眉をひそめていた藤井領事は、有名無実だったその法律をして実あらしめるため、政庁を動かして、からゆきさんたちに寄生していた七十二名の日本人嬪夫を追放処分にしたのであった。

しかしながら、藤井領事の断行したこの嬪夫追放は、廃娼政策として実効のあるものではなかった。というのは、女衒という商売はもともと法律など歯牙《しが》にもかけぬ連中の手がけるものであり、追放された彼等は、シンガポール社会の表面に出なくなったのみで、裏面では依然として威勢を張っていたからである。

からゆきさんという存在を現実になくすには、売春そのものを法律で禁ずるか、あるいは、組織的な廃娼・救娼運動を展開するしか方法はあるまい。ところがシンガポールの法律は、この地が大英帝国の重要な植民地港市で、立ち寄る商船や軍艦の乗組員の慰安の必要性からであろうが、売春そのものは認めているのであり、その改廃は主権国民でない日本人の思うようにはならないのである。――とすれば、からゆきさんを無くすため日本人にできる唯一の方法は、娼館主とからゆきさんの自発的意思によって売春を止めるべく廃娼・救娼運動をおこなうことであり、大正初年代になると、勃然としてその運動が興って来るのだ。その廃娼・救娼運動を興したのはプロテスタント系のキリスト教徒たちであり、そして実地に身を挺したのは誰かというに、それもまた、ほかでもない梅森豪勇牧師——すなわちわたしの親しい梅森幾美さんの夫その人だったのである。

幾美さんによるなら、平田ユキ女の一件をきっかけとしてからゆきさんたちに眼を惹かれた梅森牧師は、やがて、花街へのキリスト教伝道——言葉を換えれば廃娼・救娼の運動をやりはじめた。梅森牧師は青年時代に救世軍の士官だったことがあり、山室軍平や伊藤富士雄等とともに東京の吉原で廃娼運動に取り組んだが、いま、その経験をシンガポールにおいて生かそうというのである。

ほかに助けてくれる者のいない小さな教会のこととて、梅森牧師は週に一度、幾美さんをつれただけで夕方のマレー街やハイラム街に出かけてゆく。昼間はひっそり閑としていたその界隈は、ひとたび日が落ちると娼館の軒灯に火が入り、行き交う人も多くなって何となくさんざめいて来るのだったが、梅森夫妻は路傍に立つとタンバリンを打ち鳴らし、声をかぎりに讃美歌をうたうのである。そして、嫖客《ひょうかく》たちはもちろんのこと客を引くため娼館の前にたむろしていたからゆきさんたちが、何ごとかといぶかりつつ周囲に集まって来た頃を見はからって、梅森牧師は、聖書を片手に神の道を説き、売春も買春も共に人間のしてはならないことである——と諄々《じゅんじゅん》と教えるのであった。

当初、娼館主やその手下の男たちは、「何だ、耶蘇《ヤソ》の説教か。おもしろくもない——」とほとんど一瞥《いちべつ》もくれなかったが、廃娼こそ神の御心に副《そ》うものであるというふうに話が展開して行くと、まばたきする間に態度を変えた。彼等は群をなして駆けつけ、集まっていた人びとを追いはらうと夫妻を取りかこみ、恐ろしい眼つきでにらみながら、

「ここをどこだと思っていやがるんだ。早く帰れ。二度とここへやって来やがったら、

ただでは置かねえからな——」と凄んだのである。キリスト教的な非暴力主義を採っていた梅森夫妻は、こういうときには抵抗しないで引き揚げたが、しかし一週間たつとまた平然として花街の一隅に立ち、タンバリンを打ち鳴らして、廃娼こそ神の御心だと説いたのだった。

そうなると、娼館主の手下たちは、彼等のもっとも得意とする手段——すなわち暴力によって夫妻を沈黙させようと計って来た。夫妻が聖書を片手に人びとに神の道を説いていると、あやしげな風体の男たちが、刃物やピストルをちらつかせ、「今日かぎりで説教を止めるんだぞ。こんどやって来たら、これでお前の頭をぶちぬいてやる。おどかしだけだと思ったら、大間違いだぞ——」と威嚇する。そして、それにもひるまず夫妻が花街伝道をつづけると、男たちは梅森牧師に棍棒の雨を降らせ、夜陰にまぎれて教会にピストルを撃ちこんだりしたのである。

梅森夫妻がならず者どものこうした暴力に負けてしまえば、シンガポールにおける廃娼運動は、何ひとつ実を結ぶことなく終ってしまったにちがいない。けれども梅森夫妻は、男どもの威嚇と暴力に挫《くじ》けなかった。そうすると、正義のためには死をも恐れぬ夫妻の気魄に打たれたのか、聴衆のなかから、ひとり、またひとりと、夫妻の側に立つ者があらわれるようになって来たのである。

そういう人たちのうちでもっともドラマティックだったのは、長森三郎というひとりの青年の回心であったと言えよう。長森は金銀細工の職人で、遠くシンガポールまで流浪してきた淋しさからかあるいは独身の空しさからか、ほとんど花街に入りびたりで、その世界では〈遊び人〉として名の通った男であった。その長森がある日教会にあらわれて、「御夫妻の真剣な姿を見て、はじめてわたしは眼がさめました。どうか、わたしを救ってください――」と告白し、以後、梅森夫妻を助けて花街伝道に従ったのである。

彼は、夕闇に電灯の光まばゆいマラバー街やハイラム街を、讃美歌をうたいタンバリンを打ち鳴らしつつ行進し、とある娼館の前で足を止めると、嫖客たちに真情こめて次のように訴えた。――「皆さん、わたしは長森三郎です。知ってのとおり、このあいだまで大酒呑みの大遊び人で、この街で登楼しなかった娼館は一軒もないというほどの男です。しかし、この大遊び人の長森は、このたびキリストを信じ、生まれ変って真人間になりました。酒も止めました、女を買うことも止めました。――皆さん、どうかこの三郎の生まれ変ったのを見て、皆さんも神様を信じ、女を金で買うようなことは止めてください！」

そして長森は、話しながら感きわまって時どき言葉を跡切《とぎ》らせ、ついには男泣きに泣いて拳で涙をふりはらいながら、なお人びとに訴えつづけたのであった。

娼館主の手下どものいかなる暴力にもめげることなく、非暴力主義をつらぬいてつづけられる梅森夫妻の廃娼・救娼の運動は、長森三郎のような遊蕩子《ゆうとうし》を回心させたことによって、ようやく、からゆきさんたちの心を惹きはじめた。理屈から言うなら、梅森夫妻の運動にまっさきに反応すべきはからゆきさんたちの筈であるが、彼女たちは長いあいだ、眼の前で展開されている廃娼の運動にほとんど関心を示さなかった。人間というものに裏切られつづけて来た彼女たちには、それがやはり人間によっておこなわれているかぎりにおいて廃娼・救娼の運動もまた信じられるものでなかったが、度かさなる暴力にも耐えて札つきの遊蕩子を回心させた実績から、梅森夫妻だけはどうやら信じても大丈夫らしい——と思うようになって来たからであろうか。そしてからゆきさんたちの夫妻にたいする信頼の心は、ある日、ひとりの芸妓が夫妻の教会の扉をたたくというかたちで披瀝《ひれき》されることとなったのである——

ずいぶんと回り道をしたけれど、ここに至っていよいよわたしは小川芙美の花街脱出について語らなくてはならないが——それはある日、梅森夫妻が外出から帰ったときにはじまった。教会で雇っている中国人のボーイが一枚の紙片を差し出し、夫妻に向かって言うのには、「旦那《トアン》の留守のあいだに、若くてとても美しい女の人が来ました。またあとで来るが、これを渡してほしい——と言い置いて帰りました」とのことである。夫妻が小さく結んだその紙片を伸ばしてみると、そこには女手で、「今ここに名前を書くわけには参りませんが、わたしはステレツに居る者です。決心して逃げて来ました。どうか、助けて下さい」と走り書きがしてあった。

夫妻が心ひそかに待っていると、夕方から夜に入ろうとする時分、その置き手紙の主がふたたび教会にあらわれた。年の頃は十七、八、花模様の浴衣に半幅帯をしただけの無造作な姿だったが、色白な頬に黒瞳《くろめ》がちの大きな眼、すんなりと伸びた肢体と、思わず息をのまずにいられないほど美しい女性だった。

彼女は、教会に入るところを誰かに見られはしなかったかという懸念からそわそわとして落ちつかず、梅森夫妻もまた彼女を人眼にふれさせてはならぬと思ったので、彼女を二階の私室に招じ入れた。そして、幾美さんが静かに紅茶を淹《い》れ、それを奨めなどしていると、彼女はわずかに人心地を取りもどし、問わず語りに身の上を話しはじめたのである——

いま、そのとき彼女みずからが語ったところと、当時銀行員としてシンガポールに在留していて彼女を見知っていた田中武氏より後年わたしが伝聞したところによるなら、彼女の半生はこうであった。――彼女は本名を小川芙美といい、三重県の海べの村に生まれたが、生家の都合で小さいときに横浜の芸妓置屋へ〈養女〉という名で売りとばされ、現在は、表向き二十三歳で通しているが実は数え年で十八歳、シンガポールの花街にある柳好亭という料亭兼芸妓置屋にかかえられて、〆奴の名で店に出ていた。生まれついての美人で、誰の眼にもあわれをそそる風情があり、当時在留邦人間でおこなわれたステレツ・美人コンテストにおいて一位に選ばれたこともあった。彼女は、名目の上では〈娼妓〉にあらずして〈芸妓〉であったから、一夕を過ごしにやって来るすべての男性にわが身を鬻《ひさ》ぐわけではなかったが、しかし両者の違いは所詮その身を多数に売るかひとりに売るかの違いでしかなく、そして彼女は、つい半年ばかり前から、華南銀行支店長某の思いものとされていたのである。

　この彼女〆奴に、ある晩遊びに来た客が何かのはずみで呉れたのが一冊の聖書で、ひととおり文字を解する彼女が読んでみると、「姦淫するなかれ」とか、「暴力に対するに暴力をもってしてはいけない」とか、実行はむずかしいだろうけれど、しかし真実だと思われる言葉が随所にある。それらの言葉に胸を衝《つ》かれ、芸妓という職業を余儀なくされている自分を省みて何となく心とがめるような思いでいたまさにそのとき、彼女は廃娼をすすめる梅森牧師夫妻の説教をその耳に聞いたのであった。

　彼女のいる柳好亭は花街のほぼまんなかに位置していたので、迫害されて血みどろになりながらもなお熱烈に祈り、人びとに向かって正しく生きよと呼びかける梅森夫妻の姿は、居ながらにして手に取るように見えた。そしてそういう夫妻の、傷つきながらなお一歩も引くまいとしている姿を眼にすればするほど、彼女の裡には心苦さがつのって来て、終いには居ても立ってもおられないまでになった。そこで彼女は、ついに花街から脱出することを決意し、たまたま養母——すなわち女将《おかみ》が新しい娘を探しに日本へ出かけた留守をねらって、梅森夫妻に救いを求めたという次第だったのである——

「花街の男たちに見つけられたら、わたしはどうされるかわかりません。どうか、ここへかくまってください——」と真剣に言う芙美の頼みを、梅森夫妻は、「神様が、きっとわたしたちをお助けくださるでしょう」と答えて引き受けた。そしてその晩から、着のみ着のままで逃げて来た彼女を自分たちの家に寝起きさせ、絶対人目にふれさせぬよう配慮したのだった。

しかし翌日になると、花街の男たちが連れ立って教会を訪れ、言葉だけは叮嚀《ていねい》に梅森牧師への面会を求めて来た。芸妓としてシンガポール花街第一の売れっ妓《こ》がいなくなったというので、花街では大さわぎをし、はじめは事故かと思ってあちこちへ人を走らせたが、心あたりのどこを探しても見当らず、そういえばこの頃〆奴のようすが何となくおかしかったが、さてこそあの耶蘇坊主のところへ逃げこんだものにちがいない——ということになって、教会へ掛け合いに来たのである。

男たちは「こちらに〆奴が御厄介になっているはずだが——」と婉曲に問い、これにたいして、神の前に嘘を構えることを許されぬ梅森牧師の返答は、「お答えできません」の一点張りであった。しかし男たちは、芙美の存否をあきらかにしないこの答えから、彼女は教会に匿《かく》まわれているにちがいないとの推測を深めたらしく、その午後から執拗に教会へ押しかけて来はじめた。

夜の花街ならあからさまに暴力をふるえる彼らも、いかに植民地とはいえ真昼間の普通の街中では、さすがに、匕首《あいくち》やピストルをちらつかせたり大声を挙げて嚇《おど》しつけたりすることはできない。それにまた、男たちの押しかけて来たことによって梅森牧師夫妻が〆奴の花街脱出を援助しているらしいと知れると、教会員たちが陸続《りくぞく》と教会に集まって来て、神の御恵みの哀れな小羊の上にあらんことを烈しく祈り、その騒ぎはシンガポール警察の耳にも入ったので、なおのこと、男たちは迂濶に動けなかったのである。

その次の週の日曜礼拝は、教会堂からあふれるばかりの人波であった。梅森牧師夫妻を助けようとすべての教会員が出席したのに加えて、芙美についての情報を得るためにもぐりこんだ花街の男たち、および好奇心からひと眼でも芙美を見ようという野次馬たちが大勢やって来たからである。当然ながら芙美は礼拝に姿を見せなかったが、そのことは花街の男たちや物見高い人びとの気持を満足させなかったらしく、集会が終ってもなお人波はなかなか引かないのだった。

このようにして数日は過ぎたが、芙美の立場をいつまでも中途半端なままにして置くことはできない。そこで梅森牧師が調べてみたところ、シンガポールの法律は、売春を暗黙のうちに認めてはいるものの人身の年季的拘束は許しておらず、したがって娼婦の前借金なるものは無効であるということがわかった。いや、それればかりでない——シンガポール建市の当初には中国人苦力が多く、その中国人苦力の保護や生活指導をしたためにそう名づけられた華民保護局という役所があって、保護を必要とする者は何国人であっても護《まも》ってもらえるということも判明したのである。

梅森牧師は華民保護局へ出向き、ちょうどそこにつとめていた小出積善という日本人に事情を打ち明け、花街から脱出しようとしているけなげな女性に、どうか力を貸してもらいたいと訴えた。事件はここから公のものとなり、華民保護局は、「小川芙美をその附属施設へ収容してもよいが、家庭的雰囲気につつまれて在る現状のままをむしろ適当と認めるので、改めて芙美の身柄を梅森牧師に預ける」という命令を出したのであった。

こうして芙美は華民保護局の保護のもとに置かれることとなったのであるが、しかしこのことは、思いがけなく身を売る寸前にあった三人の少女を救出するという副産物も生んだのである。

――というのは、華民保護局が芙美の身上調書を取ってゆくうち、彼女が二十三歳と称しながら事実は十八歳であることがわかり、そのことからさらに調べて行くうちに、柳好亭には、彼女のほかになお三人の未成年女子の働いていることがあきらかにされた。この地の法律は未成年者の花街に働くことを無条件に禁じていたので、華民保護局はその三人の少女の上にも手を伸ばし、彼女らを柳好亭から解放して、芙美と同じく梅森牧師のもとに預けたのであった。

柳好亭で芙美の妹分とされていた三人の少女は、ひとりはいわゆる半玉《はんぎょく》になる前の舞妓でちょぼ一と呼ばれており、本名はかね子で年齢は十五歳になったばかり、あとのふたりは茂子・はや子といって数えの十三歳であったという。そして彼女たちは、柳好亭から教会に移され、姉と親しんだ芙美と一緒になれたのを喜んだのもわずかの間で、華民保護局の手でそれぞれの親元へ送り帰されたのであった――

それはともかくとして芙美のことに話をもどせば、彼女のほうは、三人の少女たちほど簡単には柳好亭との関係の決着がつかなかった。

日本へ帰っていた女将は、帰着して事件を知るや否や華民保護局と梅森牧師に交渉して来たが、女将は芙美の前借金を楯に取って譲らず、「話せばわかることですから、どうか〆奴ちゃんに逢わせてください」の一点張りである。女将のねらいは、自分の意思で芸娼妓営業することは法律も禁じていないのだから、何とかして芙美に逢い、心情に訴えることで彼女の花街脱出の気持を翻《ひるがえ》させようとするにあった——と言ってさしつかえあるまい。ところが一方、梅森牧師や華民保護局の小出積善は、正真正銘の着たきり雀で教会に救いを求めて来た芙美のために、彼女の私財——何十枚もの着物や道具類のせめて何分の一かでも取り戻してやりたいと思っているので、交渉はまとまるはずがなかったのである。

それでは、これにたいして当人の芙美はどうかといえば、「わたしは、着更えの下着類さえ幾枚かあれば、あとは何ひとつ要りません。全部お母さんに上げますから、どうぞ売りはらって、借金の分に充《あ》ててください」と、まことにあっさりしたものである。階級社会はじまってこのかた、女性にとって〈美しいこと〉はもっとも大きな武器であり、そのモメントのひとつとなり得る衣裳をたくさん持つことは女性の至福であると言っても過言でないが、彼女は、その衣裳への欲望をみごとに捨て切ったのであった。幼くして肉欲の街に売られ、多くの芸娼妓たちの来し方行く末を見聞きして、女の肉体的な美しさも物質的な栄耀も所詮は空虚なものだと悟ったことが、まだ十八歳の彼女をしてそのように恬淡《てんたん》たらしめたのかもしれない。

そこで梅森牧師や小出積善は、芙美の意思を尊重し、物質的損益にこだわらぬことにした。そして終局、鏡台ひとつと当座の着更え一、二枚を引渡してもらうことで、柳好亭の女将との厄介な交渉を打ち切ったのである。

かくして芸妓〆奴の花街脱出は成功し、彼女は小川芙美という本名しか持たぬ女性となったのだったが、しかしながら、花街のアウトロウたちの横行するシンガポールに彼女がいるかぎり、どのような不測の事態が起こらないともかぎらない。――で、梅森牧師たちの考えたのは、彼女を花街の男たちの手のとどかぬ場所へ移してしまうこと、すなわち日本へ帰らせてしまうことであった。日本へ着きさえすれば、キリスト教婦人矯風会《きょうふうかい》やかつて梅森牧師が籍を置いた救世軍など廃娼・更生運動に熱心な団体がいくつもあるし、そこへ連絡を取ればまず安心だと言ってよいだろう――

だが、梅森牧師たちの困ったのは、一体どうやって芙美を帰国させるかということであった。うかうかとひとりで汽船に乗せようものなら、その美しい顔を多くの人に見知られた芙美ではあり、ただちに花街の男どもに探知され、寄港地のマニラとか香港とかで奪取されてしまわないともかぎらない。したがって、人格的に十分信頼の置けることはもちろん、一旦事が起こった場合にたじろがぬだけの社会的訓練を経ている人物に彼女を託さなくてはならなかったが、そういう人物はなかなかいなかったのである。

ところが、天の配剤とはこういうことを言うのだろうか、たまたま正金銀行のシンガポール支店長だった前田某氏夫妻が、転任で帰国するという話が梅森牧師の耳にとどいたのである。前田夫人はクリスチャン実業家として知られた倉敷の大原家の出で、しかも、一時どきではあるが梅森牧師の教会にも出席していた。そこで、梅森夫妻が足を運んで窮状を打ち明けたところ、前田夫妻は、芙美を日本へ連れ帰ることを快く承知してくれたのであった。
正金銀行の支店長といえばシンガポールの日本人社会においてはその地位は格段に高く、花街のアウトロウたちの無闇に手出しできる相手ではなかったが、しかし、それでもなお梅森夫妻――とりわけ幾美さんは、芙美を託すについて万全の配慮を怠らなかった。その配慮とは、いよいよ出港という日、芙美に粗末な洋服を着せて前田家の女中に仕立て上げたことで、シンガポール在留邦人間でおこなわれたステレッ・美人コンテストで首位を占めた女性だというのに、誰が見ても野暮ったい田舎娘としか映らなかったということだ。そして、隙《すき》あらば芙美を奪還しようとつけねらっていた花街の廻し者も、さすがに、彼女がそのように身をやつして乗船しようとは想像だにしなかったらしく、そのため彼女はつつがなく日本へ着くことができたのであった――

こうして故郷へ帰り着いた芙美は、キリスト教婦人矯風会神戸支部の城のぶ子の出迎えを受け、その手で東京にある矯風会本部へ移された。それからしばらくのあいだ彼女は矯風会の事務などを手伝っていたが、やがてみずから希望してキリスト教の洗礼を受け、伝道者たらんとして小石川の伝道女学校に入ったのである。かつて嫖客のひとりから貰った聖書に心を動かされて梅森牧師夫妻に救いを求め、夫妻のいのちがけの働きによって花街を脱出することを得ただけに、彼女の夫妻にたいする信頼がそのままキリスト教への信頼に変ったものであろうか。

そして彼女は、伝道女学校で一心に学んで婦人伝道者の資格を身につけ、大正十二年秋の関東大震災の際には、矯風会の一員として難民救護に献身した。その後、当時は日本の委任統治領だった南洋群島のポナペ島に渡って伝道事業にたずさわり、また縁あってある画家と結婚したともいうことである。

ああ、小川芙美――彼女は花街からの脱出に成功し、その街より陰に陽に伸びて来る魔の触手をすべて断ち切って、ついに完全に自由の身となったのだ！　しかも、個人の力でからゆきさんの境涯から脱け出ようとした平田ユキ女が、小山という人物とめぐり逢ったのちもなお数年間はその身を鬻《ひさ》ぎ、前借金を皆済してからでなくては小山のもとへ行けなかったのに、芙美は、莫大な前借金を一銭も払うことなく地獄から脱出したのである。法律などものともしないならず者だらけの植民地花街の経営者を向こうにまわして、そのようなことが兎にも角にも成就したのは、ひとえに、彼女の縋ったのが〈個人〉でなく、キリスト教精神にもとづく廃娼運動という〈組織集団〉だったからであった。その組織の規模はお世辞にも大きいと言えず、その力もまた決して強いとは言えなかったが、それでもなお集団の力は個人のそれの絶対に及ばぬ威力を発揮したのであり、その意味からして梅森牧師夫妻たちの廃娼運動は、幾多のからゆきさんたちにとって暗夜に仄《ほの》見えた曙光であり、〈歴史〉の一歩の進展を示すものにほかならなかったのである。

ところで、わたしは――小川芙美の話をここまでで終ることができるならば、どれほど有難いかしれないと思う。それならばわたしは、個人の力をもって男性優位の社会とたたかった平田ユキ女に対するに、ささやかなりとはいえ組織の力に保護された芙美のしあわせを強調し、それを評価することでいくらか明るい気持になれるだろうが、しかし、残念ながら現実は、断じてそんなになま易しいものではなかったのだ――

――というのは、実はこれは、わたしがこの東南アジアの旅から帰国してしばらく経ってからのことなのだが、かつて〆奴こと小川芙美のいたシンガポール花街の跡を見て来た感慨もあって、わたしは、彼女のその後の消息を知りたいと思った。そして諸方へ探索の手を伸ばした結果、つかみ得たのは、平田ユキ女にくらべて格段の幸運にめぐまれた彼女にして、その後半生の歩みは、やはり落莫たるものでしかなかったという事実だったからである。

このように仄めかしてしまった以上、わたしは、芙美の行方を訊ねての国内の旅行についても書かなくてはならないが――わたしが訪ねて行った先は大阪であった。それにしても、昭和初年代にある画家と結婚したといううわさまでは婦人矯風会関係の人びとも知っているけれど、その後その行方の杳《よう》として知れぬ小川芙美の消息を、大阪に求めたのはなぜであったか。

芙美の行方を訊ねるのに、はじめわたしは婦人矯風会の知るべを頼り、旧伝道女学校の卒業生名簿を調べてもらった。そして、そこで得た答えは、小川芙美なる女性の名は旧伝道女学校卒業生名簿に確かに載っているけれど、昭和三十九年に逝去したと附記されている――というものであった。そこでわたしは、それではせめて彼女の精確な出自《しゅつじ》や家族関係でも知りたいと思い、たまたまその名簿に記されていた本籍地へ照会して戸籍謄本を送ってもらったのだが、これは全体どうしたことなのか、戸籍には芙美死亡の記載はないのである。

芙美が昭和三十九年に逝去したとする資料と、彼女が依然健在であるとするデータとを同時に示されて、わたしはとまどわざるを得なかった。しかし、つらつら思いみるに、日本は戸籍と警察の発達していることでは世界に定評ある国であり、そのいのち尽きた当人にはもはや利害関係のなくなった死亡届が出されないということは、よほど特殊な事情のないかぎりまずもってあるまい。とすれば、旧伝道女学校の卒業生名簿よりは、むしろ戸籍のほうが信ずるに価するのではないだろうか――

ひそかにそのように考えていた折も折、わたしは、かつて婦人矯風会で芙美と一緒に仕事をしたというある老婦人から、次のような話を聞いたのである。――第二次世界大戦が終ってまだあまり経たない時分のことですが、偶然、新大阪ホテルで女中頭をしている芙美さんに逢いました、と。そして、久濶《きゅうかつ》を叙してさてそれからお互いの来し方を語る段になったとき、彼女は、「わたしのシンガポール時代のことは、どうかこのホテルの人には言わないでください」と懇願したので、その願いを容れて、ほとんど昔話をすることなく別れて来ましたのよ、とも。

老婦人のこの話は、わたしには天与の声と聞こえた。昭和初年代に消息が知れなくなり、その卒業した学校の名簿にはすでに死亡と記録されている芙美が、第二次世界大戦後につとめていた場所がともかくも分ったからである。新大阪ホテル――そこへ行けば、よしや芙美に逢えぬまでも、彼女について何かがわかるにちがいない。そこでわたしは、東南アジア旅行の疲れを癒す間もなく、大阪へ向かうこととしたのだった――

新大阪ホテルは大阪中之島にあり、新式ホテルが簇生《そうせい》した今でこそ昔日のいきおいはないけれど、長く大阪における第一流の格式を保って来たホテルである。はじめて宿泊したわたしには、かつての東京帝国ホテルのそれに似て古寂《ふるさ》びた雰囲気が好もしく、ひとたびはキリスト教の伝道者にもなった小川芙美が、その晩年の職場としてこのホテルを選んだ気持が何となくうなずけるような気がした。

宿泊した最初の日、わたしはフロントへ行って支配人に、「小川芙美という年配の婦人が、今でもここのチーフ・メイドをしているでしょうか——」と訊ねてみた。支配人は、「わたしはここへ来て十年ほどになりますが、チーフ・メイドにそういう名の人はおりませんでした」と答えたが、なお念のため人事部の名簿を調べてくれ、その結果、芙美は確かにここへつとめていたが、昭和三十六年にその職を退いたということが判明したのである。そしてわたしが、便宜的に彼女の知り合いの者であると話すと、支配人は、「それでは、古くからつとめている者がいますから、その者を後ほどお部屋へ伺わせましょう。あれなら、その人のことも知っているかもしれません——」と言って、ひとりの老婦人をわたしの部屋へ差し向けてくれたのであった。

その老婦人——もう十数年も新大阪ホテルのメイドをしているという山内よしさんは、支配人が思ったとおりたしかに芙美を知っていた。いや、単に彼女を知っていたばかりでなく、おそらくは同僚のうちでももっとも親しくしていた間柄であったらしい。

山内よしさんの話してくれたところによるなら、新大阪ホテルにチーフ・メイドとしてつとめていた頃の芙美は、夫もなければ子どももない全くのひとり身であったという。彼女は綺麗好きな性格で、仕事のけじめがひとつひとつ完全に附かないと気持が悪いといったふうで、メイド・キャプテンとして非常によく出来た人であった。昭和三十六年に退職してからはいきおいつき合いがうとくなったが、それでも昭和四十一、二年頃までは往き来しており、その後はどちらからともなく音信が跡絶えて現在に至っている。けれど、彼女は今でもきっと天王寺区内でどこかの旅館につとめているはずだし、調べればその住居もわかるはずだ——と言うのである。

そして山内さんは、しばらく待ってほしいと言い置いていったん部屋から出て行ったが、三十分ほどしてふたたび現われると、一枚の古びた葉書を差出した。受け取ってみるとそれは芙美が山内さんに宛てたもので、わたしは差出人のアドレスを、〈大阪市**区**通四の六〉と読み取ることができたのであった。

翌日の午後、わたしは芙美を訊ねるためにホテルの前からタクシーを拾おうとした。——が、行先を告げると運転手が、「済まんけど、そちらには行けまへんで」と乗車拒否をし、しかもそれが、一台ならずも二台も三台もつづくのである。そこで少しばかり怒りを発したわたしが、一体どうして乗車を拒むのかとなじると、運転手の答えは、

「お客さんは大阪のお方やないよって知りまへんやろけど、**通いうたら釜ヶ崎の近くでな、貧乏人ばかり仰山《ぎょうさん》いるとこや。あんなとこ、行っても分りにくいし、帰りの客拾うことでけへんもんな——」というのであった。

わたしは、一抹の不安が胸をよぎるのを押さえることができなかった。運転手の言葉どおり大阪に全く不案内のわたしでも、さすがに釜ヶ崎の名は知っているが、**通はその釜ヶ崎の近くでやはり貧乏人が多く住んでいるのだという。してみれば**通もおそらくはスラムなのであり、そこに住まっているからには、大阪第一流と定評ある新大阪ホテルのチーフ・メイドを長くつとめた芙美にして、決して恵まれた暮しをしているのではない——と推察せざるを得なかったからである。

それでも、ようやく幾台めかのタクシーに乗せてもらうことができたが、電柱に**区**通という標示のあるあたりまで来たところで、わたしは半ば強制的に下ろされて

しまった。地番標示をよくよく見ると、そこは確かに＊＊通ではあったが一丁目で、四丁目がどちらの方角にあたるのか見当もつかない。手あたりしだいに訊ねると、四、五人めのとき、「ちょうど四丁目まで行くよって——」という中年の女性に行き当り、わたしは彼女に連れられて歩きはじめた。

距離にしてどれくらい歩いたろうか、ようやく着いた＊＊通四丁目は、表通りは商店街で、食料品店・八百屋・米屋・魚屋などが至極ふつうに並んでいたが、ひとたび足を横道・裏道に踏み入れると、印象がまるで違っていた。すなわち、裏通りはあちこちに穴のあいたでこぼこ道で、その両側には、歳月に黒く古びたのみならず半ば朽ちかけてすらいる二階建の長屋が隙間なくつらなり、いかにも荒涼とした眺めなのだ。そしてここまで入ると、住居標示はあったり無かったりで、ほとんど頼りにならないのである。

しばらくうろうろした末に、これではいつまで経っても埒《らち》が明かないと思ったわたしは、表通りに出て一軒の菓子屋へとびこみ、わけを話して、＊＊通四丁目の町会で作ったという地図を見せてもらった。一メートル四方もある大きな地図で、地番のほか一軒一軒の家の住人の姓までも書き入れたものである。

——ところが、奇妙なことにその地図をいくら探しても、ほかの番地はみんなあるのに、四丁目の六番地だけがどこにも見当らないのである。古くからここに住んでいるという菓子屋の老夫婦にして、たがいに思わず顔を見合わせ、「そういえば、今まで六番地いうのんは、耳にしたことがないような気ィがしますねん。六番地は、欠番なんとちがいますやろか——」と言い出すありさま。そして、菓子屋から教えられたとおりに歩いて四丁目五番地に出、そこで訊いても、なお且つわたしのめざす六番地は判然としないのであった。

わたしは、そのあたりの家を虱《しらみ》つぶしに調べてみるほかに、もはや方法はないと考えた。そして、はや夕暮れも迫っており空腹にもなっていたので、表通りの中華そば屋でひと休みし、さてそれから、最後のアタックを開始すべく足を外へ踏み出したのである。

――外は曇り空から一転して雨になっており、時刻からいえばまだ七時になるやならずだというのに意外な暗さで、その暗さは、表通りから露地に入ると更にいっそう深くなった。わたしは、ルーム・クーラーによる冷え過ぎに備えて持っていたサマー・セーターをかざして雨を防ぎ、でこぼこ道の水溜りの水をはねながら、家々の入口のあたりを一軒ごとにあらためはじめた。

ひとつの街灯もなければ一軒として門灯を満足につけた家もない細民街の露地なので、マッチを擦って表札を調べなくてはならなかったが、その表札がなかったり、有っても何十年の昔に書かれた木製や紙製のそれは、判読することがむずかしい。そして消えうすれた文字をようやく判読しかかったときには、かぼそいマッチの火は降り落ちる雨しずくに消えてしまい、わたしは再度マッチを擦らなくてはならないのだった。

挙動不審で咎められぬともかぎらないこのような探査を一時間あまり続けただろうか、わたしは肩や背中やふくらはぎなどに鉛のような疲労をおぼえた。あたりはいよいよ綾《あや》目《め》も分かたず、雨はますます降りしきり、ついに途方に暮れたわたしには、次のようにしか思えなくなった。

――＊＊通四丁目六番地は実在ではなくて、この町のできた当初から架空の地番だったのではあるまいか、と。よしんば架空でなかったとしても、この細民街の埃《ほこり》っぽい風に幾十星霜を吹き晒されているうちに、いつしか消滅してしまった地番なのだ、と。

そしてわたしはもはやこれまでと諦め、ホテルへ帰ろうと考えて踵《きびす》をめぐらしたが、そのときだった——迷い込むようなかたちで足を踏み入れた露地のとある一隅に、かすかに消え残った〈＊＊通四の六〉の表示のあるのが眼に止ったのは！　ああ、新大阪ホテルでかつて同僚だったという山内さんの教えてくれた番地は、架空のそれではなかったのだ——

小箱の底にわずかに残ったマッチを擦って調べてみると、戸口にその番地を記した家は、十二、三軒ばかりあった。表札には、木片に墨書されたもののほか、名刺を鋲《びょう》で止めたもの、紙片に金釘流の文字で幾人かの家族名を書きつらねたもの、および柱へじかにマジック・インキで書いたものなどがあって多彩だったが、しかしそれをいくら丹念に調べても、〈小川芙美〉の名は見当らなかった。

わたしは、その地番にあるすべての家の戸を一軒ごとにたたいて、「お宅に、小川芙美さんという方がおられないでしょうか——？」と糺《ただ》すべきであったかもしれない。けれども、夏とはいえうすら寒さをもよおさせる夜の雨に打たれつつ、老朽した二階建の長屋の黒い家並を眺めているうち、いつかわたしは、もうこれ以上芙美を追ってはならないのだ——という気持になっていたのである。

——旧伝道女学校卒業生名簿では昭和三十九年死亡となっていながら、戸籍にはそれが記載されておらず、しかも職場の旧同僚によれば、昭和四十一、二年頃までは往来があったということは、一体何を意味しているのだろうか。そして、ホテルのメイドをしているところを旧知の人に見られた折には、その経歴を秘してくれるよう懇願し、またわたしがこうして大阪を訪ねてみれば、その住所だというところは、うらぶれた細民街のただなかなのだ。

　そのようなことを綴り合わせて考えてみると、わたしには芙美が、ひたすら自分の〈過去〉から逃げたがっている人のように思えてならなかった。からゆきさんの一種である出稼ぎ芸妓からキリスト教伝道者へという転身は、数奇《さっき》と言ったらよいのか、それともけなげと評したらよいのだろうか。しかしながら、芸妓時代の知るべはもちろんのこと伝道者時代の関係からも遠ざかり、結婚したと聞くのに全くの独り暮しだったらしいことなどから垣間みえて来る彼女の軌跡は、決してしあわせなものだったとは言えまい。臆測を逞しゅうするなら、具体的にどういう契機でそうなったのかはわからないけれど彼女の胸には、人間は言うにおよばずかつて信じた神にたいする絶望までがたたみこまれており、それゆえに彼女は、殊更にひとりの知るべとてない陋巷《ろうこう》をみずから選んでそこにその身を潜《ひそ》めたのではなかったか。

　とすれば、この露地にならぶどれかの家の奥に今なお健在であったとして、そういう彼女――自分の〈過去〉と絶縁したがっている芙美をこれ以上探して逢ってみて、はたして何になるだろう。それは、彼女にとって、〈過去〉よりの呪縛の触手としか感じられぬであろうし、うらぶれて孤独ではあろうがそれなりに静謐《せいひつ》な心に、大きな波立ちを与えることにならないともかぎらない。そのような事態を招くことは、もとよりわたしの本意ではないし、また誰に許されることでもない。そしてわたしの胸には、これ以上彼女を追跡せぬことこそもっとも彼女の意思に副うのだという思いが湧いて来て、立ちつくす夜の雨のなか、その思いは確信にまでなって行ったのであった――

その夜、濡れねずみのようになって新大阪ホテルへ戻ったわたしは、翌日、東海道新幹線の列車で東京へ帰った。昨夜の雨はすっかり上がって空はまぶしく輝いていたが、心なしか南国シンガポールのそれを思い出させる夏の光を車窓から仰ぎながら、わたしは、無神論者であるというのに、なお、何者かに向かって祈らないではいられなかったのである。――小川芙美さん、一部にはすでに亡き数に入ったと信じられているあなただけれど、この光あまねき大空のもと、どこであってもよいからどうぞ健《すこ》やかに生きているのであってください、と。そしてまた芙美さん、あなたは知るはずもないでしょうが、この広い世界にたったひとりではあるけれどあなたの心の平安を念じている女もいるのであり、その女のためにもどうか強く生きぬいてください、と。――

小川芙美の行方を訪ねての旅に思わずも筆をついやしてしまったが、彼女の半生をこうしてここまで書き綴って来てみると、わたしは新たに、胸の張り裂けてしまいそうな悲しみにとらえられる。わたしは、個人に縋って敗れざるを得なかった平田ユキ女に対置する意味で芙美を取り上げたのであり、その芙美を花街から脱出させた廃娼運動は、からゆきさんたちにとって〈歴史〉の一歩の前進を示すものであったとさきに書いた。――が、孤影落莫として今やその生死すらさだかでない芙美の半生は、その歴史の進展の上に立って新たな道に踏み出した彼女にして、決してしあわせにはなれなかったことを物語っているのである。

ユキ女のように〈個人〉としての男性の力に縋ると、終局的にその男性のエゴイズムの餌食とされてしまい、芙美のごとく〈組織〉に頼ってからゆきさんの境涯から脱出しおおせても、なお世間の好奇の視線につきまとわれて人並みの幸福を許されぬとすれば、けなげにも更生しようとする彼女たちは、一体どうすればよいのであろう。というよりも、ひとたび〈からゆきさん〉という名の性奴隷となった女性たちは、〈人間〉ではなくて〈もの言う家畜〉であった古代社会の奴隷とまさに同じ存在であり、人間としての幸福を望むなど不遜であるとでも言うのだろうか。

ここに至って、この胸の張り裂けんばかりのわたしの悲しみは、ついにほとばしって白熱の怒りと変らずにはいない。周知のように白熱は、金属を摂氏千度以上に熱したときに生ずる光であり、そんなにも高温でありながらその色の玲瓏《れいろう》として青白いため冷たく印象されこそすれほとんど熱さを感じさせないものであるが、わたしの怒りも、それが白熱であるまさにその故に、世の多くの人びと——とりわけ男性には、それほどのものと受け取ってもらえないかもしれないと思う。

しかしながら、からゆきさんのような酷烈な体験は経なくても、この男性優位の社会においては、かたちと程度の違いこそあれすべての女性が、例外なく男性の性奴隷的存在ではあるまいか。そしてその原体験を軸として、わたしもそのなかのひとりである女性だけは、わたしのこの白熱の怒りの熱さを諒解してくださるものと考える。いや、植民地シンガポールの花街という人肉市場に投げこまれながら、その汚濁のなかで美しい心を持ちつづけ、けなげに更生の歩みを進めつつ遂に倒れたユキ女と芙美女のふたりのため、加えて更にその背後にあった無数のユキ女と芙美女のためにも、わたしは、そのように信じないではいられないのである——

からゆきさんの本拠と言われたシンガポールの花街を歩いて昂ぶった心から、わたしはその花街から脱出しようとこころみたふたりの女性について語り、さらにこの旅から帰国してのちの探索行についてまで語ってしまった。けれど、このあたりでふたたびシンガポール滞在の時点に立ちもどるなら——一日を花街歩きについやしたその翌日、わたしは観光案内人の太田さんの事務所を訪ね、「数日後にクアラルンプールへ行ってみたいのですが、案内をお願いするに適当な人を御存知ありませんか？」と相談を持ちかけた。

あらためて記すまでもなくクアラルンプールは、マレイシア連邦の首都であり、マレー半島の南部、シンガポールの北西およそ四百キロほどのところにある。聞くところによるとクアラルンプールは、シンガポールに優るとも劣らぬエキゾチックな町で、しかも近東中世風のスタイルとネオ・モダーンなスタイルとが不思議な調和を見せているということだが、しかし、わたしがそこへ行ってみたいと思ったのには、少しばかり別な理由があった——

——というのは、わたしがこれまでに逢ってきた幾人ものからゆきさんは、いずれも、この南国から日本へ帰ることのできた人ばかりであった。帰国後の生活は、経済的に恵まれている例もあればまた極貧見る影もない場合もあったが、兎にも角にも生きて故国の土を踏むことのできた人ばかりであった。しかし、その総数五万ともいえば十万ともいわれるからゆきさんのなかには、若くしてその屍《かばね》を異郷に埋め終った人は別として、そのいのち長らえていながら、さまざまな理由から帰国することができず、今なおこの東南アジア社会の一隅に暮している人も少なくないはずなのである。

わたしは、こうしてはるばると東南アジアまで来たからには、からゆきさんたちの奥津城《おくつき》やかつての娼館の跡を訪ねるばかりでなく、今なおこの地に在るからゆきさんに是非とも逢ってみたかった。逢って親しく話を聞き、そのような成り行きを回避できなかった自身の運命をどのように考えているのか、そしていわば自分を捨てた祖国日本にたいしていかなる感情をいだいているのかを、その口《くち》ずから確かめてみたいと思った。しかしながら、そういう現地残留のからゆきさんは、わたしの訪ねてみたかぎりシンガポールにはほとんど居らず、むしろその他の地域——たとえばクアラルンプールとかイッポーとかに居住している可能性が大きかったのである。

それにしても、明治期から大正期にかけてからゆきさんの最大の市場だったシンガポールに、一体なぜ老からゆきさんの姿がほとんど見られず、当時はフロンティアにしか過ぎなかったクアラルンプールやイッポーなどに、かえって彼女等が生き残っているのだろうか。その理由は、一見逆説とひびくだろうが、シンガポールがからゆきさんの最大の市場であり、クアラルンプールなどが辺境だったまさにその点にあると言わなくてはならない。

シンガポールにおいて、大正二年、領事の政庁への働きかけによって女衒の追放がおこなわれ、それをひとつの契機としてキリスト教徒による廃娼運動が興ったことは、すでに前章に記したとおりである。けれども、梅森豪勇牧師を中心としたその運動は、廃娼令の公布によるものではなくて、いわゆる自由廃業――法律の不備を逆手に取って個人的に娼売を廃業しようとすすめるものであったから、よほど鞏固《きようこ》な意志と怜悧な知恵の持主でなければそのすすめに乗って来なかったし、したがってその運動の力は僅かなものでしかなかった。そこで、からゆきさん問題については何らかの強力な施策が必要とされていたのだが、折からはじまった第一次世界大戦に日本も連合国側として参戦、戦場が遠かったためほとんどたたかわなかった日本は、連合国への武器供給国として経済的に大いにうるおい、明治維新このかたの宿願だった富国強兵をようやく達成。かくして世界列強の一員になってみると、欧米人はもちろん東南アジア人にも身を売るからゆきさんはいわば国辱的な存在であるということになり、そこでシンガポール総領事は、大正九年末を期して廃娼令を出し、強制的に一斉廃娼を断行する挙に出たのである。

そしてその廃娼令は、シンガポールにおいては徹底して施行された。シンガポールは、日本からヨーロッパへ行くのにも、ヨーロッパからアジア地域へ来るのにもかならず寄港しなければならない港であり、その地に日本人売春婦の姿の見られることは、一等国日本の名誉にかかわることだったからだ。しかし、欧米人の眼の繁からぬシンガポール以外の港市では、取締りもいたってゆるやかで、廃娼令断行はほとんどその名のみであり、実際には従前と変ることなく花街が栄えていた。そこで、シンガポールを追われた女衒やからゆきさんたちは、日本へ引き揚げた一部のほかはこぞって周辺地域に散らばり、『南洋の五十年（シンガポールを中心に同胞活躍）』によるならば、「吉隆坡《コーランポ》には七軒の娼家に三十何人の娘子軍《じようしぐん》が残っており……ステンハイムでは新たに女郎屋を開業すべく家を借込み娘を募集中」であり、「一保《イッポー》では更に二軒も女郎屋が増えた」なようというようになありさまとなったのであった。

つまり、海外売春の中心地だったシンガポールよりも、むしろ他の地域のほうがずっと後まで娼売をつづけていたわけである。したがって、当時の辺境にこそからゆきさんの生き残っている蓋然性《がいぜんせい》が高いはずで、そこでわたしは、かつてからゆきさんの辺境市場だったクアラルンプールへ行きたいと考え、案内人の件を太田さんに相談してみたのであった——

太田さんは、わたしのクアラルンプール行きの真意を知ると、「寺や博物館を見たいというお客さんなら誰を紹介してもさしつかえないが、あなたの註文はむずかしいですねえ——」と言って、煙草を一本抜いて火をつけた。そしてしばらく考えていたが、不意に立って行ったかと思うと、五十歳前後の女性を連れ戻って来て、「これはわたしの妻で芳枝と申しますが、クアラルンプールに居たことがあるので、意見を聞いてみたんですがね——」と紹介したのである。

太田夫人芳枝さんは、わたしの願いの筋を聞くと、たちどころに答えてひとりの女性の名前を挙げた。——「それなら、キヌ子おばさんが良いわ。キヌ子おばさんが適任で、彼女以外に誰もいないわ」と。

——芳枝さんの話によれば、そのキヌ子おばさんなる人の名は草野キヌ子、明治末年の生まれで現在六十三、四歳、出身は九州天草島の高浜で、若い頃に叔父を頼ってポート・ディクソンに来て、イギリス人と結婚して一男二女を儲けたが、今はひとり暮しなのだという。二次大戦中には日本軍の通訳をし、またクアラルンプールにいわゆる慰安所を開設したともいうのだが、イギリス人との結婚と日本軍用の慰安所経営という矛盾するものがどうして結びついているのか、わたしには見当がつかなかった。けれど、キヌ子おばさんがクアラルンプール残留のからゆきさんたちを知っているのは、戦争中の慰安所経営というその経験および人間関係によるものらしいとだけは、わたしにも分ったのである。

ちょうど所用もあるし、同行してキヌ子おばさんを紹介してあげてもよいと言われたので、わたしは翌日、芳枝さんと一緒にクアラルンプールへ飛んだ。一見官庁街といった感じのダマンサロ街、その一隅にある古びたビルを借り受けて暮しているというキヌ子おばさんは、力士のようによく肥えた豪放な気象の人で、六十歳を越しているとは到底思えない若さだった。

日本からやって来た女を、名勝や旧跡へ案内するのならいざ知らず、かつての自分にもつながりのある元からゆきさんのところへ案内するというのは、キヌ子おばさんにとってかならずしも愉快なことではなかっただろう。しかし、芳枝さんがわたしの立場と目的をくわしく話してくれると、キヌ子おばさんは破顔一笑して了解し、わたしの頼みをこころよく聞き入れてくれたのであった。

その日の午後から、キヌ子おばさんに導かれて、わたしのクアラルンプールにおける元からゆきさんの女性訪問ははじまった。まず最初にキヌ子おばさんが連れて行ってくれたのは、北方郊外にある有名なバツー鍾乳洞の近くに住む吉田タネさんという老婦人のところだった。

タネさんの家は瀟洒《しょうしゃ》な平家建の西洋館で、芝生を張りつめた中庭には二頭の犬が寝そべっており、その中庭の奥のほうにある静かな別室が彼女の部屋だということだった。タネさんは年齢およそ八十歳、全身骨と皮ばかりに痩せ細り、この頃はベッドに寝たきりだということだったが、旧知のキヌ子おばさんが訪ねてきて、しかも日本からやって来た女の客を連れているというのに心をそそられたのか、わざわざ体を起こして自分の部屋へキヌ子おばさんとわたしを迎え入れてくださった。

衰弱したタネさんの介添えの中年女性は、タネさんの紹介によれば自分の生みの娘であって、年は四十二歳ということだったが、それではタネさんが四十近くになってから初産をしたということになって、年齢的におかしなことになる。ひと目見てあきらかにマレー人とわかるその中年女性は、真実はおそらく養女なのであろう。そして彼女は、ゴム会社の工場長をしているというイギリス人と結婚して四人の子供を持っており、タネさんの豊かな生活もその娘婿によって保障されているものらしく思われたのである。

キヌ子おばさんの紹介で引き合わされたわたしは、四方山《よもやま》話から糸口をつかみ、タネさんのからゆきさん時代のことを聞こうとしたが、しかし彼女は、話がそこへ行こうとすると巧みにほかへそらしてしまった。自身が島原半島の生まれで二十歳前後のときに渡南、二十四、五歳でマレー人の製図技師と結婚したことは話すけれど、その間の暮しについては、「遠いむかしのことなもので、おぼえとりません――」と言って、ほとんど語ってくれなかったのであった。そしてわたしは、同様な応対に、つぎに訪ねた沢本ヨシノさんの家でも、つづいて訪れた畑中チヨさんの家でも出逢ったのである。

ヨシノさんとチヨさんのふたりは、クアラルンプールから自動車で一時間ほど走ったところにあるコアラの町に住んでおり、その存在を知らぬわけではないらしいのに、なぜか互いに往来はしていなかった。ヨシノさんの住居もチヨさんの住居も木造高床式の家であって、タネさんの西洋館にくらべれば見劣りがするけれど、しかしこのマレイシアではまず普通の造りと言ってさしつかえなかった。その住居に、ヨシノさんは未亡人のひとり暮し、チヨさんは亡くなったマレー人の夫の親戚と一緒に住んでいるということで、身辺にいささか寂寥感のつきまとっているのは否定できないが、経済的にはそれなりに安定しているらしく見受けられた。——が、ヨシノさんはわたしに、婉曲にではあるが自分はからゆきさんではなかったと断言し、からゆきさんだったことを否定しなかったチヨさんも、その時期の話になると極力避けて、十分な返答はついにしてくれなかったのであった。

周囲の人びとはマレー人・中国人・インド人などばかり、日本語のわかる人間といってはたまたま訪れたわたしたちだけで、日本語でならどんなことを話そうと周囲の人に聞かれる気づかいは皆無だというのに、なおも過去の一事についてだけは語ろうとしない三人の老女。彼女たちのその態度——あらかじめ相談したわけでもないのに期せずして一様だったその態度に、わたしたちは、数十年後の今もなお彼女たちを縛っている男尊女卑社会の威力を感じ、慄然としないではいられなかったのである。

そうしてわたしは、こう思わずにはいられなかった——クアラルンプール周辺に生き残っているからゆきさんをもっともよく知り、彼女らともっとも親しいといわれるキヌ子おばさんの仲立ちにしてかくのごとき成績でしかないとすれば、わたしは、生き残りのからゆきさんからその本心を聞くことはできないのかもしれない、と。数週間をクアラルンプールに滞在して彼女らの家に通い、母国日本の話をゆっくりとしてその心のときほぐれるのを待てばどうか分らないけれど、短いあいだに諸方を走りまわるこの旅では、残念ながら彼女らの信頼を得ることは不可能なのだ、と。

しかしながら、キヌ子おばさんが引き逢わせてくれた四人めの老女によって、わたしの希望は一挙に達せられたと言って過言でない。その老女の名は野中ツルさんと言い、マレー人の未亡人の由で、住んでいた場所は、クアラルンプールから数十キロ南にあたるポート・ディクソンの町であった。

ポート・ディクソンはマラッカ海峡に面した港町だが、マラッカやジョージ・タウンほどの殷賑《いんしん》ぶりではないということで、そのせいか静かなたたずまいの町である。そして、その町の西の郊外、白くひとすじ伸びる道路から少し入ったところに木の間《こま》がくれに建っている木造高床式の家がすなわちツルさんの住居であった。地面から高床へ上がる段階だけは、何という石なのか白いなめらかな石材で作られてあり、訪《おとな》いの声のあいだにふと垣間見えた室内には、応接セットのほかテレビ受像機や扇風機もあって、マレー人の生活としてはかなり豊かなほうであるとわたしには印象されたのであった。

待つ間もなくあらわれたのは、四十五、六歳かと思われる大柄なマレー女性で、にこやかに微笑みつつわたしには分らない言葉で早口に何かを告げた。キヌ子おばさんの通訳によると、「自分たち夫婦はいま出かけるところだが、お母さんは暇をもてあましていますから、どうぞ、どうぞお上がりください――」と言ってくれたのだという。そして、わたしたちが応接の椅子に待たされてしばらくすると、あとでメイドと知れたふたりのマレー娘に両腕を支えられて、入って来たおばあさん――それが九十歳に近いという野中ツルさんその人だったのである。

竹製の骨組に南国らしい花模様のマットを置いたソファへ身を落ちつけると、ツルさんは、旧知のキヌ子おばさんが久濶を叙し、初対面のわたしが挨拶するのへ、叮重なお辞儀を返してよこした。やや色白の面長で上品な顔には、耳に穴をあけてはめこまれた青色のイヤリングがよく似合い、鶴のように痩せたからだには沈んだ色の植物模様のサロンを巻き、そして青い花模様の上着の袖からのぞく手首には数箇の金の腕輪をしているこの老女を、そうと告げられなければ誰が日本人だと思うだろうか――

キヌ子おばさんがマレー語でわたしを紹介すると、ツルさんは、「日本から見えたとですか――」と日本語で言って、幾度も幾度もうなずいた。それから、初めて逢ったわたしだというのに、遠くなつかしいものでも見るような眼《まな》ざしでわたしを眺め、こんどはマレー語で「よく訪ねて来てくだされた。どんなことでもお話しするから、何でも訊きなさい」とでも言うらしく、神経痛で自由のきかぬ右手は膝の上に置いたまま左手を大きく開いてみせたのである。

ツルさんの口から最初に出た言葉が日本語で、しかも九州訛《なま》りがまじっていたので、わたしは彼女が日本語を忘れていないのだと喜んで、「おばあさんは、天草ですか島原ですか――？」と訊ねてみた。ツルさんは一瞬おもはゆげな色を浮かべたが、つぎにはっきりと、「――島原ではございませんで、五島は福江の生まれです」と答えたのであった。

その日本語の明瞭なのに力を得て、わたしはそれからツルさんに、その今日に至るまでの全行路について質問をした。と――はじめのうちはしっかりとした九州方言の日本語だったその答えが、数分後にはたどたどしくなったと思うと、やがていつの間にか流《りゅう》暢《ちょう》なマレー語に変ってしまうのだった。わたしの問いかけに答える言葉の冒頭は日本語であっても、つづけて話したり少し複雑なことを話したりするには、単語も言いまわしもうまく口へ出て来ないのだ。

そこでわたしは、キヌ子おばさんに頼んでわたしの質問をマレー語に訳《と》して取次いでもらい、ツルさんの答えも、キヌ子おばさんを通して聞くという方法を採らざるを得なかった。それにしても、同じ日本人であるツルさんの生涯を、マレー語の通訳者を仲立ちとしてでなければ知ることができないというこの事実は、はたして何を意味しているのだろうか。わたしは、複雑で言いようのないもどかしさをおぼえないではいられなかった――

その複雑なもどかしさはひとまず措《お》くとして、そのときわたしの聞いた野中ツルさんの個人史は、概略つぎのようなものであった。――生まれた年は不明であるが、間もなく九十歳になるはずというから、逆算して明治十八、九年頃の誕生であろうか、ツルさんは五島列島の福江島の製材所の家に生まれた。女五人に男ひとり、合わせて六人の兄妹で、ツルさんは十七歳になったとき、欺されてシンガポールへ売り飛ばされてしまったのだった。

それはある春の日のことで、背の高い中年の女が娘たちの集っているところへ現われて、「シンガポールというところへ行くとゴム園があって、そこで働くと、日本では考えられないような高い給金がもらえる」と話したのだという。九州のはての島育ちで、常に島の外にこそしあわせがあるように感じていた娘たちは、この女の言葉に心を動かされ、結局、ツルさんのほかにもうひとり、村の医者の娘がシンガポールのゴム園へ行くことにしたのであった。

ツルさんがその旨を話すと、父親は一所懸命止めにかかった。若い娘のシンガポール行きがどのようなことを意味するかを、父親はさすがに知っていたからである。しかしツルさんたちは、勧誘人が女であることに安心し、またそのまめまめしく見える人柄に信頼もして、父親の言葉に耳を傾けず、その女勧誘人と約束の日に、身のまわりの物を持ってひそかに家を出、福江の町へ行ったのであった。

このときは、ツルさんが身のまわり品とともに消えていることにいち早く気づいた父親が、大あわてにあわてて後を追い、女勧誘人と落ち合う直前のツルさんたちを発見して強引に村へ連れもどした。けれどもツルさんたちふたりの心からは、しあわせはこの島の外にこそある——という思いがどうしても去らず、そこでふたりは、例の中年の女勧誘人が再度やって来たのに連絡を取り、今度は慎重の上にも慎重に家を出て、福江の港から船に乗り込むことにまんまと成功したのであった。

ところが、幸福の船に乗り込んだと思ったまさにその刹那、ツルさんと医師の娘とは、その船が実は地獄行きであると知らなくてはならなかった。——というのは、彼女たちが入れられたのは、普通の船室と思いのほか、狭くて急な階段を下へ下へと降りた船底の荷物倉であり、不審をいだいて問いかけるふたりに応える例の女や船員の態度は、冷笑と暴力のほかではなかったからである。

荷物倉には娘たち七人の先客があり、いずれもツルさんと同じく欺かれてこの船に乗ったものであった。その船底の荷物倉は、上から階段を引き上げてしまうと絶対に上部へ行かれぬ仕組になっており、朝晩の二回だけ、箱に入れたわずかの食物と水とをボーイが縄で吊り下げてよこした。そして、外《はず》してある階段がたまたま掛けられるのは、荒くれた男どもがどやどやと下りて来て、ふるえ上がっている娘たちに無理無体を仕掛けるときだったのである。

昼も夜もない船底なので幾十日かかったのかわからないが、気の遠くなるほどの長い時間のはてに着いたところはシンガポールで、それだけは例の中年のおんな女衒の言葉に違《たが》わなかった。――が、上陸してみるとその中年女の姿はどこにもなく、そしてツルさんたち九人の娘の身はすでに売られ、幾人かの娼館主の権利に属するものとなってしまっていたのであった――

こうしてからゆきさんに仕立てられたツルさんは、どの町であったかは不明だがシンガポールの花街で働いた。十七歳のその年まで花でいえば蕾《つぼみ》だった彼女のからだは、半年とたたぬうちに蝕《むしば》まれ、医者にかかってようやく治ったときには、もはや子どものできないからだになっていたのである。そして、彼女はこうした体験も含めてのことだろうが、自身の仕事が嫌で嫌で、何としてでもその境涯から逃げ出したいと痛切に願うようになったのだった。

一年ばかりたった頃、ツルさんの若さと器量を気に入ってしばしば通って来るマレー人があり、「自分はお前が大好きだから、どうか結婚してほしい」と申し込んだ。アブドール・タレタという名のその男は、イギリス人と中国人が政治・経済の実権を握っていた当時のシンガポールにおいて、珍しく、自動車を一、二台持って運送屋を経営しているマレー人であった。ツルさんは、この男性と結婚することで地獄から脱出できるのは嬉しいと思ったが、しかし自分は幾千円もの借金で縛られている身の上なのだ。その事情を話すと、マレー人としてはエリートと言ってさしつかえないアブドール・タレタ氏は、「このシンガポールに布かれているのはイギリスの法律で、その法律は公娼の自由廃業を認めている。だから、領事館へ逃げこんで訴えれば、自由の身になれるはずだ――」と教えてくれたのである。

その数日後、意を決したツルさんは、用事があるといって花街を出、アブドール・タレタ氏と一緒に日本の領事館へ逃げこんだ。すると領事は、アブドール・タレタ氏に向かって、「おまえは、この日本の女を本当に養って行けるのか？」と訊き、彼が「自分はちゃんとした職業を持っているし、大丈夫だ」と答えると、「――それでは自由廃業の手続きを取るが、この女《ひと》を本当にしあわせにしているかどうか、三カ月に一度ずつ報告に来るように！」と言ったという。そしてツルさんに向かっては、「もしもこの男が、あんたに飢《ひも》じい思いをさせたり殴《なぐ》ったりしたら、すぐにここへ訴えて来なさい――」と懇切に言ってくれたのであった。

こうしてわずか一年あまりでからゆきさん生活に終止符を打つことのできたツルさんは、それから、アブドール・タレタ氏とともにマラッカへ行って暮した。夫のタレタ氏が、シンガポールを離れてわざわざマラッカで暮しを立てるようにしたのは、ツルさんを過去の忌《いま》わしい記憶と絶縁させたいからであったかもしれない。そして、夫のこういう配慮に守られたツルさんの結婚生活はしあわせだったが、たったひとつの残念は、彼女の以前かかった病気のためであろう、五年たっても十年たっても子宝に恵まれないことであった。

そこでツルさんは、中年になったとき、複雑な家庭事情から余計者のようになっていたタレタ氏の甥と姪を引き取り、わが子のようにして育てた。第二次世界大戦がはじまると日本軍が進駐し、戦術上の必要からと称してツルさん夫婦の住むあたり一帯の土地を強制的に買収、そのためどこかへ移住しなければならなくなったツルさんたちは、少し北方のポート・ディクソンへ引越した。幸い戦争は幾ばくもなく終ったが、それから間もなく、そろそろ老境にさしかかっていた夫のアブドール・タレタ氏が亡くなったのである。

イスラム教徒としてねんごろに夫を葬ったあと、ツルさんは、わが子として育てた甥には嫁を迎え、姪はふさわしい若者を見つけて結婚させた。そしてその甥につぎつぎと子どもが生まれると、ツルさんは、孫と言ってさしつかえないその子どもたちを日本式に背中にくくりつけて育て、今はようやくその孫たちも大方育ち上がったところである。男女とりまぜた幾人もの孫たちも、血のつながりこそないけれど自分たちを慈《いつく》しみはぐくんでくれたツルさんに深い親愛の情を寄せ、仕事に就いてはじめて給料をもらったときには、「まず、おばあちゃんに――」といってその一部を贈ってくれたという。

二次大戦前までは、生まれ故郷の五島から時折り手紙が来ていたが、その後まったく音信不通になってしまったのは、ツルさんの両親はもちろんのこと、その姉妹たちも死に絶えてしまったからであろうか。しかしツルさんは、故国日本から遠く離れたマレー半島の一隅において、姉妹の誰よりも長生きをし、身を分けて生みこそしなかったけれど子どもと多くの孫に見守られて、一九七三年の夏現在、安らかに老後を送っているのである――

ざっと以上のような野中ツルさんの話を、キヌ子おばさんの通訳によって聞いて、わたしは、東南アジアへのこの旅に出てはじめて、ほんの少しばかりだが明るい気持になることができた。若くして異郷にその屍を晒すのが普通だったからゆきさんたちのなかに、ツルさんのような幸福に恵まれた人も僅かながらいたことで、闇夜に一条の光を見る思いがしたからである。そしてさらに言うならば、わたしにそのからゆきさん時代の話をついに聞かせてくれなかった三人の老女にしても、社会全体の生活水準は日本よりもはるかに低い東南アジアだというのに、その毎日の生活は、わたしが九州天草でつぶさに体験したおサキさんのそれと比べれば、まるで極楽のように安らかに見えたのであった。

しかし、それにつけても一体どのような要因が、ひとりの日本人からゆきさんをしてこのような例外的とも言えるしあわせに導いたのであろう。ツルさんの閲歴を聞いたかぎりで考えてみても、彼女が花街へ売られてわずか一年で良きマレー人と出逢えた幸運、その出逢いの契機となったらしい若い日の彼女の美貌、そして自由廃業の道を教えられるとためらうことなくその道をつき進んだ理知と勇気など、いくつかの要因を挙げることができる。けれどその最大にしてしかも決定的なモメントは、唐突なようだが、東南アジア諸国の人びとの解放的で鷹揚なものの考え方や生き方であった――とわたしには思えてならないのだ。

わたしは、サンダカンからシンガポールへ、シンガポールからこのポート・ディクソンへと遍歴して来た過程において、そしてさらに幾つかの町を歩いて帰国するまでの全旅程において、東南アジア諸国の人びとのおおらかな性格を実感した。たとえば、日本語の通じない人たちのあいだで疲れたわたしは、帰りの空港で十人ばかりの日本女性を見かけて思わず声をかけてしまったのだが、そのとき返って来たのは、拒絶を意味する以外でない固い不愛想な表情であった。ところが、東南アジアの人びとは、華人系であるとマレー人系であるとを問わず異邦人のわたしにたいして明るい微笑を惜しみなく投げかけ、言葉も通じないのに身ぶり手ぶりをまじえてあれこれと話しかけ、きわめて自由濶達なのである。

東南アジア諸国に住む人びとは、同じ国の者だから特別あつかいにしようとか別な国の人間だから差別しようとかいった意識はなく、きわめて健康な民族感覚を持っているように思われる。また生活態度もまことに鷹揚で、家族外の人間を受け容れるにも寛大なら、その人間の自由を尊重することでも寛大なようだ。西欧諸国の植民地進出このかた、白人・黒人をふくめてさまざまな人種と民族が錯綜した結果、そのような自由濶達な民族感覚と生活感覚が養われるに至ったのかもしれない。

ツルさんが幸福な半生を送ることができたのは、東南アジアの人びとに共通するこのような民族感覚・生活感覚を、タレタ氏の一族もまたその身に備えていたおかげであった。アブドール・タレタ氏が、日本人のツルさんを何の偏見もなく妻として待遇すれば、その甥姪は幼いときからツルさんに肉親としてよく懐《なつ》き、彼等が長じて結婚し幾人もの子どもを挙げて以後は、その子どもたちがツルさんを祖母として敬愛したが、そういう家族的な愛情がすなわちツルさんの半生をして安らかなものたらしめたのだと思うのである。そしてツルさんのほかの三人――タネさん・ヨシノさん・チヨさんの三人が、それぞれに小異はあっても一応しあわせに恵まれているらしいのも、また、同じ理由によるのだと思わざるを得ないのだ――

それはともかくとして、キヌ子おばさんとわたしとは、ずいぶん長いことお邪魔をしたので老齢のツルさんが疲れたであろうと思い、末孫らしい八、九歳の女児が入って来たのを潮にいとまを告げることとした。するとツルさんは、その細いからだで蹌踉《そうろう》と立ち上がり、無言のまま、こわばって自由になりにくい右手を差し伸べたのである。

わたしも無言のままに手を伸べて、微笑をふくみつつツルさんの手を握ったが、そうするとツルさんは、日本語で、ゆっくりと、つぎのように言ったのだった――「日本から見えたあなた様と話して、日本へ帰ったような気がいたしました。ありがとうございました。――わたしは、もう、長くは生きません。しかし、日本の山崎さん、またこの町へ来ることがあったら、わたしの家族をわたしと思って、きっとこの家へ寄ってください！」

一語一語確かめるようにして話されるその日本語は、もはやマレー語が母国語同様になってしまったツルさんが、おそらくは先程から反芻を重ねた末にようやく確保したものなのであろう。驚くと同時に感激したわたしは、「わたしのほうこそ、ありがとうございました。また参りますから、それまで、どうぞ元気でいらしてください――」と答え、それからかたわらの女児に向かって、日本語のわからないのは承知の上で、「おばあちゃんを、大事にしてあげてね――」と言わないではいられなかった。

ツルさんは嬉しげにほほえむと、わたしの手にしていた茶色のノートと鉛筆を指さして、「何か、書きたい――」とつぶやいた。記念のために何か書いてくれるのだとさとったわたしが、ノートと鉛筆を手渡すと、彼女はふたたびソファに腰を落した。そして、しばらくのあいだ考えていたが、鉛筆を持つとぶるぶる震《ふる》える右手を左手でかばいながら、一画一画ゆっくりと書いて行った字をわたしが覗きこんでみると、そこには――〈野中ツル〉の四字があった。
よく、まあ、おぼえていましたね――という意味をこめてわたしが大きくうなずくと、ツルさんは、自身のマレー名をも書いてくれるつもりになったのだろう、片仮名で〈アジ〉の二字を綴ったが、それからあとが続かなかった。そうすると、その様子を見ていた例の女児が、マレー語でふた言三言何か言ったかと思うとツルさんの手から鉛筆を取り、わたしには馴染みのない横文字をすらすらと書き、それを見せるとキヌ子おばさんは、〈アリジャ・ベンテエ・アブドラ〉と読んだのである。

心残りなのを振りきって辞去したわたしたちを、ツルさんは、メイドだというふたりのマレー娘に両腕を支えられつつ、入口の白い石の階段の上のところから、いつまでもいつまでも見送ってくれていた。かなりに広い前庭を横ぎって振り向いても、その前庭から木の間道に入ってから振り返っても、まだ、ツルさんの白髪は入口の階段の上のところにあるのだった。

ひと言の予告もなしに闖入《ちんにゅう》して、しかも常識では訊いてはならぬことになっている個人の秘密について無躾《ぶしつけ》に質《ただ》したわたしなのに、ツルさんはこんなにも名残《なごり》を惜しんでくれるのだ。キヌ子おばさんは年に一度くらいツルさんを訪ねることがあるらしかったが、七十年の歳月をマレー人の社会にすごしたツルさんには、そのほかに訪ねて来る日本人といっては唯のひとりもいなかった。それだから彼女は、礼に叶わぬわたしのような女でも、日本人であるというだけで限りなく懐しく思ってくれたのかもしれない。

停めておいた乗用車の近くまで来てもう一度振り返ると、今度は木立にさえぎられて、見えるのは高床式の家の屋根と板壁とだけであった。その時になって、キヌ子おばさんは、「ああ、胸がしんとなるねえ。たまらないねえ——」とひとりごちたが、その声は、男のように豪放で陽気なキヌ子おばさんからは想像もされぬ哀愁に染められていた。やはり九州に生まれて娘の頃に東南アジアへやって来て、他人にはイギリス人と結婚して未亡人になったのだと説明しているけれど、その実はおそらくツルさんと同じ生活の体験者であったらしいキヌ子おばさんだからこそ、ツルさんの遺る瀬ない郷愁が誰よりも深く理解できたのであったろうか——

カジャンの養老院にて

クアラルンプールとその周辺に今なお住むかつてのからゆきさんたちを訪ね終った日の晩、わたしはキヌ子おばさんを誘い、案内してもらったお礼と惜別の意味をこめて街のレストランで食事をした。華人系の人の経営にかかるのか、しつらえや装飾が中国風であり、そして広くて豊かな前栽《せんざい》をとおして、昼の酷暑とは打ってかわった涼風のいっぱいに吹きこんで来る店であった。

わたしは、久しぶりにややくつろいだ気持になってスプーンや箸を口へ運んだ。太田さんやキヌ子おばさんのすすめもあって、わたしはクアラルンプールのつぎにはインドネシアのジャカルタとメダンを訪ねることにしており、その翌日の午後の飛行機の席もすでに予約済みだったから、その夜はただ体を休めていればよかったので、それでくつろいだ気分になれたのかもしれない。そして一方、キヌ子おばさんはといえば、近くのスレンバンに娘のひとりが住んでいる由で、せっかく近くまで来たのだから食事の終りしだいそこへ行くことになっており、やはり気楽な思いでいるらしかった。

しかしながら、キヌ子おばさんと向き合って食べつ話し合いつしているうちに、わたしの胸には、ひとつの大きな反省が浮かんで来ないではいなかった。キヌ子おばさんという良き案内人を得たおかげで、わたしは兎にも角にも四人のからゆきさんを訪問することができたわけだが、はたしてこれで、現地に老いたからゆきさんの実態を本当につかんだと言って良いものであろうか——という反省である。

前章に野中ツルさんの例を引いてやや詳しく書いたとおり、わたしの逢った四人の元からゆきさんたちは、異郷に在って遠く故国を偲ばねばならぬという一点を別にすれば、経済的にもそれほど逼迫《ひっぱく》してはおらず、東南アジア地域に特有のおおらかな人間的愛情にも恵まれて、まずまず幸福な暮しであると言ってさしつかえない。だが、この四人の老女たちをもってして、現地に老いたからゆきさんのすべてを律することができるものかどうか。そしてわたしには、クアラルンプールで逢うべき人には逢ったのだというさっきまでの安心感に替って、あの四人とはまるで違ってふしあわせなからゆきさんもいるはずだ、いや、必ずどこかに潜んでいるにちがいない——という確信が生まれ、その確信は必然的にわたしを不安にしたのである。

デザート・コースに移った時分、わたしは、その旨をキヌ子おばさんに話してみた。キヌ子おばさんは、もっともだという表情でわたしの言葉を聞いていたが、「わたしの知っている人は、御案内したあの四人で全部です。貧乏で見るのも気の毒な暮しをしていた婆さんも、前にはありましたが、もう、ずいぶん前に死んでしまったですよ——」と答えるのみで、これぞという人に思い当らないらしい。

そこでわたしは、参考にならないだろうかと考えて、かすみかけている記憶を呼びさましつつ、ずっと以前にジャワ島帰りのある人から聞いたひとりの老からゆきさんの哀話をひとつ切りだしたのである。——その老からゆきさんの名は山屋タケさんといい、子守をしてくれれば高い月給を払うからと欺かれて十四歳のときシンガポールへ売り飛ばされ、以後マレー半島からスマトラにかけて転々とし、老齢となった二次大戦後は、スマトラの最北端に位置するサバンという小島にマレー人の一員となってひっそりと生きのびていた。けれど、不遇な生活に由来する栄養失調からやがて失明の憂き目に逢い、かすかな寄るべを頼ってメダンに出、ようやく養老院に入れてもらったが、それで衣食の苦労がなくなって安心したからであろうか、間もなく亡くなったというのである——

そうするとキヌ子おばさんは、「——あ、そういえば思い出した。誰からの話だったか忘れたけれど、カジャンの養老院に、日本人のおばあさんが入っていると聞いたことがあったっけ」と言い出した。わたしは身を乗り出して、そのおばあさんのことをさらに詳しく聞こうとしたが、キヌ子おばさんのつかんでいる情報もはなはだ頼りないもので、以上の限りを出なかった。

しかしわたしには、それだけでもう十分だった。在留する日本人の限られた南国瘴癘《しょうれい》の地に孤独に年老い、マレイシア国営の養老院にわずかに余生を保っているという日本人の老女——それがかつてのからゆきさんでなくて何であろうか。キヌ子おばさんの記憶は曖昧であり、その話はしばらく前に耳にしたものだということだったから、その名前すら不明の老女が今もなお健在かどうかまことに心もとないかぎりだと言わなくてはならない。そしてキヌ子おばさんは、娘との約束があるので明日はどうしても同行できないと言明し、わたしはといえばその午後にインドネシアへ発つ予定となっており、どの点から見ても条件は不備であったが、にもかかわらずわたしは、その養老院に彼女を訪ねる決意をせずにはいられなかったのである。

その夜をホテルに泊ってつぎの朝、わたしはささやかな見舞いの品を用意すると、クアラルンプールとポート・ディクソンのほぼ中間だというカジャンに向かって、ひとりでタクシーを走らせた。クアラルンプールの市街を離れると、両側に椰子やゴムの木が並木のように立っている白い道路がつづくばかりで、おおらかと言えばおおらか、単調と言えばこの上なく単調な眺めである。ところどころにカンポンと呼ばれる小集落があり、幾軒かの店がならんでいたが、カジャンもそのカンポンのひとつなのだろうか、タクシーの運転手もよくは知らないらしかった。

それでわたしは、カンポンに出会うたび、どこかに〈カジャン〉の文字がないものかと四囲に眼をそそいだのだが、努力も空しく、とうとうカジャンを通り過ぎてしまった。幸い教えてくれる自動車があり、わたしたちは舞い戻ってカジャンに着くことはできたものの、今度は養老院の所在がわからない。

たまたま長屋形式の家に幾軒かの商店があったのでタクシーを停め、いちばん端のガソリン・スタンドへ声をかけたが、店番の中国人らしい老人の言葉が何語なのかわたしにはまるでわからない。やむを得ずわたしが手帳を取り出し、漢字で「養老院」と書いて見せると、彼にはたちまち了解できたらしく、依然としてわたしには理解を絶する言葉ながら「自分が案内してあげよう」と言うらしく、運転手にも声をかけてタクシーに乗ってくれたのである。——が、そのときだった、となりの美容院の前に立っていて先程からわたしたちを見ていたらしいひとりの女性が、思いがけずわたしに声をかけて来たのは——

「アー・ユー・ジャパニーズ?」と声をかけて来たその女性は、濃緑色のスカートに橙《だいだい》色《いろ》でノースリーブのブラウス、年の頃は三十代の半ばくらいに見える小柄な人だった。

「イエス」とわたしが答えると、彼女は親しげに笑みを浮かべ、それから改めて言葉を継ぎ、自分の祖母はあなたと同じ日本人だったのです――と言うのである。

あまりにも突然のことなので一瞬わたしがとまどっていると、彼女は、「あなたを日本人だと思ったので、なつかしくなってついつい声をかけたのですが――」と言いわけをし、それから早口で祖母について話し出した。その話によると、彼女の祖父は出稼ぎに来た中国人で、肉体労働からつとめてひとまず安楽な身の上になったとき、クアラルンプールにいたアキという日本女性を第二夫人としたが、アキ女はひとりだけ女の子を生んだ。その女の子が長じてやはり中国人と結婚し、そこに生まれたのが自分なのだが、自分がまだまだ幼かった頃、第二次世界大戦で日本が敗けはじめると、アキおばあさんは日本人だという理由でイギリス人に連行され、ついにふたたび帰って来なかったのだという。

そして濃緑色のスカートの彼女は、最後につけ加えて言ったのだった――「アキおばあさん、あの戦争の混乱のなかで亡くなったのかしら、それとも、日本が敗けたあと、イギリスの軍艦で日本へ強制的に送還されたのかしら。いずれにしてもアキおばあさん、もうこの世に生きているはずはないけれど、わたしのこの体のなかにも日本人の血が流れていると思うと、あなたのような旅の方までなんだか無性に懐しくなってしまうんです」と。

日本人だったという彼女の祖母が、日本では〈からゆきさん〉と呼ばれた海外売春婦のひとりであったろうことは、まずもって疑いの余地があるまい。そしてそのことを彼女は知っているのかどうか、残念ながらわたしには見当がつかなかった。が、いずれであるにせよ、一見何の変哲もない東南アジアの人びとの日常生活のうちにも、探ればこのようにからゆきさんの痕跡があるのだとあらためて気づかされた思いで、わたしはしばし茫然とせざるを得なかったのであった——

それはともかくとして、このささやかなハプニングに十分ばかりついやした末、さきのガソリン・スタンドの老人の案内でようやく到着したセランゴール州立カジャン養老院は、緑の芝生と草花にかこまれた明るい感じの建物だった。その事務所は白堊《はくあ》と煉瓦を基調とした近代的な建築、老人たちの起居する建物は白塗りの木造で、棟々のあいだは日覆いのついたコンクリートの渡り廊下でつながれており、そして働いている人びとの表情には生気と微笑とがあって、思わず知らず日本の同種の施設とくらべてみて、わたしはどうにも羨望を禁ずることができなかった。

オフィス・ルームへ入って行って訪問の目的を述べながら、わたしは、正直なところ神あれば祈りたい気持だった。キヌ子おばさんの正確ならざる情報を唯一の拠りどころとして、午後の飛行便を気にしながらわざわざここまで来たのだが、もしも日本人などひとりも入院していない——と言われたらどうしよう。あるいはまた、日本人の老女が入院していたことはあったけれど、もう何年か前に亡くなりました——という返事だったらどうしようか。そう思うと自然に胸が高鳴ってきて、如何ともなしがたかったのである。

けれど、おお、何というありがたさだろうか——応対してくれた若いマレー女性職員の返事は、この養老院には確かにひとりだけ日本人の老女が入っており、その老女の名は川本ハルであるというのだった。そしてわたしが、身寄りの者ではなくて単なる旅行者であるけれど、同国人のよしみで立ち寄ったのだと伝えると、にこやかにほほえんで、わたしをハルさんの部屋まで連れて行ってくれたのであった。

わたしが遂に訪ねあてたその老女――川本ハルさんは、長い廊下のようやく尽きようとするあたりにある一棟の大きな部屋に、おおぜいの年寄りたちと一緒にいた。そこは学校などの小ホールほどもある大きな明るい部屋で、両側に窓があり、中央を通路としてその窓に頭を寄せるかたちでベッドが二列にならんでおり、十人あまりの老女たちがサリー姿で寝たり起きたりしているのだったが、その左側中程のベッドの人がハルさんであった。

淡い水色の上衣にこれも淡い黄色のサリーをまとったハルさんは、茶色の古びたトランクを枕がわりにして休んでいたが、女性職員が、おそらくわたしの来意を告げたのであろう――マレー語で何かを言うと、不審げなまなざしでわたしを見ながら起き直った。その起き直ったハルさんの昔風にうしろへ引き詰めた髪は半白で、黒いふちの眼鏡の奥の眼は大きく、年の頃は七十歳くらい、全体として柔和であたたかな感じである。こんなおばあさんに孫の守りをしてもらったら、よく似合うばかりか、双方ともどんなにかしあわせなことであろう――と一瞬思わせられたのも、そのあたたかな印象のせいであったかもしれない。

「こんにちは、川本ハルさんですね？　わたし、日本からやって来たんですが、ここに日本人のおばあさんがおられると聞いたので、お見舞いに立ち寄らせていただいたのです――」とわたしは言って、用意してきた小さな品を差し出した。するとハルさんは、しばしわたしを凝視してから、あたふたとわたしに椅子をすすめ、さてそれから、明瞭な日本語で、「日本から来なされたとですか。――珍しかことです。嬉しかことです。

それに、こんな物までいただいてしもうて――」と言ったのだった。

野中ツルさんと違って、ハルさんが日本語を完全におぼえていることを知り、わたしは大いに安心した。そして、彼女の気持をやわらげ、わたしも心をおちつけるために少しばかり四方山の話をしたあと、「おばあさんのこれまでの話を、わたしに聞かせてくださいませんか――」と頼み、承諾の答えを得てから、話題を彼女の生いたちやからゆきさん生活に向けて行ったのである。

同種の取材においてこれまでわたしは、なるべくテープレコーダーによる記録は避け、要領筆記によって記録する方法を採って来たのだが、今度の旅には小型のテープレコーダーを携帯していた。ひとところに長く足を留めておられぬあわただしい旅行ではあり、使いなれ書きなれた日本語だけでは用の足りない取材なので、不測の事態に備えるつもりからである。そしてわたしは、寝そべった犬によく似た愛用の鞄のチャックを開けて、そのなかに入れてあるテープレコーダーのスイッチをひそかに押したが、そのおかげでハルさんの話は、彼女自身の語りくちをそのままに記録されることとなったのであった。

つぎに抄出するのが、そのときテープに記録されたハルさんとわたしの会話である。機械の記録したこの会話を、わたしは少しも潤色せず敢えてそのまま発表するが、読みようによっては、これを梃子《てこ》として、わたしの今までの聞書きの作成方法を透視することもできるはずだ――

＊

山崎　お生まれはどこですか。島原、それとも天草――？

川本　天草の、一町田の……
山崎　ああ、一町田。じゃ、一町田の＊＊屋という旅館知っておられますか。
川本　一町田の＊＊屋……わたしの、わたしの遠い親類でございます。
山崎　——あ、あの＊＊屋さんのお身寄りですか、ハルさんは。そうですか。わたし、いつか一町田へ行ったとき、＊＊屋さんへ泊りましたよ。
川本　わたしゃなァ、頭がなァ、血がのぼって頭がぼんぼん言って、もう、なんにも聞こえまっしぇん——
山崎　ああ、高血圧なのね。おいくつですか……あの、年はおいくつですか……？
川本　高血圧？——病気ではございません。＊＊屋へお泊んなさったと聞いたらなァ、頭がなァ、ぼんぼん言いますで。——年は八十六でございます。
山崎　そんなになられますか。
川本　六か、七でございます。
山崎　明治の、何年のお生まれですか？
川本　わたしは、よう学校に行ってませんので、ようわかりまっしぇん——
山崎　……いくつのときに、こっちへ来られました？
川本　二十歳《はたち》のときに……
山崎　シンガポールにですか？
川本　へえ、シンガポールに三月《みつき》ほど……
山崎　それから、すぐこちらですか、コールアンポですか？
川本　——へえ……

山崎　おばあさん、横になったら——？　大丈夫ですか。……一町田で、お家、お百姓をしてましたの？

川本　へえ、へえ……わたしのところは、みんな百姓ばかりでございます。

山崎　そうですねえ、一町田は。——きょうだいは？

川本　きょうだいはなァ、もう死んでしもうてあなた、わたしと一番裾《すそ》の妹とふたりでございます。

山崎　生きているとすれば、何人おられるわけですか、みんなで。

川本　八人きょうだいでございます。

山崎　八人ですか、親御さん、たいへんでしたねえ。——そうすると、シンガポールへ来たのは、だまされて来たわけですか？

川本　さようでございます。シンガポールへ行ったらなァ、宿屋で働いて高い月給くれるということを聞いて、それでやって来ましたです。

山崎　そうすると、親方は高浜者《もん》ですか。親方——南洋へ行かんかと言うて来た男の人、いるでしょ……

川本　わたしのところの者でないです。どこかよその者《もん》です。

山崎　天草の人じゃなかったですか。

川本　いいえ、よその者《もん》です。

山崎　——来るとき、船の底へ入れられましたか。わたしの知り合いのおばあさんは、鰹節一本持たされて、木の箱へ入れられたと言ってました——

川本　いいえ、わたしらは遅く来ましたけんなァ。来るときにゃ、船の底には入らん

山崎　で、お客のごとして乗ってきました。
川本　じゃ、パスポート持っていたんですか。——写真はりつけたこんなの、持ってましたか？
山崎　ようわかりまっしぇん。
川本　船で一緒に来た親分、南洋へ行かんかと言うて来たのと同じ人ですか、それとも別な人？——女の親分じゃなかったですか。
山崎　わたしら連れて来たと？——男です。やっぱり密航者です。
川本　いくつぐらいの男？　名前おぼえておられますか？　その男の……
山崎　名前もなんも知りまっしぇん。わたしらの知らん所の者《もん》です。
川本　そのときシンガポールへ来たの、おばあさんひとりですか、ほかに朋輩がいましたか。
山崎　三人来ました。
川本　どなたですか。
山崎　へえ、ひとりはおスミさんです。ひとりは……ひとりは……もう名前忘れてしもた。
川本　シンガポールでは、マレー街でしたか、マラバー街でしたか。
山崎　へえ、シンガポールでは、やっぱり、好かん商売をしてました。——やっぱり、客取るの辛《つら》いでな……
川本　客取らんと、親方おこりますでしょう。——あのう、ぶちました？
山崎　いいえ、打ったりなんかはしません。けど、客取らんと、それだけ借金がふえて行くんでな。やっぱり、辛うても客取らねばならんようにできとった――

山崎　どのくらいおられましたか、シンガポールに。

川本　半とし。

山崎　それから、コールアンポへ来たとですか。――コールアンポでも、やっぱり、好かん商売やられたとですか。

川本　同じでございます。ですけれども今度は、親方は天草の者《もん》で、高浜……

山崎　由中太郎造どんかしら――

川本　名前は角田さんです。

山崎　角田藤吉ですか？

川本　知りまっしぇん。おかみさんはな、わたしの村から少うし離れとるところ。三里かそこら離れとる……

山崎　一町田から三里ほど――崎津ですか？

川本　崎津からまた上にあがった……

山崎　今富ですか、ガタですか？

川本　へえ、今富です、今富です。奥さん、よう分っとられますねえ。

山崎　――借金はいくらだったですか。

川本　シンガポールに行ったときは、三百円ばかりありましたですな。

山崎　三百円ねえ。大正時代の三百円だから大変な額ですね、それは。コールアンポに来られてからは、どうなりましたか。

川本　コールアンポに来ましてからは、五百円あまりになりました。

山崎　取り分はどうでした？　お金、入りますでしょう。それ、みんな親分のふところへ入るわけですね。そうすると、おばあちゃんの手には一ちょうも入らんと――？

川本　一ちょん入らん。いろいろと、わたしら、親方やおかみさんから何《なん》かかんか貰《もろ》うて、それがまた借金になるけん。

山崎　何かかんかって――着物でしょ、帯でしょ？

川本　へえ。着物やら帯やら、頭のもんやら、いろいろです――

山崎　かんざしね。――着物で店へ出とられたですか、洋装ですか。

川本　いいえ、着物です。

山崎　浴衣《ゆかた》、ちりめんもの？

川本　いいえ、何でも着ました。

山崎　じゃ、白粉《おしろい》はどこから来ました？

川本　白粉は、やっぱり親方から……。口紅も、クレームも、何やらいろいろとみんな親方がやります――お前はお化粧が足らん足らん言うて。

山崎　そうやって親方のくれたものが、全部借金に積まれてしまうわけね――

川本　……

山崎　食べ物、何を食べておられました？

川本　食べるものは何でもあります。自分が食べたければ、買って食べたです。

山崎　そうしますと、お金、少しは持っておられたのですね、自分で。

川本　へえ。お金は、借りればいくらでもやる。

山崎　一番はじめのお客は、マレー人でしたか、イギリス人でしたか。
川本　なんですか……もう忘れた……
山崎　――病院には行かれました？
川本　病院ですか。いいえ。
山崎　一町田にお金を送られました？　送られなかった？
川本　送るものは送りましたけれど……
山崎　こちらへ来られて、どのくらい経ってからですか？
川本　四十二のときに、また一ぺん帰りました。
山崎　中戻《なかもど》りなさったわけね。そのとき、お金たくさん持って帰られたんですか。
川本　運の悪うしてですなァ、わたしはもう結婚しておりましたけん、あん人に千円くれろと言いましたです。ばって、千円はやれん、八百円やると言うてです。そしてその八百円に、自分の百円ためておった金ば持って、一町田へ一ぺん帰ったです。
――で、運の悪うしてな、シンガポールに行きましたときにはな、友達と宿屋に着いて上がって……一日に五円でしてな。一日に五円です！　また今度《いくんち》は、船がな、荷物が悪うて入らんとですよ。それで、一日の五円の宿屋に、幾日も幾日も居《お》らなならん――
山崎　――何という人と結婚されました？　結婚したのは、国違《くにちが》い者《もん》でしょ？
川本　へえ、国違いです。インド人の仕立屋……毛唐のガウンの商売です。
山崎　何という名前でした、そのインド人の仕立屋さん――？
川本　グラマン・ハッツ。

山崎　おばあちゃんの幾つのときに結婚されました？
川本　……わたしは、ちょうど十年ぶりに……四十二のときに帰りました。
山崎　一緒になってから十年たってから日本へ帰られたわけですね。そうすると――三十二のときですね、結婚したのは。帰ったのは、旦那さんと連れそうてじゃなくて、ひとりでですか？
川本　へえ、へえ、ひとりです。……そうしてあなた、運の悪うしてな、わたしらの乗った船がな、荷物の船の故障したとかで、引っぱって行かなならんとですよ。門司に着く船がな、荷物の船を引っぱったために、神戸まで行かなならん。
山崎　それは、まあ、大事《おおごと》でしたねえ。それからどうしましたの……？
川本　そしてあなた、また神戸でひと晩泊ってな、それからやっと長崎へ行きました。
山崎　それで、長崎からまた小《こ》まんか船に乗って口之津《くちのつ》あたりへ出たわけ？
川本　長崎にあなた、わたしらのきょうだいがおりまして……男もおなごもおりましたです。
山崎　じゃ、一町田には帰らんとですか。
川本　いいえ。二、三日長崎におって、それから戻りました。
山崎　喜んでくれましたか。
川本　へえ、みんな喜んでくれました。
山崎　じゃ、持って帰ったお金、みんなに上げましたね。
川本　へえ、それが、運の悪うして……妹の亭主がね、胸の骨をば折ったです、ちょうどわたしの居ったときに。それで、いっぺん手術して、また仕様《しよう》ことなしに二度の手術をして……。そして、もう子も三人《みたり》も四人《よったり》もあるけれども、病院に払う金の無いというけんで、わたしが二百円出しましたです。――そして弟が嫁ごに、またひとつ指差《ゆびさし》ばやりましたです。

山崎　指差……あ、指輪ですね。それは、金でしたか銀でしたか、金でしょう？

川本　――じゃ、おばあちゃん、金の指差、いくつはめて帰られたんですか。

山崎　わたしゃまた、盗人《ぬすびと》に会いましてな、ひとつより無いです。

川本　一町田にどれだけおられたですか。

山崎　五月《いつつき》です。

川本　そしてまた戻ったとですか、コールアンポに。

山崎　へえ、戻ったとです、コールアンポに……

川本　じゃ、おばあちゃんのインド人の旦那さんは、コールアンポに店を持っていたんですね。

山崎　さよでございます。

川本　彼は若かったですか、年寄りでしたか？

山崎　ええ、やっぱり年寄りでございました。わたしが日本へ帰るときも、千円親方から借りて来てくれてな、そしてデリのほうの親方のところへ二百円やって、そしてわたしに八百円くれた。何やらいろいろと持っておりましたから、そがんところをみんな親方へ質に入れて、それで千円を借りたとです。

川本　質に入れたのはなに？

川本　質に入れて、店の品物持って行ったというのではないですけど……。お金借りて、親方には仕事をして返《かや》すということになっとりましたです。
山崎　あ、そうなの。――で、その親方は何人《なにじん》だったですか？
川本　やっぱインド人です、大きな店ですよな。
山崎　その大きな店、どこにありました？
川本　バッドロード。
山崎　おばあちゃんたちの住居は、どこにありましたの？
川本　わたしらの住居は、また少し上がってな、カンポンに……
山崎　店はどこにあったんですか。バッドロードですか？
川本　親方の店の二階でございます。
山崎　おばあちゃんの旦那さん、給料ばいくら貰うとったですか？
川本　月給ですか、月給は無いです。自分で稼いで……
山崎　じゃ、その二階で仕事をさしてもらって――
川本　そして、みんなで六人、七人、縫う者《もん》を連れて来てな……
山崎　その縫い子、女ですか。
川本　へえ、みんな男です。
山崎　暮しはどうだったですか。楽でしたか？
川本　……ようわかりまっしぇん、わたしは頭の悪うて……
山崎　いいえ、わたしの訊《き》き方が悪いの。――でも、お金はあんまりたくさんは無かったようですね。子どもは貰わなかったんですか、おばあちゃん？

川本　子どもは、ひとり育てておりましたです。
山崎　誰から貰《もろ》うたですか。
川本　やっぱ、インド人から――
山崎　何《なん》という子？
川本　――マイデン。
山崎　女の子ですか？
川本　男の子です。
山崎　じゃ、結婚して一緒になられて、すぐ子どもを貰われましたの？
川本　いいえ、そうでないです。ハッツと一緒になって、日本に一ぺん帰って、またこっちへ戻って来てから貰うた。
山崎　いくつの子を貰うたとですか。
川本　小《こ》まんかな……二つのときか……
山崎　じゃ、お乳を飲ましたり、おむつを替えたり、抱いて育てたりからしたんですね、自分の子と同じように。その子、どうしましたの？
川本　その子ども、もう死んでしもたとでしょ。その子ども、小まんかときは可愛《かあい》らしかばってん、大きうなったら悪かとです、仕様《しよう》なかとです。日本軍が来なさってから、日本人のところに行ってな、そりゃあ悪かっとです。わたしのところに来《こ》んです。時たま来たっちゃ、何やらかんやら盗《と》って逃げて……
山崎　マイデンが――？
川本　へえ。その時分、もう日本人のおった頃に、それでも仕事に入るというもんで、着るもんやら何やら心配でな、一切わたしが作ってやったとです。そうしたら、仕事に入ってもう二日めに逃げとったです。
山崎　運の悪かねえ。
川本　小まんかとて、そんなん悪いです。
山崎　そのマイデンは、学校には行かなかったの？
川本　学校には行っておりましたです。三年か四年行きましたです。
山崎　それから、仕立屋を手伝ったりしたのかしら。
川本　へえ。
山崎　おばあちゃんの旦那が教えたの？
川本　いいえ、ほかの者《もん》です。
山崎　どうして旦那さんじゃなかったのかしら？――インド人の旦那さん、いつ亡くなられました？　幾年前ですか？
川本　もうあなた、三十年の上になりますです。日本人が来て、戦争がありましたですな。そのときはもう、わたしが旦那は病気です。それから亡くなりましたけん――
山崎　何の病気でしたの――胸、おなか？
川本　何と言うとですかなあ――足のかなわん病気で、立たれんとです。そして、立たれんばかりでのうて、寝もされん。そしてもう、チェアにかけてそのままです。
山崎　まあ、チェアにかけて、そのままねえ……。それで、いくつで亡くなられましたの、旦那さんは？　年は、だいぶ取っておられたんですか。

川本　今のわたしが年ぐらい……

山崎　おばあちゃんと、いくつ年が違《ちご》うたんですか？

川本　わたしは、ようわからんです――

山崎　わからんですねえ。――で、おとうさんが亡くなるとき、マイデンは一緒にいたの？

川本　その時はまだあなた、学校に行っとりました。

山崎　――なるほど。マイデンが学校出たときは、もうおとうさん亡くなっていたのね。稼ぎ手の旦那さんが亡くなって、おばあちゃん大変でしたでしょう。それから、どうやって育てましたか、マイデンを……。

川本　へえ、何年ですかしら、四、五年奉公してましたです。

山崎　どこでですか。インド人の家ですか、それともマラヤ人？

川本　マラヤのところで――

山崎　女中ですね。奉公されましたのね。

川本　そうして月給もろうてますで、マイデンはわたしのことでは難儀もない。それからマイデンは、日本軍が来なさったら、兵隊に入ったとです。自分も月給あって、嫁ごも月給でしょう……

山崎　ほう、嫁ごもあったんですか。嫁ごは何しておられました？

川本　嫁ごは、わたしと一緒におりましたです。わたしなんか、十何セントでした。だけん、わたしに金ばやるけん、「おっかさん、どこにおらすか」と訊いて、人から「どことかに行った」とか聞いてやって来て、少うし一緒におりましたとです。

それからまた向こうへ帰ったばって、その後にまた悪かな——。あっちこっちで蜂の巣立ちみたいにもめたんです、戦争が。それが、わたしの子どもば射ったとです、鉄砲で。

山崎　じゃ、その嫁ごさんは良い人だったんですね——マイデンには困ったけれども。

川本　いいえ、そしてあなた、やっぱり運の悪かですなァ……。初めからあなた、わたしの子ども悪うて。それからして、コールアンポのどこか、コンギブシロてちゃいうところに、今度は兵隊の飯《まま》炊きに入って……

山崎　飯炊きに入ったんですか、おばあちゃんが？

川本　はい、マイデンがです。そして、今度はわたしば呼んだです。——そして、わたしが行けばよかったんですよ。そうして、行こう行こうと思っておったところ行かずにおったら、それからじきに、人をたたいたとです、わたしの子どものマイデンがな。それであなた、つかまえられてな、懲役に……

山崎　まあ、まあ……

川本　そのあとも、わたしはまた行く行くと思ったけれども、ある人が、「マイデンは監獄から出る」と言うで、行かんかった。そのうちに出てきて「何でも俺を恨んどる人間がソルガにおって、その人間をば殺《や》る」と言うとったが、嫁ごが口を酸《す》くして止めてなァ。そのうち、兵隊の大将が目かかってな、また来いと言うてくださるでまた飯炊きに返《かや》したらば、またまた人ばたたいてな。それがために、今度は遠かところに懲役にやられて、その後はわたしゃ、もう逢わんでございます——

山崎　それきりねえ……。その、遠かところはどこですか？

川本　ハイペンにやられて、もう、それきり逢わない。
山崎　手紙も来ないの？
川本　はい、なァんもです。三十年もたっとるし、もう生きてはおりませんのじゃろ——嫁御もどうなったか知れんし……
山崎　おばあちゃん、本当に運の悪かですねえ。——それで、おばあちゃん、おばあちゃんの旦那さん、やさしかお人でしたか？
川本　良か人でした。わたしとは、喧嘩やら何やらしたこと、いっぺんもないです。
山崎　おばあちゃん、言葉は、インドの言葉話せるんですか？
川本　いいえ、わたしはマレー語ばっかり。
山崎　じゃ、旦那さんもマレー語でしゃべってたわけね。——英語は？
川本　マレー語ばっかり。
山崎　おばあちゃん、それなのに良く日本語をこんなに覚えておられましたね。おばあちゃん、ほかにはどんな仕事をして働きました——マラヤの家に奉公に入って、それからあと？
川本　それからあなた、ずっと奉公してわたしゃ金を少しためましたですなァ。その金で人の家ば買って、そこにふた部屋作りましたです。
山崎　そして、ひとりで暮しとったのですか。
川本　わたしゃその上におって、人に部屋ば貸して、十円ずつ貰う。
山崎　そして、十円ずつ貰って暮せたんですか。
川本　そこで、旅館へ戻って食べてな。そしてやっぱりそこにおって、十円ずつ貰いました。
山崎　あーあ、そこに部屋をふたつ作って、人に貸して十円もらって、そしておばあちゃんは旅館へ奉公しとったんですか。その奉公しとるところでも、十円もらった。じゃ、毎月二十円あったわけですね――
川本　わたしが部屋作ったところにおると、心配ですよ、少し雨ふるともう水が上がって、泥水が上がってな。もう、便所に行くとが心配、水浴びに行くとが心配、家におられん。わたしも年を取りましたもんですけん、雨のふるたびに心配ですよ。――そしたら、マライ人の友達が、「養老院さに行ったら良《よ》か」と教えてくれたとです。そこに行く者《もん》は、支那人とインド人のほかは行かん、マライ人は行かんと言いましたばって、やっぱりわたし、家におりましても心配ですよ。そしてわたしは、この養老院へ来ましたです――
山崎　ここへ来られたのは、何年前ですか。
川本　もうあなた、六年前でございます。
山崎　でも、いいですね、ここ……
川本　ほんま、ここが良かです。もう、家よりもどこよりもここが結構です。
山崎　いいですね。お医者さんもおられますの？
川本　お医者もおります。
山崎　御飯は、どこで食べるとですか？
川本　やっぱり、ここへ持って来てくれる。
山崎　お金、一銭も出さなくていいの？　――お金、要らないんですか？

川本　お金、要らない。
山崎　――でも、お小遣いが要りますでしょう?
川本　へえ……
山崎　お小遣いはどうしてます?
川本　小遣いは、ないです――
山崎　マイデンはおらないし……
川本　でもな、わたしの住んでおったところの人がな、やっぱり、時どき見に来てくれる。いろいろと、果物やなんか持って来てくれたりする――
山崎　ああ、やさしかね……。それは、マレー人ですか、インド人ですか?
川本　ええ、ええ、マライ人です。
山崎　その、おばあちゃんが家作ったところというの、どこですか。やっぱりコールアンポですか、それともほかのところ?
川本　コールアンポです。
山崎　――で、時どきお見舞いに来てくれるマレー人、何して働いている人ですか。
川本　ククダマの仕事です。嫁さんも仕事して……
山崎　――ククダマ?
川本　わたしは頭の悪うして、日本語でどげん言うのか、何《なん》もかも忘れてしまう……
山崎　おばあちゃん――これ、お小遣い。
川本　へ?
山崎　お小遣い。

川本　なんでございます。
山崎　お金、少うしばっかりですけど、お小遣いに使ってちょうだい。
川本　アラ？　……あらァ、奥さん、どうして、わたしなんかに……。済みませんねえ……じゃ、少しばっかり頂戴しまっせえ。どうも、ありがとうございます――
山崎　それからおばあちゃん、軍《いくさ》ヶ浦って知ってますか、崎津から大江のほうへ入って行くの。そこにお大師様があってね――
川本　知っておったのかもしらんが、もう忘れてしもた。何十年もむかしじゃけ……
山崎　これ、そのお大師様のお米。――だから、天草で穫《と》れたお米なんですよ。
川本　天草のねえ――
山崎　わたしのお母さんみたいな人が、やっぱり南洋へだまされて来たお人でね。今は天草へ帰ってますけど、軍ヶ浦のお大師様を信心してて、わたしにこのお米くれたの。天草のお大師様のお米だから、食べると病気しないんですって――
川本　ありがとうございます……
山崎　ごめんなさいね、おばあちゃん。さっきから、外で自動車がブーブー、クラクション鳴らしてるでしょ。わたし、午後の飛行機でジャカルタへ行くことになってるんです。もう、時間ぎりぎりだから、話やめてすぐ来いって、あのクラクション……
川本　そうですか。
山崎　終りにひとつだけ聞きたいんだけど……おばあちゃん、日本へ帰りたい？
川本　へえ……

山崎　日本へ帰りたくない？
川本　…………

＊

タクシーの運転手が玄関前で鳴らすクラクションに急《せ》かされて、わたしは重々心残りなのだがハルさんに別れを告げることとした。そしてわたしは、テープの記録でもわかるとおり、小遣いにと思ってマレイシア紙幣で十ドルほどをちり紙に包んで手渡し、また『サンダカン八番娼館』の主人公おサキさんが信心する軍ヶ浦のお大師様の供米《くまい》も差上げたのであった。

するとハルさんは、わたしがもうテープレコーダーのスイッチを切ったあとでだが、幾たびも繰返し礼を述べ、それから少し口ごもりながら、「こんなに貰うて済まんことですがな、日本の金ば持っとられましたら、二、三円いただかして下さい、記念のために」と言うのである。わたしは、マレイシア紙幣を入れた財布は身につけていたが、この地では使えない日本のお金はタクシーのなかのバッグに入れていたので、長い渡り廊下を走ってそれを取って来た。そしてハルさんの皺《しわ》くちゃな掌に、一円玉を数枚、五円玉一枚、十円玉数枚、五十円玉一枚、および百円玉幾枚かをならべてあげたのである。

ハルさんは、初め一円玉をならべたときには、「これが今の日本の一円貨なのか――」といった面持《おももち》で注視したが、硬貨の枚数がふえるにつれ当惑の色を濃くして行った。それから、「こげな大金を、とてもわたしは頂けまっしぇん」とつぶやき、「――それじゃ、ここのお金と替えてもらいまっしょ」と言い出して、枕がわりにしていた古いトランクから空缶《あきかん》を取り出し、中のお金を取り出そうとするのである。そのお金は、おそらく、「小遣いは、ないです」と言ったハルさんのいわゆる〈虎の子〉なのだろう、何枚かのマレイシア紙幣がきちんと折りたたまれて入っていた。

わたしは一所懸命に、「おばあちゃん、今の日本ではね、このお金は決して大金じゃないのよ。心配しないで、取っておいてちょうだい――」と説明するのだが、ハルさんは、「そんなわけはないで――」と繰返し、押し問答になってしまう。ハルさんが日本を離れたのは二十歳のときだというから、西暦の一九〇七年――日本の天皇紀年では明治四十年のことになるが、彼女が十円玉や百円玉に驚愕したのは、彼女の心に当時の貨幣価値がそのままに生きていたからでもあったろうか。

タクシーのクラクションはなおも鳴るし、飛行機に乗り遅れたらと、わたしは内心気が気ではない。――と、ちょうどそこへ昼食の配膳に来た中年のマレー女性職員が、クラクションに心急《こころせ》くわたしに気づいて、ハルさんにマレー語で「この人の言葉どおりにしなさい」とでも言ったらしく、そしてわたしには眼顔で「早く行きなさい」と合図してくれた。そこでわたしは、ハルさんの健康を祈る短い言葉を別れの挨拶に代えると、あわただしく彼女の部屋を出て玄関へと走ったのであった。

わたしがなかなか戻って来ないので苛々《いらいら》していた運転手に謝って、クアラルンプールへ取って返しながら、わたしは思わないではいられなかった。――わたしがひそかに予想していたとおり、異郷の地に孤独をかこって生きている老残のからゆきさんは、やはりクアラルンプールの周辺にいたのだ、と。旅程の都合から実際に逢えたのは川本ハルさん唯ひとりとなってしまいそうだけれど、しかしそのような女性がひとりいたということは、同様の女性がほかにもなお数多くいるということを示す以外でないだろう、と。

そうして、経済的にも恵まれ、血のつながりこそあったり無かったりだけれど家族たちと一緒に睦まじく暮している元からゆきさんに引きくらべ、老残孤独のハルさんたちの心中をわたしは密かに思い遣らずにはおれなかったのである。人間にとって最終的に支えとなるものは、金銭でもなければ財産でもなく、自分の死後における生命の連続――すなわち子孫の繁栄というかたちでの自己の保存を確信し得ることであろうが、孤独にその生涯を終えなくてはならぬ彼女たちには、畢竟《ひっきょう》、その確信は無縁だと言うほかはない。幸いにまだ壮年であり、夫もあれば子どもにもひとり恵まれているわたしなどには、はるかに想像することしかできないけれど、その淋しさははたして如何ばかりであるのだろうか。無辺際《むへんさい》の虚空《こくう》にただよう一枚の木の葉のごとき思いなのか、それともまた、索漠《さくばく》砂を嚙むような味気ない思いなのか――

だが、そのように骨の髄からの孤独にさいなまれて在りながら、「日本へ帰りたいですか」とわたしの訊ねたのにたいして、ハルさんが、然りとも否ともついに答えなかったのはなぜであったか。誰かの詩集のなかに、傷《いた》ついた山のけものが水を慕って泉にやって来るように、人間にとって故郷とは、心に傷手を負ったときにこそ恋しいものだ――という詩句があったと記憶するけれど、異郷に老いて孤独の極にありながらなお彼女が故国日本に帰りたいと言わぬのは、一体何を意味しているのだろうか。

柳田国男はその自叙伝『故郷七十年』の冒頭において「故郷は五十年までのもの」だと思うと記しているが、ハルさんは二十歳のとき天草を出て今やすでに八十六歳。ふるさとの村へ帰ったところで知った顔はひとつもなく、そういう今浦島の嘆きを味わうよりは、このマレイシアの小さな町の養老院にいるほうがまだしも心慰むというのだろうか。おそらくは、そのような考えもあるにちがいないと思う。

しかしながら日本へ帰りたいと願うかとの問いに彼女が回答を拒否したのは、彼女の胸の奥底にひそんでいる焦燥感にも似た日本への思い――自分たちを棄てて省みなかった祖国日本への不信からであるとしか、わたしには思えなかったのである。そしてわたしは、サンダカンの山上に立つからゆきさんたちの墓がすべて日本に背を向けていたことを、新たな思いで脳裡に浮かべ、心ならずも異郷に年老いて唯ひとり生きる元からゆきさんの深淵を覗き見たような気がしたのであった――

メダン　荒涼

「風の便りで聞いたことですから、真《まこと》なのか嘘なのか知りませんけど、最近ジャカルタでは、たくさんあったからゆきさんのお墓を、邪魔だからというので取り払ってしまったそうですね。わたしは、せめてその跡だけでも見たいと思いますから、案内していただけませんでしょうか――」と、インドネシアの首都ジャカルタに着いたわたしは、出迎えてくだすった安田明夫さんと田口茂さんにお願いした。クアラルンプールでようやく飛行機の出発に間に合ったその同じ日の、夕方というよりももはや夜といったほうがふさわしい時刻、場所は空港からさほど離れていないあるホテルの喫茶室であった。

安田さんは三十代半ばの温厚そうな感じの人柄で、雑貨貿易の仕事をしておられたが、わたしを紹介して下さった人の証言によると、その父君は生涯の過半をジャワ島に暮し、インドネシアと日本の友好のために尽力するところ多く、日本の〈民間領事〉という綽名《あだな》さえもらった人であるという。そして田口さんのほうは、年齢は六十五歳くらいだろうか、二次大戦前からジャカルタで雑貨店を経営していて、この地における日本人の動向に通暁している人なのだということだった。

わたしの願いにたいして、ふたりの答えはこうだった。――「どなたから聞かれたか知りませんが、からゆきさんの墓だけを邪魔だから取り払ったというのは、どうも誇張に過ぎるようですね。このジャカルタには何箇所か墓地がありますが、日本人専用のものはありませんでね、各国人のお墓が一緒になっています。そのうちの一箇所の日本人の墓が、管理上の便宜のため整理されて納骨堂式になったということなんですが、あした、早速御案内しましょう」

翌朝、わざわざホテルまで足を運んでくださったおふたりの待つロビーへ、わたしは墓地歩きに都合のよい服装をして下りて行った。——と、わたしの身なりを見た田口さんが、「山崎さん、申しわけありませんが、その腕時計やブローチは外してください」と言われるのである。そして、怪訝《けげん》な顔をするわたしに今度は安田さんが、「このあいだはわたしの友人の奥さんが、掛けていたネックレスをドライブ中に引きちぎられましたし、日本から来たばかりの商社員は、眼鏡をさらって行かれました。——なにしろこのジャカルタには、どん底暮しの人が多いものですから」と説明役を買って出られたのであった。

安田さんの懇切な説明を聞いて、わたしには、昨日の夕刻空港に降り立って以来おぼえていた一種言いがたい不安感の正体が、はじめて了解できたような気がした。

この旅に出てわたしはマレイシア・シンガポールとふたつの国を回り、いま三つめの国に来ているのだが、ここインドネシアには、他の国には無かった厳しさが四辺から立ちのぼっているような印象があった。空港税関の持物検査がどこよりも厳重なのにはじまって、一歩空港の外へ出れば仕事を持たない青年や壮年者がごろごろと屯《たむ》ろしている。そして、レストランやマーケットのトイレットへ入ろうとすれば、ドアの内側にかならず二、三人の男の子や女の子がしゃがんでいて、ドアを開けたことを理由に小銭を呉れと手を出すのである。こうした印象から類推するなら、この国に不慣れな外国人とひと目でわかる人間が、売れば高価な装身具類をさらわれるのなどは、日常茶飯のことであるにちがいないのだ——

それにしても、砲煙未だ消えぬインドシナ半島は別として、東南アジアの他のいくつかの国ぐにはそれなりの安定した生活雰囲気があるのに、インドネシア一国はどうしてこんなに不安な様相をしているのだろうか。

歴史をひもとくまでもなく、スマトラ島・ジャワ島・ボルネオ島南半のおよびその他の島嶼《とうしょ》より成る現在のインドネシア地域には、かつてはマレー人の建てた幾つかの王国があり、それぞれに独立と独歩を誇っていた。しかるに、十七世紀の初め頃より開始された西欧諸国の植民地争奪戦において、この地域はオランダの支配するところとされてしまった。今はジャカルタとインドネシア語で呼ばれる首都が長く〈バタヴィア〉という名だったのも、この地を植民地としたオランダ民族の中心種族が〈バタヴィ族〉であったからにほかならない。

それからおよそ二世紀あまり、インドネシアにも民族統一と独立国家建設の運動がめばえ、アハマッド・スカルノやモハメッド・ハッタなどの指導によって、一九四五年の八月十七日——すなわち日本の敗戦直後に独立が達成された。しかしインドネシアは、日本敗北と同時に戻って来たオランダ軍を向こうにまわして、その後五年間にわたる独立戦争をたたかい抜かねばならなかったため、経済建設において非常に遅れた。その後、スカルノの説く〈パンチャ・シラ〉——すなわち建国五原則の精神にもとづいて積極的に経済開発政策を推し進めたが、長く植民地下にあって文盲率極度に高く、したがって農村労働力をただちに工業労働力に転換し得なかったため、経済発展はアンバランスにしか進まなかった。そしてその間に、世界的な自然人口増のいきおいもあって人口が増え、農村に容れられなくなった多くの人びとは長期出稼ぎ人というかたちで都市へ集中、不幸にしてそこでも仕事にありつけなかった人たちは、生存のためにはどのようなことでもせざるを得なかったのである――

それはともかくとして、安田・田口両氏のせっかくの注意なので、もともと宝石類などひとつも持たぬわたしだったが、たまたま身につけていた腕時計と安物のブローチをすぐにはずした。するとふたりは、これで安心というような表情を浮かべて、さて、それからわたしを、ホテルの前に停めてあった安田さんの乗用車に乗せてくださったのであった。

最初わたしの案内されたのは、タナバン墓地――タナバンという地区に在るのでそのように通称されている墓地であった。安田さんの話によると、この墓地は昔日の面影をそのままにとどめているジャカルタの代表的な墓地なので、日本人の墓のすでに取り払われてしまった墓地に行く前に、参考のためわたしに見てほしかったからだという。自動車を降りると、眼の前に直径一メートルもの白い大円柱で支えられた回教寺院ふうの巨大な建物が聳《そび》えており、それが管理事務所を兼ねた門であって、薄暗いその内部を通りぬけると、その向こう側に驚くべき広大な墓域がひろがっていたのである。

コンクリートの塀で囲繞《いにょう》されているらしいのに、墓域があまりにも広いため、わたしの眼に見えるのは四囲の一辺の塀のみであって、他の三辺のそれはどこと確認することもできない。そしてその広大な奥津城どころの全域を、おそらくは管理人が刈り取るそばから凄まじいいきおいで伸びるのだろう南国の草がおおい、そのなかに、民族と階層によって色とりどりの墓じるしが幾百幾千と建ちならんでいるのだった。屋根を備えた華人系の人のらしい墓もあれば、棺型の上に十字架を立てたオランダ人の墓もあった。けれど、わたしのもっとも胸を衝かれたのは、棺に身を投げかけて慟哭《どうこく》する若い西洋女性の等身大の大理石像を配した墓や、小さな手を合わせて天に祈る幼女像を石に刻んだ墓などの在ることであった。前者は、最愛の夫を失った若い妻が、身も世もあらぬその悲しみを永遠にこの世にとどめようとしたものか、そして後者はといえば、いたいけなわが子を失くした父と母が、せめてその子の魂の天国において平安であれかしと願って建てたものなのだろうか――

わたしたちは、広大な墓域を相当な時間をかけて歩いてみたが、日本人の墓は思いのほか少なかった。歴史的に見て、このジャワ島には、フィリッピンやマレー半島などほどには日本人が進出して来ていなかったからであろうか。なかでも、からゆきさんのものと思われる墓――家族との合葬墓でなく女性ひとりだけを葬った墓は特に少なく、わたしたちはわずかに二基を発見し得たにとどまったのである。

その一基は、北側の石塀を背に建っている和洋折衷といった感じのものであって、半坪ほどのスペースをコンクリートの低い壁で囲み、その囲みの奥部を長方形に凸出させて墓標とし、嵌《は》めこんだ白い大理石に「故近本サヨ子之墓」と彫られている。そして、かつて遺骨を埋めたにちがいない囲みの内部には、現地語でチャカルベベレと呼ばれる浜木綿《はまゆう》に似た植物が猖獗《しょうけつ》を極めていたが、それは、かつて彼女の死を悼んで誰かの植えたひと株が長い歳月のあいだに繁茂して、その後手入れをされぬままにそのようになったのかもしれなかった。

これにたいしてもう一基は、ほとんど偶然にわたしたちの見つけ出したものであった。膝のあたりまで蓬々《ほうほう》と伸びた萱や羊歯の類をかき分けて歩いているとき、わたしの眼に、前のめりに倒れて草におおわれているひとつの小さな墓石が映った。そして、ひとたびは通り過ぎたのだが、心なしか、その墓石に日本ふうの陰翳のつきまとっているような気がしたので、ふたたび取って返して抱き起してみたところ、それがからゆきさんらしい日本女性の墓じるしだったのである。

こびり附いている腐植土をはらい落すと、その墓石表面の中央からは「谷川スズ之墓」の六文字が現われた。――が、その右肩に二行にわたって刻まれた小さな文字は、石がところどころ欠け落ちているため「大正拾年」と「行年二拾七歳」とより読めず、そして左下には遠慮がちに建立者名が記されていたが、それは「松井チズ」とあきらかに日本女性の名であった。

ジャワ島にはシンガポールほど多くの日本人進出はなかったとはいうものの、わたしがこれまでに読んだ文献によるなら、からゆきさんだけは例外で、バタヴィア――すなわち現在のジャカルタには、他の地域に優るとも劣らぬ数の日本人売春婦がいたはずである。それなのに、今このタナバン墓地を歩いてみて、それらしい日本女性を埋葬した墓にほとんど出逢わないというのは、一体どうしてなのであろう。かつて植民国民だったオランダ人や富裕を誇った華僑たちを主客としたらしいこの墓地に、春を鬻《ひさ》いだ日本女性などは、その永眠のための尺土《しゃくど》を持つことすら許されなかったとでもいうのだろうか。

タナバン墓地を出てつぎにわたしの案内されたのが、プタンブラン墓地――からゆきさんの墓だけが取り払われたと誰かの口から聞いていて、そのためどうしても見たいと思っていたその墓地であった。全体の景観はタナバン墓地とほとんど変るところがなかったが、その墓地では、建ちならぶ多くの墓標をどれほど丹念に見て回っても、日本人の名を記したものはひとつとして眼に触れなかった。かつてこの墓地の随所にあったという日本人の墓は、ひとつ残らず撤去されて、今はその霊位は、一隅に建てられた小さな納骨堂におさめられているのである。

田口さんと安田さんのこもごも語ってくれたところによるなら、古く明治・大正期よりあった日本人の墓をすべてこわし、ひとつの納骨堂に集めてしまったのは、敗戦後に赴任して来たある領事のおこなったことであるという。なぜそのようなことをしたのかは不明だが、第二次世界大戦をはさんで無縁となった墓なども少なくなく、領事館として管理しやすいようにした——というのではなかったか。その後、おいおいジャカルタへ戻って来た遺族から抗議の声が挙がったが、後任の領事が謝罪してひとまず収まり、今日に至っているという話であった。

墓地管理人の好意で納骨堂の扉を開いてもらい、内部中央にしつらえられた仏壇と、その背後の白塗りの棚にならべられた骨壺とに手を合わせながら、わたしはようやく心の安らぎをおぼえた。根拠のないうわさによってではあったけれど、ジャカルタにおいて、不浄な女の墓だからとからゆきさんの墓だけが取り払われたというふうに聞き、からゆきさんは死してもなお差別されなければならないのか——と内心瞋恚《しんい》の炎を燃やしていた。それだけにわたしは、いま、日本人の墓の取り払われたのはからゆきさんへの差別によるものではないと知って、いささか安堵したのであった——

ジャカルタで見たふたつの墓地では、そのひとつは各国人の共同墓地であり、もうひとつは管理の行きとどいた納骨堂だったこともあって、わたしはそれほど悲しい気持には沈まなくて済んだ。しかしながら、さらにその翌日、スマトラ島北部のメダンへ飛び、そこの日本人専用の墓地を見たときには、そのあまりにも惨憺たるありさまに胸つぶれる思いを味わわなくてはならなかったのである。

地図を一見すればわかるとおり、メダンは、インド洋と南シナ海をつなぐマラッカ海峡の北端に位置しており、西欧諸国によるアジア植民地支配がはじまって以来、シンガポールに次いで重要とされてきた港市である。ヨーロッパから東南アジアへやって来た船、東アジアからヨーロッパへ向かう船は例外なくここに寄港し、したがってそれらの船客を相手とする娼家がかつては軒をつらねていたはずだ。そしてわたしは、その夢の跡を弔いたいと思ってメダンを訪れたのであったが、しかしわたしを待ち受けていたものは、ロマンチシズムのひとかけらさえも感じられぬ現実でしかなかったのだった――

少しばかり詳しく書かなければならないが――メダン空港へ着きはしたものの知るべといっては皆無であり、タクシーの運転手の導きのまま義理にも清潔とは言えぬホテルに泊った明くる朝、思いあぐねたわたしは日本領事館へ電話をかけてみた。すると電話に出られた副領事の某氏が、幸運にも小著『サンダカン八番娼館』をご存じで、ホテルまでわざわざ足を運ばれた上、わたしには西も東もわからないメダンの町の案内に立ってくださったのである。

わたしは、かつて女衒に伴《つ》れられた日本娘たちが涙ながらに上陸したであろう波止場を眺め、また彼女たちがその青春を踏みにじられた娼館街の跡らしき場所にも行ってみた。けれども、それらのなかでわたしがもっとも胸を衝かれたのは、都市計画のために取り払われたばかりだという日本人墓地の光景であった。「メダン日本人墓地」と大書した高さ二メートル余の花崗岩の門が残っているのでわずかにそれと知れる日本人墓地跡は、その広さおよそ千五百坪ほどもあるだろうか。蓬々たる夏草のなかに、墓石といっては、「国松氏」と横書きされた一基が左の隅に辛うじて建っており、〈静心院妙鮮日行信女〉と刻まれた一基が仰向きに倒れて残っているのみで、あとはいちめん、礎石や土台だったコンクリート塊の散乱である。そして、遺骨を探すために掘り返した大穴がいたるところにあき、スコールも来ないというのに泥水が溜ってどんよりと澱み、草におおわれた周囲にもじくじくと浸み出ているのだった。

どこから迷いこんで来たのか、数頭の痩せた犬があたりをうろつき、掘り返された土のなかに鼻先を突っこんでいるのは、一体何を漁《あさ》っているのだろうか。ただの野原ならばよいのだが、その場所が墓地を撤去した跡であるだけに、わたしにはその犬が、この世界のものではないようにさえ思えて来るのである。

すでに記したごとくわたしは死後の霊魂を信じない者であるが、しかし死者を葬った奥津城は永遠に静謐《せいひつ》を保たれるべきであり、生者の軽率に手をふれてはならぬ場所だと信じている。それなのにこのメダン日本人墓地は、いま、その全墓が掘り返されて、すべての物を明らめ尽さずにはおかぬ南国の烈日に曝されているのだ。——これを荒涼と言わずして、はたしてほかの何を荒涼と呼ぶのだろうか！

副領事の教示によると、このメダン日本人墓地は古く明治期に選地されたもので、広い敷地の一部に東本願寺系の寺と管理人の家が建っており、墓域には約二百五十基の墓があったという。ところが、敗戦による引揚げで僧侶も管理人もいなくなってしまった時期、その時期はあたかもインドネシアにとっては非常に多難な建国期であり、仕事に恵まれず住む家のない人たちが日本人墓地内外に集まりはじめた。寒さを知らぬ南国のこととて、スコールを凌《しの》げれば足りる簡単な小屋を作って住むのだが、土台や竈《かまど》には石や煉瓦が便利なため、誰からともなく墓石を壊し運んで来て使用するようになったのである。

やがて日本・インドネシア間に国交が回復し、復帰する日本人もしだいに増加。知友の墓石の盗まれるのを憂えた日本人たちが、墓域全体に有刺鉄線を張りめぐらしたが、一夜明けるとその有刺鉄線自体が無くなっているというような状況である。そして、その後もなお依然として墓石盗難はつづき、近年に至っては、無事な墓石はわずか十数基ほどにまでなってしまったのであった。——なお、メダンではなくて他の地区のことではあるが、原住民たちのスラムが外国人墓地の内奥部にまで押し寄せて来て、たとえば墓石を支柱として小屋掛けしたり、部屋のなかに二つも三つも墓石を突出させた小屋に人が住んでいるような例もあるということだ。

このような状態なので、メダン市としても、貧しい人びとのため早急に住宅対策を樹てなければならず、そこで日本人墓地を住宅地に転換することを考え、墓地の郊外移転を日本領事館に要請して来た。昔日のままのメダン日本人墓地であったならば、領事館としてはその申し出を承諾しなかったにちがいないが、墓地は事実上ほぼ完全に荒廃しつくしていたためにこれを了承、郊外適当の地に御霊屋《みたまや》を建てて全死者を合祀することとして、現在、ようやく遺骨の収容が終ったところだったのである——

荒涼たる上にも荒涼、惨憺たる上にも惨憺たるメダン日本人墓地の跡を、ぬかるみに靴を取られつつ徘徊しながら、わたしは何も考えることができなかった。墓穴に澱む水に半ば落ちこんだ礎石から、その重たい礎石に敷きしだかれた夏草から、あるいはまた彼方の樹木の葉末を揺すりつつ吹いて来る風の匂いから、さまざまな訴えを感取したのに、わたしは何をどう考えればよいのかわからなかった。——というよりも、もっと精確には、その荒涼たる光景からあまりにも多くのものを心に受け取りすぎたまさにその故に、両眼よりとめどなく涙を流しつつ、ついにはひと所に立ちつくしてただ茫然としているよりほかはなかったのであった——

東南アジアと日本

眠りがたい夜をもう一夜だけメダンに重ねて、つぎの日の朝、わたしはメダン空港から飛行機に搭乗して日本への帰途に就いた。東京を出発してよりすでに二週間の日時が経過していたし、サンダカンで発見されたおクニさんの墓をはじめ、からゆきさんに関して訪《と》いたいと思っていた土地は訪い、見たいと願っていたものはひとまず見終えたと言ってさしつかえなかったからである。

メダンから日本へ帰るにはシンガポールで乗替えなければならないのだが、シンガポールまでの飛行機は最新式とは言えぬ双発機で、スマトラ島の海岸線づたいに東南へ向かって飛んで行く。高度は三千メートルくらいだろうか、眼下、左にはいかにも南海らしい蒼さのマラッカの海が眺められ、右には熱帯の樹林がはてしもなくひろがっていた。少女期を日本の脊梁山脈の深奥部に位置する盆地に過ごし、山また山の重なりつづく風景には慣れているわたしだったが、高空から見下すかぎり続きに続いて辺際のない濃緑色の樹海には、讃嘆のあまりに声を呑み、おそらく人目には茫としているように見えたにちがいない――

しかしながら、大海とも見まがう大樹海の景観に打たれて茫然としているように映ったとしても、わたしは自失していたのではなかった。日本では見られぬその密林の壮大さに打たれ、ああ、これが東南アジアの自然なのだ――と感ずるにつけ、その東南アジアの各地に骨を埋めざるを得なかった日本の底辺女性のこと、わけてもその墓地のことにひそかに思いを致していたのである。

わたしの眼には、眼下の熱帯森林に重なって、昨日つぶさに見たメダン日本人墓地の凄まじいまでの光景が映っていた。そしてその荒漠として救いようのない光景から、次のように思わないではいられなかったのであった――

――永久に生きていたいという生物本能を持ちながらしかし〈死すべきもの〉でしかない人間は、死後にもなお残すべき自己保存の証《あかし》として、第一に〈子孫〉を持ち、第二に〈墓〉を持つのが普通だと言える。換言すれば人間は、自分は死んでも〈子孫〉――すなわち姿を変えた自分が依然この世に生きていることを確認し、その子孫たちが自分の直接の形見《かたみ》である〈墓〉をいつまでも忘れずにいてくれるだろうと確認することによってのみ、はじめて、幾らか心を安んじてあの世に赴くこともできるのだ。だが、からゆきさんという存在は、その職業ならざる職業の身体的影響の結果として、その過半が子どもを産むことの不可能な身となっていた。とすれば、〈子孫〉というかたちで死後に自分を保存することの叶わない彼女たちとしては、必然的に、その名を石に刻んだ〈墓〉をもってしかこの世に自己を残すことは許されぬわけで、それだからこそ彼女たちは、少なからぬ金銭を投じて、その客死の地たる東南アジア各地の日本人墓地に墓石を建てて来たのである。

無数のからゆきさんたちのそういう切ない思いによって建てられたものであるだけに、そして日本における女性存在の最底辺に生きて死んだ人びとのこの世にとどめる唯一の遺物であるだけに、その墓地はいつまでも残しておきたい。ジャカルタのプタンブラン墓地のように、管理のしやすさを理由に個々の墓を止めにして遺骨を納骨堂に集めてしまったり、あのメダン日本人墓地のごとく、都市計画の名目のもとに墓地それ自体を撤去してしまったりすることなく、昔日のままのかたちで永遠に保存して行かなくてはならぬのだ――

けれども、固くそのように思いながら、わたしの胸底のいま一方には、日本人売春婦としてのからゆきさんの墓をいつまでも残したいというこの願いは、東南アジア諸国の人びとからすれば日本人の甘い主観にすぎぬとして、痛烈に批判されるのではあるまいか――という反省もあった。そして、なぜわたしがそのような反省を持たずにおられないのかといえば、それはひとくちに言って、わたしたちの国日本が東南アジア諸国の民衆にたいして許されざることをしているからであり、そのひとつの象徴を、わたしはサンダカンにおいてこの眼で実見していたと言わなくてはならないのである。

――東南アジア諸国巡歴のこの旅に出て最初におとずれたボルネオ島サンダカンのからゆきさん墓地、繁雑を恐れて先には敢えて省略しておいたのだが、実を言うとわたしは、その墓地へ赴く途中で、〈華人系住民殉難碑〉という日本人として動転すべきものに出逢ったのだ。サンダカンの市街区より山地へ入り、自動車を降りて日本人墓地への登り道にかかる左側は山腹一帯が華人系住民の墓地だったが、その入口の道路をはさんで向い側に、高さ五メートルもある巨大な石碑が建っていて、表面には、中央に大きく一行だけ、「壹九四五年五月廿七日殉難華僑記念碑」と記されていたのである。詳細を知りたいと思って石碑の裏面へ回ってみたが、幾人の華人系住民がどのような難に遭って、それを悼んで誰がこの碑を建てたというようなことは、ただの一字も書いてなかった。

「殉難華僑記念碑」の文字だけでは、他国から突然やってきた者としては不審が募るばかりだが、サンダカンの住民たち——というよりも広く東南アジア諸国の人たちには、その七文字だけで一切が分明であり、おそらくその余のことは殊更に書き記すまでもないことなのだ。そしてわたしには、その華人系住民殉難碑のすぐうしろが旧日本陸軍墓地である事実が、何よりも雄弁にこの殉難碑に託された華人系住民の心を表わしていると思われたのである。

しかし、それにしてもこの華人系住民殉難碑の背後には、具体的に、一体どのような事件がひそんでいるのだろうか。木下おクニさんたちの墓詣でからサンダカンの町に戻ってすぐ、わたしは、出逢った日本人に訊ねてみたのだが、詳細を語ることのできる人はひとりもなく、華人系住民殉難碑の存在を知らない人もあったのである。

ここに至ってわたしは、『サンダカン八番娼館』を読んだというひとりの青年の寄せてくれた手紙を、新たな思いをもって想起しないではいられなかった。その青年の名は秋元良治さんといい、高等学校を出るとすぐ船員になった青年で、乗組んだ船が貨物船のため東南アジアの主要港へ寄港することが多く、したがってサンダカンも熟知しており、その熟知の都市名が題名となっていることに興味を持って小著を手にされたという方である。彼はその手紙をつぎのように綴っていた——

〈拝啓

本日、先生の『サンダカン八番娼館』を読ましていただきました。先生とおサキさんとの美しい心に打たれて、どうしようもなくなりました。現在、心もからだも淋しいおサキさんのことを考えて、私は胸がふさがっております。

私は、サンダカンへ、これまでに何回も上陸しております。汽船の船員ですので、いろんな所へ行くのです。もう足掛け五年も帰省しておりませんが、生まれた島は新潟県の佐渡ヶ島で、両親は今も佐渡におります。秋からの長い冬じゅう空はどんよりと曇って、雪ばかり降っている所に育ったからかもしれませんが、高校の時から、ミニヨンの歌「君よ知るや南の国、レモンは香りミルテはそよぐ……」にあこがれました。この詩を読むと、胸のしこりがとけるような気がしまして、それが私を一気に船へと走らせました。一度イタリアへ行って、ミニヨンの旅した跡を、ぜひ南下してみたいと思っています。

話がそれて申し訳ありません。

そんなわけで、私は今までに何度もサンダカンへ行ってきましたが、からゆきさんのこと、先生の本で初めて知りました。先輩から、昔この港にも、シンガポールやマニラと同じに日本の女が来ていたんだと聞かされたことがありました。しかし、くわしいことは先輩も知りませんで、私は今度はじめてその実際がわかりました。

入港と同時に、酒、女に目の色変えていた己を、今日ほど恥ずかしく思ったことはありません。おサキさんの生涯を読んで、人の生きていくことの重さを感じました。今日よりは、本書を終生の友として、日々を大事にして行きたいと思っています。

本船、ただいま南西諸島附近を南下いたしておりまして、そのうち、コタキナバルからサンダカンへ回ります。新聞によりますと、皆さんのお墓も発見されたようですので、現地の方におうかがい致しまして、花でも上げに行くつもりです。
どうか先生、これからも益々、女性の問題の探求に励まれんことをお願い致します。先生の御健康と、おサキさんのこれからの幸福をお祈り致します。

一九七二年＊月＊日

秋元良治

山崎朋子様

追伸

以上の手紙を書きまして、台湾へ着いたら投函しようと思っていましたら、また書くことができました。ですから、続けて書きます。

昨夜休みの時間に、仲間たちに先生の本のことを話したのです。そうしましたら、サンダカンへ入港したら皆で行こうということになりました。そうして、発見されたお墓は、どの辺だろうという話になりました。

そんな話をしてますうち、年輩の乗組員の方に昔の日本陸軍の＊＊連隊生き残りの方がおりますが、彼が戦時中サンダカンにいた時のことを話し出しました。戦闘がないもんですから、ゲリラ掃討という名分を作り、村へ出かけて行って女を犯し、そしてそれが露見すると下士官が困るものですから、目撃者の村民を皆殺しにしたと言っていました。気が弱くて射殺しないで帰ってくる兵がいると、下士官がビンタを張って命令して、射殺させたということでした。

戦後生まれの私には、想像のつかない恐ろしいことです。戦場に立てば、殺すか殺されるかですから、誰だって異常になると思いますが、どのように懺悔をしても許されることではないと思いました。

先生の本を読んで、からゆきさんを可哀そうだと思って悲しくなりましたが、戦争中のサンダカンの原住民も、ひどい取りあつかいを受けたのだと知りました。

そうして、村民を皆殺ししたのが、日本人なので、いっそう悲しくなりました。からゆきさんは、日本人がひどい目に会ったのですが、戦争中の村民皆殺しは私達の先輩がやったんですから、何と言ったらよいか私にはわかりません。

おサキさんたちのことだけでも胸がいっぱいのところへ、日本軍のひどい話を聞いたので、頭がガンガンして複雑な気持です。

興ふんのあまり、訳のわからないことを書いてしまいました。また、乱筆をお許しください〉

この秋元さんの手紙から今わたしが必要とするのは、言うまでもなく、「追伸」として書かれた後半の部分である。戦争を知らぬひとりの純朴な青年の精神的驚愕と混乱とが正直ににじみ出た文章だが、彼の先輩船員の問わず語りに語ったというその話に、おそらく嘘いつわりはないだろう。ということは、つまりサンダカンにおいても、二次大戦中日本軍による住民虐待や虐殺がおこなわれていたということを示すものにほかならず、そしてわたしが帰国後にいくつかの文献を調べてみたところでも、事実そのとおりだったのである。

たとえば、日本においてはこれまでに多数の〈太平洋戦争史〉が出版されているが、北ボルネオ――なかんずくサンダカンにおける戦闘を詳述したものはひとつもない。その最大の理由は、戦局を左右するほどの戦闘が北ボルネオにおいておこなわれなかった点にあるが、しかしそれでも戦場ではあり、その苦悩をそれぞれの立場から訴えた三冊の個人的記録が残されている。その第一はアグネス・キース著『三人は帰った』で、日本軍の捕虜として収容所に入れられた植民国国民イギリス人の立場からその生活を描いたもの、その第二は山崎アインの『南十字星は偽らず』で、支配者の交代に動揺する被植民国民としての悩みを訴えたもの、そしてその第三は松本国雄の『キナバルの東』であって、占領軍でありながら補給を断たれてぞくぞくと餓死した日本兵の苦しみを述べたものと言ってよいだろう。

アグネス・キースの『三人は帰った』だけはついに古書店で見つけることができず、今わたしの手もとにあるのはこれを除いた二冊だが、まず山崎アインの『南十字星は偽らず』を読むと、日本軍がイギリスの非戦闘員のみならず多数の原住民を殺戮《さつりく》した話がいたるところに書かれている。彼女は、北ボルネオのケニンガウ市の知事として赴任したかつての進歩的な政治家・山崎剣二のいわゆる現地妻であり、戦後ほぼすべての現地妻が塵芥のように捨てられたなかにあってただひとり日本に伴われて来た女性だから、必然的に日本軍に寛大なのだが、それにもかかわらずなお、日本軍による幾多の原住民虐殺に言及しないではいないのである。一方、松本国雄の『キナバルの東』によると、「兵隊たちにとっては、少量のうすい粥《かゆ》だけでは足りず、したがって、ここでも脱柵《だっさく》は臨機応変に行って」おり、直接指揮者の「曹長は、毎日数人の脱柵者を指名していた。彼等は部落から部落へと野良犬のように漁り歩いて、いろんな手段で食物を手に入れてくる」のだったということだ。

飢え疲れているとはいえ占領者としての日本軍の一員だった松本には、食糧を探し歩く仲間たちが哀れな「野良犬」と見えたわけだが、その「野良犬」が、被占領地の住民たちの眼には〈狼〉と映っていたにちがいないとわたしなどには思われる。「いろんな手段で食物を手に入れてくる」その「手段」のうちには、当然ながら威嚇や暴力も入っていたであろうし、また戦争にコミットした人の手になる記録の常として松本は記していないが、さきの秋元さんの手紙に言う「ゲリラ掃討」も確かにあったに相違ないのである。

このような背景において考えるなら、サンダカンの日本陸軍墓地の前に聳えていたあの華人系住民殉難碑は、疑いもなく、反日ゲリラとかスパイとかいった罪名を与えられて日本軍に殺された華人系住民を、その同胞が悼み哀しみ、民族的痛憤をこめて建立したものだと言わなくてはならない。そして、第二次世界大戦において日本が音高く軍靴を鳴らした東南アジア諸国には、同様の殉難碑の建っている町、および現実には建っていなくても建てられて然るべき村々が、枚挙にいとまないほど存在するのだ！

東南アジアと呼ばれる地域は広く、そこにはフィリッピン、いわゆる南北両ベトナム・ラオス・タイ・カンボジア・マレイシア・インドネシア・シンガポール・ビルマ（ミャンマー）などたくさんの国があるが、先ほどわたしの飛び立って来た国――すなわちインドネシアに限って見ても、そこには、日本軍による多大の暴虐が記録されているのである。インドネシアはフィリッピンのごとく日本に正面切っての敵対はせず、むしろ〈大東亜共栄圏建設〉に協力するかのような姿勢を採りつづけた国だから、日本軍による瞬時の大量虐殺というような事件こそ起こらなかったが、理不尽きわまる数々の行為が白昼堂々とおこなわれたのであった。

たとえば、わたしがからゆきさんの跡を訪ねるこの旅に発つ前読んだ本の一冊に、世界の教科書を読む会が編んだ『軍国主義（東南アジアの教科書にみる日本）』があり、東南アジア各国の社会科教科書から第二次大戦における日本のアジア侵入について書かれた章節を訳載しているのだが、インドネシア小学校五・六年生用の教科書『わが民族の歴史』（R・モハメッド・アリ著）の当該部分には、つぎのような記述がある。――「日本はインドネシアに、多くの要塞を建設した。われわれは要塞作りの労働を強制的にやらされた。われわれはまさに強制されたのである！　われわれは〈ロームシャ〉（労務者）にされた。〈ロームシャ〉とは、日本人によって強制労働させられた人のことである。農民・労働者はあたかも奴隷のように家屋敷を捨て、他の地方つまりジャワ・スマトラ・イリアン（ニューギニア）・ビルマ・タイなどに連れていかれた。彼らは、ジャングル・沼沢地・海岸などで働かされた。〈ロームシャ〉は酷使されたのだった。彼らの生活はどんなだったのか？　食物は不十分、住居はブタ小屋なみ。その結果、何千人もの人が死んだ。餓死・病死・虐待による死。何千人もの人びとがほったらかしにされて死んでいった」

強制労働および虐待の結果死亡したインドネシア人の数を、ここでは「何千人」と言っているが、中学校三年生用の『世界の中のインドネシア』という教科書では、日本軍の「占領中に数百万のジャワの青年たちが外国へ送られたが、その大部分は、死んだり行方不明になったりしている」と記している。その人数には非常な懸隔があって、どちらが真実なのかわたしは判断を保留するしかないが、いずれにせよ多くの男性が受難したことは否定のしようがないのである。

こうした男性の受難にたいして女性のそれはと言えば、それは『スカルノ自伝』——スカルノがアメリカの女性ジャーナリストのシンディ・アダムスに口述して出来た自叙伝のなかに、まさに象徴的なかたちで語られている。すなわちスカルノは、日本兵の「久しく飢えている性生活」を「一つの危機」と見、「この問題を解決しないともっと大きな問題が引き起こされる」だろうことを予測して、いわゆる兵士慰安所を設けたのである。彼は、スマトラ島のパダン市だけでも「百二十人の女性を隔離した場所に集め、高い塀でかこんだ収容所に入れた。一人一人の兵士たちは、一週間に一度行くことを許されるカードを渡された。それには、一回ごとに印が捺された」のであった。

けれども、大の虫のために小の虫を殺すという痛苦を忍んでそのような防波堤を築いても、なお、日本兵の「久しく飢えている性」の巨濤《きょとう》は、滔々《とうとう》とインドネシアの一般民衆の上に流れこんだのであった。日本インドネシア・センターが一九七〇年に出した『インドネシアを徘徊す』という小冊子があって、現代インドネシアの生活や風俗を彼の地の生活者の実見によって活写しているのだが、これによるなら、「戦時中の日本人の混血児は四万人と言われている」ということだ。四万人の混血児が生まれているからには、おそらくはそれに数倍するインドネシア女性が日本兵の餌食とされたと類推される。そして、インドネシア一国においてさえこれほどだったのだから、東南アジア全域を問題としたら、おそらくは気の遠くなるほど多数の女性たちが被害を蒙っているに相違ないのである——

いつの間にか閉じていた眼を開いて、わたしは、身をゆだねている双発機の小さな窓から外界を見た。右下に際限なくひろがっていた熱帯樹林の濃緑が消え、そのかわりに一枚ガラスにも似た紺碧の平面のつづいているのは、ようやく飛行機が、スマトラ島の上空を離れてマラッカ海の上に出たからだろうか。

南方の午前の太陽はさわやかで視界は遠くまで開け、前方に巨大な陸地が見はるかせたが、多分それが、突端にシンガポールの町を据えたマレー半島なのであろう。そして、時の経過につれてその陸地はいよいよ近くなり、陽光の加減からか、その陸地をおおう樹林が常ならず明るく見えるのだったが、しかしわたしの心は、そうした外界の明るさとはまるで反対に、鉛の玉でも嚥《の》みこんだように重暗く沈んで行かずにはいなかった。第二次世界大戦のときに少女にすぎなかったわたしに直接の責任はないというものの、わたしの同胞がこの東南アジアの国ぐにを軍靴をもって踏みにじり、その民衆に幾多の悪虐をはたらいたのだ——と考えると、どうしても心が重たくならざるを得ないのである。

それにしても、以上に縷述《るじゅつ》したような国家的・民族的悪虐を、わたしたちの国日本が、敗戦より三十年になんなんとする歳月のあいだに幾分でも償って来たのならば、わたしの心はそんなにまでも深く沈まなくて済んだにちがいない。しかしこの三十年という長いあいだに、日本は、東南アジア諸国の民衆にたいし心から詫びて償いをするどころか、実は悪虐の上塗りをしていると言わなくてはならないのである。そしてその国家的・民族的悪虐が、かつてのように軍隊と武器とを伴うことなくおこなわれているまさにその故に、東南アジアの人びとは塗炭の苦しみを嘗めているというのに、日本人自身はほとんど気づいていないのだ。

わたしは、最近ようやく一部の人びとの口にのぼりはじめた〈日本のアジア経済侵略〉のことを言いたいのだ。国際経済の問題には暗いわたしだが、資源を持たぬ日本が一九六〇年頃から国民総生産において世界の上位におかれ、国土こそ小さいが経済的には大国となりおおせた事実だけは、この眼でたしかに看て取ることができる。——が、完全な共産主義的な経済ならばいざ知らず資本主義的な経済機構に立っているからには、日本資本主義の前代未聞の繁栄の蔭には、搾取された人間がどこかにいるのが理の当然というものであろう。

それでは、その人びとは誰なのかということになるが、それは、国内的には労働者や農民を中心にひろく小市民をふくむ民衆であり、国際的には東南アジアを主軸とするアジア諸国だと断定してさしつかえない。そしてその証拠を、わたしは、農業だけでは生活することができず都会に出稼ぎせざるを得ない現在の日本農民の姿と、一九七〇年代に入って激烈な反日運動を起こしはじめた東南アジアの人びとの姿に見るのである。

いま、国内的な問題についてはひとまず措《お》いて、焦点を東南アジアの民衆にひきしぼれば——日本の経済侵略は、早く一九五五、六年頃から開始されたといってよい。一九五五、六年といえば敗戦からおよそ十年、五五年版の『経済白書』が記した「もはや戦後ではない」という言葉に象徴されるように、日本資本主義は敗戦の痛手から完全に立ちなおって新たな飛躍に取りかかった。その第一着手は、二次大戦で東南アジア諸国にたいして犯した罪過をつぐなう〈賠償〉で、その折衝をおこなった総理大臣の吉田茂によれば「向こうが投資という名を嫌ったので、御希望によって賠償という言葉を使ったが、こちらから言えば投資なのだ」ということであった。

そして、一九六〇年に総理大臣の椅子についた池田勇人の手で日本経済のいわゆる高度成長政策が推進されると、東南アジア諸国は、原料供給国ならびに製品輸入国としてまたとない存在となった。つまり、資源のみ豊かにあって資本も技術も十分に育っていない東南アジアが、原料を買いたたくのにも国内滞貨を捌《さば》くのにも都合のよい地域だったということであり、日本資本主義は自分にとってのその利点を十二分に利用したのである。

わたしは、マレイシア・シンガポール・インドネシアと三カ国を経巡った今度の旅で見たものを、あらためて思い返さずにはいられない。サンダカンやシンガポールの街路をいかに多く日本製の自動車が走っていたか、クアラルンプールやジャカルタの商店にどれほど多種類の日本製品がならんでいたか、そしてそれらの都市またはその周辺にどんなに巨大な合弁会社の工場が建って、濛々《もうもう》と黒煙や白煙を吐いていたことか。自動車については知らないが、時計をはじめラジオ・テレビといった機具類が日本で買うのよりはるかに割高となっていたのは、関税のかかることもあろうが、窮極のところ、現地企業の力が弱いため独占的に販売することができるからであろう。そうしてその現地企業の弱体なことが、いわゆる合弁会社のめざましい増加——換言すれば日本の資本進出を許容する原因となり、東南アジア人労働者の犠牲において日本の資本家たちをさらに富ませる結果を生んでいるのである。

なお、巡歴のあいだにあちこちで耳にしたところを総合すると、これらの合弁会社においては、驚くべき〈民族的差別〉が当然のこととしておこなわれている。ほんの一例を挙げてみるだけでも、それらの会社では、役職は全部または過半を日本人が占めており、同じ仕事をしていた場合でも日本人と現地の人とでは給料に差異があって、その差異は時に、日本人の給料が現地人の十五倍にのぼるほどひどいこともあった。また、純然たる仕事以外のことだけれども言うならば、日本からやって来た名目だけの上役の接待に名を借り、キャバレーやナイト・クラブを借り切って日本人以外の客を締め出し、金力をふりかざすその態度で人びとの顰蹙《ひんしゅく》の的となることも決して少なくないのだという。そして更につけ加えれば、合弁会社につとめる日本人社員の家庭では、人件費の安くて済む東南アジアのこととてメイドを雇うのがまず普通だが、その使役にあたって、些少の個人差はあるだろうが蔑視、差別がまずもって日常茶飯となっているらしいのだ――

都市計画にもとづく移転のために掘り返されたインドネシアはメダンの日本人墓地、からゆきさんたちの墓もたくさんまじっていたにちがいないその墓地を、いつまでもいつまでもそのままの形で残しておきたいという気持は、真実、わたしの心からのものである。〈階級差別〉と〈性差別〉という階級社会における二大差別をふたつながら受け、その苦悩を誰に訴えるすべもなく異郷に朽ちて行った日本女性たちの存在を証明し、その声なき声を後代に伝えるものとしては、東南アジアの諸方に散在するからゆきさん墓地よりほかには何もないのだ。つまり、わずかに痕跡をとどめる彼女たちの墓は日本底辺女性史の重要な証言のひとつであり、それだからこそわたしは、どのような理由によるものであろうと移転や撤去には反対で、現状のまま永久に保存したいと願わずにはいられないのである。

しかしながら、東南アジア諸国の人びとの眼から見れば、日本は、第二次世界大戦までは軍事侵略を敢行し、その失敗後は矛を資本に変えて侵略をつづけている国であり民族である。とすれば、からゆきさんという存在も、個人的にはその不幸に満腔《まんこう》の同情を寄せたとしても、民族的立場に立ちかつ政治的文脈において見るなら、やはり日本のアジア侵略の一環だったということにならざるを得まい。そして、この百年近い歳月を日本の侵略政策に苦しめられ現在もまた痛めつけられている東南アジア諸民族の胸中を思いやると、彼等に向かって、日本底辺女性史の証言であるからゆきさんの墓地を永久に保存せよ――と言うことは、わたしには口が裂けてもできないのだ!

――シンガポール空港で旧式な双発機から降りたわたしは、香港経由で東京へ向かうジェット機に乗り替えた。さっきまでの双発機とは打って変って、機内は広くて明るく、座席はゆったりしていてやわらかく、乗客には欧米人や東南アジア人もいたが、もっとも多いのは日本人の姿だった。そしてこのわたしも、その数多い日本人客のひとりなのだったが、東京行きだからとはいえこんなにも日本人の多いのは、それだけ日本人が東南アジアへ来ていることを示すものであり、それは取りもなおさず日本の経済侵略を語るものなのかもしれないのだった。

短い滑走を終えるとジェット機はたちまち高空へ舞い上がったが、針路を北東に採るべく旋回したとき、はるか下方にあたってシンガポールの市街が望見された。あの河のように見えるのがジョホール水道だから、ちょうどその反対側、船舶の群らがって停泊しているのがシンガポール港にちがいない。そうだとすれば、わたしが先日足を運んだチャイナ・タウン――かつて九州の天草島や島原半島あたりの女性たちがその青春を埋めたマレー・ハイラム・マラバーの三つの街は、およそあのあたりの見当だろうか。

しかしジェット機のスピードは速く、わたしの視線がそのむかしの花街の位置を確《し》かとはとらえきれずにいるうちに、もはやシンガポールの市街は遠く小さくなっていた。そして眼下にはゴム園らしい樹林がしばし続いたが、やがてその樹林の尽きたと見る間に、まばゆく輝く大海があらわれた。藍甕《あいがめ》の藍を流したように青く澄みつつ、めくるめく南国正午の太陽を受けてひそかにさざめく南シナ海である。

東南アジアの各地に朽ちはてた日本の底辺女性たちを一方に思い、ほかならぬわたしの祖国の経済侵略のために苦汁を嘗《な》めている東南アジア諸国の民衆を他方に思って、わたしの心は複雑で重たかった。けれど、わたしのそうした重い心も知らぬげに南の海は明るく凪《な》ぎ、見はるかす眼路《めじ》の限りどこまでも続いていたのだった――

サンダカンの墓あとがき

この小さな書物は、二年ばかり前に出した『サンダカン八番娼館』（筑摩書房）のいわば続篇であるということを、まず初めに申し上げておきたいと思います。

わたしは前著に、身の程もかえりみず〈底辺女性史序章〉という副題をつけましたが、おそらくわたしの終生のテーマとなるだろう底辺女性史には、それがほとんど未開拓の分野であるため数えきれぬほど多くの問題があり、そのためわたしは〈からゆきさん〉研究は前著で打切り、次の問題に専心するつもりでした。ところが、『サンダカン八番娼館』は思いがけず多くの読者を得ることができ、そのなかには、からゆきさんについて新事実を教示してくださる方や、からゆきさん研究を更につづけるようにと激励してくださる方もあったのです。

そういう方々に応えるためもありましたが、しかしそのほかにも、わたしがからゆきさん研究を継続せずにいられない理由があったと言わなくてはなりません。それは、本書の前半に詳述したように、『サンダカン八番娼館』の聞書きが契機となって北ボルネオのサンダカン市にからゆきさんたちの墓が発見され、文藝春秋編集部の田中健五氏と花田紀凱氏のおはからいによって、わたしがはるばるとサンダカンを訪い、その墓前に額《ぬか》づき得たということです。そしてわたしは、そのサンダカン行の感動をひとりこの胸におさめておくことができず、とうとうこの一冊を書いてしまったのでした。そしてこの本の出版については、出版部の萬玉邦夫氏にお世話になりましたので、前のおふた方と併せて厚くお礼を申しあげます。

このサンダカン行において感じたことはすべて本文に綴ってしまったので、今あらためて記すことはほとんど無いのですが、ただひとつだけ言うならば、わたしは、この旅において、からゆきさんもまた日本のアジア侵略の一員であったのだ——ということを強く強く実感しました。

からゆきさんが、日本のアジア侵略初期における〈肉体資本〉にほかならなかったということは、理論的には前から承知していたのですが、しかし前著『サンダカン八番娼館』では、やはり、からゆきさんの〈被害者〉としての面にウェイトがかかっていたと思います。ところが、北ボルネオや、シンガポールなどの土をこの足で踏み、そこで暮す多くの人びとをこの眼で見ているうち、わたしには、からゆきさんは日本のアジア侵略の先遣隊でもあったのだ——ということが、皮膚感覚をもってわかって来たのです。これは、この旅のおかげで、わたしに東南アジアの人たちの立場が、ほんの僅かだけれども理解されて来たからでありましょうか。

そして、その意味においてわたしは、わたしの東南アジア紀行ともいうべきこの書物を、異郷に朽ちた無数のからゆきさんたちの魂に供えるとともに、また、東南アジア諸国の人びとの前に捧げたいと思うのです。——かつてあなた方の国土を軍靴をもって踏みにじり、今は資本をもって踏みにじっている日本民族のうちのひとりとして、心からなる謝意をこめて。

なお、どうしても書き落すことを許されぬのは、本文中に出て来る人物は、前著と同じく、例外の数名を除いて、すべて仮名にしてあるという一事です。前著も本書も、言ってみればわたしはたまたま選ばれた伝達者に過ぎず、真の著者は老残のからゆきさんたちであったと思うのですが、しかし差別意識の強い今の社会では、彼女たちの本名も残念ながら伏せて置かざるを得ないのです。

＊

最後に、なおもうひと言つけ加えさせていただきますと――

この小さな書物を、すでに亡きからゆきさんと東南アジアの人びとに捧げるとさきに記しましたが、さらにわたしは、特別に一本を取って〈おサキさん〉に献呈したいと思います。『サンダカン八番娼館』の主人公であり、八十歳に近い高齢を、喘息に悩まされつつも今なお天草島に健在のおサキさんは、この書物をただの一行はおろか一文字も読むことはできないのですけれど、わたしがこの本を書いたことを、おそらくほかの誰よりも喜んでくれるにちがいありませんから。

一九七四年九月

山崎朋子

文庫新装版のためのあとがき

〈サンダカン〉とは東南アジアの国のひとつであるマレーシアの一小都市の名前だが、わたしとは、もはや切っても切れない関係にある――と言って良さそうだ。何故なら、わたし、女性史研究的なノンフィクション作品として『サンダカン八番娼館』（一九七二年・筑摩書房）と『サンダカンの墓』（一九七四年・文藝春秋）を書き、数年前に出した自叙伝の書名も『サンダカンまで』（二〇〇一年・朝日新聞社）としたのだから。

『サンダカン八番娼館』はわたしの代表作と見られているけれど、わたしとしても、もっとも苦労して書き、それ故にもっとも愛着の深い作品である。

地方の大学に二年だけ学び、夢みていた新劇女優への道をストーカーから顔を切り裂かれたことで絶たれ、一介の主婦＝母親の立場にあって〈女性史〉の研究を志したものの、学識の乏しいことと批判力の弱いことに悩んでいた。しかし、〈底辺女性〉の極限的な存在を〈海外売春婦〉と考え定めると、家庭のしがらみを振り切って九州は天草島へ走り入ってしまい、思いがけぬ不思議な邂逅《かいこう》に恵まれ、そして書き上げることの出来たのが『サンダカン八番娼館』であった。

この女性史研究的ノンフィクションは、初版の部数は少なかったのだが読者の口伝えによって版を重ね、いわゆるベストセラーとなり、更にはロングセラーとまでもなった。

そして、サンダカン駐在の商社員の探査でこの書に登場するからゆきさんたちの墓地が見つかり、わたしも訪墓。その旅程を綴ったのが、すなわち『サンダカンの墓』の一冊だったのであった。

〈サンダカン〉にかかる二冊の著書は、思いがけぬ評価に恵まれたと言わなくてはならない。すなわち『サンダカン八番娼館』は芥川賞・直木賞と並ぶものとして設けられた〈大宅壮一ノンフィクション賞〉を授けられ、『サンダカンの墓』は、これを含めて、熊井啓監督作の映画「サンダカン八番娼館　望郷」の原典とされたからである。

以上の幾箇条かによって、わたしは、〈この道〉を歩んで良いのだと思うことが出来た。すなわち、〈学問〉としては〈文学的な色彩〉が濃く〈文学〉としては〈研究的な傾向〉の強い表現方法を、掘りつづけてさしつかえないのだと確信し得たのである。以後のわたしの主な仕事は皆この路線に沿ってのものであり、その意味で『サンダカン八番娼館』は、わたしにとって、記念すべき一作と言わなくてはならないのだ。

ところで、『サンダカン八番娼館』の初刊は一九七二年であり『サンダカンの墓』のそれは一九七四年だったが、両者とも数年後に文藝春秋の〈文春文庫〉に加えられ、国内の多くの読者の手に渡ってきた。その一方、まことに思いがけないことに外国語にも翻訳され、それが一、二にとどまっていないのである。

最初に出たのはタイ語訳であって、一九八五年の刊行、訳者は大阪国際児童文学館などで研鑽《けんさん》し現在は彼《か》の国の児童図書出版のオーソリティーとなっておられるポンアノンさん。二十世紀後半期のタイの農村部には、たとえば〈ジャパ行きさん〉を生み出してしまうような経済＝生活状況があり、それが早々の訳出をさせたのだろう。二番目の韓国語訳は、大韓民国の大学院院長をつとめたこともある知識人＝金容雲氏の手に成るもので、一九八九年の刊行。三番目の中国語訳は、『万葉集』学者＝呂莉さんほか三人の女性の努力の賜《たまもの》で、刊行は同じ年であった。このふたつの国にも、タイと同じような状況が過去にあって、それが訳出の大きな力になったものと思われる。

　四番目の翻訳としてアメリカで英語版の実現したのは一九九九年で、訳者はカレン・コリガン・テイラーさん、自然保護に情熱と生活を捧げている女性の日本学者である。そして五番目としてのドイツ語版は二〇〇五年で、訳者はシュワン夫妻——ドイツ人のフリードリッヒ氏と日本人の由喜子さんとであった——。

　『サンダカン八番娼館』はこんなふうに五つもの外国語に移されたのだが、わたしがこの書に記録した〝おサキさん〟の生活は、一九六八年＝七十二歳までである。その後の彼女の人生はというと、まずは安らかであったようだ。

　わたしは、『サンダカン八番娼館』においておサキさんの本名はもちろんその故郷の地も記さなかったのだが、学問的な見地からして、伏字をしつつ彼女の戸籍簿を引いたりした。熱心な読者のなかには、それを頼りに彼女の故郷と住居を探り当て、訪問を敢えてするような人もあった。そしてそれらの人が、村人たちに、世評に高い映画「サンダカン八番娼館　望郷」はおサキさんの談話提供によるノンフィクション作品『サンダカン八番娼館』を基としていると不用意に伝えたことによって、彼女は窮地に立たされたのである。彼女は、「天草の恥を外に洩らした」として、いわゆる村八分《むらはちぶ》に近いあつかいを受けなくてはならなかったらしい。

　しかし、彼女をかばう村人も少なくなく、やがてわたしの泊めてもらったあの茅屋《ぼうおく》が崩潰《ほうかい》の寸前となり、彼女は民生委員の判断で老人養護施設に移って暮らすこととなった。衣食住について、何の心配もしなくて良い日々。わたしが訪ねて行くと、ホーム仲間の老人たちが「おサキさん、〈東京の娘さん〉が来《き》んさったよう！」と声を挙げ、彼女がはにかみながら現われた容子《ようす》が今もなお眼裏《まなうら》にある——

おサキさんの亡くなったのは一九八四年の四月三十日、その遺骨は、生い立ちの村の小高い丘にある墓地、その墓地でひときわ目立つ桜の木に近いところに埋められた。しかし、歳月の経った今、彼女の墓はそこに見られない——彼女の縁者が、一家の墓を鹿児島の地に移してしまわれたからである。

天草の地におサキさんの墓がなくなった当初、わたしは、〈底辺女性史〉の研究者として〈心の拠りどころ〉を失ったような思いを味わった。しかし、わたしの胸には、桜の木の下の墓のイメージよりずっと強く且つ深く、数週間を一緒に暮らした彼女の姿が生きている。そしてそれは、これまでもそうだったが、この後も、〈底辺女性史〉の仕事をつづけるわたしの〈原点〉だろうと思うのである。

二〇〇七年十二月

山崎朋子

本書は一九七五年六月刊の文春文庫『サンダカン八番娼館』に、一九七七年六月刊の文春文庫『サンダカンの墓』を併録した新装版です。

なお、一部に差別的と思われる表現がありますが、あえて当時のままとしました。

文春文庫

サンダカン八番娼館《はちばんしょうかん》

定価はカバーに表示してあります

2008年1月10日　新装版第1刷
2024年2月25日　　　　　第6刷

著　者　山《やま》崎《ざき》朋《とも》子《こ》
発行者　大沼貴之
発行所　株式会社 文藝春秋

東京都千代田区紀尾井町3-23　〒102-8008
TEL 03・3265・1211㈹
文藝春秋ホームページ　http://www.bunshun.co.jp

落丁、乱丁本は、お手数ですが小社製作部宛お送り下さい。送料小社負担でお取替致します。

印刷製本・TOPPAN

Printed in Japan
ISBN978-4-16-714708-2

（　）内は解説者。品切の節はご容赦下さい。

阿川佐和子
強父論
94歳で大往生、破天荒な父がアガワを泣かした34の言葉。故人をまったく讃えない前代未聞の追悼に爆笑するうち、なぜか胸が熱くなる。ベストセラー『看る力』の内幕です。（倉本　聰）
あ-23-25

青木新門
納棺夫日記
増補改訂版
〈納棺夫〉とは、永らく冠婚葬祭会社で死者を棺に納める仕事に従事した著者の造語である。「生」と「死」を静かに語る、読み継がれるべき刮目の書。（序文／吉村　昭・解説／高史明）
あ-28-1

秋元良平　写真・石黒謙吾　文
盲導犬クイールの一生
盲導犬クイールの生まれた瞬間から温かな夫婦のもとで息を引き取るまでをモノクロームの優しい写真と文章で綴った感動の記録。映画化、ドラマ化もされ大反響を呼んだ。（多和田　悟）
あ-69-1

相澤冬樹
メディアの闇
「安倍官邸VS.ＮＨＫ」森友取材全真相
森友事件のスクープ記者はなぜＮＨＫを退職したのか。官邸からの圧力、歪められる報道。自殺した近畿財務局職員の手記公開へとつながった実録。文庫化にあたり大幅加筆。（田村秀男）
あ-86-1

アイリス・チュウ　鄭　仲嵐
Ａuオードリー・タン
天才ＩＴ相７つの顔
ＩＱ180以上で学歴は中学中退。10代で起業、AppleでSiriの開発に関わり、20代で性を変えた無政府主義者が台湾のＩＴ担当大臣として活躍するまで。（中野信子）
あ-91-1

石田雄太
大谷翔平　野球翔年　Ｉ
日本編２０１３－２０１８
投打二刀流で史上最高のプレーヤーの一人となった大谷翔平はいかにして誕生したのか？　貴重なインタビューを軸にしたノンフィクション。文庫オリジナル写真も収録。（大越健介）
い-57-2

石井光太
本当の貧困の話をしよう
未来を変える方程式
日本では6人に1人が貧困に。貧困は自己否定感を生み心のガンとなり、社会全体の困窮に繋がる。社会のリアルを見つめ、輝かしい未来を手に入れるための若い世代に向けた熱い講義。
い-73-3

（　）内は解説者。品切の節はご容赦下さい。

日本の血脈
石井妙子
『文藝春秋』連載時から大きな反響を呼んだノンフィクション。政財界、芸能界、皇室など、注目の人士の家系をたどり、末裔ですら知りえなかった過去を掘り起こす。文庫オリジナル版。
い-88-1

奇跡のチーム　ラグビー日本代表、南アフリカに勝つ
生島　淳
二〇一五年九月、日本ラグビーの歴史を変えたW杯南アフリカ戦勝利に至る、エディー・ジョーンズHCと日本代表チームの闘いの全記録。『エディー・ウォーズ』を改題。（畠山健介）
い-98-2

Black Box
伊藤詩織
「そうは言ってもあなたも悪かったんじゃないの？」社会システムの隅々まではびこる性暴力被害者への偏見。被害から立ち上がり、闘ったジャーナリストの魂の記録。（武田砂鉄）
い-108-1

反日種族主義　日韓危機の根源
李　栄薫　編著
従来の歴史認識に危機感をもつ学者やジャーナリストが結集し、慰安婦、徴用工、竹島などの歴史問題を検証。韓国に蔓延する「嘘の歴史」を指摘したベストセラー。（久保田るり子）
い-109-1

極北に駆ける
植村直己
南極大陸横断をめざす植村直己。極地訓練のために過ごした地球最北端に住むイヌイットとの一年間の生活、彼らとの友情、そして大氷原三〇〇〇キロ単独犬ぞり走破の記録！（大島育雄）
う-1-7

死体は語る
上野正彦
もの言わぬ死体は、決して嘘を言わない——。変死体を扱って三十余年の元監察医が綴る、数々のミステリアスな事件の真相。ドラマ化もされた法医学入門の大ベストセラー。（夏樹静子）
う-12-1

死体は語る2　上野博士の法医学ノート
上野正彦
「砂を吸い込んだ溺死体」は何がおかしい？　首吊り自殺と見せかけた他殺方法とは？　二万体を超す検死実績を持つ監察医が導き出した、死者の声無き声を聴く「上野法医学」決定版。
う-12-2

（　）内は解説者。品切の節はご容赦下さい。

（　）内は解説者。品切の節はご容赦下さい。

榎本まみ
督促OL　指導日記
ストレスフルな職場を生き抜く術
日本一過酷な職場・督促コールセンターの新人OLが、監督者へ昇格。でも今度は部下の指導に頭がイタイ!?　持ち前の前向きさで仕事を自分の武器に変えてしまう人気シリーズ第3弾。
え-14-3

奥野修司
ナツコ　沖縄密貿易の女王
米軍占領下の沖縄は、密貿易と闇商売が横行する不思議な自由を謳歌していた。そこに君臨した謎の女性、ナツコ。誰もがナツコに憧れていた。大宅賞に輝く力作。（与那原　恵）
お-28-2

奥野修司
心にナイフをしのばせて
息子を同級生に殺害された家族は地獄の苦しみの人生を過ごしていた。しかし、医療少年院を出て、「更生」した犯人の少年は弁護士となって世の中で活躍。被害者へ補償もせずに。（大澤孝征）
お-28-3

沖浦和光《かずてる》
幻の漂泊民・サンカ
近代文明社会に背をむけ〈管理〉〈所有〉〈定住〉とは無縁の「山の民・サンカ」はいかに発生し、日本史の地底に消えていったか。積年の虚構を解体し実像に迫る白熱の民俗誌！（佐藤健二）
お-34-1

小川三夫・塩野米松　聞き書き
棟梁
技を伝え、人を育てる
法隆寺最後の宮大工の後を継ぎ、共同生活と徒弟制度で多くの弟子を育て上げてきた鵤《いかるが》工舎の小川三夫棟梁。後世に語り伝える技と心。数々の金言と共に、全てを語り尽くした一冊。
お-55-1

小野一光
新版　家族喰い
尼崎連続変死事件の真相
63歳の女が、養子、内縁、監禁でファミリーを縛り上げ、死者11人となった尼崎連続変死事件。その全貌を描く傑作ノンフィクション！　新章「その後の『家族喰い』」収録。（永瀬隼介）
お-71-1

小野一光
連続殺人犯
人は人を何故殺すのか？　面会室で、現場で、凶悪殺人犯10人に問い続けた衝撃作。『家族喰い』角田美代子ファミリーのその後、〝後妻業〟筧千佐子との面会など大幅増補。（重松　清）
お-71-2